T0024687

BESTSELLER

Liane Moriarty (Sidney, 1966) es una escritora de gran éxito internacional, traducida a treinta y cinco idiomas, autora de seis novelas, cuatro de las cuales se han publicado en español: *Tres hermanas, un cumpleaños y un problema*; *Lo que Alice olvidó*; *El secreto de mi marido* y *Pequeñas mentiras*. Bajo el seudónimo de L. M. Moriarty, ha publicado también la serie para niños Space Brigade. *El secreto de mi marido* lleva ya vendidos más de dos millones de ejemplares en todo el mundo. Liane vive en Sidney con su marido y sus dos hijos.

Para más información, visita la página web de la autora:
www.lianemoriarty.com

Biblioteca

LIANE MORIARTY

Pequeñas mentiras

Traducción de

Mario Grande

DEBOLS!LLO

Título original: *Big Little Lies*

Primera edición en Debolsillo: mayo de 2016
Segunda reimpresión: marzo de 2017

Printed in Spain – Impreso en España

ISBN: 978-84-663-3311-5 (vol. 861/3)
Depósito legal: B-7.140-2016

Impreso en Novoprint
Sant Andreu de la Barca (Barcelona)

P 3 3 3 1 1 5

Penguin
Random House
Grupo Editorial

A Margaret, con cariño

Tú me das, tú me das,
ahora me tendrás que besar.

(Cancioncilla infantil)

Colegio Público Pirriwee

¡Donde vivimos y aprendemos a orillas del mar!

¡El colegio Pirriwee es una ZONA SIN ACOSO!

No acosamos.

No aceptamos que nos acosen.

Nunca mantenemos en secreto el acoso.

Tenemos la *valentía* de denunciarlo si vemos
que acosan a nuestros amigos.

¡Decimos NO al acoso!

CAPÍTULO 1

Ese estrépito no suena a concurso de preguntas en el colegio, sino a tumulto —dijo la señora Patty Ponder a Marie Antoinette.

La gata no respondió. Estaba adormilada en el sofá, y los concursos de preguntas y respuestas le parecían un rollo.

—No te interesa, ¿eh? ¡Que coman pasteles! ¿Es eso lo que estás pensando? Se atiborran de pasteles, ¿a que sí? Pasteles por todas partes. Dios mío. Aunque no creo que ninguna madre los pruebe. Son todas flacas y esbeltas. Igual que tú.

Marie Antoinette sonrió por el cumplido. Lo de «que coman pasteles» había pasado de moda hacía mucho, y recientemente había oído decir a un nieto de la señora Ponder que en realidad debía de ser «que coman *brioches*», y también que María Antonieta no lo había dicho jamás.

La señora Ponder tomó el mando a distancia y bajó el volumen de *Dancing with the Stars.* Lo había subido antes por el ruido de un chaparrón, pero ahora ya no era más que llovizna.

Le llegaba el griterío de la gente. Voces airadas rasgaban el aire silencioso y frío de la noche. A la señora Ponder le resultaba extrañamente doloroso oírlas, como si todo aquel furor se dirigiera contra ella. (La señora Ponder se había criado con una madre colérica).

—Dios mío. ¿Pues no están discutiendo por la capital de Guatemala? ¿Sabes cuál es? ¿No? Yo tampoco. Tendremos que *googlear.* No me hagas burla.

Marie Antoinette olisqueó el aire.

—Vamos a ver qué pasa —dijo la señora Ponder muy decidida.

Se estaba poniendo nerviosa y eso la llevaba a actuar resueltamente delante de la gata, como había hecho en otro tiempo delante de sus hijas cuando su marido no estaba en casa y se oían ruidos raros por la noche.

La señora Ponder se puso en pie apoyándose en el andador. Marie Antoinette deslizó con suavidad su escurridizo cuerpo entre las piernas de la señora Ponder (los procederes enérgicos no iban con ella), mientras su dueña empujaba el andador por el pasillo hacia la parte de atrás de la casa.

Su cuarto de costura daba directamente al patio del colegio Pirriwee.

«¿Estás loca, mamá? No puedes vivir pegada a un colegio de primaria», le había dicho su hija la primera vez que la señora Ponder habló de comprar la casa.

Pero a ella le encantaba oír el bullicioso murmullo de las voces de los niños a intervalos a lo largo del día y, como ya no conducía, le traía sin cuidado que la calle estuviera atascada de esos coches grandes como camiones que tiene todo el mundo hoy en día, con mujeres parapetadas tras grandes gafas de sol, apoyadas en el volante y transmitiendo a gritos informaciones terriblemente urgentes sobre el ballet de Harriette y la sesión de logopedia de Charlie.

Hoy en día las madres se toman muy en serio su cometido. Con esos rostros tensos. Esos ágiles traseros contoneándose por el colegio con la ropa ceñida del gimnasio. El balanceo de las coletas de caballo. La mirada clavada en el móvil que llevan en la palma de la mano como una brújula. A la señora Ponder le entraba la risa. Cariñosa, claro. Sus tres hijas, aunque eran mayores, eran exactamente iguales. Y todas muy guapas.

—¿Cómo estáis esta mañana? —decía siempre al paso de las madres si estaba en el porche con una taza de té o regando el jardín.

—¡Con mucho lío, señora Ponder! ¡Sin parar! —respondían siempre al pasar tirando del brazo de sus hijos. Eran agradables, cordiales e inevitablemente un poco condescendientes. ¡Ella tan mayor y ellas tan ocupadas!

Los padres, y cada vez iban siendo más los que llevaban a sus hijos al colegio, eran diferentes. No solían ir deprisa, pasaban por delante con calculada despreocupación. No era para tanto. Todo estaba bajo control. Ese era el mensaje. La señora Ponder también se reía cariñosamente de ellos.

Pero ahora parecía que los padres del colegio Pirriwee estaban alborotando. Se acercó a la ventana y retiró la cortina de encaje. El colegio acababa de pagarle una reja a raíz de que una pelota de críquet hubiera hecho añicos el cristal y casi hubiera dejado fuera de juego a Marie Antoinette. (Encima del frigorífico guardaba una tarjeta de disculpas dibujada y enviada por un grupo de chicos de tercer curso).

Al otro lado del patio había un edificio de arenisca de dos plantas, con salón de actos y una balconada con vistas al mar en la segunda. La señora Ponder había acudido en pocas ocasiones: una charla de un historiador local, un almuerzo ofrecido por los Amigos de la Biblioteca. Era un salón muy bonito. A veces celebraban allí las recepciones de boda los antiguos alumnos. Allí era donde estaba teniendo lugar el concurso de preguntas esa noche. Estaban recaudando dinero para pizarras interactivas, o como se llamara aquello. Por supuesto, habían invitado a la señora Ponder. Su proximidad al colegio le confería un curioso estatus honorífico, aunque nunca hubiera llevado allí a ningún hijo ni nieto. Había declinado la invitación. Creía que no tenía sentido participar en un acto del colegio sin tener hijos en él.

Los alumnos celebraban su asamblea semanal en el mismo salón. Los viernes por la mañana la señora Ponder se acomodaba en el cuarto de costura con una taza de té con leche bien cargado y una galleta de jengibre. Escuchar los cánticos de los niños procedentes del segundo piso del edificio siempre le hacía llorar. No creía en Dios más que cuando oía cantar a los niños.

Ahora no había cánticos.

La señora Ponder podía oír muchas palabras fuertes. No es que eso la escandalizara, ya que su hija mayor blasfemaba como un carretero, pero resultaba molesto y desconcertante oír a alguien repitiendo a voces como loco una palabrita en particular en un lugar normalmente lleno de risas y gritos infantiles.

—¿Estáis todos borrachos? —dijo.

La ventana, salpicada de gotas de lluvia, quedaba a la altura de las puertas de entrada al edificio. De pronto, la gente empezó a salir precipitadamente. Las luces de emergencia iluminaban la zona pavimentada de la entrada al colegio como un escenario listo para una representación. La neblina reforzaba la comparación.

Era un espectáculo extraño.

Los padres del colegio Pirriwee tenían una incomprensible afición a las fiestas de disfraces. No les bastaba con los concursos habituales de preguntas y respuestas. Se había enterado por la invitación de que alguna mente preclara había decidido que esa noche el concurso fuera sobre Audrey y Elvis, de modo que todas las mujeres debían ir vestidas de Audrey Hepburn y los hombres, de Elvis Presley. (Razón de más para declinar la invitación: la señora Ponder siempre había abominado de los disfraces). Por lo visto, la interpretación más popular de Audrey Hepburn era la de *Desayuno con diamantes.* Todas las mujeres llevaban vestidos negros largos, guantes blancos y gargantillas de perlas. En cambio, los hombres habían decidido rendir homenaje al Elvis de sus últimos años. Todos llevaban brillantes monos blancos, piedras preciosas relucientes y escotes muy bajos. Las mujeres estaban encantadoras. Los pobres hombres, ridículos del todo.

Mientras la señora Ponder estaba mirando, un Elvis dio un puñetazo en la mandíbula a otro. Este retrocedió tambaleante encima de una Audrey. Dos Elvis lo agarraron por detrás y lo apartaron de un empujón. Una Audrey ocultó la cara entre las manos y se dio media vuelta, como si no soportara la escena. Alguien gritó:

—¡Estaos quietos!

Desde luego. ¿Qué pensarían vuestros preciosos hijos?

—¿Llamo a la policía? —se preguntó la señora Ponder en voz alta y en ese mismo momento oyó a lo lejos el aullido de una sirena, mientras en la balconada una mujer gritaba sin parar.

Gabrielle: A ver, no fue solo cosa de las madres. No habría pasado nada sin los padres. Aunque supongo que sí empezaron ellas. Fuimos las jugadoras principales, por así decirlo. Las mamás. No soporto la palabra «mamá». Es espantosa. La prefiero acabada en i. Suena como a más delgada. Tengo problemas de imagen corporal, dicho sea de paso. Claro que quién no.

Bonnie: Fue todo un terrible malentendido. Hubo gente que se sintió herida en sus sentimientos y luego la situación acabó totalmente fuera de control. Suele pasar. Todo conflicto se remonta a que se han herido los sentimientos de alguien, ¿no cree? Divorcio. Guerras mundiales. Acciones legales. Bueno, quizá no todas las acciones legales. ¿Puedo ofrecerle una infusión de hierbas?

Stu: Le voy a contar exactamente por qué ha sucedido. Las mujeres no dejan pasar las cosas. Y no es que los tíos no tengan parte de culpa. Pero si las chicas no hubieran sacado las cosas de quicio... y esto puede sonar sexista, pero no lo es, es la realidad, pregunte a cualquier hombre, no a esos tipos de la nueva era, esos artistas incomprendidos que se dan crema hidratante, me refiero a un hombre de verdad, pregunte a cualquier hombre y le dirá que las mujeres son atletas olímpicas del rencor. Debería ver cómo se pone mi mujer. Y eso que no es la peor.

Señorita Barnes: Padres helicóptero. Antes de empezar en el colegio Pirriwee creía que era una exageración eso de que los padres estaban excesivamente encima de los hijos. Es decir, mi madre y mi padre me querían, claro que se interesaban por mí cuando era pequeña en los años noventa, pero no estaban obsesionados conmigo.

Señora Lipmann: Es una tragedia, y muy lamentable, estamos todos intentando pasar página. No hago más comentarios.

Carol: La culpa la tiene el Club del Libro Erótico. Es mi opinión, claro.

Jonathan: En el Club del Libro Erótico no hubo nada erótico, se lo puedo asegurar.

Jackie: ¿Sabe una cosa? Yo esto lo veo como un tema feminista.

HARPER: ¿Quién ha dicho que era un tema feminista? Para nada. Le voy a contar qué lo provocó. El incidente del día de presentación de preescolar.

GRAEME: Creo que todo se reduce a una pelea entre madres amas de casa y madres profesionales. ¿Cómo lo llaman? Las Guerras de las Madres. Mi mujer no participó. No tiene tiempo para esas cosas.

THEA: A ustedes las periodistas les va el rollo de la niñera francesa. Hoy he oído por la radio que alguien hablaba de la «doncella francesa», cosa que desde luego Juliette no era. Renata tenía también asistenta. Qué suerte tienen algunas. Tengo cuatro hijos y nadie que me eche una mano. No tengo nada contra las madres que trabajan, claro, pero eso no quita que me pregunte por qué se han tomado la molestia de tener hijos.

MELISSA: ¿Sabe lo que creo que irritó y molestó a todo el mundo? Lo de los piojos. Oh, Dios, no me tire de la lengua con lo de los piojos.

SAMANTHA: ¿Qué piojos? ¿Qué tiene que ver eso? ¿Quién se lo ha dicho? Melissa, seguro. Esa pobre chica sufrió estrés postraumático cuando sus hijos los cogieron por segunda vez. Lo siento, no tiene gracia. No tiene ninguna gracia.

SARGENTO DETECTIVE ADRIAN QUINLAN: Se lo diré claramente. Esto no es un circo. Es una investigación por asesinato.

CAPÍTULO 2

Seis meses antes de la noche del concurso de preguntas

Cuarenta. Madeline Martha Mackenzie cumplía ese día cuarenta años.

—Tengo cuarenta años —dijo alzando la voz mientras conducía. Alargó la penúltima sílaba como en los efectos sonoros especiales—. Cuareeeenta.

Miró a su hija por el espejo retrovisor. Chloe sonrió e imitó a su madre.

—Tengo cinco años. Ciiiinco.

—¡Cuarenta! —exclamó Madeline como una cantante de ópera—. ¡Tra la la la!

—¡Cinco! —exclamó Chloe.

Madeline atacó una versión rap, llevando el ritmo con la mano sobre el volante.

—Tengo cuarenta años, sí, cuarenta.

—Ya basta, mamá —dijo Chloe tajante.

—Lo siento —se disculpó Madeline.

Estaba llevando a Chloe a la presentación de preescolar «¡Vamos a preparar el cole!». No es que a Chloe le hiciera falta presentación alguna antes de empezar las clases en enero. Ya conocía de sobra el colegio Pirriwee. Al dejarlo esa mañana allí, había estado pendiente de su hermano Fred, dos años mayor que ella, aunque a menudo parecía más pequeño:

—¡Fred, se te ha olvidado poner la bolsa con los libros en la cesta! Eso es. Ahí dentro. Buen chico.

Fred había dejado obedientemente la bolsa con los libros en la cesta correspondiente antes de salir disparado a hacerle una llave de cabeza a Jackson. Madeline había fingido no ver la llave. Seguro que Jackson se la merecía. Renata, la madre de Jackson, tampoco lo había visto porque estaba en animada conversación con Harper, ambas con gesto reconcentrado por el estrés de educar a sus hijos superdotados. Renata y Harper asistían al mismo grupo semanal de apoyo a padres de niños superdotados. Madeline se los imaginaba a todos sentados en círculo retorciéndose las manos mientras les asomaba a los ojos un destello de secreta satisfacción.

Mientras Chloe mangoneaba al resto de los niños de la presentación (su talento consistía en mangonear, algún día dirigiría una empresa), Madeline iba a tomar un café con un pastel con su amiga Celeste. Los dos hijos gemelos de Celeste también empezaban el colegio este año, de modo que estaban como locos con la presentación. (Su talento eran los gritos. Madeline tenía dolor de cabeza a los cinco minutos de estar con ellos). Iba a estar bien, porque Celeste siempre compraba regalos de cumpleaños exquisitos y muy caros. Después de eso Madeline iba a dejar a Chloe con su suegra y luego comería con unas amigas antes de regresar rápidamente al colegio para recoger a los niños. Lucía el sol. Ella llevaba sus fabulosos zapatos nuevos de tacón de Dolce & Gabbana (comprados *online*, treinta por ciento de descuento). Iba a ser un día muy, pero que muy bonito.

—¡Que empiece la Fiesta de Madeline! —había dicho esa mañana su marido Ed al llevarle el café a la cama. Madeline era famosa por su afición a los cumpleaños y celebraciones de todas clases. Pretextos para beber champán.

De todas formas. Cuarenta.

Pensó en su espléndida edad por estrenar mientras recorría la ruta habitual al colegio. Aún era capaz de sentir «cuarenta» de la manera en que lo sentía cuando tenía quince. Qué edad tan gris. Abandonada en la mitad de tu vida. Nada importaría gran cosa cuando tuvieras cuarenta. No tendrías verdaderos sentimientos cuando tuvieras cuarenta, porque estarías bien protegida por ser una espantosa cuarentona.

«Hallada muerta mujer de cuarenta años». Dios mío.

«Hallada muerta mujer de veinte años». ¡Tragedia! ¡Tristeza! ¡Encuentren al asesino!

Madeline se había visto obligada últimamente a efectuar un pequeño ajuste mental cuando oía en las noticias algo relacionado con mujeres muertas con cuarenta y tantos. ¡Cuidado, esa podría ser yo! ¡Qué triste! ¡La gente se pondría triste si me muriera! Incluso quedaría destrozada. Normal, en un mundo obsesionado por la edad. Tendré cuarenta, pero me aprecian.

Claro que, probablemente, era completamente natural entristecerse más por la muerte de alguien de veinte años que de cuarenta. El de cuarenta había disfrutado de veinte años más de vida. Por eso, si hubiera algún pistolero suelto, Madeline se sentiría en la obligación de interponer sus cuarenta años vividos ante alguien de veinte años. Aceptaría un balazo en aras de la juventud. Era lo mínimo.

Bueno, actuaría de este modo si tuviera la certeza de que se trataba de una buena persona. No alguien insoportable, como la chica que conducía el pequeño Mitsubishi azul delante de Madeline. Ni se molestaba en disimular que estaba utilizando el móvil mientras conducía, probablemente enviando mensajes o actualizando el muro de Facebook.

¡Fíjate! ¡Esta chica ni siquiera habría advertido la presencia del pistolero suelto! ¡Habría seguido mirando absorta el móvil mientras Madeline sacrificaba su vida por ella! Era irritante.

En el pequeño coche con la flamante placa de conductor novel pegada en la ventanilla trasera parecían viajar cuatro personas. Atrás tres, como mínimo, por el bamboleo de las cabezas y los gestos de las manos. ¿Era eso un pie agitándose? Era una tragedia en ciernes. Todos necesitaban concentrarse. Precisamente la semana pasada Madeline se había tomado un café sobre la marcha después de la clase de Shock-Wave mientras leía un artículo del periódico acerca de la cantidad de jóvenes que se estaban matando por enviar mensajes mientras conducían. «En camino. Ya llego». Eran sus últimas y estúpidas palabras, a menudo mal escritas. Madeline había llorado al ver la fotografía de la desolada madre de una adolescente mostrando absurdamente el móvil de su hija a la cámara como advertencia a los lectores.

—Qué idiotas son —dijo en voz alta mientras el otro coche invadía peligrosamente el carril contiguo.

—¿Quién es idiota? —preguntó Chloe desde el asiento trasero.

—La chica del coche que va delante, que va conduciendo y usando el móvil al mismo tiempo.

—Como cuando tienes que llamar a papá porque llegamos tarde —dijo Chloe.

—¡Solo lo he hecho una vez! —protestó Madeline—. ¡Además tuve cuidado y fui rápida! ¡Y tengo cuarenta años!

—Hoy —puntualizó Chloe—. Hoy cumples cuarenta años.

—¡Sí! Además, fue una llamada corta, ¡no envié un mensaje! Para enviar mensajes tienes que apartar los ojos de la carretera. Enviar mensajes es ilegal y peligroso, de manera que tienes que prometerme que cuando puedas conducir no lo harás jamás.

Le tembló la voz solo de pensar en Chloe adolescente al volante de un coche.

—Pero dejan hacer llamadas rápidas —insistió Chloe.

—¡No! ¡Eso también es ilegal!

—O sea, que te saltaste la ley —dijo Chloe con satisfacción—. Igual que un atracador.

Chloe estaba en ese momento enamorada de la idea de los atracadores. Seguro que acabaría saliendo con malotes. Malotes en moto.

—¡Júntate con chicos buenos, Chloe! —replicó Madeline al momento—. Como papá. Los chicos malos no te llevan el café a la cama. Te lo puedo asegurar.

—¿Qué murmuras, mujer? —dijo Chloe con un suspiro.

Había tomado esa frase de su padre e imitaba a la perfección su tono de hastío. Habían cometido el error de reírse la primera vez que ella lo había dicho, de manera que se aficionó a hacerlo y la decía bastante a menudo, en el momento adecuado, de tal forma que sus padres no pudieran contener la risa.

Esa vez Madeline se las apañó para no reír. Chloe acababa de franquear la sutil línea divisoria ente lo adorable y lo odioso. Probablemente Madeline también.

Frenó tras el pequeño Mitsubishi azul ante un semáforo en rojo. La joven conductora persistía en mirar el teléfono móvil. Madeline se puso a tocar el claxon. Vio que la conductora miraba por el espejo retrovisor, mientras los demás ocupantes volvían la cabeza para mirar.

—¡Deja el teléfono! —gritó. Imitó con el dedo sobre la palma de la mano el gesto de enviar mensajes—. ¡Es ilegal! ¡Es peligroso!

La chica le hizo un corte de mangas.

—¡Muy bien! —Madeline echó el freno de mano y encendió las luces de emergencia.

—¿Qué estás haciendo ?—preguntó Chloe.

Madeline se quitó el cinturón de seguridad y abrió de golpe la puerta del coche.

—¡Pero si tenemos que ir a la presentación! —protestó Chloe asustada—. ¡Vamos a llegar tarde ! ¡Oh, desastre!

«¡Oh, desastre!» era una frase de un libro para niños que solían leer a Fred cuando era pequeño. Ahora la decía toda la familia. La habían adoptado incluso los padres de Madeline y algunas amigas suyas. Era una frase contagiosa.

—No pasa nada —dijo Madeline—. Será cosa de un momento. Voy a salvar la vida de unos jóvenes.

Fue derecha al coche de la chica con sus nuevos zapatos de tacón alto y dio un golpe en la ventanilla.

La ventanilla bajó y la conductora se metamorfoseó de silueta borrosa en una chica de verdad, de piel blanca, un piercing reluciente en la nariz y exceso de rímel mal dado.

Levantó la vista hacia Madeline entre agresiva y recelosa.

—¿Cuál es tu problema? —dijo con el teléfono móvil aún en la mano izquierda.

—¡Deja el teléfono! ¡Puedes matarte tú y matar a tus amigas! —Madeline empleó idéntico tono que con Chloe cuando se portaba fatal. Alargó el brazo, agarró el teléfono y se lo tiró a la boquiabierta chica del asiento trasero—. ¿Vale? ¡Así que déjalo!

De vuelta al coche pudo oír las carcajadas. No hizo caso. Se sentía agradablemente estimulada. Detrás de ella se había detenido otro coche. Madeline pidió disculpas levantando la mano y se apresuró a montar antes de que cambiara el semáforo.

Se torció el tobillo. Un segundo antes el tobillo estaba cumpliendo su función como es debido y, al siguiente, se había torcido en un ángulo inverosímil. Cayó pesadamente de lado. Oh, desastre.

Este fue casi con toda seguridad el momento en que comenzó la historia.

Con una desafortunada torcedura de tobillo.

CAPÍTULO 3

Jane frenó ante un semáforo en rojo tras un grande y reluciente todoterreno con las luces de emergencia dadas y vio a una mujer de pelo castaño correr hacia él por el borde de la calzada. Llevaba un vestido azul de verano con vuelo y sandalias de tiras de tacón alto, y le hizo un gesto encantador a Jane a modo de disculpa. Un rayo de sol dio en uno de los pendientes, que refulgió como si hubiera recibido un toque celestial.

Una chica resplandeciente. Mayor que Jane, pero aún resplandeciente, desde luego. Jane había mirado a chicas como esa toda su vida con curiosidad científica. Puede que con cierta admiración. Incluso con cierta envidia. No eran necesariamente las más bonitas, pero se arreglaban muy bien, igual que árboles de Navidad, con pendientes largos, pulseras tintineantes y delicadas bufandas caladas. Te tocaban el brazo al hablar. La mejor amiga del colegio de Jane había sido una chica resplandeciente. Jane sentía debilidad por ellas.

En ese momento la mujer se cayó, como si algo hubiera tirado de ella hacia abajo.

—Ay —dijo Jane, y apartó rápidamente la vista, por decoro hacia la mujer.

—¿Te has hecho daño, mamá? —preguntó Ziggy desde el asiento de atrás. Siempre le preocupaba que se hiciera daño.

—No —contestó Jane—. Se ha hecho daño esa señora. Ha tropezado y se ha caído.

Esperó a que la mujer se levantara y montara en el coche, pero seguía en el suelo. Tenía la cabeza echada hacia atrás mirando al cielo y en la cara una expresión muy dolorida. El semáforo se puso verde y un coche pequeño con placa de novato que había estado delante del todoterreno se largó rechinando las ruedas.

Jane encendió el intermitente para sortear el coche. Se dirigían a la jornada de presentación en el nuevo colegio de Ziggy y no tenía ni idea de a dónde iba. Ziggy y ella estaban igual de nerviosos por mucho que lo disimularan. Jane quería llegar con tiempo de sobra.

—¿Está bien la señora? —dijo Ziggy.

Jane sintió esa extraña sacudida que experimentaba en ocasiones, cuando se hacía la desentendida y entonces algo (a menudo Ziggy) le hacía recordar a tiempo la forma adecuada de comportarse de un adulto atento, normal y bien educado.

De no haber sido por Ziggy habría seguido adelante. Estaba tan concentrada en el objetivo de llevarlo a la jornada de presentación de preescolar que habría dejado a una mujer sentada en la calzada retorciéndose de dolor.

—Voy a verla —dijo como si esa hubiera sido su intención desde el principio. Encendió las luces de emergencia y abrió la puerta del coche, con plena conciencia de hacerlo a regañadientes. «¡Es usted un estorbo, doña resplandeciente!».

—¿Está bien? —le preguntó.

—Perfectamente. —La mujer trató de incorporarse y soltó un quejido con la mano en el tobillo—. Ay. Mierda. Me he torcido el tobillo, nada más. Soy una idiota. He salido del coche para ir a decirle a la chica que tenía delante que dejara de enviar mensajes de móvil. Me está bien empleado por comportarme como una monitora de colegio.

Jane se acuclilló a su lado. La mujer tenía una melena castaña bien cortada y unas cuantas pecas alrededor de la nariz. Había algo estéticamente agradable en aquellas pecas, como un recuerdo de los veranos de la infancia; además combinaban con las finas arrugas alrededor de los ojos y el absurdo vaivén de los pendientes.

El malestar de Jane se disipó.

Le gustaba esa mujer. Tenía ganas de ayudarla.

(Claro que ¿qué quería decir eso? ¿Habría mantenido su cólera sorda de haberse tratado de una vieja desdentada con verrugas en la nariz? Qué injusto. Qué cruel. Iba a portarse mejor con esta mujer porque le gustaban sus pecas).

El vestido de la mujer tenía un historiado bordado de flores caladas en el cuello. Jane pudo ver la piel bronceada y pecosa por entre los pétalos.

—Tenemos que aplicar hielo inmediatamente —dijo Jane, conocedora de las lesiones de tobillo desde sus tiempos de jugadora de *netball*, por lo que se dio cuenta de que el tobillo de esta mujer estaba empezando a inflamarse—. Y mantenerlo en alto.

Se mordió el labio y miró alrededor en busca de alguien. No tenía ni idea de cómo proceder.

—Es mi cumpleaños —comentó la mujer con tristeza—. Mi cuarenta cumpleaños.

—Felicidades —dijo Jane.

No dejaba de resultar encantador que a una mujer de cuarenta no le importara decir que era su cumpleaños.

Miró las sandalias de tiras de la mujer. Llevaba las uñas de los pies pintadas de un color turquesa vivo. Los tacones eran tan finos como palillos y peligrosamente altos.

—No me extraña que se torciera el tobillo —dijo Jane—. ¡Nadie podría andar con esos zapatos!

—Ya lo sé, pero ¿a que son preciosos? —La mujer giró el pie para contemplarlos—. ¡Ay! Joder, qué daño. Lo siento. Perdone mi lenguaje.

—¡Mamá! —Por la ventanilla del coche asomó la cabeza una niña de pelo castaño rizado con una reluciente diadema—. ¿Qué estás haciendo? ¡Levanta! ¡Que llegamos tarde!

Madre resplandeciente. Niña resplandeciente.

—Gracias por el apoyo, cariño —dijo la mujer, y sonrió tristemente a Jane—. Vamos de camino a la presentación de preescolar. Está toda emocionada.

—¿En el colegio Pirriwee? —dijo Jane asombrada—. Pero si es adonde estoy yendo yo. Mi hijo Ziggy empieza el colegio este año. Nos mudaremos aquí en diciembre.

No parecía posible que esta mujer y ella pudieran tener algo en común o que sus vidas pudieran confluir en algún punto.

—¿Ziggy? ¿Como Ziggy Stardust? ¡Qué nombre más bonito! —dijo la mujer—. Por cierto, me llamo Madeline. Madeline Martha Mackenzie. Por alguna razón siempre digo el nombre de Martha sin que venga a cuento. No me pregunte por qué.

Le tendió la mano.

—Jane. Jane sin segundo nombre de pila Chapman.

Gabrielle: El colegio acabó dividido en dos. Fue como, qué sé yo, una guerra civil. Estabas con el equipo de Madeline o con el de Renata.

Bonnie: No, no, eso es horrible. No fue así en absoluto. No hubo bandos. Somos una comunidad muy unida. Hubo demasiado alcohol. Además, había luna llena. Todo el mundo se vuelve un poco loco cuando hay luna llena. Lo digo en serio. Es un fenómeno que puede comprobarse en la realidad.

Samantha: ¿Había luna llena? Estaba lloviendo a cántaros, me acuerdo. Tenía todo el pelo encrespado.

Señora Lipmann: Eso es absurdo y muy calumnioso. No hago más comentarios.

Carol: Ya sé que sigo insistiendo en el Club del Libro Erótico, pero estoy segura de que algo sucedió en alguna de sus, entre comillas, reuniones.

Harper: Escucha, lloré cuando nos enteramos de que Emily era superdotada. ¡Otra vez!, pensé. ¡Sabía dónde me metía, porque ya había pasado por eso con Sophia! Renata estaba en el mismo barco. Dos hijos superdotados. Nadie sabe el estrés que genera. Renata estaba preocupada por cómo se adaptaría Amabella al colegio, si la estimulación sería suficiente y cosas así. Por eso, cuando el niño ese de nombre ridículo, el tal Ziggy, hizo lo que hizo, el mismo día de la presentación, ella lógicamente se angustió. Ahí empezó todo.

CAPÍTULO 4

Jane se había llevado un libro para leer en el coche mientras Ziggy asistía a la presentación de preescolar, pero en vez de eso acompañó a Madeline Martha Mackenzie (sonaba a nombre de chica pendenciera en un libro para niños) a un café frente a la playa llamado Blue Blues.

El café era un curioso edificio pequeño y desproporcionado, casi como una cueva, justo en el paseo marítimo entablado de la playa de Pirriwee. Madeline fue cojeando descalza, dejando caer tranquilamente el peso del cuerpo sobre el brazo de Jane como si fueran viejas amigas. Daba sensación de intimidad. Podía oler el perfume de Madeline, levemente cítrico y delicioso. A Jane no la habían tocado muchos adultos en los últimos cinco años.

Nada más abrir la puerta del café salió de detrás del mostrador un hombre más bien joven con los brazos abiertos. Iba todo de negro, con el pelo rubio y rizado, como de surfista, y una tachuela en la aleta de la nariz.

—¡Madeline! ¿Qué te ha pasado?

—Una lesión grave, Tom —dijo Madeline—. Y es mi cumpleaños.

—Oh, desastre —dijo Tom, guiñando un ojo a Jane.

Jane echó una ojeada al café mientras Tom llevaba a Madeline a una mesa de la esquina para ponerle hielo envuelto en un paño de cocina en el pie y apoyarlo en una silla con cojín. Su madre habría dicho que era «completamente encantador». En las paredes desiguales de color azul chillón había estanterías destartaladas repletas de libros usados. Las tablas del entarimado resplandecían al sol de la mañana y Jane aspiraba una pesada mezcla de café, bollería, mar y libros viejos. La fachada del café era un ventanal y los asientos estaban dispuestos de manera que se viera la playa desde todos ellos, como si se estuviera allí para ver una actuación del mar. Al tiempo que miraba alrededor, Jane experimentó la incómoda sensación que la asaltaba a menudo cuando se hallaba en un sitio nuevo y agradable. No podía expresarla más que con las palabras: «Ojalá estuviera aquí». Este pequeño café frente a la playa era tan exquisito que tenía ganas de estar realmente allí, cosa que no tenía sentido, dado que ya estaba allí.

—Jane, ¿qué te pido? —dijo Madeline—. ¡Te invito a café con algo especial para darte las gracias por todo! —Se volvió al ajetreado barista—. ¡Tom! ¡Esta es Jane! Mi caballero de armadura reluciente. Mi caballera.

Jane había llevado a Madeline y a su hija al colegio tras haber estacionado antes nerviosamente el enorme coche de Madeline en una calle lateral. Había quitado el asiento de Chloe de la parte de atrás del coche de Madeline y lo había colocado en la parte de atrás de su pequeño *hatchback*, junto a Ziggy.

Había sido un triunfo. Una pequeña victoria sobre sí misma.

Era un triste indicio de la vida social de Jane el hecho de haber encontrado emocionante todo aquel incidente.

Ziggy también se había quedado con los ojos como platos y cohibido por la novedad de ir con otro niño en el asiento de atrás, especialmente alguien tan bullicioso y carismático como

Chloe. La niña no había parado de hablar en todo el trayecto, explicándole a Ziggy todo cuanto tenía que saber del colegio: quiénes iban a ser las profesoras; cómo tenían que lavarse las manos antes de entrar en clase, usando luego una única toalla de papel; dónde se iban a sentar a comer; que no te dejaban llevar crema de cacahuete porque había personas con alergia y podían morir y que ella ya tenía su tartera, donde ponía Dora la Exploradora, y ¿qué ponía en la tartera de Ziggy?

—Buzz Lightyear —se había apresurado a contestar, muy educado y mentiroso a la vez, porque Jane no le había comprado aún la tartera, es más, ni siquiera habían hablado de que fuera necesaria. De momento iba a la guardería tres días a la semana y allí le daban de comer. Preparar la tartera iba a ser una novedad para Jane.

Cuando llegaron al colegio, Jane acompañó a los niños mientras Madeline se quedaba en el coche. En realidad los guio Chloe, yendo por delante de ellos con su diadema reluciente al sol. En un momento dado Ziggy y Jane se habían mirado como diciendo: «¿Quiénes son estas personas maravillosas?».

Jane se había puesto moderadamente nerviosa con motivo de la jornada de presentación de Ziggy, sabedora de que debía ocultarle los nervios, porque le provocaban ansiedad. Tenía la sensación de empezar un nuevo trabajo, el trabajo de madre de un niño de primaria. Habría normas, trámites y procedimientos que aprender.

De todas formas, entrar en el colegio con Chloe era como llegar con una entrada VIP. Se les pusieron inmediatamente a la altura otras dos madres.

—¡Chloe! ¿Dónde está tu mamá?

Luego se presentaron ellas mismas a Jane, que procedió a contarles el episodio del tobillo de Madeline, del que también quiso enterarse la señorita Barnes, la profesora de preescolar, de tal forma que Jane se convirtió en el centro de atención, algo a decir verdad muy agradable.

El colegio era bonito: coronaba el promontorio, de modo que el azul del océano parecía estar constantemente reverberando en la visión periférica de Jane. Las aulas ocupaban largos edificios bajos de arenisca y el frondoso patio parecía repleto de lugares secretos encantadores para estimular la imaginación: escondites entre los árboles, senderos protegidos, incluso un diminuto laberinto a la medida de los niños.

Se marchó una vez que Ziggy y Chloe hubieron entrado de la mano en clase, él muy excitado y contento. Jane se dirigió al coche igual de excitada y contenta y se encontró con Madeline saludándole con la mano y una sonrisa deliciosa en el asiento del copiloto, como si fuera una gran amiga suya. Entonces experimentó una sensación de pérdida, de flojera.

Ahora estaba sentada con Madeline en el Blue Blues a la espera de que llegara el café, contemplando el agua y sintiendo el sol en la cara.

Tal vez mudarse aquí fuera el comienzo o incluso el final de algo, lo cual sería mucho mejor.

—Mi amiga Celeste vendrá enseguida —anunció Madeline—. Puede que la hayas visto dejando a los niños en el colegio. Dos pequeños terremotos rubios. Ella es alta, rubia, guapa y nerviosa.

—Creo que no —dijo Jane—. ¿Cómo es que es nerviosa si es alta, rubia y guapa?

—Exacto —contestó Madeline, como si eso respondiera a la pregunta—. Además, tiene un marido guapísimo y rico. Todavía van de la mano. Y es encantador. Me hace regalos. La verdad es que no tengo ni idea de por qué sigo siendo amiga de ella. —Consultó el reloj—. Oh, no tiene arreglo. ¡Siempre tarde! Bueno, mientras esperamos, te interrogaré a ti. —Se inclinó hacia delante para dedicar toda su atención a Jane—.

¿Eres nueva en la península? No me suena nada tu cara. Con chicos de la misma edad cabe pensar que nos habríamos encontrado en psicomotricidad, cuentacuentos y cosas por el estilo.

—Nos vamos a mudar aquí en diciembre —respondió Jane—. Ahora vivimos en Newtown, pero decidí que estaría bien vivir una temporada cerca de la playa. Nada más que por capricho, supongo.

Lo de «por capricho» le salió sin pensarlo, y eso le hizo sentirse a la vez satisfecha e incómoda.

Trató de construir el relato de un capricho, como si fuera verdaderamente una chica caprichosa. Le contó a Madeline que un día, meses atrás, había llevado a Ziggy de excursión a la playa y, al ver los anuncios de alquileres en un bloque de pisos, pensó: «¿Por qué no vivir cerca de la playa?».

Al fin y al cabo, no era mentira. No del todo.

Un día en la playa, no había dejado de repetirse una y otra vez mientras conducía por la larga carretera en descenso, como si alguien estuviera escuchando sus pensamientos, cuestionando sus motivos.

¡La playa de Pirriwee era una de las diez mejores del mundo! Lo había visto en algún sitio. Su hijo merecía ver una de las diez mejores playas del mundo. Su guapo y extraordinario hijo. No apartaba la vista de él por el espejo retrovisor, con el corazón dolorido.

No contó a Madeline que, mientras volvían al coche cogidos de la mano, pegajosos de arena, en su cabeza resonaba sin voz la palabra «socorro», como si estuviera suplicando algo: una solución, cura o salvación. ¿Salvación de qué? ¿Cura de qué? ¿Solución a qué? Su respiración se había vuelto superficial. Sentía las gotas de sudor en el nacimiento del pelo.

Luego había visto el cartel. El alquiler del piso de Newtown vencía pronto. Dos habitaciones en un feo y anodino bloque de pisos de ladrillo rojo, pero a tan solo cinco minutos andando de la playa.

—¿Y si nos mudáramos aquí? —le había dicho a Ziggy y, como los ojos de él se habían iluminado, al momento parecía que el piso era la solución idónea a todos sus males. La gente lo llamaba «cambio radical». ¿Por qué no iban a tener Ziggy y ella un cambio radical?

No le contó a Madeline que había estado de alquiler de seis en seis meses por diferentes apartamentos de Sídney desde que Ziggy era bebé, tratando de encontrar una vida con futuro. No le contó que quizá todo ese tiempo había estado dando vueltas cada vez más cerca de la playa de Pirriwee.

Tampoco le contó que, cuando salió de firmar el contrato de alquiler en la inmobiliaria, había caído por primera vez en la cuenta de qué clase de personas vivían en la península —piel dorada, cabellos secados al sol de la playa— y que había pensado en sus piernas blancuchas bajo los vaqueros y luego en lo nerviosos que se pondrían sus padres conduciendo por la serpenteante carretera de la península, su padre con los nudillos blancos al volante, solo que seguirían haciéndolo sin queja alguna, y que en ese mismo instante Jane se había convencido de que había cometido un error verdaderamente reprobable. Pero ya era demasiado tarde.

—Y aquí estoy —concluyó de forma poco convincente.

—Te va a encantar esto —dijo Madeline entusiasmada. Se ajustó el hielo en el tobillo con una mueca de dolor—. Ay. ¿Haces surf? ¿Y tu marido? O tu pareja, debería decir. O novio. Novia. Estoy abierta a todas las posibilidades.

—No tengo marido —contestó Jane—. Ni pareja. Estoy sola. Soy una madre soltera.

—¿Sí? —dijo Madeline como si Jane acabara de anunciarle algo más bien audaz y maravilloso.

—Sí. —Jane puso una sonrisa tonta.

—Bueno, ¿sabes?, a la gente siempre le gusta olvidarlo, pero yo también fui madre soltera —dijo Madeline alzando la barbilla, como si estuviera dirigiéndose a un grupo de personas que lo desaprobaran—. Mi exmarido me dejó cuando mi hija mayor era un bebé. Abigail. Tiene catorce años. Yo también era bastante joven, igual que tú. Nada más que veintiséis. Aunque creí que no sería capaz de salir adelante. Fue duro. Ser una madre soltera es duro.

—Bueno, tengo a mi madre y a mi...

—Oh, claro, claro. No estoy diciendo que no tuviera apoyo. Yo también tuve ayuda de mis padres. Pero, Dios mío. Había algunas noches, cuando Abigail estaba enferma, o yo, o peor aún, las dos, y... en fin. —Madeline calló y se encogió de hombros—. Mi exmarido se ha vuelto a casar. Tienen una niña de la misma edad que Chloe y Nathan se ha convertido en padre del año. A los hombres les pasa a menudo cuando tienen una segunda oportunidad. Abigail cree que su padre es maravilloso. Soy la única que le guarda rencor. Dicen que es bueno quitarse de encima el rencor, pero no lo sé, a mí me gusta mucho el mío. Lo cuido como a una pequeña mascota.

—Tampoco yo estoy por el perdón —dijo Jane.

Madeline sonrió y le apuntó con la cucharilla.

—Bien hecho. No perdonar jamás. No olvidar jamás. Ese es mi lema.

Jane no supo distinguir si lo decía en broma.

—¿Y el padre de Ziggy? —siguió Madeline—. ¿Sigue presente de alguna manera?

Jane no se inmutó. Había tenido cinco años para conseguirlo. Notó que se había vuelto del todo indiferente.

—No. En realidad no estábamos juntos. —Dijo la frase perfectamente—. Ni siquiera sé cómo se llamaba. Fue una... —Alto. Pausa. Apartar la mirada como si no fuera capaz de aguantarla—. Una especie de... rollo de una noche.

—¿Te refieres a sexo ocasional? —dijo inmediatamente Madeline, comprensiva, y Jane estuvo a punto de soltar la carcajada por la sorpresa que le causó. Todo el mundo, especialmente las de la edad de Madeline, reaccionaba con un delicado y ligero mohín de disgusto que decía: no, si a mí no me importa, pero ahora te coloco en una categoría diferente de persona. Jane nunca se lo tomaba a mal. A ella también le disgustaba. Solo quería despachar ese tema de conversación particular, y la mayoría de las veces lo conseguía. Ziggy era Ziggy. No había padre. A otra cosa.

«¿Por qué no dices simplemente que su padre y tú os separasteis?», le decía su madre al principio.

«Las mentiras se enredan, mamá», decía Jane. Su madre no tenía experiencia en mentiras. «De esta forma se zanja la conversación».

—Recuerdo el sexo ocasional —dijo melancólica Madeline—. Las cosas que hacía en los años noventa. Señor... Espero que Chloe no se entere. Oh, desastre. ¿Estuvo bien el tuyo?

Jane tardó unos momentos en comprender la pregunta. Le estaba preguntando si había estado bien el sexo ocasional.

Por un momento Jane volvió al ascensor transparente que subía silenciosamente por el centro del hotel. Él agarrando con la mano derecha una botella de champán por el gollete. La mano izquierda en el trasero de ella, empujándola hacia delante. Los dos partiéndose de la risa. Profundas arrugas en los ojos de él. Ella, vulnerable por la risa y el deseo. Olores caros.

Jane carraspeó.

—Supongo que estuvo bien.

—Lo siento —dijo Madeline—. Estaba siendo frívola. Ha sido solo porque estaba pensando en mi disipada juventud. O quizá porque eres muy joven y yo muy mayor y quiero hacerme la guay. ¿Cuántos años tienes? ¿Te importa que te lo pregunte?

—Veinticuatro —contestó Jane.

—Veinticuatro —repitió Madeline con un suspiro—. Yo cumplo cuarenta hoy. Creo que ya te lo había dicho. Seguro que crees que nunca tendrás cuarenta años, ¿verdad?

—Bueno, sí que espero llegar a los cuarenta —dijo Jane.

Ya había advertido que las mujeres de mediana edad estaban obsesionadas con el tema de la edad, siempre riéndose de él, quejándose, volviendo una y otra vez, como si el envejecimiento fuera un intrincado acertijo que estuvieran tratando de resolver. ¿Por qué les intrigaba tanto? Las amigas de la madre de Jane no parecían tener literalmente otro tema de conversación, por lo menos cuando hablaban con ella. «Oh, eres tan joven y guapa, Jane» (cuando estaba claro que no lo era; era como si pensaran que una cosa llevaba aparejada la otra; que, si eras joven, automáticamente eras guapa). «Oh, eres tan joven, Jane, seguro que sabes arreglarme el teléfono, el ordenador, la cámara fotográfica» (cuando de hecho a muchas amigas de su madre se les daba mejor la tecnología que a Jane). «Oh, eres tan joven, Jane, tienes tanta energía» (cuando estaba tan cansada que no podía más).

—Escucha, ¿y de qué vives? —dijo Madeline preocupada, incorporándose en el asiento, como si se tratara de un problema que exigiera solución inmediata—. ¿Trabajas?

Jane asintió con la cabeza.

—Trabajo por mi cuenta como contable. Ahora tengo una buena cartera de clientes, un montón de empresas pequeñas. Soy rápida. Así acabo el trabajo deprisa. Da para pagar el alquiler.

—Una chica inteligente —comentó Madeline positiva—. Yo también me gané la vida cuando Abigail era pequeña. Prácticamente sola. Nathan se dignaba a enviar un cheque muy de cuando en cuando. Era duro, pero también tenía algo de satisfactorio, era como una forma de decirle «que te den». Ya me entiendes.

—Claro —dijo Jane.

La vida de Jane como madre soltera no era una forma de decirle «que te den» a nadie. Al menos, no en el sentido al que se refería Madeline.

—Serás una de las madres más jóvenes de preescolar —comentó divertida Madeline. Dio un sorbo al café y sonrió maliciosamente—. Incluso eres más joven que la deliciosa nueva esposa de mi exmarido. Prométeme que no te harás amiga de ella, ¿vale? Yo te encontré primero.

—Seguro que nunca me la encontraré —dijo Jane perpleja.

—Oh, sí que lo harás —replicó Madeline con una mueca—. Su hija empieza preescolar al mismo tiempo que Chloe. ¿Te lo puedes imaginar?

Jane no podía imaginárselo.

—Las simpáticas mamás tomarán todas café y allí estará la esposa de mi exmarido sentada a la mesa con su infusión de hierbas. No te preocupes, no habrá peleas. Por desgracia, es todo muy aburrido, amistoso y terriblemente adulto. Bonnie incluso me besa al saludarme. Le da por el yoga, los chakras y toda esa mierda. Y por si creías que debes odiar a la malvada madrastra, mi hija la adora. Claro, Bonnie es tan «apacible». Lo contrario que yo. Habla en un tono de voz... suave..., bajo..., melodioso..., de los que te dan ganas de aporrear la pared.

Jane se rio de la imitación de la voz baja y melodiosa.

—Seguro que te haces amiga de Bonnie —dijo Madeline—. Es imposible odiarla. Incluso a mí, que se me da muy bien odiar, me resulta difícil. Tengo que esforzarme en cuerpo y alma. —Volvió a cambiar el hielo del tobillo—. Cuando Bonnie se entere de que me he lesionado el tobillo me traerá comida. Se vale de cualquier excusa para traerme comida hecha por ella. Probablemente porque Nathan le habrá dicho que yo era una cocinera horrible. Aunque lo peor de Bonnie es que probablemente lo haga sin maldad. Es perturbadoramente agradable. Me encantaría tirar sus comidas a la basura, pero es que son puñeteramente deliciosas. Mi marido y mis hijos me matarían. —Madeline cambió de expresión, sonrió y saludó con la mano—. Aquí está por fin. ¡Celeste! ¡Estamos aquí! ¡Ven a ver lo que me he hecho!

Jane levantó la vista y se le cayó el alma a los pies.

No debería importarle. Sabía que no debería importarle. Pero el hecho de que ciertas personas fueran tan inaceptable e hirientemente guapas le daba vergüenza. Su inferioridad quedaba en evidencia frente al mundo. Ese era el aspecto que debía tener una mujer. Exactamente ese. Ella estaba bien y Jane, mal.

«Eres una niña muy fea y gorda», le repetía insistentemente una voz al oído con un aliento cálido y fétido.

Se estremeció e intentó sonreír a la mujer horriblemente guapa que se dirigía hacia ellas.

THEA: Supongo que a estas alturas se habrá enterado de que Bonnie está casada con el exmarido de Madeline, Nathan. Conque eso era complicado. Necesitaría explorarlo. Claro que no voy a decirle cómo tiene que hacer su trabajo.

BONNIE: Eso no tiene absolutamente nada que ver. Nuestra relación era completamente amistosa. Esta misma mañana le he dejado en la puerta una lasaña vegetal para su pobre marido.

GABRIELLE: Yo era nueva en el colegio. No conocía a nadie. «Oh, somos un colegio tan afectivo», me dijo la directora. Bla, bla, bla. Déjeme decirle, lo primero que pensé al entrar en el patio de preescolar en la jornada de presentación fue: elitista. Elitista, elitista, elitista. No me sorprende que alguien haya acabado muerto. Oh, vale. Supongo que es una exageración. Me quedé un poco sorprendida.

CAPÍTULO 5

Celeste abrió la puerta de cristal del Blue Blues y vio enseguida a Madeline. Compartía mesa con una joven menuda y delgada que llevaba una falda vaquera y una camiseta blanca con el cuello en V. Celeste no reconoció a la chica. Sintió una momentánea y aguda punzada de decepción. «Nosotras dos solas», había dicho Madeline.

Celeste se resignó ante las circunstancias. Respiró hondo. Últimamente había notado que sucedía algo extraño cuando hablaba a la gente en grupos. No sabía bien cómo comportarse. Se le venía a la cabeza: ¿Me habré reído muy fuerte? ¿Me habré olvidado de reír? ¿Me habré repetido?

En cambio, cuando estaba a solas con Madeline todo estaba bien. Sentía intacta su personalidad cuando estaban las dos solas. Era porque conocía a Madeline desde hacía mucho.

Quizá necesitara un tónico. Eso es lo que habría dicho su abuela. ¿Qué era un tónico?

Sorteó las mesas que la separaban de ellas. Todavía no la habían visto. Estaban enfrascadas en la conversación. Pudo hacerse una clara idea del aspecto de la chica. Demasiado joven para ser una madre del colegio. Debía de ser una niñera o una *au pair.* Probablemente una *au pair.* ¿Tal vez europea? ¿Que no hablara mucho inglés? Eso explicaría su postura algo tiesa y forzada, como si necesitara concentrarse. Claro que también podía tratarse de alguien totalmente ajeno al colegio. Madeline se movía con facilidad por muy diversos círculos sociales, ganando de paso amigos y enemigos para toda la vida, probablemente más de los segundos. Se crecía con los conflictos y nunca era tan feliz como cuando estaba indignada.

Madeline vio a Celeste y su rostro se iluminó. Uno de los mayores encantos de Madeline era cómo se le transformaba la cara al verte, como si no hubiera nadie más en el mundo a quien quisiera ver.

—¡Hola, cumpleañera! —exclamó Celeste.

La acompañante de Madeline se giró en su asiento. Tenía el pelo castaño recogido hacia atrás, muy tirante, como si perteneciera al ejército o la policía.

—¿Qué te ha pasado, Madeline? —dijo Celeste al acercarse y ver la pierna de Madeline apoyada en la silla. Sonrió cortésmente a la chica, que pareció encogerse, como si Celeste se hubiera burlado de ella en vez de sonreírle. (Oh, Dios, le había sonreído, ¿o no?) .

—Esta es Jane —dijo Madeline—. Me recogió en la carretera cuando me torcí el tobillo por haber intentado salvar la vida a unas jóvenes. Jane, esta es Celeste.

—Hola —dijo Jane.

Había algo desnudo y descarnado en la cara de Jane, como si la hubieran frotado demasiado fuerte. Mascaba chicle con movimientos de mandíbula apenas perceptibles, como si fuera un secreto.

—Jane es una nueva madre de preescolar —dijo Madeline cuando Celeste se sentó—. Igual que tú. Por tanto, es responsabilidad mía poneros al corriente de todo cuanto necesitéis saber de la política del colegio Pirriwee. Es un campo de minas, chicas. Un campo de minas, os lo aseguro.

—¿La política del colegio? —Jane frunció el ceño y tiró de la coleta con ambas manos para dejarla más tirante todavía—. No quiero tomar parte en ninguna política del colegio.

—Yo tampoco —coincidió Celeste.

Jane recordaría siempre con qué temeridad había tentado al Destino ese día. «No quiero tomar parte en ninguna política del colegio», había dicho y alguien de por allí lo había oído sin querer y no le había gustado nada ese comentario. Demasiada confianza en uno mismo. «Ya lo veremos», dijeron antes de volver a sentarse y reírse con ganas a su costa.

El regalo de cumpleaños de Celeste era un juego de copas de champán de cristal Waterford.

—Oh, Dios mío. Me encantan. Son absolutamente preciosas —dijo Madeline. Sacó con cuidado una de la caja y la puso a la luz para admirar el intrincado motivo, hileras de lunas diminutas—. Te deben de haber costado una pequeña fortuna.

A punto estuvo de decir: «Gracias a Dios que eres muy rica, querida», pero se contuvo a tiempo. Lo habría dicho si hubieran estado solas, pero presumiblemente Jane, como madre soltera, no andaba sobrada de dinero y, por supuesto, era una falta de educación hablar de esas cosas en compañía. Bien lo sabía ella. (Se lo dijo mentalmente a su marido como defensa, porque era él quien estaba recordándole siempre las normas sociales que ella insistía en saltarse).

¿Por qué tenían todas que pasar de puntillas sobre el hecho de que Celeste tenía dinero? Ni que la riqueza fuera una enfermedad vergonzosa. Pasaba igual con su belleza. Los desconocidos dirigían a Celeste las mismas miradas furtivas que a las personas a quienes les falta algún miembro, y si alguna vez Madeline mencionaba su aspecto, Celeste reaccionaba de un modo semejante a la vergüenza. «Shhh», decía, mirando temerosa alrededor por si alguien lo hubiera oído. Todas querían ser ricas y guapas y las que de verdad lo eran tenían que hacer como si fueran igual que las demás. Oh, este loco mundo.

—A ver, la política del colegio —dijo volviendo a poner con cuidado la copa en la caja—. Empezaremos por arriba con las Melenitas Rubias.

—¿Las Melenitas Rubias? —Celeste entrecerró los ojos, como si fueran a preguntárselo más tarde.

—Las Melenitas Rubias dirigen el colegio. Si quieres estar en la junta, tienes que llevar melenita rubia. —Madeline demostró con la mano el tipo de corte de pelo—. Es como un requisito legal.

Jane se rio, una risa seca y breve, y Madeline se descubrió ansiosa por hacerla reír otra vez.

—Pero ¿son simpáticas estas mujeres? —preguntó Celeste—. ¿O hay que guardar las distancias?

—Bueno, están bien —dijo Madeline—. Muy, muy bien. Son..., mmm, ¿cómo son? Son como Madres Monitoras. Se toman muy en serio su papel de madres del colegio. Es como su religión. Son madres fundamentalistas.

—¿Hay alguna Melenita Rubia entre las madres de preescolar? —preguntó Jane.

—Veamos —contestó Madeline—. Oh, sí, Harper. Es la Melenita Rubia por antonomasia. Está en la junta y tiene una hija terriblemente superdotada con alergia a los cacahuetes. Por lo tanto, forma parte del Zeitgeist, una chica con suerte.

—Vamos, Madeline, no es ninguna suerte tener una hija con alergia a los cacahuetes —dijo Celeste.

—Ya lo sé —dijo Madeline, consciente de estar exagerando para hacer reír a Jane—. Estoy de broma. Vamos a ver. ¿Quién más? Está Carol Quigley. Obsesionada con la limpieza. Entra y sale de clase con un pulverizador.

—¡Qué va! —dijo Celeste.

—¡Que sí!

—¿Y los padres? —Jane abrió un paquete de chicles y se metió otro en la boca como si fuera de contrabando. Parecía obsesionada con los chicles, aunque apenas se le notaba cuando los mascaba. No miró a Madeline a los ojos al hacer la pregunta. ¿Acaso esperaba conocer a algún padre soltero?

—Según radio macuto este año en preescolar tenemos al menos un padre amo de casa —dijo Madeline—. Su esposa es un pez gordo en el mundo empresarial. Jackie Nosecuántos. Creo que es consejera delegada en algún banco.

—¿No será Jackie Montgomery? —dijo Celeste.

—Eso es.

—Dios mío —murmuró Celeste.

—Probablemente no la veamos nunca. Para las madres es difícil trabajar a jornada completa. ¿Quién más trabaja a jornada completa? Oh, Renata. Está en uno de esos trabajos financieros..., acciones o, no sé, opciones sobre acciones, algo así. O quizá sea analista. Creo que es eso. Analiza no sé qué. Siempre que le pido que me explique en qué trabaja me olvido de escucharla. Sus hijos también son unos genios. Evidentemente.

—Entonces, ¿Renata es una Melenita Rubia? —dijo Jane.

—No, no. Es una mujer dedicada a su profesión. Tiene niñera a jornada completa. Creo que se trajo una nueva de Francia. Le va el rollo europeo. Renata no tiene tiempo para echar una mano en la escuela. Cuando hablas con ella siempre acaba de ir a una reunión de la junta o vuelve de una reunión de la junta o se está preparando para una reunión de la junta. Digo yo, ¿con qué frecuencia tienen que reunirse estas juntas?

—Bueno, depende de... —empezó Celeste.

—Era una pregunta retórica —interrumpió Madeline—. A lo que voy es que no puede estar más de cinco minutos sin hablar de una reunión de la junta, igual que Thea Cunningham no puede estar más de cinco minutos sin decir que tiene cuatro hijos. Por cierto, también es madre de preescolar. No puede superar el hecho de tener cuatro hijos. ¿Sueno malévola?

—Sí —contestó Celeste.

—Lo siento —dijo Madeline, que se sentía un poco culpable—. Solo quería entretener. La culpa la tiene el tobillo. Ahora en serio, es un buen colegio, todo el mundo es encantador y vamos todas a pasarlo muy, muy bien y hacer nuevas amigas de lo más encantadoras.

Jane se rio e hizo su discreto gesto de mascar chicle. Parecía estar tomando café y mascando chicle al mismo tiempo. Resultaba extraño.

—Entonces, a esos niños «superdotados» —preguntó Jane—, ¿les hacen alguna prueba o algo?

—Hay todo un proceso de verificación —dijo Madeline—. Y tienen programas y «oportunidades» especiales. Están en la misma clase, pero se les asignas tareas más difíciles, me figuro, y a veces salen para mantener sesiones especiales con un profesor especializado. Mira, evidentemente nadie quiere que su hijo se aburra en clase, esperando a que todos se pongan a su nivel. Lo comprendo perfectamente. Solo que me pone un poco... Bueno, por ejemplo, el año pasado tuve un pequeño conflicto, por así decirlo, con Renata.

—A Madeline le encantan los conflictos —contó Celeste a Jane.

—No sé cómo, Renata encontró tiempo entre las reuniones de la junta para pedir a las profesoras que organizaran una salida especial solo para chicos superdotados. A ver una obra de teatro. Digo yo que no hay que ser puñeteramente superdotado para disfrutar del teatro. Soy directora de marketing del Teatro Peninsular de Pirriwee, así es como lo he sabido.

—Ganó ella, claro —sonrió Celeste.

—Gané yo, claro —dijo Madeline—. Conseguí un descuento especial por grupo, fueron todos los chicos, conseguí champán a mitad de precio para todos los padres en el descanso y lo pasamos muy bien.

—¡Oh, hablando de eso! ¡Casi me olvido de darte tu champán! ¿Se me habrá...? Oh, sí, aquí está. —Rebuscó por el voluminoso bolso de paja con su energía característica y sacó una botella de Bollinger.

—No puedo regalarte las copas sin el champán.

—¡Vamos a beber un poco ahora! —Madeline levantó en un arrebato repentino la botella por el gollete.

—No, no —dijo Celeste—. ¿Estás loca? Es demasiado temprano para beber. Tenemos que recoger a los chicos dentro de dos horas. Además, no está frío.

—¡Desayuno con champán! —dijo Madeline—. Encaja perfectamente con tu forma de presentarlo. Tomaremos champán y zumo de naranja. ¡Media copa de cada! Más de dos horas. ¿Te animas, Jane?

—Creo que podría tomar un sorbo —dijo Jane—. Se me sube enseguida.

—Seguro que sí porque andarás por los diez kilos —dijo Madeline—. Nos vamos a llevar bien. Me encanta la gente a la que el alcohol se le sube enseguida. Así me toca más.

—Madeline —dijo Celeste—, déjalo para otra ocasión.

—Pero es que es la Fiesta de Madeline —dijo Madeline triste—. Y estoy lesionada.

—Pásame una copa. —Celeste puso los ojos en blanco.

THEA: Jane estaba achispada cuando recogió a Ziggy de la presentación. Y eso da un cierto perfil, ¿sabe? Madre soltera joven que bebe desde por la mañana temprano. Además, masca chicle. La primera impresión no es buena. Eso es lo único que estoy diciendo.

BONNIE: Por amor de Dios, ¡ninguna estaba borracha! Habían desayunado con champán en el Blue Blues por los cuarenta años de Madeline. Estaban un poco risueñas. De todas maneras, hablo de oídas porque no pudimos acudir a la jornada de presentación. Estábamos en un Retiro de Sanación Familiar en Byron Bay. Fue una experiencia espiritual increíble. ¿Quiere la referencia de la página web?

HARPER: Se sabía desde el primer día que Madeline, Celeste y Jane hacían piña. Llegaron del brazo como si tuvieran doce años. Renata y yo no fuimos invitadas a su pequeña *soirée*, aunque conocíamos a Madeline desde que nuestros hijos iban a preescolar pero, como le dije a Renata esa noche, mientras tomábamos un menú degustación divino en Remy's (por cierto, antes de que el resto de Sídney lo descubriera), me traía completamente sin cuidado.

SAMANTHA: Yo estaba trabajando. Stu llevó a Lily a la presentación. Comentó que unas madres habían llegado de desayunar champán. Le dije: «Bien, ¿cómo se llaman? Esas son de las mías».

JONATHAN: Me lo perdí todo. Stu y yo estábamos hablando de críquet.

MELISSA: Yo no le he dicho nada, pero, por lo visto, Madeline Mackenzie llegó tan borracha esa mañana que se cayó y se hizo un esguince en el tobillo.

Graeme: Creo que están errando el tiro. No veo cómo un inoportuno desayuno con champán pudo haber conducido a un asesinato y al caos.

El champán nunca es un error. Ese había sido siempre un mantra de Madeline.

Solo que después Madeline sí que se preguntó si en este caso podría haber habido un ligero error de juicio. No porque estuvieran borrachas, que no lo estaban, sino porque al entrar en el colegio riéndose juntas las tres (Madeline había decidido que no quería perderse la salida de Chloe quedándose en el coche, de manera que entró a la pata coja, colgada del brazo de las otras dos) habían ido dejando un inconfundible aroma a fiesta.

Y a la gente no le gusta perderse una fiesta.

CAPÍTULO 6

Jane no estaba borracha cuando volvió al colegio a recoger a Ziggy. Como mucho habría tomado tres sorbos de aquel champán.

Pero se sentía eufórica. Algo había habido en el ¡pop! del tapón del champán, la transgresión que suponía, lo insólito de toda la mañana, las frágiles copas altas a la luz del sol, el barista con aspecto de surfista y sus exquisitas *cupcakes* con velas, el olor del océano, la sensación de que quizá estuviera haciendo nuevas amistades con estas mujeres que, desde luego, tan diferentes le resultaban del resto de sus amigas: más mayores, ricas y sofisticadas.

—Harás nuevas amistades cuando Ziggy empiece el colegio —le había repetido una y otra vez su madre, entre nerviosa e irritada, y Jane había tenido que hacer un gran esfuerzo para no poner los ojos en blanco y reaccionar como una adolescente emocionada y malhumorada ante un nuevo instituto. La madre de Jane tenía tres buenas amigas que había conocido veinticinco años atrás, cuando Dane, el hermano mayor de Jane, entró en preescolar. Habían salido juntas a tomar café esa mañana y a raíz de eso habían sido inseparables.

—No necesito nuevas amistades —había dicho Jane a su madre.

—Sí que las necesitas. Necesitas hacerte amiga de otras madres —le había dicho su madre—. ¡Para apoyaros mutuamente! Entenderán por lo que estás pasando.

Pero Jane ya lo había intentado en vano con un grupo de madres. No había podido relacionarse con aquellas mujeres brillantes y dicharacheras y sus parloteos acerca de maridos que no «ascendían» y obras de reforma que no terminaban antes de que naciera el bebé y la vez aquella tan graciosa que estaban tan ajetreadas y cansadas que habían salido de casa sin darse nada de maquillaje. (Jane, que en ese momento no llevaba maquillaje, pues no se lo ponía nunca, no había movido un músculo de la cara, aunque por dentro gritó: ¿y a mí qué coño me importa?).

Y, sin embargo, curiosamente, se relacionaba con Madeline y Celeste, aunque en realidad lo único que tenían en común era que sus hijos iban a empezar en preescolar, y, por otro lado, por muy segura que Jane estuviera de que Madeline jamás saldría de casa sin maquillarse, intuía que tanto ella como Celeste (que tampoco llevaba maquillaje; afortunadamente su belleza era suficientemente llamativa sin aditivos) podrían gastarle bromas a Madeline al respecto y que ella se reiría y les seguiría la corriente, como si fueran amigas de toda la vida.

Por eso lo sucedido pilló a Jane desprevenida.

No estaba alerta. Estaba demasiado centrada en enterarse de cómo era el colegio de Pirriwee (todo tan bonito y compacto; daba la impresión de que la vida era manejable), en disfrutar de la luz del sol y del aún novedoso olor a mar. Jane se sentía colmada de placer ante la perspectiva de que Ziggy fuera al colegio. Por primera vez desde el nacimiento del niño, la responsabilidad de ocuparse de la infancia de Ziggy se le representaba como una carga ligera. Su nuevo apartamento quedaba a corta distancia a pie del colegio. Irían caminando todos los días por la playa y la cuesta flanqueada de árboles.

El colegio de barrio residencial al que había ido ella daba a una autopista de seis carriles y recibía el aroma de pollo a la barbacoa de la tienda de al lado. No tenía zonas de juegos bien diseñadas, a la sombra y con mosaicos de delfines y ballenas sonrientes de bonitos colores. Ni desde luego murales de paisajes submarinos o esculturas de tortugas en medio de los areneros.

—Qué bonito es este colegio —dijo a Madeline, mientras Celeste y ella la llevaban a la pata coja en busca de un asiento—. Es como mágico.

—Ya lo sé. En el concurso de preguntas del año pasado se recaudó dinero para remodelar el patio —dijo Madeline—. Las Melenitas Rubias saben cómo recaudar. El tema fue «famosos muertos». Fue muy divertido. Por cierto, ¿se te dan bien los concursos de preguntas y respuestas, Jane?

—Soy muy buena en concursos de preguntas y respuestas —dijo Jane—. Eso y los puzles son mi especialidad.

—¿Puzles? —dijo Madeline al estirar la pierna después de sentarse en un banco de madera pintado de azul instalado alrededor del tronco de una higuera de Bahía Moreton—. Prefiero pincharme alfileres en los ojos.

No tardó en formarse un corro de madres a su alrededor y Madeline hizo los honores, presentando a Jane y Celeste a las madres con hijos mayores que ya conocía y contándoles la historia de cómo se había torcido el tobillo por salvar vidas de jóvenes.

—Típico de Madeline —dijo a Jane una mujer que se llamaba Carol. Era una mujer de mirada suave con un vestido estampado de verano con mangas de farol y un gran sombrero de paja. Parecía recién salida de la blanca iglesia de madera de

La casa de la pradera. (¿Carol? ¿No era la que había dicho Madeline que le gustaba limpiar? Carol la limpia)—. A Madeline le encanta pelearse —prosiguió Carol—. Con cualquiera. Nuestros hijos juegan juntos al fútbol y el año pasado se enfrentó con un padre gigante. Todos los maridos se escondieron y Madeline le plantó cara, tocándole así con el dedo en el pecho, sin ceder ni un palmo. Un milagro que no la matara.

—¡Oh, ese! El coordinador de los menores de siete años. —Madeline escupió las palabras «coordinador de los menores de siete años» como si fueran «asesino en serie»—. ¡Aborreceré a ese hombre hasta el día en que me muera!

Entretanto, Celeste se había hecho ligeramente a un lado y charlaba de ese modo inquieto y titubeante que Jane ya estaba empezando a reconocer como característico de ella.

—¿Puedes volver a decirme cómo se llama tu hijo? —preguntó Carol a Jane.

—Ziggy.

—Ziggy —repitió Carol insegura—. ¿Es un nombre étnico?

—Hola, me llamo Renata. —Ante Jane apareció con la mano tendida una mujer con pelo gris y fuerte de corte simétrico e intensos ojos castaños tras unas estilosas gafas de montura negra. Fue como ser abordada por un político. Dijo su nombre con un énfasis extraño, como si Jane hubiera estado esperándola.

—¡Hola! Me llamo Jane. ¿Qué tal estás? —Jane procuró igualar su entusiasmo. Se preguntó si sería la directora del colegio.

Una mujer rubia bien vestida, que Jane situó entre las que Madeline llamaba Melenitas Rubias, irrumpió con un sobre amarillo en la mano.

—Renata —dijo, sin fijarse en Jane—, tengo el informe de educación del que hablamos anoche en la cena...

—Dame un momento, Harper —dijo Renata con tono de impaciencia. Se volvió a Jane—. ¡Encantada de conocerte, Jane! Soy la madre de Amabella, y tengo a Jackson en segundo. Por cierto, es Amabella, no Annabella. Es francés. No nos lo hemos inventado. —Harper seguía detrás del hombro de Renata, asintiendo respetuosamente a lo que decía, como los que están detrás de los políticos en las ruedas de prensa—. Bueno, solo quería presentarte a la niñera de Amabella y Jackson, ¡que resulta que también es francesa! *Quelle coincidence!* Esta es Juliette. —Renata señaló a una chica *petite* con el pelo rojo corto y una cara extrañamente llamativa dominada por una boca de labios enormes y sensuales. Parecía una alienígena muy bonita.

—Encantada de conocerte. —La niñera extendió una mano lánguida. Tenía un fuerte acento francés y se la veía más aburrida que un hongo.

—Lo mismo digo —contestó Jane.

—Siempre he creído que es bueno que las niñeras se conozcan. —Renata miró con intensidad entre ambas—. Un pequeño grupo de apoyo, podríamos decir. ¿De qué nacionalidad eres?

—Ella no es la niñera, Renata —dijo Madeline muerta de risa desde el banco.

—Bueno, pues entonces, *au pair* —dijo Renata con impaciencia.

—Renata, escúchame, es la madre —dijo Madeline—. Solo que es joven. Ya sabes, como lo fuimos nosotras.

Renata miró incómoda a Jane, como si sospechara que se trataba de una broma, pero antes de que Jane pudiera decir nada (le pareció que debía disculparse), alguien dijo: «Ya están aquí», y todos los padres avanzaron, mientras una guapa profesora con hoyuelos, que parecía que ni pintada para el puesto de profesora de preescolar, dejaba salir a los niños del aula.

Dos pequeños rubios fueron los primeros en salir como disparados por un cañón y se lanzaron derechos hacia Celeste. «Uf», gruñó ella tras recibir sendos cabezazos en el estómago.

—Me gustaba mucho la idea de tener gemelos hasta que conocí a los diablillos de Celeste —le había contado Madeline a Jane cuando estuvieron tomando champán y zumo de naranja, mientras Celeste sonreía sin hacer mucho caso ni, aparentemente, tomárselo a mal.

Chloe salió tranquilamente del aula del brazo de otras dos niñas que parecían princesas. Jane recorrió el grupo de niños con mirada inquieta en busca de Ziggy. ¿Lo habría dejado solo Chloe? Allí estaba. Uno de los últimos en salir, pero se le veía contento. Jane levantó los pulgares de «Todo bien» y él le devolvió el gesto con una sonrisa.

Hubo un alboroto repentino. Todo el mundo se quedó mirando.

Era una niña de pelo rizado. La última en salir del aula. Estaba llorando, con los hombros echados hacia delante, oprimiendo el cuello.

—Oooh —dijeron las madres por lo desamparada y valiente que se la veía, además de tener un pelo precioso.

Jane vio a Renata dirigirse rápidamente hacia la niña, seguida a paso más calmado por la niñera del rostro peculiar. Madre, niñera y guapa profesora rubia se inclinaron a la altura de la niña para escucharla.

—¡Mamá! —Ziggy corrió hacia Jane y ella lo levantó en volandas. Como si hiciera un siglo que no lo veía, como si hubiera ido de viaje a lejanos países exóticos. Enterró la nariz en el pelo de él.

—¿Qué tal? ¿Ha sido divertido?

La profesora, antes de que Ziggy pudiera contestar, dijo en voz alta:

—¿Podéis escuchar un momento todos los padres y niños? Hemos pasado una mañana muy buena, pero hay una cosa de la que tenemos que hablar. Es un poco seria.

Temblaron los hoyuelos en las mejillas de la profesora, como si quisiera quitárselos para mejor ocasión.

Jane dejó que Ziggy se deslizara a sus pies.

—¿Qué pasa? —dijo alguien.

—Creo que le ha pasado algo a Amabella —dijo otra madre.

—Oh, Dios —se oyó decir en voz baja—. Mirad cómo se está poniendo Renata.

—Bien, alguien ha pegado a Annabella, perdón, Amabella, y quiero que quien haya sido venga a pedirle perdón porque nosotros no pegamos a nuestros amigos del colegio, ¿verdad? —dijo la profesora poniendo voz de profesora—. Y, si pegamos, siempre pedimos perdón porque eso es lo que hacen los niños buenos de preescolar.

Se hizo silencio. Unos niños miraban perplejos a la profesora o se balanceaban mirándose los pies. Otros ocultaban la cara contra la falda de sus madres.

Uno de los gemelos de Celeste le tiró de la blusa:

—¡Tengo hambre!

Madeline fue cojeando desde el banco bajo el árbol y se puso junto a Jane.

—¿A qué viene este revuelo? —Miró a su alrededor—. Ni siquiera sé dónde está Chloe.

—¿Quién ha sido, Amabella? —dijo Renata a la niña—. ¿Quién te ha pegado?

La niña dijo algo inaudible.

—¿Ha sido un accidente, quizá, Amabella? —insistió la profesora.

—No ha sido un accidente, por lo que más quieras —soltó Renata, con el rostro encendido de justa cólera—. Alguien ha querido ahogarla. Puedo verle las huellas en el cuello. Creo que va a tener moretones.

—Santo Dios —dijo Madeline.

Jane vio a la profesora agacharse a la altura de la niña, rodearle los hombros con el brazo y ponerle la boca al oído.

—¿Tú viste lo que pasó? —preguntó Jane a Ziggy, quien negó enérgicamente.

La profesora se puso en pie y jugueteó con un pendiente mientras se dirigía a los padres:

—Por lo visto, uno de los chicos... Hum, bien. El problema es que todavía no saben los nombres de los demás, por lo que Amabella no puede decirme exactamente qué chico…

—¡No vamos a dejar pasar esto! —interrumpió Renata.

—¡Desde luego que no! —coincidió la amiga rubia que revoloteaba a su alrededor.

Harper, pensó Jane, tratando de hacerse con todos los nombres sin equivocarse. Harper la Revoloteadora.

La profesora respiró hondo.

—No. No vamos a dejarlo pasar. Me pregunto si podría pedir a todos los niños, bueno, en realidad, quizá solo a los chicos, que se acerquen un momento.

Las madres empujaron suavemente a sus hijos por entre los omoplatos.

—Acércate —dijo Jane a Ziggy.

Él le agarró de la mano con mirada suplicante:

—Quiero irme a casa ya.

—Está bien. Será solo un momento.

Ziggy avanzó y se puso junto a un niño que le sacaba la cabeza, con el pelo negro rizado y hombros grandes. Parecía un pequeño gánster.

Los chicos formaron una fila irregular delante de la profesora. Eran unos quince, de todos los tamaños y formas. Los gemelos rubios de Celeste se hallaban en un extremo: uno de ellos estaba pasando un coche en miniatura por la cabeza de su hermano y el otro se lo sacudía como a una mosca.

—Es como una fila de reconocimiento policial —dijo Madeline.

Alguien rio con disimulo.

—Cállate, Madeline.

—Deberían mirar todos de frente y luego todos de perfil —siguió Madeline—. Si es uno de tus chicos, Celeste, la niña no va a saber distinguirlos. Tendremos que hacer la prueba del ADN. Por cierto, ¿los gemelos tienen el mismo ADN?

—Tú puedes reírte, Madeline, tu hija no es sospechosa —dijo otra madre.

—Tienen el mismo ADN, pero distintas huellas digitales —contestó Celeste.

—Perfecto, entonces tendremos que tomarles las huellas digitales —replicó Madeline.

—Shhh —dijo Jane conteniendo la risa.

Le daba mucha pena la madre del niño que estaba a punto de ser públicamente humillado.

La niña que se llamaba Amabella agarró la mano de su madre. La niñera de pelo rojo cruzó los brazos y dio un paso atrás.

Amabella examinó la fila de los chicos.

—Ha sido él —dijo inmediatamente, señalando al pequeño gánster—. Ha intentado ahogarme.

Lo sabía, pensó Jane.

Pero, entonces, la profesora apoyó casualmente la mano en el hombro de Ziggy, mientras la niña asentía con la cabeza y Ziggy negaba:

—¡Yo no he sido!

—Sí, ha sido él —dijo la niña.

SARGENTO DETECTIVE ADRIAN QUINLAN: Se está efectuando una autopsia en este momento para determinar la causa de la muerte, pero ya puedo confirmar que la víctima sufrió fracturas en las costillas del lado derecho, la pelvis, la base del cráneo, el pie derecho y las vértebras lumbares.

CAPÍTULO 7

Oh, desastre, pensó Madeline.

Maravilloso. Acababa de hacerse amiga de la madre de un pequeño matón. Con lo majo y cariñoso que parecía en el coche. Gracias a Dios que no había intentado ahogar a Chloe. Eso habría sido embarazoso. Aparte de que Chloe lo habría dejado fuera de combate con un gancho de derecha.

—Ziggy nunca haría... —dijo Jane.

Se había puesto lívida. Estaba horrorizada. Madeline vio apartarse a los demás padres, formando un círculo alrededor de Jane.

—No pasa nada. —Madeline puso la mano en el brazo de Jane como consuelo—. ¡Son niños! ¡Todavía no están civilizados!

—Perdonen. —Jane pasó entre dos madres y el resto del grupo como si estuviera subiendo a un escenario. Puso la mano en el hombro de Ziggy. A Madeline se le partió el corazón por ambos. Jane era tan joven que podría ser su hija. De hecho, le recordaba a Abigail: la misma timidez y humor vergonzoso y lacónico.

—Oh, Dios —dijo Celeste al lado de Madeline—. Esto es horrible.

—Yo no he hecho nada —aseguró Ziggy con voz clara.

—Ziggy, solo tenemos que pedir perdón a Amabella, nada más —dijo la señorita Barnes.

Bec Barnes había dado clase a Fred cuando estuvo en preescolar. En su primer año después de salir de la facultad de Educación. Era buena, pero también muy joven todavía, y un poco demasiado propensa a agradar a las madres, lo cual estaba bien si se trataba de Madeline, pero no cuando se trataba de Renata Klein, y menos cuando la invadían deseos de venganza. Aunque, todo hay que decirlo, cualquier madre querría recibir unas disculpas si otro niño hubiera intentado ahogar al suyo. (Además, Madeline había puesto en evidencia a Renata por haber confundido a Jane con su niñera. A Renata no le gustaba que la tomaran por tonta. Al fin y al cabo, sus hijos eran unos genios. Tenía una reputación que mantener. Y juntas a las que asistir).

Jane miró a Amabella.

—Cariño, ¿estás segura de que este es el niño que te ha pegado? —dijo Jane mirando a Amabella.

—¿Puedes pedir perdón a Amabella, por favor? Le has hecho mucho daño —dijo Renata a Ziggy en tono amable, pero enérgico—. Luego nos podemos ir a casa todos.

—Pero es que no he sido yo —dijo Ziggy alto y claro, mirando a Renata directamente a los ojos.

Madeline se quitó las gafas de sol y le dio vueltas al asunto. ¿Y si no hubiera sido él? ¿Podría haberse equivocado Amabella? ¡Pero era una superdotada! Además, era una niña encantadora. Había quedado a jugar con Chloe y era de trato muy fácil. Dejaba que Chloe le impusiera el papel de segundona en todos los juegos que empezaban.

—No mientas —soltó Renata a Ziggy. Había dejado su comportamiento bien educado de «Sigo portándome bien con los hijos de los demás incluso cuando pegan a los míos»—. Solo tienes que pedir perdón.

Madeline vio la reacción instantánea e instintiva del cuerpo de Jane, como la sacudida repentina de una serpiente o el salto de un animal. Irguió la espalda. Levantó la barbilla.

—Ziggy no miente.

—Bueno, puedo asegurarte que Amabella sí que está diciendo la verdad.

El grupo de madres se quedó en silencio. Incluso los demás niños callaron, excepto los gemelos de Celeste, que estaban persiguiéndose por el patio y gritando algo sobre los ninjas.

—Muy bien, parece que aquí hemos acabado en tablas.

La señorita Barnes no tenía ni idea de qué demonios hacer. Tenía solo veinticuatro años, por amor de Dios.

Chloe reapareció al lado de Madeline, jadeante por el esfuerzo de los ejercicios en las barras.

—Quiero ir a nadar —anunció.

—Shhh —dijo Madeline.

Chloe suspiró.

—¿Puedo ir a nadar, por favor, mamá?

—Shhh.

A Madeline le dolía el tobillo. No estaba resultando un cuarenta cumpleaños muy bueno, la verdad. Vaya Fiesta de Madeline. Lo que necesitaba era volver a sentarse. Pero siguió renqueante en medio del grupo.

—Renata —dijo—, ya sabes cómo son los niños...

Renata volvió la cabeza para fulminar a Madeline con la mirada.

—El niño tiene que ser responsable de sus actos. Tiene que ver que hay consecuencias. No puede ir por ahí ahogando a los demás niños y decir que no ha sido él. Además, ¿a ti qué te importa, Madeline? Métete en tus asuntos.

Madeline se ofendió. ¡Solo quería ayudar! Y decir «métete en tus asuntos» había sido una gran torpeza por parte de

Renata. A raíz del conflicto por la salida al teatro para superdotados del año pasado, Renata y ella se mostraban irascibles la una con la otra, aun cuando aparentemente siguieran siendo amigas.

En realidad, a Madeline le gustaba Renata, si bien en su relación había cierta competitividad desde el principio.

«Mira, soy de esas personas que se aburrirían como hongos si tuvieran que ser madres a jornada completa», le había dicho confidencialmente Renata a Madeline, sin ánimo de ofender porque Madeline no era madre a jornada completa, puesto que trabajaba a tiempo parcial. Pero siempre flotaba en el aire que Renata era la inteligente, la que necesitaba más estímulo mental porque, mientras que Madeline tenía un trabajo, ella tenía una carrera profesional.

Añádase a esto que Jackson, el hijo mayor de Renata, era famoso en el colegio por ganar todos los torneos de ajedrez, mientras que Fred, el hijo de Madeline, lo era por ser el único estudiante en la historia del colegio Pirriwee lo suficientemente valiente como para trepar a la enorme higuera de Bahía Moreton y saltar una distancia imposible hasta el tejado para recuperar treinta y cuatro pelotas de tenis. (Hubo que llamar a los bomberos para rescatarlo. En el colegio se le tenía un enorme respeto).

—No importa, mamá. —Amabella levantó la vista a su madre con los ojos aún llorosos. Madeline pudo ver las huellas rojas de los dedos en el cuello de la pobre niña.

—Sí que importa —replicó Renata. Se volvió a Jane—: Por favor, haz que tu hijo pida perdón.

—Renata —dijo Madeline.

—No te metas en esto, Madeline.

—Sí, creo que no deberíamos meternos, Madeline —intervino Harper, quien, por supuesto, estaba al lado y se pasaba la vida dando la razón a Renata.

—Lo siento, pero no puedo hacer que pida perdón por algo que dice que no ha hecho —respondió Jane.

—Tu hijo miente —aseguró Renata, con la mirada encendida por detrás de las gafas.

—Creo que no —replicó Jane levantando la barbilla.

—Quiero irme a casa ya, por favor, mamá —dijo Amabella.

Se echó a llorar en serio. La nueva niñera francesa de aspecto extraño, que había permanecido todo el tiempo en silencio, la tomó en brazos y la niña rodeó con las piernas la cintura de la joven y hundió la cara en su cuello. En la frente de Renata latía una vena. Apretaba y aflojaba los puños.

—Esto es completamente... inaceptable —dijo a la pobre y afligida señorita Barnes, que probablemente se estaba preguntando por qué no habían trabajado situaciones como esta en la universidad.

Renata se inclinó hasta poner la cara a pocos centímetros de la de Ziggy.

—Si vuelves a tocar así a mi hija tendrás un gran problema.

—¡Eh! —dijo Jane.

Renata no le hizo caso. Se incorporó y se dirigió a la niñera:

—Vámonos, Juliette.

Cruzaron el patio con andares decididos, mientras los padres hacían como que estaban muy ocupados atendiendo a sus hijos.

Ziggy las vio irse. Levantó la vista a su madre, se rascó la nariz y dijo:

—Creo que no quiero venir más a este colegio.

SAMANTHA: Todos los padres tienen que ir a declarar a la comisaría de policía. Todavía no me ha tocado a mí. Me pongo enferma de pensarlo. Probablemente creerán que soy culpable. En serio, me siento culpable cuando se detiene a mi lado un coche de policía en un semáforo.

CAPÍTULO 8

Cinco meses antes de la noche del concurso de preguntas

Los renos se han comido las zanahorias!

Al abrir los ojos con las primeras luces del día, Madeline se encontró delante de sus narices con una zanahoria mordisqueada. Ed, que roncaba pacíficamente a su lado, había puesto la noche anterior mucho empeño y tiempo en roer las zanahorias para imitar auténticos mordiscos de renos. Chloe estaba en pijama, cómodamente sentada a horcajadas sobre Madeline: con el pelo revuelto, la sonrisa ancha y los ojos brillantes y abiertos como platos.

Madeline se frotó los ojos y miró el reloj. Las seis de la mañana. Probablemente era lo mejor que podían esperar.

—¿Crees que Santa Claus le habrá dejado una patata a Fred? —dijo Chloe esperanzada—. ¡Porque este año ha sido bastante malo!

Madeline les había dicho a sus hijos que si se portaban mal Santa Claus podría dejarles una patata envuelta y que se quedarían para siempre sin saber a qué maravilloso regalo sustituía.

El deseo más ferviente de Chloe para la Navidad era que su hermano recibiera una patata. Probablemente le hacía más ilusión que la casa de muñecas bajo el árbol. Madeline había considerado seriamente la posibilidad de envolver patatas para ambos. Sería un incentivo para que se portaran bien a lo largo del año. «Acordaos de la patata», podría decirles. Pero Ed no se lo permitiría. Era insoportablemente amable.

—¿Se ha levantado ya tu hermano?

—¡Lo despertaré! —exclamó Madeline y, antes de que pudiera impedírselo, ya se había ido corriendo por el pasillo.

Ed se movió.

—Todavía no es por la mañana, ¿verdad? No puede ser.

—«Decora los pasillos con ramas de acebo» —cantó Madeline—. «¡Tra la la la la!».

—Mil dólares si dejas de cantar eso ahora mismo —dijo Ed.

Se puso la almohada sobre la cara. Con lo amable que era, había sido sorprendentemente cruel con lo de su canto.

—No tienes mil dólares —dijo Madeline, y empezó con *Noche de paz.*

Sonó un mensaje en el móvil y lo tomó de la mesilla sin dejar de cantar.

Era de Abigail. Este año iba a pasar la Nochebuena y la Navidad con Bonnie, su padre y su media hermana, Skye, que había nacido tres meses después que Chloe, una niña rubia y mágica, que seguía a Abigail a todas partes como una adorable mascota. Se parecía mucho a Abigail de niña y eso hacía sentirse a Madeline incómoda e incluso a veces con ganas de llorar, como si le hubieran robado algo muy valioso. Era evidente que Abigail prefería a Skye antes que a Chloe y Fred, que se negaban a idolatrarla, y eso llevaba a Madeline a pensar a menudo: «Pero, Abigail, Chloe y Fred son tus hermanos de verdad y deberías quererlos más», cosa que no era cierta técnicamente.

Madeline no se podía creer que los tres estuvieran en pie de igualdad como medio hermanos de Abigail.

Leyó el mensaje:

Feliz Navidad, mamá. Papá, Bonnie, Skye y yo estamos aquí en el Albergue desde las cinco y media de la mañana. ¡Ya he pelado cuarenta patatas! Es una experiencia maravillosa poder ayudar así. Qué afortunados somos. Con cariño, Abigail.

—No ha pelado una maldita patata en su vida —murmuró Madeline mientras contestaba.

Eso es maravilloso, querida. Feliz Navidad a ti también, hasta pronto, bss.

Dejó el teléfono en la mesilla de golpe, repentinamente agotada, y procuró que no asomara a sus ojos el arrebato de ira que sentía.

«Qué afortunados somos... una experiencia mavarillosa».

Esto de una chica de catorce años que se quejaba si le pedías que pusiera la mesa. Su hija estaba empezando a hablar como Bonnie.

—Bla, bla, bla —dijo en voz alta.

La semana pasada Bonnie había contado a Madeline que estaba organizando que toda la familia colaborara la mañana de Navidad en un albergue de personas sin hogar. «Odio la burda comercialización de la Navidad, ¿tú no?», había dicho Bonnie, cuando se encontraron mientras hacían compras. Madeline había estado haciendo las compras navideñas y tenía las muñecas cargadas de docenas de bolsas de plástico. Fred y Chloe iban comiendo piruletas y tenían los labios de un rojo chillón. En cambio, Bonnie llevaba un bonsái en una maceta y Skye iba a su lado comiendo una pera. (Una maldita pera, le había contado a Celeste después. Por algún motivo, le superaba lo de la pera).

¿Cómo demonios se las había arreglado Bonnie para sacar de la cama a su exmarido a esas horas de la mañana y trabajar en un albergue de personas sin techo? Cuando estuvieron casados, Nathan no se levantaba antes de las ocho. Bonnie debía de hacerle mamadas orgánicas.

—Abigail está teniendo una *experiencia maravillosa* con Bonnie en un albergue de personas sin techo —dijo Madeline a Ed.

Ed se quitó la almohada de la cara.

—Qué asco —dijo.

—Lo sé —dijo Madeline.

Por eso lo amaba.

—Café —dijo solidario—. Te traeré café.

—¡LOS REGALOS! —gritaron Fred y Chloe desde el pasillo.

Chloe y Fred no se hartaban de la comercialización de la Navidad.

Harper: ¿Puede imaginar lo extraño que debe de haber sido para Madeline tener a la hija de su exmarido en la misma clase de preescolar que su propia hija? Recuerdo que Renata y yo hablamos de eso en el *brunch*. Nos preocupaba mucho cómo afectaría a la dinámica de la clase. Por supuesto, a Bonnie le encantaba aparentar que todo era estupendo y amistoso. «Oh, hemos comido todos juntos por Navidad». Por favor. Anoche les vi en el concurso de preguntas. ¡Vi que Bonnie le tiraba encima toda la bebida a Madeline!

CAPÍTULO 9

Empezaba a clarear cuando Celeste despertó la mañana de Navidad. Perry estaba profundamente dormido y no se oía nada en la habitación contigua donde estaban durmiendo los niños. Se habían vuelto prácticamente locos de excitación por si Santa Claus no los encontraba en Canadá (le habían enviado cartas para informarle del cambio de dirección) y, con el reloj biológico trastocado, Perry y ella habían tenido un serio problema para conseguir que se acostaran. Los chicos compartían una cama doble, habían estado peleando del modo histérico que a veces solían, pasando en un momento de la risa al llanto, hasta que Perry les gritó desde su habitación: «¡A dormir, chicos!», y de pronto se hizo el silencio. Cuando Celeste fue a verlos segundos después, estaban ambos boca arriba, con los brazos y las piernas extendidas, como si el agotamiento los hubiera dejado al mismo tiempo fuera de combate.

—Ven a ver esto —había dicho a Perry y él se reunió con ella y estuvieron un rato contemplándolos, antes de sonreírse mutuamente y salir de puntillas a tomar una copa para celebrar la Navidad.

Ahora Celeste se deslizó fuera del edredón de plumas y se dirigió a la ventana que daba al lago helado. Apoyó la mano en el cristal. Estaba frío, aunque la habitación estaba caldeada. En el centro del lago había un gran árbol de Navidad adornado con luces rojas y verdes. Caían suavemente los copos de nieve. Era tan bonito que le pareció que casi podía saborearlo. Cuando evocara estas vacaciones recordaría su sabor, pleno, frutal, como el vino caliente que habían tomado antes.

Hoy, una vez que los chicos hubieran abierto los regalos y desayunado en la habitación (¡tortitas con sirope de arce!), saldrían a jugar a la nieve. Harían un muñeco de nieve. Perry les había reservado un viaje en trineo. Después él colgaría en Facebook fotos de todos ellos retozando en la nieve. Escribiría algo como: «¡Los chicos tienen sus primeras Navidades blancas!». Le encantaba Facebook. Todo el mundo le gastaba bromas con eso. Un gran y próspero banquero colgando fotos en Facebook, escribiendo animados comentarios sobre las recetas de las amigas de su esposa.

Celeste volvió la vista a la cama donde Perry estaba durmiendo. Siempre dormía con el ceño levemente fruncido, como si sus sueños lo intrigaran.

Nada más despertar quiso entregar inmediatamente su regalo a Celeste. Le encantaba hacer regalos. Supo que quería casarse con él cuando vio la expectación con que miraba a su madre abrir un regalo que él le había comprado. «¿Te gusta?», explotó en cuanto ella rasgó el envoltorio, y toda la familia se rio de él por sonar como si fuera un niño grande.

Celeste no tenía que fingir que le gustaban sus regalos. Lo que eligiera resultaba perfecto. Siempre había presumido de su habilidad para elegir regalos bien pensados, pero Perry le llevaba ventaja. En su último viaje al extranjero había encontrado un extravagante tapón de cristal para el champán. «En cuanto lo vi, pensé en Madeline», había dicho. A Madeline le había encantado, por supuesto.

El día de hoy sería perfecto en todos los sentidos. Las fotos de Facebook no mentirían. Qué alegría. En su vida habría mucha alegría. Era un hecho cierto y verificable.

Realmente no tendría que abandonarlo hasta que los chicos terminaran la secundaria.

Entonces sería el momento adecuado para irse. El día en que acabaran sus últimos exámenes. «Dejen a un lado sus bolígrafos», dirían los examinadores. Ese sería el instante en que Celeste dejaría a un lado su matrimonio.

Perry abrió los ojos.

—¡Feliz Navidad! —dijo Celeste sonriendo.

GABRIELLE: Llegué tarde la noche del concurso de preguntas porque, como siempre, mi marido se retrasó, de manera que tuve que aparcar a varios kilómetros, con lo que estaba lloviendo. El caso es que vi a Celeste y Perry sentados en el coche estacionado, cerca de la entrada del colegio. Era extraño porque miraban al frente, sin hablarse ni mirarse, cada uno con su disfraz. Celeste estaba fabulosa, por supuesto. La he visto comer hidratos de carbono como si no hubiera un mañana, así que no me venga con que en este mundo hay justicia.

CAPÍTULO 10

Jane se despertó al oír bajo la ventana de su apartamento los gritos de ¡Feliz Navidad! de la gente por la calle. Se sentó en la cama y se palpó la camiseta, que estaba empapada en sudor. Había soñado que estaba tumbada boca arriba mientras Ziggy permanecía de pie a su lado con su pijama corto de Ben 10, sonriéndole al tiempo que le ponía un pie en la garganta.

—¡Aparta, Ziggy, no puedo respirar! —había intentado decirle, pero él había dejado de sonreírle y la observaba con benévolo interés, como si estuviera llevando a cabo un experimento científico.

Se llevó la mano a la garganta y respiró hondo.

No era más que un sueño. Y los sueños no significan nada.

Ziggy estaba en la cama con ella. Su cálida espalda apretada contra ella. Se volvió a mirarlo y le pasó la yema de un dedo por la piel suave y delicada de los pómulos.

Todas las noches se acostaba en su cama y por las mañanas despertaba en la de ella. Ninguno de los dos se acordaba de cómo había llegado allí. Será cosa de magia, decidieron.

«A lo mejor me lleva una bruja buena por las noches», había dicho Ziggy, con los ojos como platos y un amago de sonrisa, porque solo creía a medias en ese tipo de cosas.

«Algún día dejará de hacerlo», decía la madre de Jane cada vez que Jane contaba que Ziggy se metía en su cama por las noches. «No seguirá haciéndolo cuando tenga quince años».

En la nariz de Ziggy había una peca nueva que Jane no había visto antes. Ahora tenía tres pecas en la nariz. Trazaban la silueta de una vela.

Algún día se acostaría una mujer en la cama junto a Ziggy y observaría su rostro dormido. El labio superior estaría moteado por los diminutos puntos negros del bigote. En lugar de esos hombros estrechos de niño tendría el pecho ancho.

¿Qué clase de hombre sería?

Va a ser un hombre amable y encantador, igual que Poppy, decía su madre taxativamente, como si lo supiera con una certeza absoluta.

La madre de Jane creía que Ziggy era la reencarnación de su propio y amado padre. O, en cualquier caso, hacía como si lo creyera. Nadie sabía a ciencia cierta si hablaba en serio. Poppy había muerto seis meses antes de que naciera Ziggy, justo cuando la madre de Jane iba por la mitad de un libro sobre un chico que supuestamente era la reencarnación de un piloto de combate de la Segunda Guerra Mundial. La idea de que su nieto pudiera ser realmente su padre se le había grabado en la cabeza. La había ayudado en el duelo.

Y, por supuesto, no había ningún yerno que se ofendiera por oír que su hijo era en realidad el abuelo de su esposa.

No es que Jane fomentara la idea de la reencarnación, pero tampoco se oponía a ella. Puede que Ziggy fuera Poppy. A veces reconocía un leve rasgo de Poppy en la cara de Ziggy, especialmente cuando estaba concentrado. El mismo entrecejo fruncido.

Su madre había montado en cólera cuando Jane le llamó para contarle lo sucedido en la jornada de presentación. Ese niño nunca ha hecho daño a una mosca. Es igual que Poppy. ¿Te acuerdas de que Poppy era incapaz de aplastar a una mosca? Tu abuela hacía aspavientos gritando: «¡Mátala, Stan! ¡Mata a ese maldito bicho!».

Luego había seguido un silencio que significaba que a la madre de Jane le había dado un ataque de risa. Reía por lo bajo.

Jane había esperado hasta que su madre se había vuelto a poner al teléfono y había dicho con voz temblorosa:

—¡Oh, qué bien me ha sentado! La risa es maravillosa para la digestión. Pero ¿por dónde íbamos? ¡Ah, sí! ¡Ziggy! ¡Vaya criatura malcriada! Ziggy no, la niña. ¿Por qué acusaría a nuestro querido Ziggy?

—Ya lo sé. Pero la cuestión es que no parecía una malcriada. La madre es horrible, pero la hija parecía agradable. No una malcriada.

No se le escapó la inseguridad en su propia voz ni a su madre tampoco.

—Pero, querida, no te estarás planteando que Ziggy intentara realmente ahogar a otro niño, ¿verdad?

—Por supuesto que no —había dicho Jane, y había cambiado de tema.

Mulló la almohada y adoptó una postura más cómoda. Quizá no pudiera volver a dormir.

«Ziggy te despertará al rayar el alba», le había dicho su madre, pero a Ziggy no se le veía particularmente emocionado con las Navidades este año y Jane se preguntó si sería culpa suya. Tenía a menudo la incómoda sensación de que estaba fabricando una patraña de vida para él, una infancia ficticia. Ponía todo su empeño en crear pequeños rituales y tradiciones familiares con ocasión de cumpleaños y vacaciones. «¡Vamos a poner el calcetín ahora mismo!». Pero ¿dónde? Se había mudado demasiadas veces como para tener un sitio fijo. ¿Los pies de la cama? ¿La manija de la puerta? Estaba confusa y la voz le salía chillona y forzada. Había algo de fraude. Los rituales no eran auténticos, como en otras familias donde había madre y padre y al menos otro hermano. A veces creía que tal vez Ziggy le estuviera siguiendo la corriente, que podía ver en su interior y sabía que le estaba dando gato por liebre.

Observó cómo subía y bajaba su pecho.

Qué guapo era. Imposible que hiciera daño a esa niña y mintiera al respecto.

Pero todos los niños dormidos son guapos. Incluso los niños verdaderamente horribles probablemente parecen guapos cuando están dormidos. ¿Cómo podía estar segura de que no había sido él? ¿Acaso alguien conoce a sus hijos? Los hijos son pequeños extraños que cambian, desaparecen y vuelven a presentarse constantemente. De la noche a la mañana pueden aparecer nuevos rasgos de personalidad.

Y luego estaba...

«No lo pienses. No lo pienses».

El recuerdo revoloteaba por su mente como una mariposa atrapada. Había hecho un gran esfuerzo por escapar desde que la niña señaló a Ziggy. El nudo en la garganta. El terror en aumento, invadiendo su mente. Un grito ahogado.

«No, no, no».

Ziggy era Ziggy. No podía haber sido. Nunca lo haría. Ella conocía a su hijo.

Se movió. Abrió sus párpados cruzados de venas azules.

—Adivina qué día es hoy —dijo Jane.

—¡Navidad! —exclamó Ziggy.

Se incorporó tan rápido que chocó con la cabeza contra la nariz de Jane y ella cayó sobre la almohada con lágrimas en los ojos.

Thea: Siempre pensé que en ese niño había algo que no era bueno. El tal Ziggy. Algo raro en los ojos. Los chicos necesitan una figura paterna. Lo siento, pero es así.

Stu: Menudo lío se formó con el tal Ziggy. No sabía qué creer.

CAPÍTULO 11

Vuelas tan alto como este avión, papá? —preguntó Josh.
Llevaban unas siete horas en el vuelo de vuelta de Vancouver a Sídney. Hasta ese momento bien. Sin peleas. Habían puesto a los niños en los asientos de ventanilla, mientras que Celeste y Perry ocupaban los de pasillo.

—No. ¿Te acuerdas de lo que te conté? Tengo que volar muy bajo para evitar que me detecte el radar —dijo Perry.

—Oh, sí. —Josh volvió a mirar por la ventanilla.

—¿Por qué tienes que evitar que te detecte el radar? —preguntó Celeste.

Perry meneó la cabeza y compartió una condescendiente sonrisa de «¡Mujeres!» con Max, que iba sentado al lado de Celeste y se había inclinado a escuchar la conversación.

—¿Está claro, verdad, Max?

—Es alto secreto, mamá —le explicó Max amablemente—. Nadie sabe que papá puede volar.

—Oh, claro —dijo Celeste—. Lo siento. Qué tonta.

—Mira, si me pillaran probablemente querrían hacerme una batería de pruebas —dijo Perry—. Para averiguar cómo he alcanzado estos superpoderes, y luego querrían reclutarme para la fuerza aérea y tendría que ir en misiones secretas.

—Sí, y no queremos eso —concluyó Celeste—. Papá ya viaja bastante.

Perry alargó la mano por el pasillo y la apoyó en la de Celeste a modo de silenciosa petición de perdón.

—En realidad no puedes volar —dijo Max.

Perry enarcó las cejas, puso unos ojos como platos y se encogió de hombros.

—¿Que no puedo?

—Yo creo que no —dijo Max inseguro.

Perry guiñó un ojo a Celeste por encima de la cabeza de Max. Llevaba años contando a los niños que poseía secretas habilidades voladoras, entrando en detalles absurdos sobre cómo había descubierto sus poderes secretos a los quince años, edad en la que probablemente ellos también aprenderían a volar, siempre que heredaran sus poderes y comieran suficiente brócoli. Los chicos no habrían sabido decir si hablaba en serio o no.

—Yo volé ayer cuando di un gran salto esquiando —dijo Max. Empleó la mano para mostrar la trayectoria—. ¡Sshu!

—Sí que volaste —replicó Perry—. A papá por poco le da un ataque al corazón.

Max se rio.

Perry entrelazó las manos y estiró la espalda.

—Ay. Todavía estoy tieso de intentar seguiros el ritmo. Sois demasiado rápidos.

Celeste lo observó. Tenía buen aspecto: bronceado y relajado tras cinco días de esquí y trineo. Ese era el problema. Se sentía desesperada e irremisiblemente atraída hacia él.

—¿Qué? —Perry la miró de reojo.

—Nada.

—Buenas vacaciones, ¿verdad?

—Magníficas —dijo Celeste con entusiasmo—. Mágicas.

—Creo que este va a ser un buen año para nosotros —dijo Perry sosteniéndole la mirada—. ¿No crees? Con los chicos empezando en el colegio, esperamos que tengas más tiempo para ti, yo... —Se interrumpió y pasó el pulgar por el brazo del asiento como si estuviera efectuando alguna prueba de control de calidad. Luego la miró—. Voy a hacer todo lo que esté en mi mano para hacer que este sea un buen año para nosotros. —Sonrió tímidamente.

Solía hacer eso. Decir o hacer algo que la hacía sentirse tan loca por él como el primer año en que coincidieron en aquel aburrido almuerzo de trabajo donde había comprendido por primera vez aquellas dos palabras: perdidamente enamorada.

Celeste sintió que la inundaba una oleada de paz. Por el pasillo se acercaba una azafata con galletas de chocolate hechas a bordo. El aroma era delicioso. Tal vez iba a ser un buen año para ellos.

Quizá podría quedarse. Siempre era un alivio cuando se permitía creer que podría quedarse.

—Vámonos a la playa cuando lleguemos a casa —dijo Perry—. Construiremos un gran castillo de arena. Un día un muñeco de nieve. Y al otro, un castillo de arena. Dios, chicos, qué buena vida os dais.

—Sí. —Josh bostezó y se estiró lujosamente en su asiento de clase preferente—. Es muy buena.

Melissa: Recuerdo haber visto a Celeste y Perry con los gemelos en la playa durante las vacaciones escolares. Dije a mi marido: «Creo que es una de las nuevas madres de preescolar». Por poco se le salieron los ojos de las órbitas. Celeste y Perry acaramelados, riéndose y ayudando a sus hijos a construir un castillo de arena verdaderamente complicado. Vomitivo, a decir verdad. Incluso sus castillos de arena eran mejores que los nuestros.

CAPÍTULO 12

Sargento detective Adrian Quinlan: Estamos contemplando todos los factores, todos los móviles posibles.

Samantha: ¿Así que estamos empleando en serio la palabra... asesinato?

Cuatro meses antes de la noche del concurso de preguntas

—Quiero quedar a jugar con Ziggy —anunció Chloe una cálida noche de verano a principios de año.

—Muy bien —dijo Madeline.

Sus ojos estaban fijos en su hija mayor. Abigail había tardado una eternidad en cortar el filete en cuadrados diminutos y ahora los empujaba de acá para allá, como si los estuviera ordenando en un complicado mosaico. No se había llevado un solo trozo a la boca.

—Deberías quedar a jugar con Skye. —Abigail dejó el tenedor y se dirigió a Chloe—. Está muy emocionada por ir a la misma clase que tú.

—Eso es bonito, ¿verdad? —dijo Madeline en el tono forzado y meloso que sabía que empleaba cada vez que salía en la conversación la hija de su exmarido—. ¿No es muy bonito?

Ed farfulló algo tras la copa de vino y Madeline le lanzó una mirada de reproche.

—Skye es como mi hermana, ¿verdad, mamá? —dijo Chloe. A diferencia de su madre, se había emocionado al enterarse de que iba a ir a preescolar con Skye y le había hecho la misma pregunta cuarenta mil veces.

—No, Skye es medio hermana de Abigail —dijo Madeline con santa paciencia.

—¡Pero si yo también soy hermana de Abigail! —dijo Chloe—. ¡Eso significa que Skye y yo debemos ser hermanas! ¡Podríamos ser gemelas como Josh y Max!

—A propósito de eso, ¿has visto a Celeste desde que volvieron de Canadá? —preguntó Ed—. Las fotos que Perry subió a Facebook eran impresionantes. Deberíamos pasar unas Navidades en la nieve algún día. Cuando nos toque la lotería.

—Brrr —exclamó Madeline—. Se les ve helados.

—Se me daría genial el *snowboard* —dijo Fred soñador.

Madeline se estremeció. Fred era un yonqui de la adrenalina. Si había algo que escalar, lo escalaba. Ella ya no podía soportar verlo patinar. A los siete años ya saltaba, giraba y lanzaba su pequeño cuerpo por el aire como un chico con el doble de edad. Siempre que veía entrevistar por televisión a esos tipos enrollados y relajados sobre sus últimas aventuras de puenting/escalada/qué-más-podemos-hacer-para-matarnos, pensaba: ese es Fred. Encajaba incluso por el pelo de surfista, desaliñado y demasiado largo, que llevaba.

—Necesitas cortarte el pelo —dijo ella.

Fred arrugó la nariz pecosa con asco.

—¡No!

—Llamaré a la madre de Ziggy —dijo Madeline a Chloe—. Y lo organizaré para que quedéis a jugar.

—¿Estás segura de que es una buena idea, Madeline? —preguntó Ed en voz baja—. Parece que es un poco brusco. ¿No fue él el que... ya sabes?

—Bueno, no lo sabemos con seguridad —contestó Madeline.

—Pero dijiste que Amabella Klein lo señaló en una fila de reconocimiento.

—Ya ha habido más personas inocentes señaladas en filas policiales de reconocimiento —dijo Madeline.

—Si ese chico le pone un dedo encima a Chloe...

—Por el amor de Dios, Ed —protestó Madeline—. ¡Chloe sabe cuidarse! —Miró el plato de Abigail—. ¿Por qué no comes?

—Nos caen bien Renata y Geoff —insistió Ed—. De modo que si su hija dice que este chico, el tal Ziggy, le ha hecho daño, deberíamos apoyarlos. Además, ¿qué clase de nombre es Ziggy?

—Tampoco nos caen tan bien Renata y Geoff —replicó Madeline—. ¡Come, Abigail!

—Ah, ¿no? —dijo Ed—. A mí me parece que sí me cae bien Geoff.

—Lo toleras —matizó Madeline—. Es el observador de pájaros, Ed, no el golfista.

—¿Sí? —dijo Ed decepcionado—. ¿Estás segura?

—Estás pensando en Gareth Hajek.

—¿Seguro? —Ed frunció el ceño.

—Sí —dijo Madeline—. Chloe, deja de agitar el tenedor por el aire. Casi le sacas a Fred un ojo. ¿Te encuentras mal, Abigail? ¿Por eso no comes?

Abigail dejó el cuchillo y el tenedor.

—Creo que me voy a hacer vegana —anunció solemnemente.

Bonnie era vegana.

—Por encima de mi cadáver —dijo Madeline.

O del de cualquier otro, ya puestos.

THEA: ¿Sabe que Madeline tiene una hija de catorce años, Abigail, de su anterior matrimonio? Me dan mucha pena los hijos de hogares rotos. Estoy muy contenta de poder ofrecer a mis hijos un entorno estable. Estoy segura de que Madeline y Bonnie se pelearon por Abigail en el concurso de preguntas de ayer.

HARPER: La verdad es que oí a Madeline decir: «Voy a matar a alguien antes de que acabe la noche». Me imaginé que tendría algo que ver con Bonnie. No es que esté señalado a nadie, por supuesto.

BONNIE: Sí, Abigail es mi hijastra y es absolutamente cierto que tenía algunos, bueno, problemas, problemas típicos de adolescente, pero Madeline y yo estábamos actuando en equipo para ayudarla. ¿Huele a mirto limón? Es la primera vez que pruebo este incienso. Es bueno para el estrés. Aspire profundamente. Eso es. Parece que necesita desestresarse un poco, perdone que se lo diga.

CAPÍTULO 13

Fue uno de esos días. Había pasado un tiempo. No sucedía desde mucho antes de Navidad. Celeste tenía la boca seca y hundida. La cabeza le estallaba de dolor. Seguía a Perry y los chicos por el patio con el cuerpo rígido, cautelosa, como si fuera un vaso alto y frágil a punto de derramarse.

Era extraordinariamente consciente de todo: el aire cálido en los brazos desnudos, las tiras de las sandalias entre los dedos de los pies, los bordes de las hojas de la higuera de Bahía Moreton, que se recortaban contra el azul del cielo. Se parecía a la intensidad con la que sientes cuando acabas de enamorarte o quedarte embarazada o ponerte sola al volante por primera vez. Todo resultaba importante.

—¿Os peleáis Ed y tú? —le había preguntado a Madeline en cierta ocasión.

—Como el perro y el gato —había dicho tranquilamente Madeline.

De alguna manera, Celeste captó que se refería a una cosa completamente distinta.

—¿Podemos enseñar primero las barras trepadoras a papá? —gritó Max.

Las clases se reanudarían al cabo de dos semanas, pero la tienda de uniformes abría dos horas esa mañana de forma que los padres pudieran cubrir sus necesidades para el próximo curso. Perry tenía el día libre y, después de recoger los uniformes de los chicos, iba a ir al cabo para llevarlos a bucear.

—Claro —dijo Celeste a Max.

Salió corriendo y, según lo vio alejarse, se dio cuenta de que no era Max. Era Josh. Estaba perdiendo el control. Creía que se estaba concentrando demasiado, cuando no se estaba concentrando lo suficiente.

Perry le pasó la yema de los dedos por debajo del brazo y ella se estremeció.

—¿Estás bien? —preguntó. Se levantó las gafas de sol y ella pudo verle los ojos. El blanco era muy blanco. Los ojos de Perry siempre estaban claros y brillantes, en cambio ella siempre los tenía inyectados en sangre la mañana después de una discusión.

—Perfectamente. —Le sonrió.

Él devolvió la sonrisa y la atrajo hacia sí.

—Estás guapa con ese vestido —le dijo al oído.

Al día siguiente se comportaban siempre así: tiernos y trémulos, como si hubieran pasado juntos por algo terrible, del tipo de un desastre natural, como si hubieran salvado la vida por los pelos.

—¡Papá! —gritó Josh—. ¡Ven a vernos!

—¡Ya voy! —gritó Perry.

Se aporreó el pecho como un gorila y corrió tras ellos, con la espalda encorvada y los brazos colgando, haciendo ruidos de gorila. Los chicos se volvieron locos de delicioso terror y salieron corriendo.

Había sido una mala pelea, dijo ella para sus adentros. Todas las parejas se pelean.

La noche anterior los niños habían dormido en casa de la madre de Perry.

—Haced una cena romántica sin estos pequeños rufianes —les había dicho.

Todo había empezado por el ordenador.

Celeste estaba comprobando el horario de atención al público de la tienda de uniformes cuando el ordenador dijo algo de un «error catastrófico».

—¡Perry! —le había llamado desde el despacho—. ¡El ordenador está estropeado! —Aunque algo dentro de sí le advertía: «No, no se lo cuentes. ¿Y si no sabe arreglarlo?».

Estúpida, estúpida, estúpida. Mira que lo sabía. Pero ya era demasiado tarde. Él entró sonriente en el despacho.

—Hazte a un lado, mujer —dijo.

Se le daban bien los ordenadores. Le gustaba poder resolverle problemas a ella y habría sido perfecto si hubiera sabido arreglarlo todo entonces.

Pero no podía.

Pasaban los minutos y ella dedujo por la tensión de sus hombros que no estaba saliendo bien.

—No te preocupes —dijo—. Déjalo.

—Puedo hacerlo —dijo él, moviendo el ratón de un lado para otro—. Sé cuál es el problema... Lo único que necesito para..., maldita sea.

Volvió a lanzar improperios. Al principio en voz baja y luego más alto. Su voz era como una bofetada. Ella se estremecía cada vez.

Y mientras la furia de él iba subiendo de tono, brotó en ella una especie de furia paralela, porque ya podía ver exactamente cómo iba a transcurrir la noche y cómo habría transcurrido si no hubiera cometido semejante «error catastrófico».

El plato de mariscos que había preparado quedaría sin probar. La pavlova iría directamente de la bandeja al cubo de la basura. Tanto tiempo, dinero y esfuerzo desperdiciados. Odiaba desperdiciar cosas. Le ponía enferma.

Por eso, cuando dijo: «Por favor, Perry, déjalo», había un deje de frustración en su voz. Fue culpa suya. Quizá si le hubiera hablado tranquilamente. Si hubiera sido más paciente. Si no hubiera dicho nada.

Giró la silla para mirarla. Ya tenía los ojos brillantes de ira. Demasiado tarde. Estaba fuera de sí. Se acabó lo que se daba.

Y, sin embargo, ella no se echó para atrás. Se negó a hacerlo. Peleó hasta el final porque le parecía injusto y absurdo. Solo le había pedido ayuda para arreglar el ordenador. No debería ser así, pero parte de ella seguía alimentando una cólera sorda, aun cuando empezaron los gritos, el corazón se le desbocó y sus músculos se tensaron. No es justo. No está bien.

Como los chicos no estaban en casa, fue peor de lo normal. No tenían que bajar la voz y hablar en susurros a puerta cerrada. La casa era demasiado grande para que los vecinos los oyeran gritar. Fue casi como si aprovecharan la ocasión para pelear sin trabas.

Celeste se dirigió a las barras. Estaban en una umbrosa y fresca esquina del patio. A los chicos les encantaría jugar aquí cuando empezaran el colegio.

Perry estaba haciendo dominadas mientras los chicos contaban. Sus hombros se movían con elegancia. Tenía que mantener las piernas en alto porque las barras eran muy bajas y tocaba en el suelo. Siempre había sido un atleta.

¿Había alguna parte enferma y dañada de Celeste a la que en realidad le gustaba vivir así y deseaba este matrimonio sucio y vergonzoso? Así se lo planteaba ella. Como si Perry y ella estuvieran atrapados en extrañas prácticas sexuales repugnantes y pervertidas.

Y el sexo formaba parte de ello.

Después, siempre había sexo. Cuando terminaba. Sobre las cinco de la mañana. Sexo feroz y airado con lágrimas en la cara, tiernas disculpas y la eterna canción: «Nunca más, lo juro, por mi vida, nunca más, esto tiene que acabar, tenemos que ponerle fin, deberíamos buscar ayuda, nunca más».

—Vamos —dijo a los chicos—. Vamos a la tienda de uniformes antes de que cierren.

Perry se dejó caer ágilmente al suelo y agarró a los gemelos, uno con cada brazo.

—¡Os pillé!

¿Lo quería tanto como lo odiaba? ¿Lo odiaba tanto como lo quería?

—Deberíamos probar con otro psicólogo —le había dicho esa mañana temprano.

—Tienes razón —había dicho él, como si fuera una posibilidad real—. A mi vuelta. Entonces hablaremos de eso.

Salía de viaje al día siguiente. Viena. Era una «cumbre» patrocinada por su empresa. Debía pronunciar un discurso sobre algo terriblemente complejo y global. Había multitud de acrónimos y una jerga incomprensible y él llevaba un pequeño puntero que proyectaba un punto de luz roja sobre la presentación en PowerPoint preparada por su asistente ejecutivo.

Perry viajaba a menudo. A veces lo sentía como una incongruencia en su vida. Un visitante. Su vida real tenía lugar cuando no estaba él. Lo que sucediera nunca importaba demasiado porque siempre estaba a punto de irse, al día siguiente o a la semana siguiente.

Dos años atrás habían ido a una psicóloga. Celeste había acudido llena de optimismo, pero nada más ver el sofá barato de vinilo y el rostro animoso y serio de la psicóloga, supo que era un error. Vio que Perry comparaba su inteligencia y posición social superiores con las de la psicóloga y supo que esa iba a ser la primera y última visita.

No le dijeron la verdad a la psicóloga. Hablaron de que a Perry le resultaba frustrante que Celeste no se levantara temprano por la mañana y que siempre llegara tarde. Celeste dijo que a veces «Perry perdía los nervios».

¿Cómo iban a reconocer ante una extraña lo que sucedía en su matrimonio? Sus vergüenzas. Lo terrible de sus comportamientos. Eran una pareja con buena imagen. La gente llevaba años diciéndoselo. Eran admirados y envidiados. Tenían todos los privilegios del mundo. Viajes al extranjero. Una casa bonita.

Fue descortés y desagradecido portarse como lo hicieron.

—Déjenlo —habría dicho seguramente aquella mujer amable y animosa, disgustada y contrariada.

Celeste quería que la psicóloga adivinara. Quería que hiciera la pregunta adecuada. Pero nunca la hizo.

Al marcharse del gabinete de la psicóloga, estaban tan contentos de haber salido y haber acabado la función que se fueron al bar de un hotel a tomar una copa en plena tarde y coquetearon el uno con el otro sin poder quitarse las manos de encima. Sin acabar la copa, Perry se levantó de repente, la tomó de la mano y la llevó al mostrador de recepción. Cogieron una habitación. Ja, ja. Qué divertido, qué sexi. Como si la psicóloga lo hubiera arreglado todo. Porque, a ver, ¿cuántas parejas casadas hacían eso? Después ella se había sentido sórdida, sexi, desaliñada y sumida en la desesperación.

—¿Dónde está la tienda de uniformes? —dijo Perry mientras atravesaban el patio principal del colegio.

—Yo qué sé —dijo Celeste—. ¿Cómo voy a saberlo? ¿Por qué debería saberlo?

—¿La tienda de uniformes dice? Es por aquí.

Celeste se volvió. Era la vehemente mujer pequeña con gafas del día de la presentación. La que había dicho que Ziggy había intentado ahogar a su hija. La niña de pelo rizado iba con ella.

—Me llamo Renata —dijo la mujer—. Nos conocimos el año pasado el día de la presentación. Eres amiga de Madeline Mackenzie. Amabella, estate quieta. ¿Qué estás haciendo? —La niña estaba agarrada a la blusa blanca de su madre y se escondía vergonzosamente tras su cuerpo—. Ven a decir hola. Estos chicos estarán contigo en clase. Son gemelos idénticos. ¡Qué interesante! —Miró a Perry, que había depositado a los chicos a sus pies—. ¿Cómo demonios los distinguís?

Perry le tendió la mano.

—Perry —dijo—. No sabemos distinguirlos. Ni idea de cuál es cuál.

Renata estrechó con entusiasmo la mano a Perry. Él siempre caía bien a las mujeres. Era esa sonrisa de dientes blancos a lo Tom Cruise y el modo de dedicarles toda su atención.

—Renata. Encantada de conocerte. A por los uniformes de los chicos, ¿no? ¡Qué emoción! Amabella iba a haber venido con la niñera, pero como la reunión de la junta ha terminado antes he decidido venir yo.

Perry asentía como si todo eso fuera fascinante.

Renata bajó la voz.

—Amabella sufre un poco de ansiedad a raíz del incidente del colegio. ¿Te lo contó tu esposa? Un chico intentó ahogarla el día de la presentación. Tenía marcas en el cuello. Un chico que se llama Ziggy. Pensamos seriamente en denunciarlo a la policía.

—Eso es terrible —exclamó Perry—. Dios. Pobre hija tuya.

—Pa-pá —dijo Max tirando de la mano de su padre—. ¡Date prisa!

—En realidad, lo siento —dijo Renata mirando abiertamente a Celeste—. ¡Estoy metiendo la pata! ¿No habíais celebrado Madeline y tú una pequeña fiesta de cumpleaños con la madre de ese chico? ¿Jane? ¿Se llamaba así? Una chica muy joven. La tomé por una *au pair.* Debéis de ser muy buenas amigas, por lo que yo sé. Me he enterado de que estuvisteis tomando champán. ¡Por la mañana!

—¿Ziggy? —Perry frunció el ceño—. No conocemos a nadie con un hijo que se llame Ziggy, ¿verdad?

Celeste carraspeó.

—Conocí a Jane aquel mismo día —dijo a Renata—. Recogió a Madeline cuando se lesionó el tobillo. Era..., bueno, parecía muy agradable.

No tenía especial interés en tomar partido por la madre de un acosador, pero eso no impedía que le gustara Jane. La pobre chica se había quedado consternada cuando la hija de Renata había señalado a Ziggy.

—Se engaña, eso es lo que le pasa —aseveró Renata—. Se niega en redondo a aceptar que su precioso hijo hiciera lo que hizo. Le he dicho a Amabella que se mantenga bien lejos del tal Ziggy. Yo de ti se lo diría también a tus hijos.

—Probablemente es una buena idea —dijo Perry—. No hay necesidad de que anden con mala gente desde el primer día.

Su tono era desenfadado y humorístico, como si no se lo estuviera tomando en serio, si bien, conociendo a Perry, el desenfado era una cortina de humo. Tenía una paranoia particular con el acoso por su propia experiencia de niño. Cuando se trataba de sus hijos, era como un tipo del servicio secreto y miraba alrededor con suspicacia, escrutando el parque o el patio en busca de chicos rudos, perros salvajes o pedófilos haciéndose pasar por abuelos.

Celeste abrió la boca, pero no dijo nada. «Tienen cinco años. ¿No es todo esto un poco exagerado?».

Pero luego volvió a tener una sensación extraña con Ziggy. Solo lo había visto de pasada en el colegio, pero había algo en él que la confundía, algo que la llenaba de desconfianza.

(Aunque era un niño de cinco años encantador, igual que sus hijos. ¿Cómo podía sentir eso hacia un niño de cinco años?).

—¡Mamá! ¡Vamos! —Josh tiró del brazo de Celeste. Ella se agarró su dolorido hombro derecho.

—¡Ay! —Por un momento el dolor fue tan agudo que tuvo que contener las náuseas.

—¿Estás bien? —dijo Renata.

—¿Celeste? —dijo Perry.

Ella pudo ver la sensación de vergüenza de él, que sabía por qué a Celeste le dolía tanto. Habría una exquisita joya en su maleta cuando volviera de Viena. Una más para su colección. Nunca se la pondría y él nunca preguntaría por qué.

Celeste no pudo hablar por un momento. Palabras grandes, fuertes se agolpaban en su boca. Se imaginó dejándolas salir.

«Mi marido me pega, Renata. En la cara nunca, por supuesto. Tiene demasiada clase para eso. ¿El tuyo te pega a ti? Y, si es así, y esta es la cuestión que realmente me interesa: ¿le devuelves tú los golpes?».

—Estoy estupendamente —dijo.

CAPÍTULO 14

He invitado a Jane y a Ziggy para que los niños jueguen juntos la semana que viene. —Madeline había llamado a Celeste en cuanto colgó a Jane—. Creo que también deberíais venir tú y tus chicos. Por si nos quedamos sin tema de conversación.

—Perfecto —dijo Celeste—. Muchas gracias. Quedar a jugar con el chico que...

—Sí, sí —interrumpió Madeline—. El pequeño estrangulador. Pero, ya sabes, nuestros hijos no son precisamente tímidos cervatillos.

—Pues ayer vi a la madre de la víctima cuando íbamos a por los uniformes de los chicos —comentó Celeste—. Renata. Ha dicho a su hija que no tenga ninguna relación con Ziggy y sugirió que yo dijera lo mismo a mis hijos.

Madeline apretó el teléfono.

—¡No tiene derecho a decirte eso!

—Creo que estaba preocupada...

—¡No puedes marginar a un niño sin haber empezado el colegio siquiera!

—Bueno, no lo sé, es comprensible, desde su punto de vista, quiero decir que si eso le hubiera pasado a Chloe, pues, me figuro...

Madeline apretó el teléfono contra el oído mientras la voz de Celeste divagaba. Era muy suyo: estaba charlando con absoluta normalidad y de pronto se iba volando con las hadas.

Claro que así era como se habían conocido, porque Celeste estaba soñando. Sus hijos iban juntos a clase de natación de pequeños. Chloe y los gemelos estaban en una pequeña plataforma al borde de la piscina, mientras el monitor hacía practicar por turno a cada niño para que aprendiera a flotar y nadar estilo perrito. Madeline ya se había fijado en la guapa madre que contemplaba la clase, pero nunca se había molestado en hablar con ella. Madeline solía concentrarse en vigilar a Fred, que entonces tenía cuatro años y era muy travieso. Ese día afortunadamente habían entretenido a Fred con un helado y Madeline estaba viendo a Chloe cuando le tocó flotar como una estrella de mar cuando, de pronto, se dio cuenta de que en la plataforma solo estaba uno de los gemelos.

—¡Eh! —gritó Madeline al monitor—. ¡¡¡Eh!!!

Buscó a la madre guapa. Allí estaba, con la mirada perdida.

—¡Tu niño! —gritó.

La gente movió la cabeza a cámara lenta. El vigilante de la piscina no apareció por ninguna parte.

—Hay que joderse —dijo Madeline y se tiró al agua vestida, con los zapatos de tacón y todo, y sacó a Max del fondo de la piscina, tosiendo y escupiendo.

Madeline había gritado a todo el que veía, mientras Celeste abrazaba a los dos chicos empapados y daba las gracias, aturdida, entre sollozos. La escuela de natación pidió dócilmente disculpas al tiempo que se desentendía increíblemente del suceso. El niño no había estado en peligro, aunque lamentaban que pareciera lo contrario y revisarían sus métodos de actuación.

Ambas habían sacado a sus hijos de la escuela de natación y Celeste, que había sido abogada, les escribió una carta exigiendo compensación por los zapatos y el vestido de lavado en seco de Madeline, además del reembolso de todas las cuotas abonadas.

Así fue como se hicieron amigas. Cuando Celeste le presentó a Madeline a Perry, quedó claro que solo le había dicho a su marido que se habían conocido en la clase de natación. No siempre era necesario contarle a tu marido toda la historia.

Ahora Madeline cambió de tema.

—¿Ha ido Perry de viaje a comosellame esta vez? —preguntó.

La voz de Celeste era repentinamente clara y nítida otra vez.

—Viena. Sí. Se ha ido tres semanas.

—¿Ya estás echándole de menos? —dijo Madeline. En broma.

Hubo una pausa.

—¿Sigues ahí? —preguntó Madeline.

—Me gusta cenar una tostada —dijo Celeste.

—Oh, sí, yo ceno yogur y galletas de chocolate cuando Ed se va de viaje —dijo Madeline—. Dios mío, ¿por qué tengo esta cara de cansada?

Estaba hablando por teléfono sentada en la cama de la habitación de invitados junto a la cocina donde solía doblar la ropa y había visto su reflejo en el espejo del armario lateral. Se levantó de la cama y se dirigió al espejo, con el teléfono aún al oído.

—Tal vez porque estés cansada —sugirió Celeste.

Madeline presionó con las yemas de los dedos debajo de los ojos.

—¡Pero si he dormido muy bien! —exclamó—. Todos los días pienso, Dios mío, hoy tienes cara de cansada, y últimamente se me ocurre que no es que esté cansada, sino que es el aspecto que tengo.

—¿Pepinos? ¿No es eso lo que usas para reducir la hinchazón? —dijo Celeste sin darle importancia.

Madeline sabía que a Celeste no le interesaba lo más mínimo buena parte de la vida que ella saboreaba: ropa, cuidados de la piel, maquillaje, perfume, joyería, complementos. A veces Madeline miraba a Celeste con su largo pelo dorado rojizo recogido de cualquier manera y le entraban ganas de agarrarla y jugar con ella como si fuera una de las muñecas Barbie de Chloe.

—Estoy de duelo por la pérdida de mi juventud —dijo a Celeste.

Celeste resopló.

—Ya sé que no era tan guapa...

—Sigues siendo guapa —dijo Celeste.

Madeline se miró en el espejo y se dio la vuelta. No quería reconocer, ni siquiera a sí misma, cuánto la deprimía de verdad el envejecimiento de su cara. Quería estar por encima de esas preocupaciones superficiales. Quería deprimirse por el estado del mundo, no por las arrugas y grietas de su piel. Cada vez que veía una prueba del envejecimiento natural de su cuerpo, se sentía irracionalmente avergonzada, como si no tomara suficientes medidas. En cambio, Ed estaba más sexi cada año que pasaba, a medida que las arrugas de los ojos se ahondaban y el pelo encanecía.

Volvió a sentarse en la cama de invitados y se puso a doblar ropa.

—Hoy ha venido Bonnie a recoger a Abigail —dijo a Celeste—. Llegó a la puerta con un aspecto de, no sé, recolectora sueca de fruta, con una bufanda de cuadros rojos y blancos a la cabeza, y Abigail salió corriendo de casa. Corriendo. Como si no pudiera esperar para librase de la vieja bruja de su madre.

—Ah —dijo Celeste—, ahora lo entiendo.

—A veces tengo la sensación de estar perdiendo a Abigail. La noto a la deriva y quiero agarrarla y decirle: «Abigail, él también te abandonó a ti. Nos dejó a las dos». Pero tengo que ser adulta. Y lo más horrible es que creo que es más feliz meditando y comiendo garbanzos con su estúpida familia.

—Seguro que no —dijo Celeste.

—Lo sé, ¿vale? Yo odio los garbanzos.

—¿De verdad? A mí me gustan mucho. Y son buenos para la salud.

—Calla. Entonces, ¿vas a traer a los chicos a jugar con Ziggy? Me da la impresión de que el pobre Ziggy va a necesitar algunos amigos este año. Vamos a ser sus amigas y a cuidarlo.

—Por supuesto que iremos —dijo Celeste—. Llevaré garbanzos.

SEÑORA LIPMANN: No. El colegio no había tenido nunca un concurso de preguntas que terminara en sangre. Encuentro esa pregunta ofensiva e incendiaria.

CAPÍTULO 15

Quiero vivir en una casa de dos pisos como esta —dijo Ziggy según iban por el camino de la entrada de la casa de Madeline.

—Ah, ¿sí? —dijo Jane.

Se ajustó el bolso en el codo. En el otro brazo llevaba un envase de plástico con magdalenas de plátano recién horneadas.

«¿Quieres una vida así? A mí también me gustaría».

—Sujeta esto un momento, ¿quieres? —Alargó el envase a Ziggy para poder sacar otros dos chicles del bolso, observando la casa de paso. Era una vivienda unifamiliar normal de dos plantas de ladrillo blanco. Un tanto destartalada. La hierba necesitaba un repaso. En el garaje había dos kayaks biplaza colgados encima del coche. Tablas de surf apoyadas en las paredes. Toallas de playa tendidas en los balcones. En el césped de la entrada habían abandonado una bicicleta de niño.

Esta casa no tenía nada de especial. Se parecía a la casa de la familia de Jane, aunque la casa de la familia de Jane era más pequeña, estaba más cuidada y quedaba a una hora en coche de la playa, por lo que no había tantas señales de actividades playeras, aunque sí el mismo aire informal, sencillo y de barrio residencial.

Los niños eran así.

Era muy sencillo. Ziggy no estaba pidiendo demasiado. Merecía una vida así.

Si Jane no hubiera salido aquella noche, si no hubiera bebido aquel tercer copazo de tequila, si hubiera dicho «No, gracias» cuando él se sentó a su lado, si se hubiera quedado en casa y terminado su grado en Derecho de las Artes y conseguido un trabajo y un marido y una hipoteca y hecho todo adecuadamente, entonces tal vez algún día habría vivido en una casa unifamiliar y habría sido una persona como es debido con una vida como es debido.

Pero entonces Ziggy no habría sido Ziggy.

Incluso puede que no hubiera tenido ningún niño. Recordaba el gesto triste del médico, un año antes de quedarse embarazada: «Tienes que comprenderlo, Jane, va a ser muy difícil, si no imposible, que concibas».

—¡Ziggy! ¡Ziggy, Ziggy, Ziggy!

Se abrió de golpe la puerta principal, salió Chloe corriendo vestida de hada con botas de goma y se llevó a Ziggy cogido de la mano.

—Estás aquí para jugar conmigo, no con mi hermano Fred, ¿vale?

Tras ella apareció Madeline con un vestido estilo años cincuenta rojo con lunares blancos y el pelo recogido en una coleta bamboleante.

—¡Jane! ¡Feliz Año Nuevo! ¿Cómo estás? Qué gusto verte. ¡Mira, ya se me ha curado el tobillo! Aunque te complacerá ver que llevo zapatos bajos.

Levantó un pie y giró el tobillo, mostrado una bailarina de color rojo chillón.

—Son como las zapatillas rojas de Dorothy —comentó Jane, pasando a Madeline las magdalenas.

—Exacto, ¿a que te encantan? —dijo Madeline quitando la tapa del envase—. Dios mío, no me digas que has hecho tú esto.

—Sí —contestó Jane. Podía oír la risa de Ziggy en algún lugar del piso de arriba. Oírla le levantó el ánimo.

—Tú con magdalenas recién horneadas y yo vestida como un ama de casa de los años cincuenta —dijo Madeline—. Me encanta la idea de hacerlas, pero luego no parece que pueda llevarla a cabo, por lo visto nunca tengo todos los ingredientes. ¿Cómo te las arreglas para tener toda la harina y el azúcar y, qué sé yo, la esencia de vainilla?

—Bueno —respondió Jane—. Lo compro. En un sitio llamado supermercado.

—Supongo que haces una lista —dijo Madeline—. Y luego te acuerdas de llevártela.

Jane vio que la actitud de Madeline hacia sus habilidades culinarias era como la suya hacia los complementos que tanto gustaban a Madeline: admiración confusa por un comportamiento exótico.

—Van a venir Celeste y sus chicos. Ella dará buena cuenta de todas tus magdalenas. ¿Té o café? Mejor no tomamos champán cada vez que nos veamos, aunque podría dejarme convencer. ¿Tienes algo que celebrar?

Madeline la llevó a una gran zona que reunía cocina y sala de estar.

—Nada que celebrar —dijo Jane—. Un té normal y corriente estaría muy bien.

—¿Qué tal fue la mudanza? —preguntó Madeline encendiendo la tetera—. Estábamos en la costa cuando tu mudanza, si no te habría ofrecido la ayuda de Ed. Siempre lo ofrezco para hacer mudanzas. Le encanta.

—¿En serio?

—No, no. Lo odia. Se pone frenético conmigo. Dice: «No soy una herramienta que puedas prestar». —Puso voz grave para imitar a su marido—. Pero, ya sabes, paga por levantar pesas en el gimnasio, de manera que ¿por qué no levantar gratis unas pocas cajas? Siéntate. Disculpa el desorden.

Jane se sentó a una larga mesa de madera cubierta de restos de vida familiar: pegatinas de bailarina, una novela abierta boca abajo, protector solar, una especie de juguete electrónico, un avión de Lego.

—Mi familia me ayudó con la mudanza —dijo Jane—. Hay un montón de escaleras. Estaban todos como furiosos conmigo, pero son ellos quienes no me dejan pagar a una empresa de mudanzas.

(«Ojalá no tenga que trasladar este maldito frigorífico en seis meses», había dicho su hermano).

—¿Leche? ¿Azúcar? —preguntó Madeline mientras ponía las bolsitas de té.

—No, gracias, lo prefiero solo. Eh, esta mañana he visto a una de las madres de preescolar. —Jane quería sacar el tema del día de la presentación mientras Ziggy no estaba presente—. En la gasolinera. Creo que hizo como que no me había visto.

No es que lo creyera. Estaba segura. La mujer había vuelto la cabeza en otra dirección con tal brusquedad como si la hubieran abofeteado.

—Ah, ¿sí? —Madeline puso voz de divertirse. Tomó una magdalena—. ¿Cuál de ellas? ¿Te acuerdas del nombre?

—Harper —dijo Jane—. Estoy segura de que era Harper. Recuerdo que la llamé Harper la Revoloteadora para mis adentros porque parecía estar todo el tiempo revoloteando alrededor de Renata. Es una de tus Melenitas Rubias, creo, con la cara alargada igual que un basset.

Madeline se rio.

—Esa es exactamente Harper. Sí, es muy amiga de Renata y, curiosamente, está muy orgullosa de ello, como si Renata fuera una celebridad. Siempre necesita hacerte saber que Renata y ella tienen mucha vida social. Oh, pasamos una noche maravillosa en un maravilloso restaurante. —Dio un mordisco a la magdalena.

—Me figuro que por eso Harper no quiere conocerme —dijo Jane—. Por lo que pasó...

—Jane —interrumpió Madeline—. Esta magdalena es excelente.

—Gracias, puedo darte la receta si...

—Oh, Dios, no quiero la receta, solo las magdalenas. —Madeline dio un trago largo de té—. ¿Sabes una cosa? ¿Dónde está mi teléfono? Ahora mismo voy a poner un mensaje a Harper para exigirle que me explique por qué ha hecho hoy como que no veía a mi nueva amiga horneadora de magdalenas.

—¡Ni se te ocurra! —exclamó Jane.

Se había dado cuenta de que Madeline era de esas personas un tanto peligrosas que, por salir en defensa de sus amigas, provocaban males mayores.

—Bueno, no lo enviaré —cedió Madeline—. Si esas mujeres te tratan mal por lo ocurrido en la presentación, me pondré furiosa. Podría haberle pasado a cualquiera.

—Yo debería haber hecho que Ziggy pidiera perdón —dijo Jane. Necesitaba dejar claro a Madeline que era de la clase de madres que hacían pedir perdón a sus hijos—. Le creí cuando dijo que no había sido él.

—Por supuesto —se mostró de acuerdo Madeline—. Estoy segura de que no fue él. Parece un niño agradable.

—Estoy segura al cien por cien —dijo Jane—. Bueno, al noventa y nueve por cien. Estoy...

Se interrumpió y tragó saliva porque le sobrevino un deseo incontenible de exponer sus dudas a Madeline. Contarle qué representaba exactamente ese uno por cien de duda. Nada más que… por decirlo. Por convertirlo en una historia que nunca hubiera compartido con nadie. Por convertirlo en un incidente con exposición, nudo y desenlace.

«Era una bonita noche cálida de primavera en octubre. Olía a jazmín. Tenía una terrible fiebre del heno. La garganta irritada. Picor de ojos».

Podría hablar sin pensarlo, sin sentirlo, hasta que la historia concluyera.

Y quizá entonces Madeline diría en su tono directo e inapelable: «Oh, no debes preocuparte por eso, Jane. ¡No sirve de nada! Ziggy es tal como tú crees que es. Eres su madre. Lo conoces».

Pero ¿y si pasaba lo contrario? ¿Qué sucedería si la duda que Jane sentía en ese momento se reflejaba, aunque solo fuera un momento, en el rostro de Madeline? Sería la peor traición a Ziggy.

—¡Oh, Abigail! ¡Ven a tomar una magdalena con nosotras! —Madeline levantó la vista cuando entró en la cocina una adolescente—. Jane, esta es mi hija Abigail.

En la voz de Madeline se había deslizado una nota falsa. Dejó la magdalena y jugueteó con uno de los pendientes.

—Abigail —repitió—, esta es Jane.

Jane se volvió.

—Hola, Abigail —dijo a la adolescente, que permanecía rígida e inmóvil con las manos entrelazadas como si estuviera tomando parte en una ceremonia religiosa.

—Hola —contestó Abigail sonriendo a Jane, en un destello repentino de inesperada calidez. Era la sonrisa luminosa de Madeline, pero aparte de eso nunca se las hubiera tomado por madre e hija. Abigail tenía la piel más oscura y los rasgos más duros. El pelo le caía por la espalda con ese aspecto desaliñado de recién levantada de la cama y llevaba un vestido saco marrón sobre unos *leggins* negros. De las manos a los antebrazos salían laberínticos dibujos de *henna*. Su única joya era una calavera de plata que colgaba de un cordón negro de zapato.

—Viene papá a recogerme —comentó Abigail.

—¿Qué? No, de eso nada —dijo Madeline.

—Sí, esta noche me quedo allí porque mañana tengo una cosa con Louisa y tenemos que estar allí temprano y la casa de papá está más cerca.

—Diez minutos más cerca como mucho —protestó Madeline.

—Pero es más fácil ir desde la casa de papá y Bonnie —dijo Abigail—. Podemos salir antes. No hay que esperar sentada en el coche a que Fred encuentre sus zapatos o Chloe vuelva a entrar corriendo a por otra Barbie o lo que sea.

—Supongo que Skye nunca tiene que volver a por su Barbie —replicó Madeline.

—Bonnie jamás dejaría a Skye jugar con Barbies ni en un millón de años —dijo Abigail poniendo los ojos en blanco, como si fuera evidente para todo el mundo—. Quiero decir que tú tampoco deberías dejar que Chloe jugara con ellas, mamá, son terriblemente antifeministas y ofrecen un modelo de cuerpo que no es realista.

—Lo de Chloe con la Barbie es una batalla perdida. —Madeline sonrió triste a Jane.

Fuera sonó un claxon.

—Es él —anunció Abigail.

—¿Ya le habías llamado? —dijo Madeline con las mejillas enrojecidas—. ¿Habías organizado esto sin preguntarme?

—Se lo pregunté a papá —respondió Abigail. Rodeó la mesa y le dio un beso en la mejilla—. Adiós, mamá. Encantada de conocerte —añadió sonriendo a Jane. Era inevitable que te gustara.

—¡Abigail Marie! —Madeline se levantó de la mesa—. Esto es inaceptable. No puedes elegir dónde vas a pasar la noche.

Abigail se detuvo y se volvió.

—¿Por qué no? —dijo—. ¿Por qué tenéis que decidir papá y tú con quién me toca cada vez? —Jane pudo ver el parecido con Madeline en la forma en que Abigail temblaba de ira—. Como si fuera propiedad vuestra. Como si fuera vuestro coche y tuvierais que compartirme.

—No es así —empezó Madeline.

—Sí es así —dijo Abigail.

Volvió a sonar el claxon fuera.

—¿Qué pasa? — Entró en la cocina un hombre de mediana edad con un traje de neopreno enrollado a la cintura, que revelaba un torso ancho y muy velludo. Estaba con un chico vestido exactamente igual, pero con el torso estrecho y sin vello—. Tu padre está ahí fuera —dijo a Abigail.

—Ya lo sé —contestó Abigail mirando el pecho velludo del hombre—. No deberías andar así en público. Es repugnante.

—¿Qué? ¿Presumir de mi hermoso físico? —El hombre se aporreó orgulloso el pecho y sonrió a Jane, que le devolvió una sonrisa forzada.

—Asqueroso —insistió—. Me voy.

—¡Ya hablaremos de esto más tarde! —dijo Madeline.

—Lo que tú digas.

—¡No me contestes así! —exclamó Madeline.

La puerta principal se cerró de un portazo.

—Mamá, estoy muerto de hambre —dijo el chico.

—Toma una magdalena —respondió Madeline con voz triste, dejándose caer en la silla—. Jane, estos son mi marido Ed y mi hijo Fred. Ed, Fred. Fácil de recordar.

—Por la rima —aclaró Fred.

—Buenos días —dijo Ed. Estrechó la mano de Jane—. Siento tener este aspecto repugnante. Fred y yo hemos estado haciendo surf.

Se sentó frente a Jane y rodeó con el brazo a Madeline.

—¿Algún problema con Abigail?

Madeline apoyó la cara en el hombro de él.

—Eres como un perro salado y mojado.

—Qué ricas —Fred dio un gigantesco bocado a su magdalena al tiempo que alargaba la mano y tomaba otra. La próxima vez Jane llevaría más.

—¡Mamá, te necesitaaaaamos! —gritó Chloe desde el pasillo.

—Voy a montar en el monopatín. —Fred cogió una tercera magdalena.

—El casco —dijeron al unísono Madeline y Ed.

—¡Mamá! —gritó Chloe.

—¡Ya te he oído! —respondió Madeline—. Habla con Jane, Ed.

Se dirigió al pasillo.

Jane se preparó para llevar el peso de la conversación, pero Ed le sonrió tranquilamente, tomó una magdalena y se arrellanó en la silla.

—Conque eres la madre de Ziggy. ¿Cómo se te ocurrió ese nombre?

—Me lo sugirió mi hermano —dijo Jane—. Es un gran fan de Bob Marley y me figuro que Bob Marley había llamado Ziggy a su hijo. —Hizo una pausa, recordando el milagroso peso del recién nacido en sus brazos, sus ojos solemnes—. Me gustó que fuera raro. Mi nombre es tan aburrido. Jane es del montón y todo eso.

—Jane es un bonito nombre clásico —afirmó Ed, haciendo que ella se enamorara un poco de él—. De hecho, yo lo tenía en la lista cuando íbamos a ponerle nombre a Chloe, pero me ganaron, porque yo ya había ganado con Fred.

Jane se fijó en una foto de boda en la pared: Madeline con un vestido de tul de color champán, sentada en la pierna de Ed, ambos con los ojos firmemente cerrados por una carcajada incontenible.

—¿Cómo os conocisteis Madeline y tú? —preguntó.

Ed se animó. Era evidentemente una historia que le gustaba contar.

—Vivía en la acera de enfrente cuando éramos pequeños —dijo—. Madeline vivía al lado de una gran familia libanesa. Tenían seis hijos, chicos grandes y robustos. Me tenían aterrorizado. Solían jugar al críquet en la calle y a veces Madeline jugaba con ellos. Teniendo la mitad de tamaño que aquellos grandullones, destacaba por las cintas en el pelo y las pulseras brillantes, bueno, ya sabes cómo es, la chica más arreglada que se ha visto nunca, pero vaya si sabía jugar al críquet.

Dejó la magdalena y se levantó para hacer una demostración.

—Salía, con el pelo bailoteando, el vestido de volantes, tomaba la paleta y al momento ¡PUM! —Golpeó con una paleta imaginaria de críquet—. Y aquellos chicos caían de rodillas, agarrándose la cabeza.

—¿Estás contando otra vez la historia del críquet? —Madeline regresó de la habitación de Chloe.

—Fue entonces cuando me enamoré de ella —continuó Ed—. Sincera, loca y profundamente. Mirándola desde la ventana de mi habitación.

—Yo ni siquiera sabía que existía —comentó Madeline alegremente.

—No, no lo sabía. Por eso crecimos, nos fuimos de casa y me enteré de que aquella Madeline se había casado con algún gilipollas —dijo Ed.

—Shhh —Madeline le dio una palmada en el brazo.

—Luego, al cabo de los años, fui a una barbacoa de un amigo que cumplía treinta años. Estaban jugando al críquet en el patio trasero y ¿quién estaba allí bateando con sus tacones de aguja, refulgente con sus complementos, exactamente igual? Madeline, la de la acera de enfrente. Por poco se me para el corazón.

—Es una historia muy romántica —opinó Jane.

—Estuve a punto de no ir a aquella barbacoa —dijo Ed.

Jane vio que los ojos le brillaban, aunque debía de haber contado cientos de veces la misma historia.

—Y yo igual —añadió Madeline—. Tuve que cancelar una cita con la pedicura y normalmente no lo hago nunca.

Se sonrieron mutuamente.

Jane apartó la mirada. Tomó la taza de té y dio un sorbo, aunque ya no quedaba nada.

Llamaron al timbre.

—Esa será Celeste —dijo Madeline.

Estupendo, pensó Jane, haciendo otra vez como que bebía de la taza vacía. Ahora estaré en presencia del gran amor y la gran belleza.

Todo era colorido a su alrededor: de un colorido rico y vibrante. Ella era lo único descolorido en toda la casa.

Señorita Barnes: Evidentemente, los padres forman sus propios grupos fuera del colegio. El conflicto de la noche del concurso de preguntas quizá no tuviera ninguna relación con lo que estaba pasando en el colegio Pirriwee. Me pareció que debía dejarlo claro.

Thea: Sí, bueno, está claro que la señorita Barnes diría algo así, ¿no?

CAPÍTULO 16

Qué piensas de Jane? —preguntó esa noche Madeline a Ed en el cuarto de baño mientras él se lavaba los dientes y ella usaba las yemas de los dedos para aplicarse un toque de crema de ojos que costaba una fortuna sobre sus «finos pliegues y arrugas». (Se había graduado en Marketing, por amor de Dios. Sabía que había tirado el dinero comprando un tarro de esperanza)—. ¿Ed?

—Me estoy lavando los dientes, dame un momento.

Se enjuagó la boca, escupió y dio tres golpecitos a un lado del lavabo. Tap, tap, tap. Siempre tres golpecitos secos y resueltos, como si el cepillo fuera un martillo o una llave inglesa. En ocasiones, de haber estado ella bebiendo champán, podría haberse partido de la risa con solo ver a Ed dar golpecitos con el cepillo de dientes.

—Parece que Jane tiene doce años —dijo Ed—. Abigail parece mayor que ella. No me entra en la cabeza que sea madre. —La apuntó con el cepillo de dientes y sonrió—. Pero será nuestra arma secreta en el concurso de preguntas de este año. Sabrá las respuestas a todas las preguntas de la generación Y.

—Creo que yo podría saber más cosas que Jane de la cultura pop —dijo Madeline—. Me da la sensación de que no es la típica chica de veinticuatro años. En cierto sentido, parece más anticuada, como alguien de la generación de mi madre.

Se miró la cara, suspiró y puso otra vez en el estante el tarro de la esperanza.

—No puede ser tan anticuada —apuntó Ed—. Dijiste que se había quedado embarazada tras un rollo de una noche.

—Lo asumió y tuvo al niño —replicó Madeline—. Eso es un poco anticuado.

—Entonces debería haberlo dejado a la puerta de la iglesia —dijo Ed—. En un gesto.

—¿Un qué?

—Un cesto.

—Creí que habías dicho un gesto.

—En realidad sí, pero estaba disimulando el error. Oye, ¿y lo del chicle? Está mascando todo el rato.

—Ya lo sé. Es como si fuera adicta.

Apagó la luz del cuarto de baño. Fueron cada uno a su lado de la cama, encendieron las lámparas de las mesillas y retiraron el edredón con un movimiento suave y sincronizado que demostraba, dependiendo del humor de Madeline, que eran el matrimonio perfecto o que estaban atrapados en una rutina de clase media de barrio residencial y necesitaban vender la casa e irse de viaje por la India.

—Me gustaría darle a Jane una sesión de maquillaje —dijo Madeline pensativa mientras Ed encontraba la página de su libro. Era un gran aficionado a las intrigas de asesinatos de Patricia Cornwell—. Esa forma de llevar el pelo hacia atrás. Pegado a la cabeza. Necesita más volumen.

—Volumen —murmuró Ed—. Claro. Eso es lo que necesita. Estaba pensando en lo mismo. —Pasó una página.

—Tenemos que ayudarla a encontrar novio —dijo Madeline.

—Eso estaría mejor.

—También me gustaría mucho dar una sesión de maquillaje a Celeste —continuó Madeline—. Ya sé que suena raro. Está claro que está guapa de todas maneras.

—¿Celeste? ¿Guapa? —dijo Ed—. No puedo decir que lo haya notado.

—Ja, ja.

Madeline tomó su libro y volvió a dejarlo.

—Jane y Celeste parecen muy diferentes, pero me da la impresión de que también tienen algún parecido. No sé muy bien cuál.

Ed dejó el libro.

—Puedo decirte en qué se parecen.

—¿Ahora?

—Ambas están heridas —dijo Ed.

—¿Heridas? ¿En qué sentido?

—No lo sé —contestó Ed—. Sé reconocer a las chicas heridas. Solía salir con ellas. Puedo oler a una colgada a kilómetros.

—Entonces, ¿yo también estaba herida? —preguntó Madeline. Quería ser interesante y estar herida también—. ¿Por eso te atraje?

—No —dijo Ed volviendo a su libro—. No estabas herida.

—¡Sí que lo estaba! —protestó Madeline—. Cuando me conociste tenía el corazón partido.

—Hay una diferencia entre tener el corazón partido y estar herida —puntualizó Ed—. Tú estabas triste y dolida. Quizá te hubieran roto el corazón, pero tú no estabas rota. Ahora cállate porque creo que he encontrado una pista falsa y no voy a caer en ella, señora Cornwell, no.

—Mmmm —dijo Madeline—. Puede que Jane esté herida, pero no veo por qué va a estarlo Celeste. Es guapa, rica, está felizmente casada y no tiene a un exmarido que trata de robarle a su hija.

—No intenta robártela —replicó Ed volviendo a su lectura—. Es que Abigail es adolescente. Los adolescentes están locos. Ya lo sabes.

Madeline tomó su libro.

Pensó en Jane y Ziggy caminando de la mano por el camino de la entrada cuando se fueron esa tarde. Ziggy iba diciendo algo a Jane, gesticulando animadamente con una mano, y Jane tenía la cabeza un poco ladeada, atenta, mientras que en la otra mano llevaba las llaves para abrir el coche. Madeline la oyó decir:

—¡Ya lo sé! ¡Vamos a ese sitio donde ponen unos tacos tan ricos!

Verlos le trajo un montón de recuerdos de los años en que fue madre soltera. Abigail y ella habían estado cinco años solas. Habían vivido en un piso pequeño de dos habitaciones encima de un restaurante italiano. Comían mucha pasta para llevar con pan de ajo de regalo. (Madeline engordó siete kilos). Eran las chicas Mackenzie de la Unidad 9. Cambió el apellido de Abigail por el suyo de soltera (y no quiso volver a cambiarlo cuando se casó con Ed, era absurdo que una mujer cambiara tantas veces de apellido). No podía soportar que Abigail anduviera por ahí con el apellido de su padre, mientras él decidía pasar las Navidades en Bali con una peluquera de pacotilla. Una peluquera que, todo hay que decirlo, ni siquiera tenía un pelo bonito: raíces negras y puntas abiertas.

—Siempre creí que el castigo de Nathan por habernos abandonado sería que Abigail no lo querría tanto como a mí —dijo a Ed—. Lo repetía constantemente para mis adentros. Abigail no querrá que Nathan sea su padrino de boda. Pagará por lo que hizo, creía yo. Pero ¿sabes una cosa? No está pagando sus pecados. Ahora tiene a Bonnie, que es más agradable, joven y guapa que yo, tiene otra hija que sabe escribir de corrido todo el alfabeto ¡y encima tiene a Abigail! Se ha salido con la suya. No tiene nada que lamentar.

Se sorprendió al oír su propia voz entrecortada. No era solo enfado, como había creído; ahora sabía que estaba dolida. Abigail ya la había sacado de quicio. La había frustrado y enojado. Pero esta era la primera vez que la hería.

—Debería quererme más a mí —se quejó como una niña y quiso reírse, porque era una broma, solo que lo había dicho completamente en serio—. Creía que me quería más a mí.

Ed dejó el libro y la rodeó con el brazo.

—¿Quieres que mate a ese cabrón? ¿Que me lo cargue? ¿Que le tienda una trampa a Bonnie?

—Sí, por favor —dijo Madeline en su hombro—. Sería estupendo.

SARGENTO DETECTIVE ADRIAN QUINLAN: No hemos realizado ninguna detención por el momento, aunque puedo afirmar que estoy convencido de que ya hemos hablado con la persona o personas implicadas.

STU: Creo que nadie, ni siquiera la policía, tiene la menor idea de quién lo hizo.

CAPÍTULO 17

GABRIELLE: Pensé que quizá las invitaciones a la fiesta se deberían haber distribuido con una cierta, no sé, etiqueta. Creo que lo ocurrido aquel primer día en preescolar fue muy inapropiado.

—¡Sonríe, Ziggy, sonríe!

Ziggy acabó por sonreír en el mismo momento en el que bostezaba el padre de Jane. Jane apretó el obturador y luego vio la foto en la pantalla de su cámara digital. Ziggy y su madre lucían una bonita sonrisa, mientras que su padre salía en pleno bostezo: boquiabierto y con los ojos entrecerrados. Estaba cansado porque tenía que madrugar para ir de Granville a la península para ver a su nieto en el primer día de clase. Los padres de Jane siempre se habían acostado y levantado tarde y ahora era un tremendo esfuerzo para ellos cualquier cosa que supusiera levantarse antes de las nueve. Su padre se había prejubilado como funcionario el año pasado y desde entonces la madre de Jane y él habían trasnochado haciendo puzles hasta las tres o las cuatro de la madrugada.

—Nuestros padres se están convirtiendo en vampiros —le dijo su hermano—. Vampiros que hacen puzles.

—¿Quieren que mi marido les saque una foto a todos juntos? —dijo una mujer que estaba por allí—. Me ofrecería yo, pero es que estoy peleada con la tecnología.

Jane levantó la vista. La mujer llevaba una falda larga de cachemir con una camiseta negra. Las muñecas parecían estar adornadas con cordeles y llevaba el pelo recogido en una larga trenza. En el hombro, un tatuaje de un símbolo chino. Desentonaba un poco con los demás padres vestidos de playa, gimnasio o trabajo. Su marido parecía bastante mayor que ella y llevaba una camiseta y unos pantalones cortos, la ropa típica de los padres de mediana edad. Llevaba de la mano a una niña pequeña como un ratoncillo con el pelo largo y alborotado y un uniforme tres tallas mayor que la suya.

Seguro que eres Bonnie, pensó de pronto Jane, acordándose de la descripción que le había hecho Madeline de la esposa de su exmarido justo cuando ella le decía:

—Me llamo Bonnie, este es mi marido Nathan y esta, mi hija Skye.

—Muchas gracias —dijo Jane, alargando la cámara al exmarido de Madeline. Se colocó con sus padres y Ziggy.

—Digan pa-ta-ta. —Nathan levantó la cámara.

—¿Eh? —dijo Ziggy.

—Café —bostezó la madre de Jane.

Nathan sacó la foto.

—¡Allá va!

Devolvió la cámara en el momento en el que una niña rubia se dirigió a su hija. Jane se revolvió. La reconoció al instante. Era la niña que había acusado a Ziggy de intentar ahogarla. Amabella. Jane miró alrededor. ¿Dónde estaba la airada madre?

—¿Cómo te llamas? —dijo Amabella con aires de importancia. Llevaba un fajo de sobres de color rosa pálido.

—Skye —susurró la niña.

Era tan terriblemente tímida que dolía verla intentar articular las palabras.

Amabella examinó los sobres:

—Skye, Skye, Skye...

—Dios mío, ¿ya sabes leer todos esos nombres? —preguntó la madre de Jane.

—En realidad leo desde que tenía tres años —dijo cortésmente Amabella mientras seguía examinando sobres—. ¡Skye! —Le alargó un sobre rosa—. Es una invitación para mi quinto cumpleaños. Es una fiesta A porque mi nombre empieza por A.

—¡Ya lee antes de empezar el colegio! —dijo el padre de Jane a Nathan por entablar conversación—. ¡Ya es la primera de la clase! Debe de haber tenido algún profesor particular, ¿no cree?

—Bueno, no es por alardear, pero Skye también lee ya bastante bien —dijo Nathan—. Y nosotros no creemos en los profesores particulares, ¿verdad, Bon?

—Preferimos dejar que el crecimiento de Skye se produzca orgánicamente —dijo Bonnie.

—¿Orgánico, eh? —dijo el padre de Jane frunciendo el ceño—. ¿Igual que la fruta?

Amabella se volvió a Ziggy.

—¿Cómo te...? —Se quedó helada. Una expresión de puro pánico le cruzó por la cara. Apretó el fajo de sobres contra el pecho como para impedir que Ziggy le robara alguno y, sin mediar palabra, giró sobre sus talones y salió corriendo.

—Dios mío, ¿qué ha pasado? —preguntó la madre de Jane.

—Oh, era la niña que dice que yo le pegué —dijo Ziggy como si nada—. Pero yo no fui, abuela.

Jane echó una mirada por el patio. Allí donde miraba veía niños con los uniformes nuevecitos y demasiado grandes.

Todos y cada uno tenían un sobre de color rosa pálido.

HARPER: Mire, en ese colegio nadie conoce a Renata mejor que yo. Éramos íntimas. Puedo asegurarle que ese día no estaba intentando lanzar un mensaje.

SAMANTHA: Oh, Dios mío, pero claro que lo estaba.

CAPÍTULO 18

Madeline sufrió un fuerte síndrome premenstrual el primer día de clase de Chloe. Lo estaba combatiendo, pero sin resultado. «Lo tenía controlado», dijo para sus adentros mientras estaba en la cocina tirando de cápsulas de onagra como si fueran Valium (sabiendo que era inútil porque había que tomarlas con regularidad, pero algo tenía que hacer aunque aquellas estúpidas pastillas probablemente no fueran más que un desperdicio de dinero). Estaba furiosa por lo inoportuno del caso. Le habría gustado encontrar el modo de echarle el muerto a alguien, sobre todo a su exmarido, pero no podía culpar a Nathan de su ciclo menstrual. Sin duda Bonnie danzaría a la luz de la luna para afrontar los flujos y reflujos de la feminidad.

El síndrome premenstrual era una experiencia relativamente nueva para Madeline. Otra graciosa faceta del envejecimiento. En realidad, antes no creía en ella. Luego, a finales de la treintena, su cuerpo dijo: «Muy bien, ¿así que no crees en el síndrome premenstrual? Te voy a dar yo a ti síndrome premenstrual. Toma una buena dosis, perra».

Ahora, todos los meses había un día en el que tenía que fingir: su humanidad, el cariño por sus hijos, el amor a Ed. Le había llamado la atención oír una vez que había mujeres que alegaban tensión premenstrual como atenuante de homicidio. Ahora lo comprendía. ¡Ese día podría alegremente matar a alguien ! De hecho, tenía la sensación de que debería haber una especie de reconocimiento por su extraordinaria fortaleza, pero no lo había.

Durante el trayecto al colegio fue haciendo ejercicios respiratorios para rebajar su mal humor. Menos mal que Fred y Chloe no iban peleándose en el asiento de atrás. Ed iba tarareando al volante y le resultaba insoportable (el innecesario e inconsciente buen humor del hombre), aunque, al menos, se había puesto una camisa limpia y no se había empeñado en llevar el polo blanco que le quedaba pequeño y tenía una mancha de salsa de tomate que él creía que no se notaba. El síndrome premenstrual no la vencería hoy. No le echaría a perder tan señalada fecha.

Encontraron enseguida un sitio donde estacionar el coche. Los niños salieron en cuanto se lo pidieron.

—¡Feliz Año Nuevo, señora Ponder! —exclamó al pasar por delante de la pequeña casa de campo de madera blanca contigua al colegio, donde la regordeta y canosa señora Ponder estaba en su silla plegable con una taza de té y el periódico.

—¡Buenos días! —contestó cordialmente la señora Ponder.

—¡Sigue andando, sigue andando! —susurró Madeline a Ed, cuando él comenzó a aminorar el paso. Le encantaba hablar largo y tendido con la señora Ponder (había sido enfermera en Singapur durante la guerra) o en realidad con cualquiera, especialmente si pasaba de los setenta.

—¡Es el primer día de clase de Chloe! —dijo Ed—. ¡Un gran día!

—Ah, qué bien —dijo la señora Ponder.

Siguieron caminando.

Madeline tenía controlado el mal humor, como un perro rabioso con la correa tensa.

El patio del colegio estaba lleno de padres charlando y niños gritando. Los padres permanecían de pie, mientras que los niños revoloteaban a su alrededor como cuando las bolas rebotan en una máquina de *pinball.* Los nuevos padres de preescolar, con sonrisas amplias y nerviosas. Las madres de sexto, en reducidos e impenetrables grupos, seguras de su posición como reinas del colegio. Las Melenitas Rubias, acariciando sus recién arregladas melenitas rubias.

Ah, era precioso. La brisa del mar. Las animadas caras de los niños... y, hay que joderse, allí estaba su exmarido.

No era que no supiera que iba a estar allí, lo irritante era que estuviera tan campante en el patio de Madeline, tan contento consigo mismo, tan normal y padrazo. Peor aún, estaba sacando una foto a Jane y Ziggy (¡que pertenecían a Madeline!) y un agradable matrimonio que no parecía mucho mayor que Madeline, y que supuso que serían los padres de Jane. Además, era un pésimo fotógrafo. «No os fiéis de Nathan para captar un recuerdo vuestro. No os fiéis de Nathan para nada».

—Es el padre de Abigail —dijo Fred—. No he visto su coche a la entrada.

Nathan tenía un Lexus amarillo chillón. Al pobre le hubiera gustado tener un padre al que le gustaran los coches. Ed no sabía ni siquiera distinguir unos modelos de otros.

—¡Esa es mi medio hermana! —Chloe señaló a Nathan y a la hija de Bonnie. El uniforme del colegio le quedaba enorme a Skye; con sus grandes ojos tristes y su largo y fino pelo rubio parecía una de las tristes niñas abandonadas de una producción de *Los miserables.* Madeline pudo ver ya lo que iba a pasar. Chloe adoptaría a Skye. Skye era la clásica niña tímida a quien Madeline hubiera tomado bajo su protección en el colegio.

Chloe invitaría a Skye a jugar a su casa para poder jugar con su pelo.

En ese preciso momento Skye parpadeó bruscamente al caerle un mechón de pelo sobre los ojos y Madeline palideció. Parpadeaba igual que Abigail cuando se le metía el pelo en los ojos. Eso era un trozo de la hija de Madeline, del pasado y del corazón de Madeline. Debería haber una ley en contra de que los exmaridos procrearan.

—Por enésima vez, Chloe —susurró—. ¡Skye es medio hermana de Abigail, no tuya!

—Respira hondo —dijo Ed—, respira hondo.

Nathan alargó la cámara a Jane y se dirigió hacia ellos. Últimamente se había dejado el pelo largo. Lo tenía espeso, canoso y caído sobre la frente como una especie de Hugh Grant australiano de mediana edad. Madeline sospechaba que lo había hecho adrede para chinchar a Ed, que ahora estaba prácticamente calvo.

—Maddie —dijo.

Era la única persona del mundo que la llamaba Maddie. En otro tiempo le había proporcionado un gran placer, ahora le causaba una profunda irritación.

—¡Ed, tío! Y el pequeño…, hmmmm…, es tu primer día de clase, ¿verdad? —Nathan nunca se había tomado la molestia de recordar los nombres de los hijos de Madeline. Levantó la palma de la mano para chocar los cinco con Fred—. Buen día, campeón. —Fred la traicionó chocando los cinco con él.

Nathan besó a Madeline en la mejilla y estrechó con entusiasmo la mano de Ed. Desplegaba con fruición una actitud muy civilizada en el trato con su exesposa y su familia.

—Na-than —entonó Ed.

Tenía una forma particular de decir el nombre de Nathan, en tono grave, alargando las sílabas y cargando el acento en la segunda. Eso siempre hacía que Nathan frunciera ligeramente el ceño, no muy seguro de si se estaba riendo de él o no. Pero ese día eso no era suficiente para poner de buen humor a Madeline.

—Un gran día, un gran día —dijo Nathan—. Vosotros sois veteranos, pero para nosotros es la primera vez. No me da vergüenza decir que se me ha escapado una lagrimilla al ver a Skye con el uniforme del colegio.

Madeline no pudo contenerse.

—Skye no es la primera hija tuya que empieza el colegio, Nathan —dijo.

Nathan se ruborizó. Madeline había infringido su norma tácita de no manifestar resentimiento. Pero por el amor de Dios. Solo un santo podía pasar aquello por alto. Abigail llevaba dos meses en el colegio para cuando Nathan se enteró. La había llamado un día a media mañana para charlar. «Está en el colegio», le había dicho Madeline. «¿En el colegio?», había soltado él. «Aún no tiene edad para ir al colegio. ¿O sí?».

—Por cierto, Maddie, a propósito de Abigail, ¿te parece bien que cambiemos los fines de semana esta semana? —dijo Nathan—. El sábado es el cumpleaños de la madre de Bonnie y vamos a salir a cenar. Tiene mucho cariño a Abigail.

Apareció Bonnie a su lado, con una sonrisa beatífica. Siempre sonreía beatíficamente. Madeline sospechaba que tomaba drogas.

—Abigail y mi madre tienen una relación muy especial —dijo a Madeline, como si se tratara de una noticia por la que Madeline hubiera de felicitarse.

La cuestión era esta: ¿quién quiere que su hija tenga una relación especial con la madre de la esposa de su exmarido? Bonnie era la única que podía pensar que una deseara oír algo así y, pese a ello, no podías quejarte. No podías ni pensar «Cállate, guarra», porque Bonnie no era ninguna guarra. Conque Madeline no tenía más remedio que asentir y aceptarlo estoicamente mientras su mal humor se revolvía, se agitaba y saltaba de impaciencia.

—Claro —dijo—. No hay problema.

—¡Papá! —Skye tiró de la camisa de Nathan y él la izó hasta ponérsela en la cadera bajo la tierna mirada de Bonnie.

«Lo siento, Madeline, pero no estoy hecho para esto».

Eso era lo que había dicho Nathan cuando Abigail contaba solo tres semanas, un bebé inquieto, que, desde que había llegado a casa del hospital, no había dormido más de treinta minutos seguidos. Madeline había bostezado.

«Yo tampoco».

Pero no pensó que lo había dicho en sentido literal. Al cabo de una hora se quedó estupefacta al verlo meter su ropa en su gran bolsa roja de críquet, mirar un momento al bebé como si le fuera ajeno y marcharse. Jamás olvidaría ni perdonaría la mirada superficial que había dirigido a su preciosa niña. Y ahora esa niña era una adolescente que se hacía la comida y tomaba sola el autobús del instituto y miraba de reojo al salir mientras decía: «No te olvides de que esta noche duermo en casa de papá».

—Hola, Madeline —dijo Jane.

Jane llevaba otra vez la misma camiseta blanca con cuello en V (¿acaso no tenía otra clase de camisetas?), la misma falda vaquera azul y las mismas chanclas. Con el pelo muy tirante recogido en una coleta y mascando chicle clandestinamente. Su sencillez representó un alivio para el mal humor de Madeline, como si Jane fuera lo que necesitaba para sentirse mejor, al modo en que se suspira por un buena tostada después de haber estado indispuesta.

—Jane —dijo cordialmente—, ¿cómo estás? Ya veo que has conocido aquí a mi delicioso exmarido y su familia.

—Jo, jo, jo —dijo Nathan en plan Santa Claus porque no se le ocurrió otra forma de reaccionar a la pulla de «delicioso exmarido».

Madeline notó la mano de Ed en el hombro, señal de que estaba bordeando los límites de los buenos modales.

—Así es —dijo Jane sin inmutarse—. Estos son mis padres, Di y Bill.

—¡Hola! ¡Tienen un nieto precioso! —Madeline se desembarazó de Ed y estrechó la mano a los padres de Jane, que resultaban encantadores, se notaba nada más verlos.

—En realidad, nosotros creemos que Ziggy es mi querido padre reencarnado —soltó la madre de Jane.

—De eso nada —dijo el padre de Jane mientras miraba cómo Chloe tiraba del vestido de Madeline—. Y esta debe de ser vuestra hija, ¿no es así?

Chloe alargó un sobre rosa a Madeline.

—¿Puedes guardármelo, mamá? Es una invitación para el cumple de Amabella. Hay que ir vestida de algo que empiece por A. Yo iré disfrazada de princesa. —Y salió corriendo.

—Por lo visto, el pobre Ziggy no está invitado a esa fiesta —dijo la madre de Jane en voz baja.

—Mamá —dijo Jane—. Déjalo.

—¿Cómo? No debería andar repartiendo invitaciones en el patio a menos que invitara a toda la clase —dijo Madeline.

Trató de localizar a Renata en el patio y vio a Celeste entrando por la puerta del colegio, tarde para variar, llevando de la mano a los gemelos, con un aspecto increíblemente fabuloso. Como si se hubiera presentado en el colegio alguien de otra especie. Madeline se fijó en que uno de los padres de segundo estuvo a punto de tropezar con una mochila por volverse a mirar a Celeste cuando la vio.

Y allí estaba Renata, como una bala en dirección a Celeste para darle sus dos sobres rosa.

—Voy a matarla —dijo Madeline.

Señora Lipmann: Mire, preferiría no decir nada más. Merecemos que nos dejen en paz. Ha muerto un padre. Toda la comunidad escolar está de luto.

Gabrielle: Hmmmm. No diría yo que toda la comunidad esté de luto. Sería una exageración.

Celeste se fijó en el traspiés del hombre que se había vuelto para mirarla.

Tal vez debería tener una aventura. Podría crear una situación nueva, colocar su matrimonio al borde del precipicio hacia el que llevaba muchos años deslizándose.

Pero el pensamiento de estar con otro hombre que no fuera Perry le produjo una sensación de pesadumbre e indolencia. Se aburriría mucho. No estaba interesada en otros hombres. Perry la hacía sentirse viva. Si lo dejaba estaría sola, célibe y aburrida para siempre. No valía la pena. Arruinaría su vida.

—Me estás apretando mucho la mano —se quejó Josh.

—Sí, mamá —dijo Max.

Aflojó la presión.

—Lo siento, chicos —se disculpó.

No había sido una buena mañana. Primero había habido un problema monumental con un calcetín de Josh que no había habido forma de arreglar. Luego Max no había podido encontrar el muñeco concreto de Lego con el sombrero amarillo en particular que necesitaba en ese preciso momento.

Habían llamado a gritos a su padre. No les importaba que estuviera en la otra punta del mundo. Lo necesitaban. Celeste también. Él habría arreglado el calcetín de Josh. Habría encontrado el muñeco de Lego de Max. Siempre había sabido lo que iba a costarle la rutina diaria de ir al colegio. Los chicos y ella tardaban en dormirse y solían estar aturdidos por la mañana, mientras que Perry se levantaba contento y animoso. Si hubiera estado ahí esa mañana habrían llegado pronto en su primer día de colegio. Habría habido risas en el coche, en vez de silencio, intercaladas con penosos escalofríos de los chicos.

Había acabado dándoles unas piruletas. Con ellas seguían cuando los hizo salir del coche y vio pasar y sonreír cariñosamente a los niños a una de las madres de preescolar a quien había conocido el día de la presentación, mientras echaba a Celeste una mirada de «mala madre».

—¡Ahí están Chloe y Ziggy! —dijo Josh.

—¡Vamos a matarlos! —propuso Max.

—¡No habléis así, chicos! —exclamó Celeste.

Santo Dios. Qué pensaría la gente.

—Matar de mentirijillas, mamá —explicó Josh amablemente—. ¡A Chloe y Ziggy les gusta!

—¡Celeste! Eres Celeste, ¿verdad? —Cuando los chicos salieron corriendo apareció una mujer delante de ella—. Os conocí a ti y a tu marido en la tienda de uniformes hace unas semanas. —Se llevó la mano al pecho—. Renata. Soy la madre de Amabella.

—¡Claro! Hola, Renata —dijo Celeste.

—¿No ha podido venir hoy Perry? —Renata lo buscó con la mirada.

—Está en Viena —contestó Celeste—. Viaja mucho por trabajo.

—Ya me figuro —dijo Renata sabiendo de lo que hablaba—. Creí reconocerlo el otro día, de manera que le busqué en Google al volver a casa y lo confirmé al hacer clic. ¡El mismísimo Perry White! La verdad es que he visto hablar a tu marido varias veces. ¡También estoy en el mundo de la gestión de fondos!

Magnífico. Una seguidora de Perry. Celeste se preguntaba a menudo qué pensarían las seguidoras de Perry si lo vieran haciendo las cosas que hacía.

—Tengo invitaciones para los chicos por el quinto cumpleaños de Amabella. —Renata le alargó dos sobres rosa—. Por supuesto, Perry y tú podéis pasaros también. Es una buena manera de que los padres empecemos a conocernos.

—Perfecto. —Celeste tomó los sobres y los guardó en el bolso.

—¡Buenos días, señoras! —Era Madeline, con uno de sus preciosos vestidos de diseño. Tenía sendos toques de color en ambas mejillas y un brillo peligroso en los ojos—. Gracias por invitar a Chloe al cumpleaños de Amabella.

—Oh, Dios, ¿está repartiendo Amabella las invitaciones? —Renata frunció el ceño y palpó el bolso—. Debe de haberlas sacado de aquí. Yo quería dárselas discretamente a los padres.

—Sí, porque parece que estás invitando a todos los chicos de la clase menos a uno.

—Supongo que estás hablando de Ziggy, el niño que dejó marcas en el cuello de mi hija —replicó Renata—. No estaba incluido en la invitación. Sorpresa, sorpresa.

—Venga, Renata —dijo Madeline—. No puedes hacer eso.

—¡Pues demándame! —Renata dirigió una mirada centelleante y sarcástica a Celeste, como si estuvieran bromeando entre ellas.

Celeste tomó aliento. No quería verse implicada.

—Yo quizá...

—Lo siento mucho, Renata —interrumpió Madeline con una majestuosa mirada de disculpas—, pero Chloe no va a poder ir a la fiesta.

—Qué pena —dijo Renata, tirando de la correa del bolso que llevaba en bandolera como si estuviera ajustándose una armadura—. ¿Sabes una cosa? Creo que voy a terminar esta conversación antes de decir algo que más tarde haya de lamentar. —Hizo un gesto con la cabeza a Celeste—. Me alegro de volver a verte.

Madeline la vio irse. Parecía reforzada.

—Esto es la guerra, Celeste —declaró tan feliz—. ¡La guerra, te lo digo yo!

—Oh, Madeline —dijo Celeste suspirando.

Harper: Ya sé que a todas nos gusta poner a Celeste en un pedestal, pero creo que no siempre toma las mejores decisiones nutricionales para sus hijos. ¡El primer día de colegio vi a sus hijos desayunar piruletas!

Samantha: Los padres suelen juzgarse unos a otros. No sé por qué. ¿Tal vez porque ninguno de nosotros sabemos realmente lo que estamos haciendo? Y me figuro que eso puede generar conflictos en ocasiones. Aunque normalmente no de este calibre.

Jackie: Yo no tengo tiempo de juzgar a otros padres. Interés tampoco. Mis hijos son solo una parte de mi vida.

Sargento detective Adrian Quinlan: Aparte de la investigación del asesinato, esperamos acusar a varios padres de agresiones. Nos decepciona y nos causa una honda impresión ver a un grupo de padres portarse de esta manera.

CAPÍTULO 19

Oh, Madeline —dijo Ed con un suspiro.

Estacionó el coche, quitó la llave del contacto y se volvió a mirarla.

—No puedes hacer que Chloe se pierda la fiesta de su amiga solo porque Ziggy no esté invitado. Es una tontería.

Habían ido derechos del colegio a la playa a tomar un café rápido en el Blue Blues con Jane y sus padres. Lo había sugerido la madre y le había parecido muy importante que Madeline, que tenía una apretada lista de quehaceres el primer día de colegio de los chicos, hubiera dicho que no podía negarse.

—No es ninguna tontería —dijo Madeline aunque ya estaba empezando a lamentarlo.

Cuando Chloe se enterara de que no iba a ir a la fiesta de la A de Amabella se lo iba a hacer pagar caro. La última fiesta de cumpleaños de Amabella había sido una locura: castillo hinchable, mago y discoteca.

—Hoy estoy de muy mal humor —le comunicó a Ed.

—¿Sí? —dijo Ed—. No había notado nada.

—Echo de menos a los niños —añadió Madeline. El asiento trasero del coche estaba tan vacío y silencioso. Le asomaron lágrimas a los ojos.

Ed soltó una carcajada.

—No lo dirás en serio, ¿verdad?

—Mi pequeña ha empezado el colegio —lloró Madeline.

Chloe había entrado muy decidida en clase junto con la señorita Barnes, como si fuera otra profesora, sin parar de hablar, probablemente haciendo sugerencias de cambios en el plan de estudios.

—Sí—dijo Ed—. Y ya le hacía falta. Creo que esas fueron las palabras que utilizaste ayer por teléfono con tu madre.

—Y he tenido que aguantar ahí en el patio manteniendo una educada conversación con mi puñetero exmarido. —Madeline pasó del llanto al enfado.

—Sí —dijo Ed—. No sé si yo emplearía la palabra «educada».

—Es bastante duro ser madre soltera —se quejó Madeline.

—Mmm. ¿Cómo? —dijo Ed.

—¡Jane! Me estoy refiriendo a Jane, claro. Me acuerdo del primer día de colegio de Abigail. Me sentí un monstruo. Todo el mundo estaba repugnantemente casado. Todos los padres perfectamente emparejados. Nunca me he sentido tan sola.

Madeline pensó en su exmarido hoy, tan campante por el patio. Nathan no tenía ni idea de lo duros que habían sido los años en que había sacado ella sola adelante a Abigail. Tampoco lo negaría. Claro que no. Si ella le echara en cara lo duro que fue, él pondría cara triste y compungida, si bien, por más esfuerzos que hiciera, nunca se haría una idea.

La dominaba una cólera sorda. No había nadie contra quien dirigirla, excepto Renata.

—Conque imagina cómo se siente Jane al saber que su hijo es el único al que no han invitado a la fiesta. Imagínatelo.

—Ya lo sé —dijo Ed—. Aunque, después de lo ocurrido, también se puede entender el punto de vista de Renata...

—¡No, tú no puedes! —exclamó Madeline.

—Dios. Lo siento. No. Claro que yo no puedo. —Ed miró por el espejo retrovisor—. Oh, mira. Tu pobre amiga ha estacionado detrás de nosotros. Vamos a tomar un pastel con ella. Eso arreglará las cosas.

Se quitó el cinturón de seguridad.

—Si no vas a invitar a todos los niños de la clase, no repartas las invitaciones en el patio —dijo Madeline—. Cualquier madre lo sabe. Es una ley no escrita.

—Puedo tirarme hablando de esto todo el día —contestó Ed—. Desde luego. Hoy no quiero hablar de otra cosa que no sea la fiesta del quinto cumpleaños de Amabella.

—Cierra el pico.

—Creía que en nuestra casa no nos decíamos «cierra el pico».

—Entonces, que te jodan —dijo Madeline.

Ed sonrió. Puso una mano en la cara de Madeline.

—Te sentirás mejor mañana. Siempre te sientes mejor al día siguiente.

—Ya lo sé, ya lo sé. —Madeline respiró hondo y, cuando abrió la puerta del coche, vio salir del suyo a la madre de Jane, que echó a correr hacia ella por la acera con el bolso en bandolera y una sonrisa de oreja a oreja.

—¡Eh! ¡Hola! Madeline, ¿paseamos un poco por la playa mientras los demás piden el café?

—Mamá —dijo Jane, que venía por detrás con su padre—, ¡pero si a ti no te gusta la playa!

No hacía falta ser ninguna superdotada para ver que la madre de Jane quería hablar a solas con Madeline.

—Por supuesto... Di. —El nombre acudió a ella en el último momento.

—Yo también voy —dijo Jane.

—No, no, tú ve a la cafetería y ayuda a tu padre a sentarse y pedirme algo bueno —contestó Di.

—Eso, porque soy un ciudadano chocho de la tercera edad. —El padre de Jane puso voz temblorosa de anciano y se aferró al brazo de Jane—. Ayúdame, querida hija.

—Idos —ordenó Di categóricamente.

Madeline vio que Jane dudaba un segundo antes de encogerse levemente de hombros y ceder.

—No tardéis mucho —le recomendó a su madre—. O se os enfriará el café.

—Pídeme un café solo doble y un pastel de chocolate con nata —dijo Madeline a Ed.

Ed le dijo que sí con el pulgar hacia arriba y llevó a Jane y a su padre al Blue Blues, mientras Madeline se agachaba a quitarse los zapatos.

La madre de Jane hizo lo mismo.

—¿Se ha tomado el día libre tu marido por ser el primer día de colegio de Chloe? —preguntó Di, mientras atravesaban la arena en dirección a la orilla—. ¡Oh, Dios, qué resplandor! —Llevaba gafas de sol, pero se hizo visera con el dorso de la mano.

—Es periodista en el diario local —dijo Madeline—. Tiene horarios muy flexibles y trabaja mucho en casa.

—Eso debe de ser bonito, ¿no? ¿O lo tienes siempre encima? —Di avanzaba dificultosamente por la arena—. A veces mando a Bill a que me compre en el supermercado algo que no me hace ninguna falta, nada más que por darme un pequeño respiro.

—A nosotros nos funciona muy bien —contestó Madeline—. Trabajo tres días a la semana en la Compañía de Teatro de la Península de Pirriwee, de manera que Ed puede llevar y recoger a los chicos cuando estoy trabajando. No ganamos una fortuna, pero, ya sabes, a los dos nos encanta nuestro trabajo, así que estamos contentos.

Dios mío, ¿por qué estaba hablando de dinero? Ni que estuviera defendiendo la elección de su estilo de vida (porque, la verdad sea dicha, no les apasionaban tanto sus respectivos trabajos). ¿Sería que tenía la sensación de que toda su vida era una competición con mujeres profesionales de altos vuelos como Renata? ¿O porque el dinero le ocupaba la mente por la tremenda factura de la luz que había abierto esa mañana? Lo cierto era que, aun no siendo ricos, tampoco vivían con estrecheces y, gracias a las inteligentes habilidades compradoras *online* de Madeline, ni siquiera se resentía su vestuario.

—Ah, sí, el dinero. Dicen que no da la felicidad, pero no estoy tan segura. —Di se apartó el pelo de los ojos y contempló la playa—. Es una playa muy bonita. Nosotros no somos muy de playa y, evidentemente, ¡nadie quiere ver esto en bikini!

Hizo un gesto de puro aborrecimiento y señaló su cuerpo absolutamente normal, al que Madeline atribuyó su misma talla.

—No veo por qué no —dijo Madeline.

Se impacientaba con este tipo de conversaciones. Esa complicidad en el autodesprecio que cultivan las mujeres le hacía distraerse.

—Pero les vendrá bien a Jane y Ziggy vivir cerca de la playa, creo, me figuro, y..., eh..., ¿sabes?, solo quería agradecerte sinceramente, Madeline, que hayas tomado a Jane bajo tu protección del modo en que lo has hecho.

Se quitó las gafas de sol y miró directamente a Madeline. Tenía los ojos de color azul claro y se había dado sombra de ojos de color rosa metalizado, que no le pegaba nada, aunque Madeline valoró el esfuerzo.

—Bueno, claro —dijo Madeline—. Es duro cuando te mudas a un sitio nuevo y no conoces a nadie.

—Sí, y Jane se ha mudado tan a menudo en los últimos tiempos. Desde que tuvo a Ziggy parece que no puede asentarse o encontrar un buen círculo de amistades y ella me mataría por decir esto, pero lo cierto es que no sé qué le está pasando.

Se detuvo, miró hacia la cafetería por el rabillo del ojo y apretó los labios.

—Es duro cuando dejan de contarte las cosas, ¿verdad? —dijo Madeline momentos después—. Tengo una hija adolescente. De una relación anterior. —Siempre se sentía en la obligación de aclarar este extremo cuando hablaba de Abigail y luego se sentía secretamente culpable por haberlo hecho—. No sé por qué me impresionó tanto cuando Abigail dejó de contarme las cosas. Eso es lo que hacen los adolescentes, ¿no? Pero es que era una chica tan abierta. Por supuesto, Jane no es ninguna adolescente.

Fue como si hubiera autorizado a Di a hablar con libertad. Se volvió entusiasmada a Madeline.

—¡Ya lo sé! ¡Tiene veinticuatro años, es una adulta! Pero nunca parecen adultos. Su padre me dice que me preocupo en vano. Es cierto que Jane está sacando adelante muy bien a Ziggy y que se mantiene sola, sin pedirnos un centavo. Le pongo dinero en el bolsillo como una carterista. O lo contrario de una carterista. Pero ha cambiado. Algo ha cambiado. No sabría definirlo. Es como si tratara de ocultar una profunda infelicidad. No sé si es depresión, drogas, trastorno alimentario o qué sé yo. ¡Se ha quedado en los huesos! Era bastante exuberante.

—Bueno —dijo Madeline, pensando que si era un trastorno alimentario probablemente se debía a Di.

—¿Por qué te estoy contando esto? —exclamó Di—. Ya no vas a querer ser amiga suya. ¡No es ninguna drogadicta! Solo presenta tres de los diez síntomas de la drogadicción. O como mucho cuatro. De todas formas, no se puede dar crédito a lo que se lee en internet.

Madeline se rio y Di también.

—A veces me entran ganas de agitar la mano delante de sus narices y decirle: «Jane, Jane, ¿sigues aquí todavía?».

—Estoy segura de que…

—No sale con ningún hombre desde que nació Ziggy. Rompió con un chico que se llamaba Zach. Todos lo queríamos, un chico guapísimo. Jane sufrió mucho, mucho por la ruptura, pero, Dios mío, eso fue ¿hace cuánto?, ¿seis años ya? No puede seguir sufriendo por Zach. Tampoco era para tanto.

—No lo sé —dijo Madeline preguntándose pensativa si estaría quedándose frío el café que le habían puesto en la mesa del Blue Blues.

—Luego se quedó embarazada y por lo visto Zach no era el padre, aunque nunca dejamos de preguntárnoslo, pero ella fue tajante con que Zach no era el padre. No hacía más que repetirlo. Un rollo de una noche, decía. Bueno, ¿sabes?, estaba a mitad del grado en Derecho de las Artes, no era el mejor momento, pero todo sucede por alguna razón, ¿no crees?

—Claro —dijo Madeline, que no lo creía en absoluto.

—Le había dicho un médico que probablemente iba a tener muchos problemas para quedarse embarazada de forma natural, y tenía toda la pinta de ser así, y luego murió mi querido padre mientras Jane estaba embarazada y por eso pareció como si su alma hubiera vuelto…

—¡Mamá, Madeline!

La madre de Jane se sobresaltó y, al apartar la vista del mar, ambas vieron a Jane en el entarimado del Blue Blues haciéndoles gestos con la mano.

—¡Ya tenéis el café!

—¡Ya vamos! —contestó Madeline.

—Lo siento —dijo Di mientras volvían de la playa—. Hablo demasiado. ¿Puedes olvidar todo lo que te he dicho, por favor? Es que cuando vi que al pobre Ziggy no lo invitaban a la fiesta de cumpleaños de esa niña me entraron ganas de llorar. Últimamente estoy muy emotiva y, como hoy hemos tenido que levantarnos temprano, me siento bastante aturdida. Yo no era muy llorona, más bien todo lo contrario. Es la edad, tengo cincuenta y ocho, como mis amigas, fuimos a comer el otro día, somos amigas desde que nuestras hijas empezaron preescolar. Hablamos del tema, de que nos sentimos como si tuviéramos quince años, que lloramos por nada.

Madeline se detuvo.

—Di —dijo.

Di se volvió nerviosa, como si fueran a regañarla.

—Cuidaré de Jane —aseguró—. Lo prometo.

Gabrielle: Mire, parte del problema era que Madeline casi había adoptado a Jane. Como una enloquecida y protectora hermana mayor. Si hacías la más mínima crítica a Jane, Madeline se te echaba encima como un perro rabioso.

CAPÍTULO 20

Eran las once de la mañana del primer día de colegio de Ziggy.

¿Habría tomado ya el té de la mañana? ¿Estaría comiendo la manzana con queso y panchitos? ¿Su cajita de pasas? A Jane le palpitaba el corazón solo de imaginarlo abriendo cautelosamente la tartera. ¿Dónde se sentaría? ¿Con quién hablaría? Esperaba que Chloe y los gemelos estuvieran jugando con él, aunque también podían no hacerle caso. Tampoco era como para que se dirigieran a él con la mano tendida: «Hola, eres Ziggy, ¿no? Nos conocimos hace unas semanas jugando en una casa. ¿Qué tal te ha ido?».

Se levantó de la mesa del comedor donde estaba trabajando y estiró los brazos por encima de la cabeza. Él estaría bien. Todos los niños iban al colegio. Sobrevivían. Aprendían las normas de la vida.

Entró en la pequeña cocina del piso nuevo para enchufar la tetera y tomarse una taza de té que no le apetecía especialmente. Una simple excusa para hacer un alto con las cuentas de Perfect Pete's Plumbing. Seguramente Pete era excelente como fontanero, pero no se le daba tan bien guardar en orden la documentación.

Recibía cada trimestre una caja de zapatos repleta de documentos arrugados, emborronados e impregnados de olores extraños: facturas, extractos y recibos de la tarjeta de crédito, muchos de ellos sin posibilidad de devolución. Imaginaba a Pete vaciándose los bolsillos, sacando todos los recibos del salpicadero del coche con su mano gordezuela, dando vueltas por la casa a la caza de cualquier documento que pudiera encontrar, antes de meterlo todo en la caja de zapatos con un hondo suspiro de alivio. Asunto concluido.

Volvió a la mesa del comedor y tomó un nuevo recibo. La esposa de Perfect Pete había gastado 335 dólares en la esteticista, donde se había hecho un «tratamiento facial clásico», una «pedicura de lujo» y una cera en la línea del bikini. Bien por la esposa de Perfect Pete. El siguiente era una autorización sin firma para una salida al Zoo de Taronga el año pasado. En el reverso había escrito un niño con lápiz morado: ¡¡¡ODIO A TOM!!!

Jane observó la autorización.

Sí/No podré ir a la excursión como padre de apoyo.

La esposa de Perfect Pete había puesto que No. Bastante tenía con hacerse la cera en la línea del bikini.

La tetera hirvió. Jane arrugó el recibo y la autorización y volvió a la cocina.

Podría ir de madre de apoyo si Ziggy fuera a alguna excursión. Al fin y al cabo, por eso había decidido en principio hacerse contable, para poder ser «flexible» con Ziggy y «conciliar maternidad y trabajo», aunque siempre se sentía idiota y farsante al decir cosas semejantes, como si no fuese realmente madre, como si toda su vida fuera un montaje.

Sería divertido volver a una salida de colegio. Aún se acordaba de la emoción. Las golosinas en el autobús. Jane podría observar discretamente cómo se relacionaba Ziggy con los demás niños. Comprobar que era normal.

Por supuesto que era normal.

Volvió a pensar, como llevaba haciendo toda la mañana, en los sobres rosa pálido. ¡Cuántos había! No importaba que no lo hubieran invitado a la fiesta. Era demasiado pequeño para sentirse ofendido, aparte de que los niños todavía no se conocían entre sí. Era una tontería siquiera pensarlo.

Pero lo cierto es que ella se sentía, en nombre de él, profundamente dolida e inexplicablemente responsable, como si conflicto lo hubiera provocado ella. Por más que se había propuesto olvidar el incidente del día de la presentación, volvía al primer plano de su mente.

La tetera hirvió.

Si Ziggy había agredido realmente a Amabella y si volvía a hacer algo semejante, nunca lo invitarían a fiestas. Las profesoras la convocarían para una tutoría. Tendría que llevarlo a que lo viera un psicólogo infantil.

Tendría que manifestar todos sus secretos terrores sobre Ziggy.

«Si Ziggy no está invitado, entonces Chloe tampoco irá», había dicho esa mañana Madeline en el café.

«Por favor, no hagas eso», le había pedido Jane. «Vas a empeorar las cosas».

Pero Madeline había enarcado las cejas y se había encogido de hombros.

«Ya se lo he dicho a Renata».

Jane se había quedado horrorizada. Magnífico. Ahora Renata tendría más motivos para rechazarla. Jane tendría una enemiga. La última vez que había tenido algo parecido a una enemiga había sido cuando estaba en la escuela primaria. Nunca se le había pasado por la cabeza que enviar a su hijo al colegio fuera a ser como volver ella misma.

Quizá debería haber hecho que Ziggy se disculpara aquel día. «Lo siento», podía haber dicho a Renata. «Lo siento terriblemente. Nunca había hecho nada semejante. Me aseguraré de que no vuelva a suceder».

Pero era en vano. Ziggy había dicho que no había sido él. Ella no podía haber reaccionado de otra forma.

Vovió a la mesa del comedor con la taza d té, se sentó ante el ordenador y quitó el envoltorio a otro chicle.

Bien. Bueno, podría ofrecerse como voluntaria para alguna actividad del colegio. Al parecer la participación de los padres es buena para la educación del niño (aunque ella siempre había sospechado que era propaganda difundida por los colegios). Procuraría hacer amistad con más madres, además de Madeline y Celeste, y sería correcta y cordial con Renata si se la cruzaba.

«Esto se calmará en una semana», había dicho su padre esa mañana mientras comentaban la fiesta durante el café.

«O estallará», había dicho Ed, el marido de Madeline. «Y mi mujer está implicada».

La madre de Jane se había reído como si conociera a Madeline y sus tendencias desde hace años. (¿De qué habían estado hablando tanto tiempo en la playa? Jane sentía vergüenza en lo más hondo por el mero hecho de pensar que su madre hubiera expresado todas sus preocupaciones sobre la vida de Jane: ¡No se echa novio! ¡Está tan flaca! ¡No se arregla el pelo!).

Madeline había jugueteado con una pesada pulsera de plata que llevaba alrededor de la muñeca. «¡Pum!», había dicho de pronto, separando mucho las manos y abriendo mucho los ojos para representar una explosión. Jane se había reído, al tiempo que pensaba: magnífico, me he hecho amiga de una señora loca.

La única razón por la que Jane se había granjeado una enemiga en primaria fue porque así lo había decretado una guapa y carismática muchacha llamada Emily Berry, que siempre llevaba pasadores con mariquitas en el pelo. ¿Era Madeline la versión con cuarenta años de Emily Berry? Champán en vez de limonada. Pintalabios rojo brillante en vez de brillo de labios con sabor a fresa. La clase de chica que te ponía alegremente en apuros y encima seguías queriéndola.

Jane sacudió la cabeza para aclararse. Esto era absurdo. Era adulta. No iba a acabar en el despacho de la directora como cuando tenía diez años. (Emily se había sentado en la silla de al lado, dándole patadas, mascando chicle y sonriendo a Jane cada vez que la directora miraba para otro lado, como si todo aquello fuera una broma).

Bien. Concentración.

Sacó otro documento de la caja de zapatos de Pete el fontanero y lo tomó precavida con la punta de los dedos. Estaba grasiento al tacto. Este era una factura de un mayorista de artículos de fontanería. Bien hecho, Pete. Esto sí que tiene que ver con tu actividad.

Apoyó las manos en el teclado. «Vamos allá. Preparados, listos, ya». Tenía que trabajar deprisa para que la introducción de datos fuera rentable a la vez que soportable. La primera vez que un contable le dio trabajo le había dicho que le iba a costar entre seis u ocho horas. Ella lo había hecho en cuatro y le facturó seis. Desde aquel entonces había ganado en rapidez. Era como en los videojuegos, esforzándose en pasar a un nivel superior cada vez.

No era el trabajo de sus sueños, pero disfrutaba mucho por la satisfacción de transformar un montón de papelajos desordenados en columnas de cifras perfectamente alineadas. Le encantaba telefonear a los clientes, por lo general pequeños empresarios como Pete, y comunicarles que había encontrado una nueva deducción fiscal. Por encima de todo, estaba orgullosa de haberse mantenido a Ziggy y a ella durante los últimos cinco años sin haber tenido que pedir dinero a sus padres, aun cuando eso había supuesto en ocasiones trabajar hasta bien entrada la noche mientras él dormía.

No era la profesión con la que había soñado a sus ambiciosos diecisiete años, pero ahora resultaba difícil de recordar haber sido alguna vez lo bastante inocente y audaz como para soñar con un determinado tipo de vida, como si pudiera elegirse el curso de los acontecimientos.

Graznó una gaviota y, por un momento, el sonido la sobresaltó.

Bueno, pues ella había elegido este. Había elegido vivir cerca de la playa, con el mismo derecho que cualquiera. Un paseo por la playa podía compensarle dos horas de trabajo. Una caminata por la orilla a mitad de la jornada. Podía volver al Blue Blues, pedir un café para llevar y luego hacer fotos artísticas sentada en una valla con de mar al fondo para colgarlas en Facebook con el comentario: «Un alto en el trabajo. Qué suerte tengo». La gente comentaría: «Qué envidia».

Si presentaba una vida perfecta en Facebook, tal vez pudiera empezar a creer en sí misma.

También podría colgar: «¡¡¡Hecha una furia!!! ¡¡Ziggy, el único de la clase al que no han invitado a un cumple!! Grrrr». Y todo el mundo la consolaría con cosas como: «¿Por qué narices?» y «Ooooh, pobre Ziggy».

Podría ocultar sus miedos mediante inocuas actualizaciones de su muro entremezcladas con las de sus amigos.

Entonces Ziggy y ella serían personas normales. Incluso ella podría salir con alguien. Tener contenta a su madre.

Tomó el móvil y leyó el mensaje que su amiga Anna le había enviado ayer.

> ¿T acuerdas de Greg? Primo mío q conociste cuando teníamos 15. Se ha ido a Síd. Quiere tu número > invitarte 1 copa.

¿OK? ¡Sin prisas! (Ahora está muy bueno. Tiene mis genes. Jajaja) bss

Bien.

Se acordaba de Greg. Tímido. Bajo. Pelirrojo. Contó un chiste malo que nadie pilló, y cuando los demás preguntaron: «¿Qué? ¿Qué?», él contestó: «¡Déjalo!». Se le había quedado en la cabeza porque le daba lástima.

¿Por qué no?

Podía permitirse una copa con Greg.

Tenía tiempo. Ziggy estaba en el colegio. Vivía cerca de la playa. Contestó al mensaje: «OK bss».

Dio un sorbo al té y puso las manos en el teclado.

Fue su cuerpo el que reaccionó. Ni siquiera estaba pensando en el mensaje. Estaba pensando en la factura de desechos y enchufes de Pete el fontanero.

Una violenta náusea la hizo doblarse, con la frente apoyada en la mesa. Se llevó la mano a la boca. La sangre se le fue de la cabeza. Podía sentir ese olor. Podía jurar que era real, que estaba ahí en el apartamento.

En ocasiones, si Ziggy experimentaba cambios bruscos de humor, sin previo aviso, ella podía olerlo en él.

Se incorporó a medias, entre arcadas, y tomó el teléfono. Escribió a Anna con dedos temblorosos: «¡No se lo pases! ¡He cambiado de idea!».

La respuesta fue prácticamente instantánea.

«Demasiado tarde :-)».

THEA: Me enteré de que Jane había tenido una, digamos, aventurilla con un padre. No tengo ni idea de con cuál. ¡Solo sé que no fue con mi marido!

BONNIE: No hubo nada de eso.

CAROL: ¿Sabe que había un hombre en su Club de Ficción Erótica? Mi marido no, gracias a Dios. Solo lee *Golf Australia.*

JONATHAN: Sí, yo era el hombre del supuesto Club de Ficción Erótica, solo que no era más que una broma. Era un club de lectura. Un club de lectura de lo más normal.

MELISSA: ¿No tuvo Jane una aventura con el amo de casa?

GABRIELLE: ¡No fue Jane quien tuvo la aventura! Siempre creí que era una cristiana renacida. Zapatos bajos, nada de joyas ni maquillaje, pero ¡buen cuerpo! Ni un gramo de grasa. Era la madre más flaca del colegio. Dios, tengo hambre. ¿Ha probado la dieta 5:2? Hoy es mi día de ayuno. Me muero de hambre.

CAPÍTULO 21

Celeste llegó pronto a recoger a los niños del colegio. Suspiraba por sus pequeños cuerpecitos y por el momento único en que le echaban opresiva, posesivamente las manos al cuello y ella besaba el olor fuerte y cálido de sus cabezas antes de que se escabulleran. Aunque sabía que probablemente estaría gritándoles dentro de un cuarto de hora. Cuando estuvieran cansados y pasados de rosca. Anoche no había conseguido que se durmieran hasta las nueve. Demasiado tarde. Mala madre. «¡A dormir!», acababa gritando. Le costaba mucho que se acostaran a una hora razonable, menos cuando estaba Perry en casa. A él le hacían caso.

Era un buen padre. También un buen marido. Casi siempre.

—Tienes que establecer una rutina para acostarles —le había dicho su hermano ese día por teléfono desde Auckland.

—¡Oh, una idea revolucionaria! ¡No se me había ocurrido! —había dicho Celeste.

Los padres cuyos hijos se acostaban sin problemas suponían que era por su buen hacer, no una cuestión de suerte. Seguían las normas y las normas habían demostrado su eficacia.

Por lo tanto, Celeste no debía de estar siguiendo las normas. ¡Y no podías decirles nada! Morirían con ese convencimiento.

—¡Hola, Celeste!

Ella se sobresaltó.

—¡Jane! —dijo llevándose una mano al pecho.

Como de costumbre, estaba abstraída y no había sentido los pasos. Le fastidiaba esa manera suya de dar un respingo cuando aparecía gente.

—Lo siento —dijo Jane—. No era mi intención asustarte.

—¿Qué tal ha ido el día? —preguntó Celeste—. ¿Te ha cundido el trabajo?

Sabía que Jane se ganaba la vida como contable. Celeste la imaginaba sentada a una pulcra mesa de oficina en su pequeño piso sin muebles (no había estado dentro, pero conocía la manzana de casas de ladrillo rojo de Beaumont Street y supuso que el interior estaría sin adornar, como Jane. Nada de estridencias. Nada de cachivaches). La simplicidad parecía obligatoria en su vida. Solo Jane y Ziggy. Un niño cariñoso y tranquilo de pelo castaño (por no hablar del incidente del ahogamiento, por supuesto). Sin peleas. Una vida tranquila y sin complicaciones.

—Un poco —dijo Jane haciendo movimientos imperceptibles con la boca al masticar chicle—. Esta mañana he tomado café con mis padres, Madeline y Ed. Luego el día se me ha pasado volando.

—El día se pasa enseguida —coincidió Celeste, aunque el suyo se le había hecho eterno.

—¿Vas a volver a trabajar ahora que los chicos están en el colegio? —preguntó Jane—. ¿Qué hacías antes de tener a los gemelos?

—Era abogada —dijo Celeste. Era otra persona.

—Vaya. Yo debía haber sido abogada. —Había algo irónico y triste en la voz de Jane que Celeste no supo interpretar del todo.

Fueron por el camino de hierba que pasaba por delante de una casa de madera blanca que prácticamente parecía formar parte del colegio.

—En realidad no lo disfrutaba —dijo Celeste.

¿Era verdad? Había odiado el estrés. Llegaba tarde todos los días. Pero ¿no le habían gustado ciertos aspectos en algún momento? La meticulosa resolución de un problema legal. Como en matemáticas, pero con palabras.

—No podría volver a practicar la abogacía —continuó—. Con los niños, no. A veces pienso que podría enseñar. Enseñar temas jurídicos. Pero tampoco estoy segura de que me llame.

Le había cogido miedo a trabajar, igual que se lo había cogido a esquiar.

Jane guardaba silencio. Probablemente estaba pensando que Celeste era una mujer florero consentida.

—Tengo suerte —dijo Celeste—. No tengo que trabajar. Perry es..., bueno, es gestor de fondos de inversión.

Había sonado a presunción, cuando debería haber sonado a gratitud. Las conversaciones sobre trabajo con mujeres podían ser muy tensas. Si Madeline hubiera estado allí probablemente habría dicho: «Perry gana una pasta, por eso Celeste puede llevar una vida ociosa». Acto seguido habría hecho el típico quiebro de Madeline y habría dicho algo acerca de que criar a dos gemelos no era precisamente una vida ociosa y que probablemente Celeste trabajaba más que Perry.

A Perry le gustaba Madeline. «Combativa», la llamaba.

—Tengo que empezar a hacer algo de ejercicio mientras Ziggy está en el colegio —dijo Jane—. Estoy en muy baja forma. Me quedo sin aliento subiendo la menor cuesta. Es terrible. Aquí todo el mundo está muy saludable y en forma.

—Yo no —replicó Celeste—. No hago nada de ejercicio. Madeline está siempre detrás de mí para que vaya al gimnasio con ella. Le vuelven loca esas clases, pero a mí no me gustan nada los gimnasios.

—A mí tampoco —dijo Jane con una mueca de asco—. Hombretones sudorosos.

—Deberíamos ir a caminar juntas mientras los chicos están en el colegio —propuso Celeste—. Por el promontorio.

Jane reaccionó con una tímida sonrisa de sorpresa.

—Me encantaría.

Harper: Ya sabe que Jane y Celeste eran supuestamente grandes amigas. Pero no todo el monte era orégano por lo que oí casualmente la noche del concurso de preguntas. Debió de ser pocos minutos antes de que sucediera. Salí al balcón a tomar un poco de aire fresco, bueno, a fumar un cigarrillo, que lo sepa, porque tenía varias cosas en la cabeza, el caso es que Jane y Celeste estaban allí fuera y Celeste estaba diciendo: «Lo siento. Lo siento mucho, de verdad».

Faltaba una hora para ir al colegio a por los niños cuando Samira, la jefa de Madeline en el Teatro de Pirriwee, la llamó para comentar el lanzamiento de la nueva producción *El rey Lear.* Poco antes de colgar (¡por fin!, a Madeline no le pagaban el tiempo que dedicaba a estas llamadas telefónicas y, si su jefa le hubiera ofrecido pagárselas, ella le habría dicho que no, pero habría estado muy bien disponer de la oportunidad de darle una cortés negativa), Samira dijo que tenía «un buen fajo» de invitaciones de primera fila para el espectáculo de Disney sobre Hielo, por si Madeline quería.

—¿Para cuándo?—preguntó Madeline mirando el calendario de la pared.

—Vamos a ver. Para el sábado 28 de febrero a las dos de la tarde.

Esa fecha del calendario estaba vacía, pero le recordó algo. Tomó el bolso y sacó el sobre rosa que Chloe había recibido esa mañana.

La fiesta de la A de Amabella era el 28 de febrero a las dos.

—Me encantarían.

THEA: La invitación a la fiesta de Amabella era anterior. Luego, esa misma tarde, Madeline se puso a repartir invitaciones para Disney sobre Hielo, dándose aires de grandeza.

SAMANTHA: Las entradas cuestan una fortuna y Lily se moría de ganas de ir. No me di cuenta de que coincidía con la invitación de Amabella, pero lo cierto es que Lily tampoco conocía mucho a Amabella, de manera que me sentí mal, pero no fue para tanto.

JONATHAN: Siempre he dicho que lo mejor de ser amo de casa es librarse de los piques de las oficinas. ¡Y resulta que el primer día de colegio me vi envuelto en una especie de guerra entre estas dos mujeres!

BONNIE: Fuimos a la fiesta de Amabella. Creo que Madeline se olvidó de darnos invitaciones para Disney sobre Hielo. Seguro que se le pasó.

SARGENTO DETECTIVE ADRIAN QUINLAN: Estamos hablando con los padres de todo lo sucedido en el colegio. Puedo asegurarle que no sería la primera vez que una disputa por un asunto aparentemente sin importancia desemboca en violencia.

CAPÍTULO 22

Tres meses antes de la noche del concurso de preguntas

Celeste y Perry estaban en el sofá bebiendo vino tinto, comiendo bombones de chocolate Lindt y viendo el tercer episodio seguido de *The Walking Dead.* Los chicos estaban profundamente dormidos. En la casa solo se oía el ruido de pasos procedente del televisor. El protagonista atravesaba el bosque armado con un cuchillo. Apareció tras él una zombi de detrás de un árbol: el rostro negro y carcomido, los dientes salidos, haciendo los sonidos guturales que por lo visto hacen los zombis. Celeste y Perry dieron un respingo.

Perry se quitó una salpicadura de vino de la camiseta.

—Me ha dado un susto de muerte.

El hombre de la pantalla atravesó con el cuchillo el cráneo de la zombi.

—¡Toma ya! —exclamó Celeste.

—Ponlo en pausa mientras voy a por más vino —dijo Perry.

Celeste tomó el mando a distancia y detuvo el DVD.

—Esta es mejor que la temporada pasada.

—Ya lo sé —dijo Perry—. Aunque creo que me provoca pesadillas.

Trajo la botella de vino del aparador.

—¿Vamos a ir mañana a la fiesta de cumpleaños de alguien? —preguntó al rellenarle el vaso—. Me he encontrado hoy con Mark Whittaker en Catalinas y parecía pensar que íbamos a ir. Según él, nos había invitado la madre. Renata nosecuántos. ¿No conocí a una Renata el día que fui contigo al colegio?

—Sí —dijo Celeste—. Nos han invitado a la fiesta de Amabella. Pero no vamos a ir.

No estaba concentrada. Ese fue el problema. No tuvo tiempo para prepararlo. Estaba disfrutando del vino, el chocolate y los zombis. Perry había vuelto hacía menos de una semana. Siempre estaba muy cariñoso y alegre después de un viaje, especialmente si había salido del país. Era como si se hubiera purificado. La cara parecía siempre más suave, los ojos más brillantes. Tardarían semanas en volver a amontonarse capas de frustración. Esa noche los niños habían estado un poco salvajes.

«Esta noche mamá descansa», les había dicho antes Perry y se había ocupado del baño, los dientes y el cuento mientras ella estaba en el sofá leyendo un libro y tomando un Sorpresa de Perry. Era un cóctel que había inventado él hacía años. Sabía a chocolate, nata, fresas y canela y todas las mujeres a quienes se lo había preparado se habían vuelto locas con él.

«Te cambio a mis hijos por la receta», le había dicho una vez Madeline.

—¿Por qué no vamos a ir? —dijo Perry sirviéndose.

—Voy a llevar a los chicos a Disney sobre Hielo. Madeline ha conseguido invitaciones y vamos a ir un grupo.

Celeste partió más chocolate. Había enviado a Renata un mensaje excusándose por no ir y no había obtenido respuesta.

Como la niñera se encargaba de llevar y recoger a la niña del colegio, Celeste no había vuelto a encontrarse con Renata desde el primer día de clase. Era consciente de que al decir que no estaba poniéndose de parte de Madeline y Jane, pero, bueno, ya estaba de su parte. Y esto era una fiesta de quinto cumpleaños. No una cuestión de vida o muerte.

—Entonces, ¿yo no voy a lo de Disney? —dijo Perry dando un sorbo al vino.

Ella lo notó entonces. En el estómago. Un leve retortijón. Pero el tono de él era desenfadado. Humorístico. Si actuaba con cautela, todavía podía salvar la noche.

Dejó el bombón.

—Lo siento —dijo—. Creí que te gustaría estar un rato solo. Puedes ir al gimnasio.

Perry seguía de pie a su lado con la botella de vino en la mano. Sonrió.

—He estado fuera tres semanas. Me voy otra vez de viaje el viernes. ¿Por qué iba a necesitar tiempo para estar solo?

No sonaba ni se le veía enfadado, pero ella pudo captar algo en el ambiente, como cuando está cargado de electricidad antes de la tormenta. Se le erizó el vello de los antebrazos.

—Lo siento —dijo ella—. No lo pensé.

—¿Ya estás harta de mí?

Parecía herido. Estaba herido. Ella había actuado sin pensar. No debería haberlo hecho. Perry siempre estaba buscando pruebas de que ella en realidad no lo quería. Como si lo esperara, y luego se enfadara cuando creía haberlo demostrado.

Hizo ademán de levantarse del sofá, pero eso habría acabado en una confrontación. En ocasiones podía reconducir la situación si se comportaba con normalidad.

—Los niños ni siquiera conocen a esa chica. Y yo no suelo llevarles a espectáculos en directo. Me pareció que era la mejor alternativa.

—¿Pues por qué no los llevas a espectáculos en vivo? —dijo Perry—. ¡No necesitamos invitaciones! ¿Por qué no le dijiste a Madeline que se las diera a alguien que de verdad las necesitara?

—No lo sé. En realidad no fue por el dinero.

No lo había pensado. Estaba privando a otra madre de una invitación. Debería haber pensado en que Perry quería estar con los niños a su vuelta, pero, como estaba tan a menudo de viaje, ella se había acostumbrado a concertar las actividades sociales que le convenían a ella.

—Lo siento —dijo con calma. Lo sentía, pero era en vano porque él nunca la creería—. Probablemente debería haber elegido la fiesta. —Se levantó—. Voy a quitarme las lentillas. Me escuecen los ojos.

Fue a pasar por delante de él, que la agarró del brazo hincándole los dedos.

—Eh —dijo—. Me haces daño.

Era parte del juego que su primera reacción fuera siempre de cólera y sorpresa, como si no hubiera pasado nunca, como si él no supiera lo que estaba haciendo.

Apretó más.

—No sigas —dijo—. Perry. No sigas.

El dolor atizó la cólera, que estaba siempre ahí como un depósito de combustible inflamable. Notó que su propia voz se ponía aguda e histérica. Una mujer gritona y de mal genio.

—¡Perry, no es para tanto! ¡No hagas una montaña de un grano de arena!

Porque ya no tenía que ver con la fiesta. Ahora era por todo. Apretó todavía más. Como si estuviera tomando una decisión: cuánto daño hacerle exactamente.

Él la empujó con la fuerza justa para que ella trastabillara hacia atrás torpemente.

Luego él dio un paso atrás y levantó la barbilla, respirando fuerte por las ventanas de la nariz, dejando caer los brazos a los costados. Esperaba la reacción de ella.

Cabían muchas posibilidades.

Unas veces procuraba responder como adulta. «Eso es inaceptable».

Otras, gritaba.

O escapaba.

Algunas veces peleaba. La emprendía a puñetazos y patadas como había hecho con su hermano mayor. En principio él siempre se dejaba, como si fuera eso lo que quería, como si fuera eso lo que necesitaba, antes de sujetarla por las muñecas. No era la única que despertaba con moretones al día siguiente. También los había visto en el cuerpo de Perry. Era tan mala como él. Tan odiosa como él. «¡Me trae sin cuidado quién empezó!», decía a los niños.

Ninguna de esas posibilidades servía para nada.

—Si vuelves a hacerlo otra vez, te dejo —le había dicho la primera vez, completamente en serio, Dios sabe que sí. Sabía perfectamente cómo debía comportarse en situaciones semejantes. Los niños solo tenían ocho meses. Perry lloró. Ella también. Él lo prometió. Lo juró por la vida de sus hijos. Estaba desconsolado. Le compró la primera joya que ella no se pondría jamás.

Volvió a suceder una semana después de que los gemelos cumplieran dos años. Peor que la primera vez. Le arrancó el alma. Su matrimonio había terminado. Iba a abandonarlo. Sin ninguna duda. Pero esa misma noche los niños despertaron con unas toses terribles. Anginas. Al día siguiente Josh se puso tan mal que su médico de cabecera dijo: «Voy a llamar a una ambulancia». Permaneció tres noches en cuidados intensivos. Los tiernos moretones de la cadera izquierda de Celeste parecieron cosa de risa cuando se presentó un médico y le dijo amablemente: «Creemos que deberíamos intubarlo».

Su único deseo era que Josh se pusiera bien y al poco se puso bien, se sentó en la cama y preguntó por los Wiggles y su hermano con la voz aún tomada por el horrible tubo. Perry y ella estaban eufóricos de alivio. Y a los pocos días llevaron a Josh del hospital a casa, Perry se fue a Hong Kong y pasó el momento de las medidas drásticas.

El hecho insoslayable que determinaba toda su indecisión era este: amaba a Perry. Seguía enamorada de él. Seguía loca por él. La hacía feliz y la hacía reír. Seguía disfrutando de hablar con él, ver la tele con él, estar en la cama con él las mañanas frías y lluviosas. Seguía queriéndolo.

Pero, cada vez que no se decidía a abandonarlo, le concedía un permiso tácito para volver a hacerlo. Ella lo sabía. Era una mujer con estudios, posibilidades, sitios a donde ir, familia y amistades que la apoyarían, abogados que la representarían. Podría volver a trabajar y ganarse la vida. No temía que la matara si intentaba abandonarlo. No temía que le quitara a los niños.

Gabrielle, una madre del colegio, solía charlar con Celeste mientras sus hijos jugaban a los ninjas en el patio al salir de clase. «Mañana voy a empezar una nueva dieta», le había dicho ayer a Celeste. «Probablemente no la seguiré y luego sentiré desprecio por mí misma». Miró a Celeste de arriba abajo y le dijo: «No tienes ni idea de lo que te estoy hablando, ¿verdad, flacucha?».

Pues sí, pensó Celeste. Sé exactamente a qué te refieres.

Ahora se presionó el brazo con la mano y procuró contener las lágrimas. Ya no podría llevar el vestido sin mangas al día siguiente.

—No sé por qué... —Se interrumpió. «No sé por qué me quedo. No sé por qué merezco esto. No sé por qué lo haces, por qué lo hacemos, por qué sigue sucediendo».

—Celeste —dijo él con voz ronca y ella pudo captar cómo la violencia abandonaba su cuerpo. El DVD volvió a empezar. Perry tomó el mando a distancia y apagó la televisión—. Oh, Dios. Lo siento —dijo con gesto contrito.

Ya había pasado. No habría más recriminaciones por la fiesta, sino todo lo contrario. Se mostraría tierno y solícito. No habría mujer más mimada en los días que quedaban hasta su próximo viaje. Parte de ella lo disfrutaría: la trémula, llorosa y justa sensación de haber sido agraviada.

Retiró la mano del brazo.

Podría haber sido mucho peor. Rara vez la golpeaba en la cara. Nunca le había roto ninguna extremidad ni había necesitado puntos. Podía mantener siempre en secreto las magulladuras con cuellos altos, mangas o pantalones largos. Jamás había puesto la mano encima a los niños. Los chicos nunca habían visto lo que sucedía. Podría haber sido peor. Mucho peor, desde luego. Había leído artículos sobre auténticas víctimas de la violencia doméstica. Eso era terrible. Eso era real. Lo que hacía Perry no era nada. Naderías, lo que era el colmo de la humillación, porque era tan... cutre. Tan infantil y vulgar.

No la engañaba. No jugaba. No bebía en exceso. No pasaba de ella como su padre había hecho con su madre. Eso hubiera sido lo peor de todo. Que no le hiciera caso. Que no la viera.

La ira de Perry era una enfermedad. Una enfermedad mental. Ella veía cómo se adueñaba de él, cómo se esforzaba en resistirse. Cuando le daba un arrebato se le ponían los ojos rojos y vidriosos, como si estuviera drogado. Decía cosas sin sentido. No era él. ¿Lo abandonaría si tuviera un tumor cerebral que afectara a su personalidad? Por supuesto que no.

Esto no era más que un fallo en una relación por otra parte perfecta. Toda relación tiene sus fallos. Sus altibajos. Como la maternidad. Todas las mañanas se le subían los niños a la cama para que les hiciera mimos; al principio era maravilloso, pero luego, al cabo de un rato, se ponían a pegarse y era terrible. Sus chicos eran un amor. Sus chicos eran unas fieras.

Nunca dejaría a Perry por lo mismo que nunca dejaría a los chicos.

Perry extendió los brazos.

—¿Celeste?

Ella volvió la cabeza, se alejó un paso, pero no había nadie más que pudiera consolarla. Solo él. El Perry de verdad.

Avanzó y apoyó la cabeza en su pecho.

SAMANTHA: Nunca olvidaré cuando Celeste y Perry entraron la noche del concurso de preguntas. Una ola recorrió el salón. Todo el mundo dejó lo que estaba haciendo para contemplarlos.

CAPÍTULO 23

¿No es fantástico?! —dijo Madeline a Chloe mientras ocupaban sus localidades de primera fila en la enorme pista de hielo—. ¡Se nota hasta el frío del hielo! ¡Brrrr! Me pregunto dónde están las princesas...

Chloe alargó el brazo y puso suavemente una mano sobre la boca de su madre.

—Shhh.

Madeline sabía que estaba hablando demasiado porque tenía ansiedad y una ligera sensación de culpa. Hoy necesitaba estar maravillosa para que valiera la pena el abismo que había interpuesto entre Renata y ella. Gracias a ella, ocho niños de la clase que habrían acudido a la fiesta de Amabella estaban aquí viendo Disney sobre hielo. Madeline vio más allá de Chloe a Ziggy, que tenía un juguete inmenso en el regazo. Ziggy era la razón por la que estaban allí hoy. El pobre Ziggy no habría estado en la fiesta. El querido Ziggy sin padre. Que posiblemente sería un psicópata secreto... pero ¡aun así!

—¿Te encargas de Harry el Hipopótamo este fin de semana, Ziggy? —dijo en tono alegre.

Harry el Hipopótamo era la mascota de la clase. Cada fin de semana se lo llevaba a casa un niño junto con un álbum que debía devolver con un relato breve del fin de semana acompañado de fotos.

Ziggy asintió con la cabeza. Un chico de pocas palabras.

Jane se inclinó hacia delante, mascando discretamente chicle, como siempre.

—Es bastante estresante tener a Harry. Tenemos que tratarlo bien. El fin de semana pasado estuvo en una montaña rusa... ¡ay!

Jane se echó para atrás cuando uno de los gemelos, que estaba sentado a su lado y pegándose con su hermano, le dio un codazo en la nuca.

—¡Josh! ¡Max! —dijo Celeste tajante—. ¡Estaos quietos!

Madeline se preguntó si Celeste estaba bien hoy. Se la veía pálida y cansada, con unas ojeras violáceas, aunque a ella le quedaban como un efecto de maquillaje sofisticado que todas deberían probar.

Las luces del auditorio empezaron a disminuir hasta que se apagaron por completo. Chloe agarró a Madeline del brazo. Empezó una música tan fuerte que Madeline podía notar las vibraciones.

La pista de hielo se llenó de un elenco de coloridos y veloces personajes de Disney dando vueltas. Madeline miró la fila de invitados en sus localidades, iluminados por el resplandor de las luces sobre el hielo. Los niños con la vista al frente, la espalda erguida, fascinados por el espectáculo ante sus ojos; y los padres, vueltos a mirar a sus hijos, encantados de su encantamiento.

Menos Celeste, que había bajado la cabeza y se había llevado la mano a la frente.

Tengo que dejarlo, pensó Celeste. A veces, cuando estaba pensando en otra cosa, la idea penetraba en su mente con el impacto y la fuerza de un puño volador. «Mi marido me pega».

Dios bendito, ¿qué le estaba pasando? Tanto darle vueltas como una loca. Un «fallo», por el amor de Dios. Claro que tenía que dejarlo. ¡Hoy! ¡Ahora mismo! Haría las maletas en cuanto volvieran del espectáculo a casa.

Pero los chicos estarían tan cansados y gruñones.

—Ha sido fantástico —dijo Jane a su madre, que la había llamado para preguntar qué tal había estado el Disney sobre Hielo—. A Ziggy le ha encantado. Dice que quiere aprender a patinar sobre hielo.

—¡A tu abuelo le encantaba patinar sobre hielo! —exclamó la madre en tono triunfal.

—Claro —contestó Jane, sin molestarse en decirle que todos los niños habían anunciado después del espectáculo que ellos también querían aprender a patinar sobre hielo. No solo los que tenían vidas pasadas.

—Bueno, ¿a que no sabes con quién me he encontrado hoy de tiendas? —dijo su madre—. ¡Con Ruth Sullivan!

—Ah, ¿sí? —respondió Jane, preguntándose si sería esa la verdadera razón de la llamada. Ruth era la madre de su exnovio Zach—. ¿Cómo está Zach?

—Muy bien —dijo su madre—. Está, esto, bueno, está comprometido, querida.

—Ah, ¿sí? —repitió Jane obedientemente mientras quitaba el envoltorio a otro chicle.

Se introdujo el chicle en la boca y mascó, preguntándose qué sentimientos le inspiraba la noticia, pero ahora había otra cosa que ocupaba su atención, una remota posibilidad de una pequeña catástrofe. Se puso a dar vueltas por entre el desorden de la casa, recogiendo cojines y ropa sucia.

—No estaba segura de si debía decírtelo —prosiguió su madre—. Ya sé que fue hace mucho tiempo, pero es que te rompió el corazón.

—No me rompió el corazón —dijo Jane con desgana.

Sí que le había roto el corazón, pero lo había hecho muy suave, respetuosa y sentidamente, como lo hace un chico bien educado de diecinueve años cuando quiere hacer un Contiki Tour de Europa y acostarse con muchas chicas.

Pensar ahora en Zach era como recordar a un viejo amigo del colegio, alguien a quien abrazar con auténtica ternura si se lo encontraba en una reunión del colegio y luego no volver a verlo hasta la siguiente reunión.

Jane se arrodilló y miró debajo del sofá.

—Ruth preguntó por Ziggy —dijo su madre significativamente.

—Ah, ¿sí? —contestó Jane.

—Le enseñé la foto de Ziggy el primer día de colegio y me fijé en su cara y ella no dijo nada, gracias a Dios, pero supe lo que estaba pensando, porque tengo que decir que en esa foto la cara de Ziggy se da un aire a...

—¡Mamá! Ziggy no se parece nada a Zach —dijo Jane poniéndose de pie.

No le gustaba nada cuando se sorprendía descomponiendo el precioso rostro de Ziggy en busca de rasgos conocidos: los labios, la nariz, la boca. A veces pensaba que había visto algo, un destello de algo por el rabillo del ojo, y luego desfallecía un poco, antes de recomponer rápidamente a Ziggy.

—¡Ya lo sé! —dijo su madre—. ¡Nada que ver con Zach!

—Además, Zach no es el padre de Ziggy.

—Oh, ya lo sé, querida. Dios mío. Ya lo sé. Me lo habrías contado.

—En realidad, se lo habría contado a Zach.

Zach había telefoneado cuando nació Ziggy.

«¿Hay algo que tengas que decirme, Jane?», había dicho con voz tensa y clara.

«No», había dicho Jane antes de oír el leve suspiro de alivio de él.

—Bueno, eso ya lo sé —dijo su madre. Cambió inmediatamente de tema—. Dime. ¿Has sacado alguna foto buena con la mascota de la clase? Tu padre te va a mandar por correo electrónico un sitio maravilloso donde te las pueden imprimir por... ¿cuánto cuesta, Bill? ¿Cuánto? No, las fotos de Jane. ¡Para una cosa que tiene que hacer por Ziggy!

—Mamá —interrumpió Jane entrando en la cocina a recoger del suelo la mochila de Ziggy. La levantó y la volcó. No cayó nada—. Está bien, mamá. Ya sé dónde conseguir que me impriman las fotos.

Su madre no le hizo caso.

—¡Bill, escúchame! Decías que había una página web... —Se perdió la voz.

Jane entró en la habitación de Ziggy, que estaba sentado en el suelo jugando con el Lego. Levantó la ropa de cama y la sacudió.

—Te lo va a mandar por correo electrónico —dijo su madre.

—Maravilloso —contestó Jane abstraída—. Tengo que irme, mamá. Mañana te llamo.

Colgó. El corazón se le desbocó. Se llevó la palma de la mano a la frente. No. Seguro que no. No podía haber sido tan estúpida.

Ziggy levantó la vista hacia ella con curiosidad.

—Creo que tenemos un problema —dijo Jane.

Cuando Madeline descolgó el teléfono no oyó nada.

—Dígame —repitió—. ¿Quién es?

Pudo oír a alguien llorando y diciendo incoherencias.

—¿Jane? —De pronto Madeline reconoció la voz—. ¿Qué pasa? ¿Qué?

—No es nada —dijo Jane sorbiéndose los mocos—. No se ha muerto nadie. La verdad es que tiene gracia. Es de risa que esté llorando por esto.

—¿Qué ha pasado?

—Pues que...Oh, ¿qué pensarán ahora de mí todas esas madres? —La voz le temblaba.

—¿A quién le importa lo que piensen? —dijo Madeline.

—¡A mí! —exclamó Jane.

—Jane. Cuéntamelo de una vez. ¿Qué es? ¿Qué ha pasado?

—Lo hemos perdido —sollozó Jane.

—¿A quién? ¿Has perdido a Ziggy? —Madeline notó el acceso de pánico. Le obsesionaba perder a sus propios hijos y repasó inmediatamente dónde estaban: Chloe en la cama, Fred leyendo con Ed y Abigail durmiendo en casa de su padre (para variar).

—Lo dejamos en el asiento. Recuerdo haber pensado que sería un desastre si nos lo olvidábamos. Lo pensé de verdad, pero entonces Josh se puso a sangrar por la nariz y nos distrajimos. He dejado un mensaje en el número de objetos perdidos, pero no lleva etiqueta ni nada...

—Jane. Lo que dices no tiene ningún sentido.

—¡Harry el Hipopótamo! ¡Hemos perdido a Harry el Hipopótamo!

THEA: Eso es lo que pasa con los chicos de la generación del milenio. Son descuidados. Harry el Hipopótamo había estado con el colegio más de diez años. Ese muñeco sintético barato con el que lo reemplazaron olía fatal. Hecho en China. Ni siquiera tenía una cara simpática.

HARPER: Mire, no fue tanto que perdiera a Harry el Hipopótamo, sino que pusiera fotos en el álbum del selecto grupo que fue a Disney sobre Hielo. Lo ven todos los chicos y las pobres criaturas piensan: ¿por qué no me han invitado a mí?

SAMANTHA: Sí, ¿y sabe qué es lo más impresionante? Son las últimas fotos de Harry el Hipopótamo. Harry, el Hipopótamo de toda la vida. Harry, el… Lo siento, no tiene gracia. No tiene ninguna gracia.

GABRIELLE: Oh, Dios, menudo alboroto cuando la pobre Jane perdió la mascota de la clase y todo el mundo haciendo como que no importaba, pero sí que importaba, y yo pensé, ¿no tenéis nada mejor de lo que preocuparos? Eh, ¿se me ve más delgada que la última vez? He perdido tres kilos.

CAPÍTULO 24

Dos meses antes de la noche del concurso de preguntas

¡ARRIBA LOS VERDES! —gritaba Madeline mientras pulverizaba de verde el pelo de Chloe para la fiesta del atletismo.

Chloe y Fred eran Delfines y el color de su casa era el verde, una suerte porque era un color que le sentaba muy bien a Madeline. Cuando Abigail estuvo en primaria, el color de su casa era un amarillo poco favorecedor.

—Eso es muy malo para la capa de ozono —dijo Abigail.

—Ah, ¿sí? —Madeline se quedó con el aerosol en alto—. ¿No habíamos solucionado eso?

—¡Mamá, no se puede solucionar el agujero de la capa de ozono! —Abigail puso despectivamente los ojos en blanco mientras comía su muesli casero de linaza sin conservantes y lo que quiera que llevara. Últimamente, cuando volvía de casa de su padre, salía del coche con un cargamento de comida, como si hubiera hecho acopio de víveres para un viaje al desierto.

—No me refería a que hubiéramos solucionado la capa de ozono, sino al asunto de los aerosoles. Los, esto, los no sé qué.

Madeline levantó el aerosol y lo miró con el ceño fruncido, tratando de leer lo que había escrito en él, pero la letra era demasiado pequeña. Una vez había tenido un novio que pensaba que era mona y estúpida y tenía razón, eso es lo que fue todo el tiempo que estuvo con él. Vivir con una hija adolescente era exactamente igual.

—Los CFC —intervino Ed—. Los aerosoles ya no llevan CFC.

—Lo que tú digas.

—Los gemelos creen que su madre va a ganar hoy la carrera de las madres —dijo Chloe cuando Madeline empezó a hacerle trenzas en el pelo verde—. Pero ya les he dicho que tú eras un trillón de veces más rápida.

Madeline se rio. No se imaginaba a Celeste participando en una carrera. Probablemente correría en otra dirección o ni siquiera oiría el pistoletazo de salida. Estaba siempre tan abstraída.

—Probablemente gane Bonnie —comentó Abigail—. Es muy buena velocista.

—¿Bonnie? —dijo Madeline.

—Ejem —advirtió Ed.

—¿Qué? —soltó Abigail—. ¿Por qué no iba a ser rápida?

—Creía que le iba más el yoga y cosas así. Cosas sin cardio —dijo Madeline volviendo al pelo de Chloe.

—Es rápida. La he visto correr con papá en la playa y Bonnie es como mucho más joven que tú, mamá.

Ed sonrió.

—Eres una chica valiente, Abigail.

Madeline se rio.

—Algún día, Abigail, cuando tengas treinta años, te voy a repetir algunas de las cosas que me has dicho en el último año.

Abigail tiró la cuchara.

—¡Lo único que digo es que no te enfades si no ganas!

—Sí, sí, claro, gracias —dijo Madeline apaciguadora.

Ed y ella se habían reído de Abigail cuando no había dicho nada gracioso y, como no le veía la gracia, ahora se sentía violenta y, por consiguiente, enfadada.

—Quiero decir que no sé por qué te pones tan competitiva con ella —continuó Abigail ofensiva—. Ya no querrás casarte con papá, digo yo, entonces ¿cuál es tu problema?

—Abigail —terció Ed—, no me gusta tu tono. Háblale bien a tu madre.

Madeline negó ligeramente con la cabeza hacia Ed.

—¡Dios! —Abigail apartó el cuenco del desayuno y se levantó.

Oh, desastre, pensó Madeline. Nos va a dar la mañana. Chloe apartó la cabeza de las manos de su madre para poder ver a su hermana.

—¡Ahora no puedo ni hablar! —Le temblaba todo el cuerpo—. ¡No puedo ser yo misma en mi propia casa! ¡No puedo relajarme!

Madeline recordó la primera rabieta de Abigail cuando tenía casi tres años y creía que nunca iba a tener una rabieta porque ella era muy buena madre. Por eso le había causado un impacto tan fuerte ver el pequeño cuerpo de Abigail sacudido por una emoción violenta. (Había querido seguir comiendo una rana de chocolate que se le había caído en el suelo del supermercado. Madeline debería haber dejado que la pobre chica se la comiera).

—Abigail, no hay ninguna necesidad de ser tan dramática. Tranquilízate —dijo Ed.

Madeline pensó: «Gracias, cariño, como si decirle a una mujer que se calme funcionase alguna vez».

—¡Mamá, no encuentro un zapato! —gritó Fred desde el pasillo.

Abigail meneó la cabeza despacio, como si no diera crédito al odioso trato que estaba siendo obligada a soportar.

—¿Sabes una cosa, mamá? —dijo sin mirar a Madeline—. Iba a decírtelo en otro momento, pero te lo digo ahora.

—¡MAMÁ! —gritó Fred.

—¡Mamá está ocupada! —chilló Chloe.

—¡Mira debajo de la cama! —gritó Ed.

A Madeline le retumbaban los oídos.

—¿Qué es, Abigail?

—He decidido que quiero vivir todo el tiempo con papá y Bonnie.

—¿Qué has dicho? —preguntó Madeline, aunque lo había oído.

Hacía mucho tiempo que se lo temía, por más que todo el mundo le dijera: «No, no. Eso no va a pasar nunca. Abigail nunca lo haría. Necesita a su madre». Pero Madeline lo veía venir desde hacía unos meses. Sabía que llegaría el momento. Le entraron ganas de gritarle a Ed: «¡Por qué le has dicho que se calme!».

—Tengo la sensación de que es mejor para mí —dijo Abigail—. Espiritualmente.

Había dejado de temblar y llevó tranquilamente el cuenco de la mesa al fregadero. Últimamente había empezado a andar igual que Bonnie, erguida como una bailarina de ballet, la mirada en algún punto espiritual del horizonte.

Chloe arrugó la cara.

—¡No quiero que Abigail vaya a vivir con su papá! —Se echó a llorar y se le empezó a correr el color verde de la pintura de la cara.

—¡MAMÁ! —gritó Fred.

Los vecinos creerían que lo estaban asesinando.

Ed apoyó la frente en la mano.

—Si eso es lo que realmente quieres —dijo Madeline.

Abigail se volvió a mirarla desde el fregadero y por un momento estuvieron solo ellas, como durante tantos años. Madeline y Abigail. Las chicas Mackenzie. Cuando la vida era tranquila y sencilla. Solían desayunar juntas en la cama antes de ir al colegio, una al lado de la otra, recostadas en las almohadas, con libros en el regazo. Madeline le aguantó la mirada. «¿Te acuerdas, Abigail? ¿Te acuerdas de nosotras?».

Abigail apartó la mirada.

—Eso es lo que quiero.

STU: Estuve en la fiesta del atletismo. La carrera de las madres fue jodidamente divertida. Perdón por la expresión. Pero algunas de aquellas madres. Ni que fueran las Olimpiadas. En serio.

SAMANTHA: Oh, tonterías. No hagas caso a mi marido. Nadie se lo estaba tomando en serio. Me reí tanto que me dio flato.

Nathan estuvo en la fiesta. Madeline no se lo podía creer cuando se lo encontró en el puesto donde chisporroteaban las salchichas, mano a mano con Skye. Menuda mañana.

No es que fueran muchos padres a la fiesta del atletismo, a menos que fueran amos de casa o tuvieran hijos especialmente deportistas, pero ahí estaba el exmarido de Madeline quitándole tiempo al trabajo para presentarse allí con un polo a rayas, pantalones cortos, gorra de béisbol y gafas de sol, el típico uniforme del Buen Papá.

—Entonces... ¡es la primera vez que vienes!

Vio que llevaba un silbato colgado del cuello. Estaba de voluntario, por el amor de Dios. Se había implicado. Ed sí que era el típico padre que hacía de voluntario en el colegio, pero hoy tenía que entregar una cosa. Nathan estaba haciendo de Ed. Haciendo de buena persona y todo el mundo se lo tragaba.

—¡Claro que sí! —sonrió Nathan.

Pero la sonrisa se le borró cuando presumiblemente se le vino a la cabeza que su hija mayor también debía de haber participado en fiestas del atletismo cuando estaba en primaria. Por supuesto, ahora iba a todas las actuaciones de Abigail. No era deportista, pero tocaba el violín y Nathan y Bonnie asistían a todos los conciertos sin excepción, sonriendo y aplaudiendo como si la hubieran acompañado siempre, como si la hubieran llevado a clase de violín en Petersham, donde era imposible encontrar aparcamiento, como si hubieran ayudado a pagar todas aquellas clases que Madeline, como madre soltera con un exmarido que no le pasaba ni un centavo, no podía permitirse.

Y ahora lo elegía a él.

—¿Te ha hablado Abigail de...? —Nathan torció un poco el gesto, como si se estuviera refiriendo a un delicado tema de salud.

—¿De vivir contigo? —dijo Madeline—. Sí. En realidad, esta misma mañana.

El dolor era casi físico. Como al incubar una mala gripe. Como una traición.

Él la miró.

—¿A ti...?

—Me parece bien. —No iba a darle la satisfacción.

—Tendremos que resolver el tema del dinero —dijo Nathan.

Pasaba una pensión por Abigail ahora que era una buena persona. Pagaba a tiempo. Sin quejarse, y ninguno de los dos había sacado nunca a relucir los diez primeros años de la vida de Abigail, cuando, por lo visto, darle de comer o vestirla no costaba nada.

—¿Quieres decir que ahora voy a tener que pasarte una pensión? —dijo Madeline.

—Oh, no, no me refería a eso... —dijo Nathan sobresaltado.

—Pero tienes razón. Es justo si va a vivir en tu casa la mayor parte del tiempo.

—Evidentemente, nunca aceptaría tu dinero, Maddie —la interrumpió—. No cuando yo..., cuando yo no..., cuando no pude..., cuando todos esos años... —Hizo una mueca—. Mira, soy consciente de que no fui el mejor padre cuando Abigail era pequeña. Nunca debí sacar el tema del dinero. Las cosas están un poco difíciles para nosotros ahora.

—Quizá deberías vender tu flamante deportivo —sugirió Madeline.

—Sí —dijo Nathan. Se le veía abochornado—. Debería. Tienes razón. Aunque no vale tanto como te... de todas maneras.

Skye miró a su padre con grandes ojos de preocupación y volvió a hacer ese rápido parpadeo parecido al de Abigail. Madeline vio a Nathan sonreír con vehemencia a la niña y apretarle la mano. Lo había avergonzado. Lo había avergonzado mientras iba de la mano de su esquelética hija.

Los exmaridos deberían vivir en barrios diferentes. Deberían enviar a sus hijos a diferentes colegios. Debería existir legislación que previniera esto. No había por qué dejarse llevar por complicados sentimientos de traición, daño y culpa en la fiesta del atletismo de tus chicos. Este tipo de sentimientos no deberían manifestarse en público.

—¿Por qué has tenido que mudarte aquí, Nathan? —preguntó ella suspirando.

—¿Qué?—dijo Nathan.

—¡Madeline! ¡Es la carrera de las madres de preescolar! ¿Vas a participar?

Era la profesora de preescolar, la señorita Barnes, con el pelo recogido en una coleta alta y la piel reluciente como una animadora americana. Se la veía fresca y activa. Una deliciosa fruta madura. Incluso más madura que Bonnie. No se le caían los párpados. No se le caía nada. Todo era claro, sencillo y alegre en su animosa vida joven. Nathan se quitó las gafas de sol para verla mejor, visiblemente animado por el mero hecho de verla. Ed habría hecho lo mismo.

—Vamos allá, señorita Barnes —dijo Madeline.

SARGENTO DETECTIVE ADRIAN QUINLAN: Estamos mirando las relaciones de la víctima con todos los padres que asistieron al concurso de preguntas esa noche.

HARPER: Sí, de hecho, tengo algunas teorías.

STU: ¿Teorías? No tengo ninguna. Solo resaca.

CAPÍTULO 25

Las madres de preescolar se congregaron en una fila desordenada y bulliciosa en la línea de salida de la carrera. El sol se reflejaba en sus gafas oscuras. El cielo era una gran bóveda azul. El mar relucía como un zafiro en el horizonte. Jane sonrió a las demás madres. Las demás madres le devolvieron la sonrisa. Todo era muy simpático. Muy sociable.

—Estoy segura de que son figuraciones tuyas —le había dicho su madre—. Todo el mundo habrá olvidado aquel estúpido incidente del día de la presentación.

Jane se había esforzado en integrarse en la comunidad educativa. Ayudaba en el comedor cada dos semanas. Los lunes por la mañana, junto con otro padre, ayudaban a la señorita Barnes escuchando a los niños practicar la lectura. Charlaba cortésmente al llevar y recoger al niño. Invitaba a otros niños a jugar a casa.

Tampoco era para tanto, decía para sus adentros.

Esto era poca cosa. No había nada que temer. Este mundo de tarteras, mochilas, rasponazos en las rodillas y caras sucias no tenía nada que ver con el horror de aquella cálida noche de primavera y la luz brillante en el techo como un ojo contemplándola, la presión en la garganta, las palabras penetrando en susurros en su mente.

Ahora Jane saludaba con la mano a Ziggy, que estaba sentado en las gradas contiguas a la línea de banda con los niños de preescolar, bajo la atenta mirada de la señorita Barnes.

—Sabes que no voy a ganar, ¿verdad? —le había dicho a él esta mañana durante el desayuno.

Algunas madres tenían entrenador personal. Una de ellas era entrenadora personal.

—¡Preparadas! —dijo Jonathan, el simpático padre amo de casa, que había ido con ellas a Disney sobre Hielo.

—¿Cuántos metros son en total? —preguntó Harper.

—La meta parece estar lejísimos —comentó Gabrielle.

—¿Son Renata y Celeste las que sostienen la cinta de meta? —dijo Samantha—. ¿Cómo se han librado de esto?

—Creo que Renata ha dicho que…

—Renata tiene una fisura en la tibia —interrumpió Harper—. Por lo visto es muy doloroso.

—Deberíamos estirar, chicas —dijo Bonnie, que iba vestida como para impartir una clase de yoga, un top amarillo con un hombro caído mientras levantaba lánguidamente un tobillo y tiraba de él por detrás de la pierna.

—Por cierto, ¿Jess? —dijo Audrey o Andrea. Jane nunca se acordaba de su nombre. Se acercó a ella y habló en voz baja y confidencial, como si estuviera a punto de revelar un secreto hondo y oscuro. Jane ya se había acostumbrado. El otro día se le había acercado y le había dicho en voz baja: «¿Hay biblioteca hoy?».

—Me llamo Jane —dijo sin tomárselo a mal.

—Lo siento —dijo Andrea o Audrey—. Escucha. ¿Estás a favor o en contra?

—¿De qué? —preguntó Jane.

—¡Señoras! —gritó Jonathan.

—De las *cupcakes* —contestó Audrey o Andrea—. ¿A favor o en contra?

—Está a favor —dijo Madeline—. Inquisidora.

—Madeline, deja que hable ella —dijo Audrey o Andrea—. Me parece que es partidaria de la vida sana.

Madeline puso los ojos en blanco.

—Pues, bueno, a mí sí me gustan las *cupcakes* —dijo Jane.

—Vamos a presentar una petición para prohibir que los padres envíen *cupcakes* para toda la clase en los cumpleaños —dijo Andrea o Audrey—. Hay un problema de obesidad y a los niños se les dan golosinas con azúcar un día sí y otro también.

—Lo que no veo es por qué este colegio está tan obsesionado con las «peticiones» —dijo Madeline irritada—. Son muy conflictivas. ¿Por qué no hacéis una sugerencia?

—¡Señoras, por favor! —Jonathan levantó la pistola de salida.

—¿Dónde está Jackie hoy, Jonathan? —preguntó Gabrielle.

Todas las madres tenían cierta obsesión con la esposa de Jonathan a raíz de una entrevista hacía unos días en la sección de economía del noticiario de la noche en la que había hablado con gran precisión y agudeza de una fusión de empresas, poniendo al periodista en su sitio. Además, Jonathan era muy guapo, al estilo de George Clooney, de tal forma que las referencias constantes a su esposa eran obligadas para aparentar que no se habían fijado en esto y no estaban coqueteando con él.

—Está en Melbourne —dijo Jonathan—. Dejad de hablarme. ¡Preparadas!

Las mujeres se situaron en la línea de salida.

—Bonnie parece muy profesional —comentó Samantha cuando la vio agacharse en postura de salida.

—Últimamente no corro mucho —dijo Bonnie—. Es muy violento para las articulaciones.

Jane vio que Madeline miraba de reojo a Bonnie y apoyaba con fuerza la punta de la zapatilla en la hierba.

—¡Ya está bien de cháchara! —gruñó Jonathan.

—Me encanta cuando te pones autoritario —dijo Samantha.

—¡Listas!

—Esto es bastante desquiciante —dijo Audrey o Andrea a Jane—. ¿Cómo pueden los pobres chicos hacer frente a...?

Sonó el pistoletazo.

THEA: Tengo mis propias ideas sobre lo que pudo haber ocurrido, pero preferiría no hablar mal de la persona fallecida. Como les digo a mis cuatro hijos: «Si no puedes decir nada bueno, no digas nada de nada».

CAPÍTULO 26

Celeste notó cómo tiraba Renata del otro extremo de la cinta de llegada y procuró hacer lo mismo, solo que seguía olvidando concentrarse en dónde estaba y qué estaba haciendo.

—¿Cómo está Perry? —dijo Renata en voz alta—. ¿Está en el país ahora?

Siempre que Renata hacía una aparición en el colegio o en algún acto del colegio hacía la gracia de no hablar con Jane ni Madeline (a Madeline le encantaba; a la pobre Jane, no tanto) y siempre hablaba con Celeste de una manera calculadora y seca, como si fuera una vieja amiga que le hubiera fallado y ella hubiera decidido ser madura y pasarlo por alto.

—Estupendamente —contestó Celeste también en voz alta.

Anoche la habían tenido por el Lego. Los chicos lo habían dejado por todas partes. Ella debería haber hecho que lo recogieran. Perry tenía razón. Pero era más fácil hacerlo ella misma cuando se dormían que pelear con ellos. Los lloriqueos.

El drama. Anoche no tenía fuerzas para soportarlo. Dejación de responsabilidades. Era una mala madre.

—Los estás convirtiendo en unos niños mimados —había dicho Perry.

—Solo tienen cinco años —había replicado Celeste, sentada en el sofá doblando ropa—. Llegan cansados del colegio.

—No quiero vivir en una pocilga —se había quejado Perry dando una patada al Lego.

—Pues recógelo tú —había contestado Celeste con voz cansada.

Entonces. En ese preciso momento. Se lo había ganado. Como siempre.

Perry se limitó a mirarla. Luego se puso a gatas y fue recogiendo una detrás de otra todas las piezas del Lego de la alfombra y guardándolas en la gran caja verde. Ella siguió doblando ropa sin dejar de mirarlo. ¿Iba a recoger todo de verdad?

Él se levantó y llevó la caja a donde estaba ella.

—Es muy sencillo. O haces que los niños lo recojan. O lo recoges tú. O pagas a una maldita asistenta.

En un rápido movimiento le echó por encima de la cabeza toda la caja de Lego como un ruidoso y violento torrente.

El susto y la humillación la dejaron sin palabras.

Se levantó, agarró un puñado de piezas de Lego y se las tiró a la cara.

Fíjate. Otra vez. Culpa de Celeste. Se había portado como una niña. Casi de risa. Qué payasada. Dos adultos tirándose cosas el uno a la otra.

Él la abofeteó con el revés de la mano.

Nunca le daba puñetazos. Jamás haría algo tan burdo. Ella trastabilló hacia atrás y se golpeó la rodilla contra el borde de la mesita de café de cristal. Recobró el equilibrio y se lanzó sobre él con las manos como garras. Él le dio un empujón con desagrado.

Bueno, ¿por qué no? La conducta de ella era asquerosa.

Luego se fue a la cama y ella recogió todo el Lego y tiró la cena de los dos sin probar a la basura.

Esta mañana tenía el labio magullado y dolorido, como si fuera a tener un herpes. No se notaba tanto como para que le hicieran comentarios. Se había golpeado la rodilla contra el borde de la mesa de cristal y estaba rígida y dolorida. Pero no mucho. En realidad, no era para tanto.

Esta mañana Perry se había mostrado animado y silbaba mientras preparaba huevos cocidos a los niños.

—¿Qué te ha pasado en el cuello, papá? —dijo Josh.

Tenía un arañazo largo y fino a un lado del cuello, donde Celeste debía de haberle clavado las uñas.

—¿En el cuello? —Perry se llevó la mano al arañazo y miró de reojo a Celeste riendo con los ojos. La típica mirada divertida y cómplice que suelen cruzar los padres cuando sus hijos dicen algo inocente y gracioso sobre Santa Claus o el sexo. Como si lo ocurrido anoche formara parte integral de la vida conyugal—. Nada, tío —dijo a Josh—. No miré por dónde iba y me di contra un árbol.

Celeste no podía quitarse de la cabeza la expresión de Perry. Le parecía gracioso. Estaba convencido de que era gracioso y de que no tenía nada de particular.

Celeste presionó con el dedo el labio magullado.

¿Era normal eso?

Perry diría: «No, no somos normales. No somos del montón. Gente mediocre con relaciones mediocres. Somos diferentes. Somos especiales. Nos amamos más. Para nosotros todo es más intenso. Tenemos mejor sexo».

Se sobresaltó al oír el pistoletazo de salida.

—¡Ahí vienen! —dijo Renata.

Catorce mujeres corrían hacia ellas, como si estuvieran persiguiendo a unos ladrones, braceando, sacando pecho, unas riéndose, pero la mayoría con gesto terriblemente serio. Los niños gritaban y animaban. Celeste quiso localizar a los suyos, pero no pudo.

—No puedo participar en la carrera de las madres —les había dicho esta mañana—. Anoche me caí por las escaleras después de que os fuerais a la cama.

—Ay —dijo Max, pero fue un quejido automático. No parecía importarle de verdad.

—Deberías tener más cuidado —dijo Josh en voz baja, sin mirarla.

—Desde luego —había coincidido Celeste. Desde luego que sí.

Bonnie y Madeline encabezaban el grupo. Tiraban de él. Emparejadas. «Vamos, Madeline», pensó Celeste. «Vamos, vamos, vamos... ¡SÍ!». Tocaron la cinta de meta con el pecho. Había ganado Madeline.

—¡Bonnie por una nariz! —gritó Renata.

—No, no, estoy segura de que Madeline ha sido la primera —dijo Bonnie a Renata. Bonnie no parecía haberse esforzado en absoluto. El color de las mejillas solo era un poco más intenso de lo habitual.

—No, no, has sido tú —dijo Madeline sin aliento, aunque sabía que había ganado ella porque la había tenido todo el tiempo en su visión periférica. Se agachó, con las manos en las rodillas, para recobrar el aliento. Le picaba el pómulo donde le había golpeado el collar.

—Estoy completamente segura de que ha sido Madeline —dijo Celeste.

—Yo Bonnie —interrumpió Renata y Madeline casi suelta la carcajada. «Conque tu *vendetta* ha llegado a esto, Renata. No dejarme ganar la carrera de las madres».

—Estoy segura de que ha sido Madeline —dijo Bonnie.

—Estoy segura de que ha sido Bonnie —replicó Madeline.

—Oh, por el amor de Dios, vamos a dejarlo en empate —dijo la madre de sexto, una Melenita Rubia, encargada de entregar las cintas.

Madeline se incorporó.

—Para nada. Ha ganado Bonnie.

Quitó la cinta azul de ganadora de la palma de la mano de la madre de sexto y la puso en la palma de la mano de Bonnie, cerrándosela, como si estuviera dando a uno de sus hijos una moneda de dos dólares.

—Me has ganado, Bonnie —dijo mirando sus ojos azul claro, y vio que comprendía—. Una victoria en toda regla.

SAMANTHA: Ganó Madeline. Nos partíamos todas de la risa cuando Renata insistía en que había sido Bonnie. Pero ¿que si creo que eso llevó a un asesinato? No, no lo creo.

HARPER: Yo fui tercera, por si a alguien le interesa.

MELISSA: Técnicamente, la tercera fue Juliette. Ya sabe, la niñera de Renata. Pero, según Harper, ¡una niñera de veintiún años no cuenta! Y, luego, por supuesto, a todas nos gusta hacer como si Juliette no hubiera existido nunca.

CAPÍTULO 27

SAMANTHA: Escuche, necesita hacerse una idea de la demografía de este lugar. Lo primero de todo son los tradicionales. Hay un puñado de tradicionales en Pirriwee. Como mi Stu. La sal de la tierra. O la sal del mar, porque todos ellos surfean, por supuesto. La mayoría de los tradicionales crecieron aquí y no se han ido nunca. Luego están los tipos alternativos. Los hippies chiflados. Y en los últimos diez años o así, todos estos ricos exejecutivos y banqueros gilipollas se han mudado aquí y han construido enormes McMansiones en los acantilados. ¡Pero...! No hay más que una sola escuela de primaria para todos nuestros chicos. Por eso en los actos del colegio te encuentras con un fontanero, un banquero y un sanador con cristales intentando trabar conversación. Tiene gracia. No me extraña que tuviéramos un altercado.

Al volver a casa de la fiesta del atletismo, Celeste se encontró el coche de la limpieza estacionado a la puerta. Cuando giró la llave de la cerradura de la entrada la aspiradora estaba rugiendo en el piso de arriba.

Entró en la cocina para hacerse una taza de té. Los de la limpieza iban una vez a la semana, los viernes por la mañana. Le cobraban doscientos dólares y lo dejaban todo como los chorros del oro.

La madre de Celeste se había quedado boquiabierta al enterarse de lo que gastaba Celeste en limpieza.

—Querida, iré a ayudarte una vez por semana —dijo—. Puedes destinar ese dinero a otros fines.

Su madre no se hacía una idea del dinero que tenía Perry. La primera vez que visitó su gran casa con espléndidas vistas a la playa, la recorrió con la expresión cortés y tensa de un turista que contemplara una manifestación cultural chocante. Al final reconoció que era muy «espaciosa». Para ella doscientos dólares era una cantidad escandalosa para gastársela en algo que podías y debías hacer por ti misma. Se habría quedado horrorizada de haber podido ver a Celeste en ese momento, sentada, mientras otras personas limpiaban la casa. La madre de Celeste nunca se había sentado. Llegaba a casa después de haber hecho el turno de noche en el hospital, iba derecha a la cocina y preparaba el desayuno de la familia, mientras su marido leía el periódico y Celeste se peleaba con su hermano.

Santo Dios, qué peleas había tenido con su hermano. Él le pegaba. Ella le devolvía los golpes.

Tal vez si no se hubiera criado con un hermano mayor, si no se hubiera criado con esa burda mentalidad de marimacho australiano: ¡si un chico te pega, pégale tú también! Quizá si hubiera llorado suave y dulcemente la primera vez que Perry le pegó, tal vez entonces habría acabado ahí la cosa.

Calló la aspiradora y oyó una voz de hombre, seguida del rugido de una ronca carcajada. Los de la limpieza eran un joven matrimonio coreano. Normalmente trabajaban en completo silencio cuando estaba Celeste en casa, de manera que no debían de haberla oído entrar. Solo le mostraban su imagen profesional.

Ella se sentía irracionalmente herida, como si quisiera ser su amiga. ¡Vamos a reírnos y charlar mientras limpiáis mi casa!

Oyó pasos a la carrera arriba y una carcajada de mujer.

Dejaos de diversiones en mi casa, pensó Celeste. Trabajad.

Retomó el té. La taza le quemó en el labio lesionado.

Tuvo celos de los de la limpieza.

Aquí estaba, en su gran casa, de mal humor.

Dejó el té, sacó la American Express del billetero y abrió el portátil. Entró en la página web de World Vision y vio fotos de niños listos para amadrinar: artículos en una estantería para una mujer blanca y rica como ella. Ya amadrinaba a tres niños y quería que los chicos se interesaran. ¡Mirad! Una tarjeta de la pequeña Blessing desde Zimbabue. Tiene que caminar varios kilómetros para ir a por agua. Aquí basta con abrir el grifo. «¿Por qué no saca dinero del cajero automático?», decía Josh. Era Perry quien respondía, quien explicaba pacientemente, quien hablaba a los niños de gratitud y ayuda a quienes no eran tan afortunados como ellos.

Celeste amadrinó a otros cuatro niños.

Escribirles cartas y tarjetas por sus cumpleaños le llevaría horas.

Ingrata asquerosa.

Mereces que te peguen. Te lo mereces.

Se pellizcó los muslos hasta que se le saltaron las lágrimas. Mañana tendría moretones. Causados por ella misma. Le gustaba verlos cambiar, intensificarse, oscurecerse y luego desaparecer poco a poco. Era un entretenimiento. Cosa suya. Era bonito tener cosas suyas.

Estaba perdiendo el juicio.

Navegaba por todas las páginas web solidarias representativas de todo el dolor y el sufrimiento existentes en el mundo: cáncer, trastornos genéticos raros, pobreza, violaciones de derechos humanos, catástrofes naturales.

Daba y daba y daba. En veinte minutos ya había donado veinte mil dólares del dinero de Perry. No le proporcionaba satisfacción, orgullo ni placer. Le producía malestar. Hacía donativos benéficos mientras una joven se echaba al suelo para frotar los rincones sucios de su plato de ducha.

¡Pues limpia tu propia casa! Echa a los de la limpieza. Pero eso tampoco les serviría a ellos. ¡Da más dinero a causas benéficas! Da hasta que te duela.

Se gastó otros cinco mil dólares.

¿Perjudicaría eso a su situación financiera? La verdad era que no lo sabía. El que se ocupaba del dinero era Perry. Al fin y al cabo, era su especialidad. No se lo ocultaba. Ella sabía que Perry estaría encantado de ver juntos todas sus cuentas y carteras de inversión, si quería, pero la sola idea de saber las cantidades exactas le daba vértigo.

«Hoy he abierto la factura de la luz y me han entrado ganas de llorar», había dicho Madeline el otro día, y Celeste había querido ofrecerse a pagársela, aunque, por descontado, Madeline no aceptó su limosna. Ed y ella se administraban perfectamente. Solo que había muchos niveles diferentes de «perfectamente» y en el de Celeste no había factura de la luz que pudiera hacerle llorar. Además, no se puede ir dando dinero a las amigas. Se puede pagar una comida o un café, pero incluso en esos casos hay que tener cuidado de no ofender, no hacerlo tan a menudo que parezca que estás alardeando, como si el dinero fuera suyo cuando, de hecho, era de Perry, no tenía nada que ver con ella, obedecía al puro azar, como su propia imagen. No era fruto de una decisión tomada por ella.

En cierta ocasión en la que se encontraba de un humor excelente en la universidad irrumpió en clase y se sentó junto a una chica que se llamaba Linda.

«Buenos días», había dicho.

Una expresión de cómica desesperación cruzó el rostro de Linda.

«Oh, Celeste», había dicho en tono quejumbroso. «Hoy me superas. Yo aquí hecha una mierda y vas tú y entras danzando, con ese aire, ya sabes, ese…». Señaló con la mano la cara de Celeste, como si fuera algo repugnante.

Las chicas de alrededor habían soltado una sonora carcajada, como si al fin se hubiera dicho en voz alta algo divertido y subversivo. No paraban de reírse mientras Celeste ponía una sonrisa acartonada, idiota, porque ¿de qué otro modo podía haber reaccionado ante aquello? Lo había encajado como una bofetada, pero tenía que responder como si fuera un piropo. Tenías que estar agradecida. Ni se te ocurra mostrarte feliz, dijo para sus adentros. Es irritante.

Agradecida, agradecida, agradecida.

Volvió a sonar la aspiradora arriba.

En todos los años que llevaban juntos Perry no había puesto ningún pero a cómo decidía ella gastar su dinero (de él), salvo algún que otro comentario ligero y gracioso en el sentido de que podía gastar más si quisiera. «Sabes que podemos permitirnos que te compres otra», había dicho en cierta ocasión al encontrársela en la pila frotando frenéticamente una mancha en el cuello de una camisa de seda. «Me gusta esta», había dicho ella.

(Era una mancha de sangre).

Su relación con el dinero se había modificado al dejar de trabajar. Lo utilizaba como utilizaría un cuarto de baño ajeno: con cuidado y pulcritud. Era consciente de que a los ojos de la ley y (supuestamente) de la sociedad, su aportación al matrimonio consistía en ocuparse de la casa y la crianza de los hijos, pero con todo y con eso jamás gastaba el dinero de Perry como había gastado el suyo propio en otro tiempo.

Desde luego, nunca había gastado veinticinco mil dólares en una tarde. ¿Qué diría él? ¿Se enfadaría? ¿Lo hacía ella por eso? A veces, esos días en que notaba que la cólera de él iba en aumento, cuando se daba cuenta de que solo era cuestión de tiempo, cuando podía olerlo en el ambiente, lo provocaba deliberadamente. Forzaba la situación para que explotara.

¿Acaso practicar las buenas obras era otro paso en la enfermiza danza de su matrimonio?

No es que no hubiera precedentes. Iban a galas benéficas y Perry pujaba con veinte, treinta o cuarenta mil dólares sin inmutarse. Aunque eso era ganar más que donar. «Nadie va a ganarme en una puja», le había dicho en cierta ocasión.

Era francamente generoso con su dinero. En cuanto se enteraba de que un miembro de la familia o un amigo se encontraba en apuros extendía discretamente un cheque o le hacía una transferencia, quitándole importancia con un gesto de la mano, cambiando de tema, como si le incomodara la facilidad con la que podía resolver los agobios económicos de los demás.

Llamaron al timbre y fue a abrir.

—¿Señora White? —Un hombre corpulento y barbudo le alargó un ramo de flores enorme.

—Gracias —dijo Celeste.

—¡Hay señoras afortunadas! —dijo el hombre, como si nunca hubiera visto a una mujer recibir semejante regalo.

—¡Yo misma!

El intenso olor dulce le invadió la nariz. Antes le encantaba recibir flores. Ahora era como si le pusieran deberes. Busca un jarrón. Corta los tallos. Colócalas así o asá.

Ingrata asquerosa.

Leyó la tarjetita.

Te quiero. Lo siento, Perry.

La letra era de la florista. Siempre le resultaba muy extraño ver las palabras de Perry transcritas por alguien ajeno. ¿Se habría preguntado la florista qué habría hecho Perry? ¿Qué transgresión de sus deberes de esposo había cometido anoche? ¿Llegar tarde a casa?

Llevó las flores a la cocina. Se dio cuenta de que el ramo temblaba, se estremecía como si tuviera frío. Apretó los tallos. Podría tirarlo contra la pared, pero sería muy decepcionante. Caería sin más. Quedarían los pétalos húmedos esparcidos sobre la alfombra. Tendría que recogerlos uno a uno antes de que bajaran los de la limpieza.

«Por el amor de Dios, Celeste. Sabes perfectamente lo que tienes que hacer».

Recordó el año en que cumplió los veinticinco. El año en que intervino por primera vez ante un tribunal, el año en que compró su primer coche y empezó a comprar acciones, el año en que participó en competiciones de *squash* todos los sábados. Tenía buenos tríceps y una risa sonora.

Fue el año en que conoció a Perry.

La maternidad y el matrimonio la habían convertido en una versión blanda y acomodaticia de la chica que había sido antes.

Dejó con cuidado las flores en la mesa del comedor y volvió a su portátil.

Tecleó en Google las palabras «psicólogo matrimonial».

Luego se detuvo. Retroceso, retroceso, retroceso. No. Lo sabes muy bien, lo has hecho. No se trataba de las faenas domésticas y los sentimientos heridos. Necesitaba hablar con alguien que supiera que había personas que se comportaban así; alguien que hiciera las preguntas pertinentes.

Notó ruborizarse las mejillas al teclear las dos palabras de la vergüenza.

Violencia. Doméstica.

CAPÍTULO 28

Hay cosas peores, pensó Madeline mientras doblaba unos vaqueros pitillo blancos y los colocaba en la maleta de Abigail, abierta y a medio llenar encima de la cama.

Madeline no tenía derecho a sentir lo que sentía. Saberse desbordada le resultaba violento. Era una reacción completamente desproporcionada ante una situación manejable.

Abigail quería vivir con su padre y ella se lo había tomado a la tremenda. Pero es que solo tenía catorce años. Una edad en la que la empatía brilla por su ausencia.

Madeline se repetía que le parecía perfecto. Lo aceptaba. No era para tanto. Ella estaba ocupada. Tenía otros quehaceres. Y luego otro retortijón, como un dolor agudo en el vientre. Respiraba entrecortadamente, como si estuviera de parto.

(Veintisiete horas con Abigail. Nathan y la comadrona hablando de fútbol mientras Madeline se moría. Bueno, no, pero recordaba haber pensado que aquel dolor solo podía acabar en muerte y que las últimas palabras que oyó eran las posibilidades de que Manly fuera primer ministro).

Tomó un top de Abigail de la cesta de la ropa sucia. Era de color melocotón claro y no pegaba con su tono de piel, pero a su hija le encantaba. Solo podía lavarse a mano. Bonnie podría hacerlo ahora. O quizá la nueva versión mejorada de Nathan se encargaba ahora de hacer la colada. Nathan versión 2.0. No abandona a su mujer. Hace de voluntario en albergues para personas sin casa. Lava ropa a mano.

Iba a acercarse luego con el todoterreno de su hermano para llevarse la cama de Abigail. La noche anterior Abigail había preguntado a Madeline si podía llevarse por favor su cama a casa de Nathan. Era una preciosa cama con dosel que Madeline y Ed le habían regalado al cumplir catorce años. Lo exorbitante del precio había quedado compensado por la expresión extasiada en la cara de Abigail al verla. La verdad es que había bailado de alegría. Era como recordar a una persona distinta.

«Tu cama se queda aquí», había dicho Ed.

«Es su cama», había replicado Madeline. «No me importa que se la lleve».

Lo había dicho para herir a Abigail, devolverle el golpe, demostrarle que le traía sin cuidado que se mudara, que a partir de ahora viniera a visitarlos los fines de semana porque su vida real y su verdadero hogar estaban en otra parte. Pero Abigail no se sentía herida en lo más mínimo. Al contrario, estaba encantada de llevarse la cama.

—Eh —dijo Ed desde la puerta de la habitación.

—Eh —dijo Madeline.

—Abigail debería hacerse ella la maleta —dijo Ed—. Creo que ya es mayorcita.

Tal vez, pero Madeline era la encargada de hacer toda la colada de la casa. Sabía qué ropa estaba para lavar, secar, doblar o guardar, de modo que para Madeline era normal ocuparse ella. Ed siempre había esperado demasiado de Abigail, desde el mismo momento en que la conoció. ¿Cuántas veces le había oído decir esas mismas palabras: «Creo que ya es mayorcita»? No conocía a chicos de la edad de Abigail y a Madeline le parecía que ponía el listón demasiado alto. Era distinto con Fred y Chloe porque los conocía desde el principio. Los conocía y comprendía de un modo como nunca había conocido ni comprendido a Abigail. Claro que le tenía cariño y era un padrastro bueno y atento, papel que había asumido inmediatamente sin rechistar (a los dos meses de empezar a salir con Madeline, Ed había ido con Abigail a un festejo del día del padre en el colegio; lo había adorado desde entonces), y tal vez hubieran congeniado bien, solo que Nathan, el padre pródigo, había regresado en el peor momento, cuando Abigail contaba once años. Muy mayor para manejarla. Muy joven para comprender o controlar sus sentimientos. Cambió de la noche a la mañana. Como si creyera que comportarse con la educación más elemental con Ed fuera una traición a su padre. Ed tenía una trasnochada vena autoritaria que no encajaba bien las faltas al respeto y que, desde luego, llevaba las de perder con el estilo desenfadado de Nathan.

—¿Crees que es culpa mía? —dijo Ed.

Madeline levantó la vista.

—¿El qué?

—Que Abigail se mude a casa de su padre. —Se le veía angustiado, inseguro—. ¿He sido demasiado duro con ella?

—Por supuesto que no —dijo ella, aunque estaba convencida de que en parte era culpa de él, pero ¿de qué serviría decirlo?—. Creo que el auténtico atractivo es Bonnie.

—¿Alguna vez te has preguntado si a Bonnie la han tratado con electroshock?—bromeó Ed.

—Hay algo de inexpresividad en ella —coincidió Madeline.

Ed se acercó y pasó la mano por uno de los postes de la cama de Abigail.

—Me costó lo suyo montarla —comentó—. ¿Crees que Nathan se apañará?

Madeline soltó una carcajada.

—Tal vez debería brindarme a ayudarlo —dijo Ed.

Hablaba en serio. No soportaba la idea de un trabajo de bricolaje hecho de mala manera.

—Ni se te ocurra —dijo Madeline—. ¿No deberías haberte ido ya? ¿No tenías una entrevista?

—Sí. —Ed se inclinó a besarla.

—¿Alguien interesante?

—El club de lectura más antiguo de la península de Pirriwee —contestó Ed—. Llevan cuarenta años reuniéndose mensualmente.

—Debería fundar un club de lectura —dijo Madeline.

Harper: Diré esto en relación con Madeline. Invitó a todos los padres a participar en su club de lectura, entre ellos a Renata y a mí. Como yo ya pertenecía a otro club de lectura, decliné la invitación, lo cual probablemente también es correcto. Renata y yo siempre hemos disfrutado de la literatura de calidad, no con esos éxitos de ventas superficiales y poco originales. ¡Pura filfa! Aunque hay gustos para todo, por supuesto.

Samantha: Todo lo del Club del Libro Erótico empezó como una broma. La verdad es que fue culpa mía. Estaba de monitora de comedor con Madeline y le comenté algo sobre una escena lasciva en el libro que había elegido. A decir verdad tampoco era tan lasciva, no era más que una broma, pero entonces Madeline dijo: «Oh, ¿me he olvidado de decir que era un club de lectura erótica?». Entonces todas empezamos a llamarlo el Club del Libro Erótico y cuanto más aspavientos hacían Harper y Carol, peor se ponía Madeline.

BONNIE: Doy clase de yoga los jueves por la noche; si no, me habría encantado participar en el club de lectura de Madeline.

CAPÍTULO 29

Un mes antes de la noche del concurso de preguntas

Tengo que llevar mañana mi árbol genealógico —comentó Ziggy.

—No, es la semana que viene —dijo Jane.

Estaba sentada en el suelo del cuarto de baño, recostada en la pared mientras Ziggy se bañaba. El ambiente estaba impregnado de vapor y el aroma de fresa de la espuma del baño. Disfrutaba de lo lindo en una bañera llena de agua muy caliente con espuma. «¡Más caliente, mamá, más caliente!», pedía siempre, mientras se le enrojecía tanto la piel que a Jane le preocupaba que se estuviera escaldando. «¡Más espuma!». Entonces ideaba largos y complicados juegos con volcanes en erupción, caballeros Jedi, ninjas y madres regañonas.

—Necesitamos una cartulina especial para el árbol genealógico —dijo Ziggy.

—Sí, la compraremos el fin de semana. —Jane le sonrió. Él se puso una cresta de espuma al estilo mohicano—. Estás gracioso.

—No, estoy superguay —dijo Ziggy volviendo a sus juegos—. ¡Pum! ¡Cuidado, Yoda! ¿Dónde está tu espada láser?

Salpicaba con el agua y hacía volar la espuma.

Jane volvió al libro que Madeline había elegido para la primera reunión del club de lectura.

«He seleccionado algo con mucho sexo, drogas y asesinatos», había dicho Madeline. «Así tendremos un debate animado. En el mejor de los casos, una discusión».

El libro estaba ambientado en la década de 1920. Era bueno. Curiosamente Jane había perdido el hábito de leer por placer. Leer una novela era como volver a un destino de vacaciones en otro tiempo amado.

Precisamente ahora estaba en plena escena de sexo. Pasó la página.

—¡Te daré un puñetazo en la cara, Darth Vader! —gritó Ziggy.

—No digas un puñetazo en la cara —dijo Jane sin levantar la vista—. No está bien.

Siguió leyendo. Una nube de espuma con olor a fresa cayó sobre la página del libro. La apartó con el dedo. Estaba sintiendo algo: un diminuto puntito de sensación. Cambió un poco de postura sobre las baldosas del cuarto de baño. No. No podía ser. ¿Por un libro? ¿Por dos párrafos bien escritos? Pues sí. Lo estaba. Estaba muy levemente excitada.

Constituía una revelación que, tras todo este tiempo, todavía pudiera sentir algo tan básico, tan biológico, tan placentero.

Por un momento vio el ojo fijo en el techo y se le puso tensa la garganta, pero luego se le dilataron las ventanas de la nariz con un repentino acceso de ira. Te rechazo, dijo a su memoria. Hoy te rechazo porque, ¿sabes qué?, tengo otros recuerdos del sexo. Tengo montones de recuerdos de un novio normal y una cama normal, donde las sábanas no estaban tan arrugadas ni había ojos que te miraban desde el techo ni aquel silencio sordo y envolvente, sino música, normalidad y luz natural y él pensaba que yo era guapa, cabrón, él pensaba que yo era guapa, y sí que era guapa, y ni se te ocurra, ni se te ocurra, ni se te ocurra.

—Mamá —dijo Ziggy.

—¿Sí? —contestó ella.

Sentía una enloquecida e incómoda especie de felicidad, como si alguien estuviera retándola a que no lo fuera.

—Necesito esa cuchara que tiene una forma así. —Trazó un semicírculo en el aire. Quería el rebanador de huevos.

—Oh, Ziggy, ya hay suficientes cacharros de cocina en el baño —dijo, pero ya estaba dejando el libro y levantándose para ir a buscarlo.

—Gracias, mamá —dijo Ziggy angelicalmente.

Y ella miró sus grandes ojos verdes con gotas de agua en las pestañas y dijo:

—Te quiero mucho, Ziggy.

—Necesito esa cuchara ya —dijo Ziggy.

—Vale —contestó ella.

Se volvió para salir del cuarto de baño y Ziggy dijo:

—¿Crees que la señorita Barnes se enfadará conmigo por no llevar el proyecto de mi árbol genealógico?

—Querido, es la semana que viene —respondió Jane. Entró en la cocina y leyó en voz alta la nota fijada en el frigorífico con un imán—: Todos los niños tendrán la oportunidad de hablar de su árbol genealógico cuando traigan sus proyectos el viernes 24... Oh, desastre.

Ziggy estaba en lo cierto. El plazo del árbol genealógico vencía mañana. Había tenido en la cabeza que era el mismo viernes que la cena de cumpleaños de su padre, pero como se había pospuesto una semana porque su hermano se iba de viaje con una nueva novia... Todo por culpa del puñetero Dane.

No. La culpa era suya. No tenía más que un hijo. Llevaba una agenda. No era tan difícil. Tendrían que hacerlo ahora. Ahora mismo. No podía llevarlo al colegio sin el proyecto. Llamaría la atención y eso a él no le gustaba nada. En cambio a Chloe, la de Madeline, le importaba menos. Se reiría, se encogería de hombros y pondría buena cara. A Chloe le gustaba ser el centro de atención, sin embargo el pobre Ziggy lo único que quería era pasar desapercibido entre la gente, igual que Jane, aunque curiosamente venía sucediéndole justo lo contrario.

—¡Vacía la bañera, Ziggy! —dijo—. ¡Tenemos que hacer ese proyecto ahora!

—¡Necesito la cuchara especial! —insistió Ziggy.

—¡No tenemos tiempo! —gritó Jane—. ¡Vacía la bañera de una vez!

Cartulina. Necesitaban un pliego de cartulina. ¿Dónde lo conseguirían a estas horas? Eran más de las siete de la tarde. Las tiendas estarían todas cerradas.

Madeline. Tendría alguna cartulina de sobra. Podían ir a su casa y Ziggy podía quedarse dentro del coche en pijama mientras Jane entraba a por ella de una carrera.

Envió un mensaje de texto a Madeline: «¡Problemón! ¡¡¡Olvidé proyecto árbol genealógico!!! ¿Te sobra alguna cartulina? Si es así, ¿puedo pasarme a por ella?».

Quitó del frigorífico la nota con las instrucciones.

El proyecto del árbol genealógico estaba concebido para proporcionar al niño «conciencia de sus antecesores y los antecesores de los demás, así como reflexionar sobre las personas importantes de su vida ahora y en el pasado». El niño tenía que dibujar un árbol, poner una foto suya en el centro y luego incluir fotos y nombres de los miembros de la familia, remontándose un mínimo de dos generaciones, con inclusión de hermanos, tías y tíos, abuelos y, «si fuera posible, bisabuelos ¡e incluso tatarabuelos!».

Había una nota subrayada al pie:

Nota a los padres: Evidentemente, vuestros hijos necesitarán que los ayudéis, pero haced el favor de que tomen parte activa en este proyecto. Quiero ver SU trabajo, no el VUESTRO :-)
Señorita (Rebecca) Barnes.

No costaría mucho hacerlo. Ya tenía preparadas todas las fotos. Había estado presumiendo de no dejarlo para el último minuto. Su madre le había impreso fotos de los álbumes familiares. Incluso había una del tatarabuelo del padre de Jane, tomada en 1915, pocos meses antes de que cayera en el campo de batalla en Francia. Jane solo tenía que hacer que Ziggy dibujara el árbol y anotara al menos algunos nombres.

Lo malo era que ya se había pasado la hora de acostarse. Lo había dejado estar demasiado tiempo en el baño. Ahora solo faltaba el cuento y dormirse. Iba a estar todo el tiempo quejándose, bostezando y bajándose de la silla y ella tendría que suplicarle, sobornarle y engatusarle y acabaría agotada.

Era una tontería. Lo acostaría y punto. Era absurdo hacer que un niño de cinco años se acostara tarde por un proyecto del colegio.

¿Y si no lo llevara mañana al colegio? Como si estuviera malito. Pero a él le encantaban los viernes. Los viernes FABU. Así los llamaba la señorita Barnes. Además, Jane también necesitaba que fuera al colegio para poder trabajar ella. Tenía que efectuar tres entregas.

¿Hacerlo por la mañana antes de clase? Ja. Nada menos. Si por la mañana casi no podía hacer que se pusiera los zapatos. Ninguno de los dos estaba despejado a esa hora.

Respirar hondo. Respirar hondo.

¿Quién podía imaginarse que preescolar fuera tan estresante? ¡Qué gracia! Muy gracioso. Pero no le salía la risa.

El móvil estaba en silencio. Lo tomó y lo miró. Nada. Normalmente Madeline contestaba enseguida a los mensajes. Seguramente estaba harta de sus bandazos de una crisis a otra.

—¡Mamá! ¡Necesito la cuchara! —gritó Ziggy.

Sonó el teléfono. Lo agarró al momento.

—¿Madeline?

—No, cariño, soy Pete. —Era Pete el fontanero. Vaya chasco—. Escucha, cariño...

—¡Ya lo sé! ¡Lo siento! Todavía no he hecho la nómina. La haré esta noche.

¿Cómo podía haberlo olvidado? Siempre entregaba las nóminas a Pete los jueves a la hora de comer, de manera que pudiera pagar a sus «chicos» los viernes.

—No te preocupes —dijo Pete—. Nos vemos, cariño.

Colgó. No le iba el palique.

—¡Mamá!

—¡Ziggy! —Jane entró muy decidida en el cuarto de baño—. ¡Ya es hora de vaciar la bañera! ¡Tenemos que hacer tu proyecto de árbol genealógico!

Ziggy estaba tumbado con las manos entrelazadas en la nuca, como si estuviera tomando el sol en una playa de espuma.

—Has dicho que no teníamos que llevarlo mañana.

—¡Pues sí! ¡Tenía yo razón y tú no! Mejor dicho, ¡tenías razón tú y yo no! ¡Tenemos que hacerlo ahora mismo! ¡Deprisa! ¡Ponte el pijama!

Metió la mano en el agua caliente de la bañera y quitó el tapón, a sabiendas de que actuando así cometía un error.

—¡No! —gritó Ziggy enrabietado. Le gustaba ser él quien quitara el tapón—. ¡Yo lo hago!

—Ya te he dado oportunidades suficientes —dijo Jane con su voz más firme y enérgica—. Tienes que salir ya. No armes un escándalo.

El agua rugió. Ziggy también.

—¡Mamá mala! ¡Lo hago yo! ¡Tú me dejas hacerlo! No, no.

Se abalanzó a por el tapón, para volver a ponerlo y quitarlo. Jane lo cogió y lo mantuvo en alto lejos de su alcance.

—¡No tenemos tiempo para eso!

Ziggy se levantó del agua, con el cuerpo flaco y resbaladizo cubierto de espuma y el rostro desencajado de ira. Agarró el tapón, se resbaló y Jane tuvo que sujetarlo por el brazo para impedir que cayera y probablemente se diera un buen porrazo.

—¡Me haces daño! —gritó Ziggy.

El resbalón de Ziggy había sobresaltado a Jane, que ahora estaba enfadada con él.

—¡Deja de gritar! —exclamó.

Tomó una toalla del toallero y lo envolvió en ella, sacándolo en volandas del baño pataleando a grito pelado. Lo llevó a la habitación y lo depositó con sumo cuidado sobre la cama, aterrada por la idea de que podría estamparlo contra la pared.

Él siguió gritando y diciendo barbaridades encima de la cama. Se le caía la baba.

—¡Te odio! —gritó.

Los vecinos debían de estar a punto de llamar a la policía.

—Ya basta —dijo ella en tono de adulta razonable—. Te estás portando como un bebé.

—Quiero otra mamá —gritó Ziggy dándole una patada en el estómago que a punto estuvo de dejarla sin aliento.

Perdió los nervios.

—¡Ya basta! ¡Ya basta! ¡Ya basta! —aulló como una loca.

Le sentó bien, como si lo hubiera necesitado.

Ziggy se calló al momento. Retrocedió hacia el cabecero, mirándola aterrado. Se ovilló como una pequeña pelota desnuda, con la cara en la almohada, llorando lastimeramente.

—Ziggy —dijo. Puso la mano en su saliente columna vertebral y él se la quitó de encima. Tenía un sentimiento de culpa abrumador—. Siento haberte gritado así. —Volvió a envolver su cuerpo desnudo en la toalla. «Siento haber querido estamparte contra la pared».

Él se dio la vuelta y se arrojó en sus brazos, aferrándose como un koala, los brazos al cuello, las piernas a la cintura y la cara húmeda y llena de mocos en el cuello de su madre.

—Ya pasó —susurró ella—. Ya pasó todo. —Recuperó la toalla de la cama para taparlo otra vez—. Deprisa. Vamos a ponerte el pijama antes de que te enfríes.

—Están llamando —adivirtió Ziggy.

—¿Qué? —dijo Jane.

Ziggy levantó la cabeza del hombro de ella, con expresión alerta e inquisitiva.

—¿Lo oyes?

Alguien estaba llamando al portero automático.

Jane lo llevó a la sala de estar.

—¿Quién es? —dijo Ziggy.

Estaba intrigado. Aún tenía lágrimas en las mejillas, pero los ojos los tenía brillantes y secos. El cambio era tal que parecía que todo aquel terrible incidente no hubiera tenido lugar.

—No lo sé —contestó Jane.

¿Sería alguien quejándose del ruido? ¿La policía? ¿Protección de Menores que venía a llevárselo?

Descolgó el telefonillo.

—¿Sí?

—¡Soy yo! ¡Déjame pasar! Hace un frío que pela.

—¿Madeline?

Pulsó el botón de apertura de la puerta, dejó a Ziggy en el suelo y fue a abrir la puerta de la casa.

—¿Está también Chloe aquí? —Ziggy dio un brinco y la toalla se le cayó.

—Probablemente Chloe esté en la cama, como deberías estar tú. —Jane miró por el hueco de la escalera.

—¡Buenas noches! —Madeline sonrió radiante mientras taconeaba escaleras arriba con un cardigan de color sandía, unos vaqueros y unas botas de punta estrecha.

—Hola —dijo Jane.

—Te traigo cartulina.

Madeline levantó un cilindro perfectamente enrollado de cartulina amarilla igual que un bastón.

Jane rompió a llorar.

CAPÍTULO 30

—No es nada! Me alegro de haber tenido una excusa para salir de casa —dijo Madeline, abrumada por las lágrimas de gratitud de Jane—. Y ahora, deprisa, vamos a vestirte, Ziggy, y remataremos este proyecto.

Los problemas de los demás siempre parecían tan superables y los hijos de los demás tan obedientes, pensó Madeline mientras Ziggy se marchaba. Mientras Jane reunía las fotos de la familia, Madeline echó un vistazo al pequeño y ordenado piso de Jane y, como siempre, se acordó del piso de una habitación donde había vivido con Abigail.

Era consciente de que idealizaba aquellos tiempos. No se acordaba de las preocupaciones constantes por el dinero o de la soledad de aquellas noches en que Abigail estaba dormida y no echaban nada bueno por la tele.

Abigail llevaba ya dos semanas viviendo con Nathan y Bonnie y todo parecía ir de maravilla para todo el mundo menos para Madeline. Esta noche, cuando le llegó el mensaje de Jane, los pequeños estaban dormidos, Ed estaba trabajando en un artículo y Madeline acababa de sentarse a ver *America's*

Next Top Model. «¡Abigail!», había llamado al ponerlo, sin darse cuenta de que no estaba en su habitación, que en lugar de la cama con dosel había un sofá para uso de Abigail cuando viniera los fines de semana; Madeline ya no sabía cómo estar con su hija porque tenía la sensación de que la habían despedido de su puesto de madre.

Abigail y ella solían ver juntas *America's Next Top Model,* comiendo malvaviscos y haciendo comentarios despiadados sobre las concursantes, pero ahora Abigail estaba tan feliz viviendo en una casa sin tele. Bonnie no «creía» en la televisión. La alternativa era hacer sobremesa y escuchar música clásica después de cenar.

«Tonterías», había dicho Ed al enterarse.

«Pues, por lo visto, es verdad», había dicho Madeline.

Claro que ahora, cuando venía «de visita», lo único que quería Abigail era sentarse en el sofá y empaparse de televisión y, como ahora Madeline era una madre consentidora, la dejaba. (Ella también habría querido ver la tele después de una semana escuchando música clásica).

La vida entera de Bonnie era una bofetada en la cara de Madeline. (Un cachete, más bien una palmada amable y condescendiente, porque Bonnie jamás haría nada violento). Por eso resultaba tan agradable poder ayudar a Jane, ser ella la tranquila, con respuestas y soluciones.

—No encuentro pegamento para poner en las fotos —dijo Jane preocupada mientras iban dejando todo sobre la mesa.

—Aquí está. —Madeline sacó un estuche de pinturas del bolso y eligió un rotulador negro para Ziggy—. Vamos a ver cómo dibujas un gran árbol, Ziggy.

Iba todo bien hasta que Ziggy dijo:

—Tenemos que poner el nombre de mi padre. La señorita Barnes dijo que no importa si no tenemos foto, basta con poner el nombre.

—Bueno, ya sabes que tú no tienes papá —dijo Jane tranquilamente.

Le había contado a Madeline que siempre había procurado ser lo más sincera posible con Ziggy acerca de su padre.

—Pero tienes la suerte de tener al tío Dane, el abuelo y el tío abuelo Jimmy. —Levantó unas fotos de hombres sonrientes como si tuviera una buena mano de cartas—. Y además ¡tenemos una foto del padre de tu tatarabuelo de soldado!

—Sí, pero sigo teniendo que escribir el nombre de mi papá en ese recuadro —dijo Ziggy—. Dibuja una línea desde mí a mi mamá y mi papá. Así es como se hace.

Señaló el ejemplo de árbol genealógico que había adjuntado la señorita Barnes, con una familia nuclear perfecta, sin romperse, con papá, mamá y hermanos.

Realmente, la señorita Barnes tendría que reconsiderar este proyecto, pensó Madeline. Ya había tenido bastantes problemas al ayudar a hacerlo a Chloe. Por el espinoso asunto de si debía trazar una línea de la foto de Abigail a la de Ed.

«Tienes que poner una foto del verdadero papá de Abigail», había dicho Fred por ayudar, mirando por encima del hombro de ambas. «¿Y su coche?».

«No, eso no», había dicho Madeline.

—No tiene por qué ser exactamente igual que el que te ha dado la señorita Barnes —dijo Madeline a Ziggy—. El proyecto de cada uno es diferente. No es más que un ejemplo.

—Sí, pero hay que escribir el nombre de tu padre y de tu madre —dijo Ziggy—. ¿Cómo se llama mi papá? Dilo, mamá. Deletréalo. No sé cómo se deletrea. Será un problema si no escribo su nombre.

Los niños lo hacen. Captan cuando hay algo controvertido o delicado y presionan y presionan como pequeños fiscales.

La pobre Jane se había quedado de piedra.

—Cariño —dijo con cautela, puestos los ojos en Ziggy—, te lo he contado muchas veces. Tu padre te habría encantado si lo hubieras conocido, pero, lo siento mucho, no sé cómo se llama, y ya sé que no está bien que...

—¡Pero tienes que escribir su nombre aquí! ¡Lo ha dicho la señorita Barnes!

Su voz denotaba el típico ataque de histeria. A los niños de cinco años agotados hay que manejarlos como artefactos explosivos.

—¡No sé cómo se llama! —dijo Jane.

Madeline también reconoció el tono de irritación en su voz porque en tus hijos hay algo que saca al niño que hay en ti. Nada ni nadie puede sacarte de quicio como tu hijo.

—Oh, Ziggy, cariño, verás, pasa muy a menudo —dijo Madeline.

Por el amor de Dios. Probablemente era así. En la zona había muchas madres solteras. Madeline iba a tener una charla con la señorita Barnes mañana para conseguir que dejara de imponer este absurdo proyecto. ¿Por qué tratar de encasillar en pequeños recuadros a las familias fracturadas con los tiempos que corrían?

—Esto es lo que vas a hacer. Escribe: «El padre de Ziggy». Sabes escribir Ziggy, ¿verdad? Claro que sí, ya está.

Para alivio suyo, Ziggy obedeció, escribiendo su nombre con la punta de la lengua en la comisura de los labios para concentrarse mejor.

—¡Qué letra más bonita! —le animó Madeline impaciente. No quería darle tiempo a pensar—. ¡Escribes mucho mejor que mi Chloe! ¡Ya está! ¡Bien hecho! Tu mamá y yo pegaremos el resto de las fotos mientras tú te vas a dormir. Ya. La hora del cuento. ¿Vale? Y me pregunto si podría leerte un cuento. ¿Te parece bien? Me encantaría ver tu libro favorito.

Ziggy asintió aturdido, como abrumado por el aluvión de palabras. Se levantó, con los hombros caídos.

—Buenas noches, Ziggy —dijo Jane.

—Buenas noches, mamá —dijo Ziggy.

Se dieron un beso de buenas noches como dos esposos peleados, sin mirarse, y luego Ziggy dio la mano a Madeline y dejó que lo llevara a su habitación.

Ella volvió a la sala de estar en menos de diez minutos. Jane levantó la vista. Estaba poniendo cuidadosamente la última foto en el árbol genealógico.

—Profundamente dormido —dijo Madeline—. En realidad se ha dormido mientras le estaba leyendo, como los niños de las películas. No sabía que los niños lo hicieran en la realidad.

—Lo siento mucho —se disculpó Jane—. No deberías haber tenido que venir aquí y haber acostado a otro niño, pero te lo agradezco mucho porque no quería entablar conversación con él sobre eso antes de acostarse y...

—Shhhh. —Madeline se sentó a su lado y le puso la mano en el brazo—. No es nada. Ya sé lo que hay. Preescolar es estresante. Salen muy cansados.

—Nunca había sido así —dijo Jane—. Sobre su padre. Me refiero a que siempre he sabido que el tema saldría un día u otro, pero creía que no sería hasta que tuviera trece o catorce años. Creía que tendría tiempo para prepararme exactamente lo que iba a decirle. Mis padres siempre decían «atente a la verdad», pero, ya sabes, la verdad no siempre..., no es siempre..., bueno, no siempre es muy...

—Aceptable —sugirió Madeline.

—Sí. —Ajustó el ángulo de una foto que había pegado y examinó la cartulina en general—. Va a ser el único de la clase sin una foto en el recuadro del padre.

—Eso no es el fin del mundo —dijo Madeline tocando la foto del padre de Jane con Ziggy sentado encima—. Hay cantidad de hombres encantadores en su vida. —Miró a Jane—. Es una lata que no tengamos a nadie con dos madres en clase.

O dos padres. Cuando Abigail estaba en el colegio de primaria de la zona oeste de Sídney teníamos toda clase de familias. Aquí en la península somos un poco demasiado pijos. Nos gusta creer que somos terriblemente diversos, cuando lo único que varía son nuestras cuentas corrientes.

—Sí que sé cómo se llama —dijo Jane en voz baja.

—¿Te refieres al padre de Ziggy? —Madeline también bajó la voz.

—Sí —dijo Jane—. Se llamaba Saxon Banks. —Torció el gesto al decirlo, como si estuviera tratando de producir sonidos raros en una lengua extranjera—. Parece un nombre respetable, ¿verdad? Un ciudadano agradable, recto. ¡Bastante sexi además! Sexi Saxon.

Se estremeció.

—¿Has intentado ponerte en contacto con él alguna vez? —preguntó Madeline—. ¿Hablarle de Ziggy?

—No lo he intentado —dijo Jane.

Le salió un tono extrañamente formal.

—¿Y por qué no lo has intentado? —Madeline imitó el tono.

—Porque Saxon Banks no era muy buena persona —dijo Jane. Puso una voz estúpida e impostada y levantó la barbilla, pero tenía los ojos brillantes—. No era para nada un buen tipo.

Madeline volvió a su tono de voz normal.

—Oh, Jane, ¿qué te hizo ese cabrón?

CAPÍTULO 31

Jane no podía creerse que hubiera dicho a Madeline en voz alta cómo se llamaba. Saxon Banks. Como si fuera una persona cualquiera.

—¿Quieres contármelo? —dijo Madeline—. No tienes por qué.

Sentía la lógica curiosidad, pero no con la avidez que habían manifestado las amigas de Jane al día siguiente («¡Desembucha, Jane, desembucha! ¡Danos los detalles guarros!»); ella se mostraba comprensiva, pero su comprensión no estaba lastrada por el amor maternal, como habría sucedido si fuera la madre de Jane quien escuchara el relato.

—En realidad, tampoco es nada del otro mundo —contestó Jane.

Madeline se recostó en el respaldo de la silla. Se quitó los dos brazaletes de madera pintada a mano que llevaba en la muñeca y los puso cuidadosamente uno encima del otro sobre la mesa delante de sí. Apartó a un lado el proyecto de árbol genealógico.

—De acuerdo —dijo, sabedora de que era un asunto grave.

Jane carraspeó. Sacó una pastilla de chicle del paquete que había en la mesa.

—Fuimos a un bar —dijo.

Zach había roto con ella tres semanas antes.

Había sido una gran conmoción. Como si le hubieran arrojado un cubo de agua fría a la cara. Creía que estaban encaminados a los anillos de compromiso y una hipoteca.

Se le partió el corazón. Del todo. Pero ella sabía que se recuperaría. Incluso lo disfrutó un poco, al modo en que se puede disfrutar un resfriado en ocasiones. Se regodeaba deliciosamente en su desgracia, llorando durante horas mientras miraba sus fotos con Zach para acto seguido secarse las lágrimas y comprarse un vestido nuevo porque se lo merecía, ya que tenía el corazón partido. Todo el mundo se mostraba gratificantemente sorprendido y comprensivo: «¡Hacíais muy buena pareja! ¡Está loco! ¡Lo lamentará!».

Tenía la sensación de que se trataba de un rito de paso. En parte consideraba este suceso como algo lejano. «La primera vez que me rompieron el corazón». Al mismo tiempo, sentía curiosidad por lo que fuera a suceder en el futuro. Su vida había seguido un rumbo y ahora, de repente, ¡zas!, tomaba otra dirección. ¡Interesante! Tal vez, una vez acabada la carrera, viajaría durante un año como Zach. Tal vez saliera con un tipo completamente distinto. Un músico de *grunge*. Un fanático de los ordenadores. La esperaba una galería de chicos.

—¡Tienes que beber vodka! —le dijo su amiga Gail—. ¡Tienes que bailar!

Fueron al bar de un hotel de la ciudad. Con vistas al puerto. Hacía una noche cálida de primavera. Tenía fiebre del heno. Los ojos muy escocidos. La garganta irritada. La primavera traía siempre consigo la fiebre del heno, pero también el anuncio de una posibilidad, la posibilidad de un espléndido verano.

En la mesa de al lado había unos hombres mayores, tal vez de treinta y pocos años. Ejecutivos. Las invitaron a una copa. Cócteles grandes, caros y cremosos. Jane y Gail se los echaron al coleto como si fueran batidos.

Los hombres estaban de paso y se alojaban en el hotel. Jane le gustó enseguida a uno de ellos.

—Saxon Banks —dijo tomándole de la mano con la suya, mucho más grande.

—Eres el señor Banks —le dijo Jane—. El padre de Mary Poppins.

—Prefiero ser el deshollinador —dijo Saxon. La miró a los ojos y cantó la canción de la película.

A un hombre mayor con una American Express negra y bonitas facciones no le resulta muy difícil conseguir que se le rinda una chica de diecinueve años que está piripi. Unas miradas. Cantos en voz baja. No desafinar. Ya está. Objetivo cubierto.

—Adelante —le dijo al oído su amiga Gail—. ¿Por qué no?

No se le ocurrió ninguna razón.

No llevaba anillo de casado. Probablemente habría una novia en su ciudad, pero no era asunto de Jane hacer averiguaciones (¿o sí?) y además no iba a iniciar ninguna relación con él. Solo sexo casual. No lo había hecho nunca. Siempre había sido una mojigata. Ya era hora de ser joven, libre y un poco alocada. Era como estar de vacaciones y decidir hacer puenting. Además, sería sexo casual de categoría, en un hotel de cinco estrellas, con un hombre de cinco estrellas. No habría lamentaciones. Zach podía seguir con su vulgar viaje Contiki y toquetear a las chicas en la parte de atrás del autobús.

Saxon era divertido y sexi. Un próspero promotor inmobiliario. No empleaba la palabra «próspero», pero saltaba a la vista. Se rieron sin parar en el ascensor de cristal que subía por el centro del hotel. Luego el sordo silencio repentino del pasillo alfombrado. La tarjeta de la habitación en la ranura y al momento el diminuto punto verde luminoso de paso.

Ella no estaba demasiado borracha. Nada más que una simpática cogorza. Era divertido. ¿Por qué no?, repetía para sus adentros. ¿Por qué no probar el puenting? ¿Por qué no saltar al vacío? ¿Por qué no ser un poco traviesa? Pura diversión. Era divertido. Era vivir la vida al modo en que Zach quería vivirla en un viaje en autobús por Europa, con ascensión a la Torre Eiffel incluida.

Saxon le sirvió una copa de champán y la tomaron juntos disfrutando de la vista panorámica, luego él le quitó la copa de la mano y la dejó en la mesilla; a ella le pareció formar parte de la escena de una película vista muchas veces, no sin dejar de reírse del pretencioso dominio que él tenía de la situación.

Le puso la mano en la nuca y la atrajo hacia sí, como si estuviera ejecutando un perfecto paso de danza. La besó, con una mano puesta en su cintura. Su loción de afeitar olía a dinero.

Estaba allí para acostarse con él. No había cambiado de idea. No iba a decir que no. Desde luego, no se trataba de una violación. Le ayudó a él a quitarle la ropa. Se reía como una idiota. Se tumbó en la cama con él. Cuando sus cuerpos desnudos se abrazaron y ella vio la novedad de su pecho velludo y desconocido, sintió por un momento un desesperado y súbito deseo de la querida familiaridad del cuerpo y el olor de Zach, pero sin más, estaba absolutamente dispuesta a pasar por aquello.

—¿Condón? —murmuró ella en el momento adecuado, en tono bajo y gutural apropiado, confiada en que él se ocuparía de eso del mismo modo suave y discreto que había hecho todo, con una marca de condón mejor de la que ella hubiera usado nunca.

Sin embargo, fue entonces cuando él le echó las manos al cuello y le dijo:

—¿Has probado esto alguna vez? —Ella notó el apretón de sus manos—. Es divertido. Te gustará. Es un subidón. Igual que la cocaína.

—No —dijo ella, agarrándole las manos para soltarse. No podía soportar la mera idea de no poder respirar. Igual que no le gustaba nada bucear.

Él apretó. Con la mirada fija en ella. Sonriendo, como si en vez de asfixiándola, estuviera haciéndole cosquillas.

La soltó.

—¡No me gusta esto! —dijo ella con voz entrecortada.

—Lo siento —dijo él—. Ya te acostumbrarás. Solo tienes que relajarte, Jane. No estés tan tensa. Vamos.

—No, por favor.

Pero él volvió a hacerlo. Ella pudo oír el sonido repugnante y vergonzoso de sus propias arcadas. Creyó que iba a vomitar. Tenía el cuerpo empapado de sudor frío.

—¿Todavía no?—soltó él.

Puso una mirada dura. Quizá la hubiera tenido todo el rato.

—No, por favor. No vuelvas a hacerlo.

—Eres una asquerosa aburrida. Solo quieres que te follen. Es a lo que has venido, ¿no?

La colocó debajo de sí y la penetró como si estuviera accionando una especie de mecanismo rudimentario y, mientras se movía, aplicó la boca al oído de ella y le dijo cosas: una interminable sarta de crueldades gratuitas que se introdujeron en su mente y se enrollaron como gusanos en el cerebro.

«No eres más que una chica gorda y fea, ¿sabes? Con bisutería barata y un vestido de mierda. Por cierto, te huele mal el aliento. Tienes que aprender algo de higiene dental. Dios. ¿Nunca has tenido un pensamiento original en tu vida? ¿Quieres un consejo? Tienes que respetarte un poco más a ti misma. Perder peso. Vete a un gimnasio, joder. Deja la comida basura. Nunca serás guapa, pero al menos no estarás gorda».

Ella no ofreció la menor resistencia. Miró fijamente a la luz del techo, parpadeante como un ojo odioso, observando todo, viendo todo, aceptando todo cuanto él decía. Cuando se quitó de encima, ella no se movió. Era como si su cuerpo ya no le perteneciera, como si la hubieran anestesiado.

—¿Vemos la tele? —dijo él tomando el mando a distancia y la televisión del extremo de la cama cobró vida. Echaban una de las películas de *La jungla de cristal.* Zapeó por los canales mientras ella volvía a ponerse el vestido que tanto le había gustado. (Nunca había gastado tanto dinero en ninguno). Se movía lenta, rígidamente. Tardaría días en descubrir los moretones en brazos y piernas, el estómago y el cuello. No trató de ocultar su cuerpo de él mientras se vestía porque era como un médico que la hubiera operado y quitado algo espantoso. ¿Por qué esconder el cuerpo si él ya sabía lo horrible que era?

—Entonces, ¿te vas? —dijo, cuando ella se hubo vestido.

—Sí. Adiós —dijo. Sonó como una chica espesa de doce años.

Nunca fue capaz de entender por qué había sentido la necesidad de decir «adiós». En ocasiones llegaba a odiarse por ello. Por su «adiós» estúpido y bovino. ¿Por qué? ¿Por qué lo había dicho? No dijo «gracias» de milagro.

—¡Nos vemos!

Sonó como si estuviera conteniendo la risa. La encontraba risible. Asquerosa y risible. Era asquerosa y risible.

Bajó en el ascensor de cristal.

—¿Quiere un taxi? —dijo el conserje, y ella se dio cuenta de que apenas podía disimular su repugnancia: una chica desgreñada, gorda, borracha y putilla de vuelta a casa.

Después de aquello nada volvió a ser igual.

CAPÍTULO 32

Oh, Jane.

Madeline quiso acoger a Jane en su regazo, abrazarla y mecerla como si fuera Chloe. Quiso encontrar a aquel hombre, pegarle, patearle y gritarle obscenidades.

—Me figuro que debería haber tomado la píldora del día después —dijo Jane—. Pero no se me ocurrió. De pequeña había tenido una seria endometriosis y el médico me dijo que me iba a costar mucho quedarme embarazada. Puedo estar varios meses sin la regla. Cuando me di cuenta de que estaba embarazada fue...

Le había contado la historia en una voz tan baja que Madeline había tenido que hacer esfuerzos para oírla, pero ahora la bajó aún más, hasta casi un susurro, con la mirada puesta en el pasillo que daba a la habitación de Ziggy.

—Demasiado tarde para abortar. Y encima murió mi abuelo, y eso fue una fuerte conmoción para todos nosotros. Luego me volví un poco rara. Depresiva, tal vez. No lo sé. Dejé la universidad, volví casa y dormí. Muchas horas. Como si estuviera sedada o sufriera *jet lag*. No podía soportar estar despierta.

—Probablemente seguías traumatizada. Oh, Jane. Cuánto siento lo que te pasó.

Jane meneó la cabeza como si le hubieran dado algo que ella no mereciera.

—Bueno, no es como si te violaran en un callejón. Tengo que asumir mi responsabilidad. Tampoco fue para tanto.

—¡Te atacó...!

Jane levantó una mano.

—Montones de mujeres han tenido malas experiencias sexuales. Esta fue la mía. La lección es: no vayas con extraños que conoces en los bares.

—Puedo asegurarte que yo también he salido con unos cuantos hombres que he conocido en bares —dijo Madeline. Lo había hecho una o dos veces. Nunca de esa manera. Ella le habría sacado los ojos—. No pienses ni por un momento que la culpa es tuya, Jane.

Jane negó con la cabeza.

—Ya lo sé. Pero procuro verlo con frialdad. Hay a quienes les gusta ese rollo de la asfixia erótica. —Madeline vio que se llevaba inconscientemente la mano a la garganta—. Hasta donde yo sé, puede que a ti también te guste.

—Ed y yo encontramos erótico estar en la cama sin ningún niño danzando de por medio —dijo Madeline—. Jane, querida, eso no fue un experimento sexual, lo que ese hombre te hizo no fue...

—Bueno, no te olvides de que has oído la historia desde mi punto de vista —interrumpió Jane—. Él quizá la recuerde de otro modo. —Se encogió de hombros—. Probablemente ni se acuerde.

—Además hubo maltrato verbal. Esas cosas que te dijo —Madeline sintió que le acometía otra vez la ira. ¿Cómo podía enfrentarse con este mierda? ¿Cómo podía hacerle pagar?—. Esas vilezas.

Cuando Jane le había contado la historia, no le había hecho falta recordar las palabras exactas. Había recitado los insultos monótonamente, como si estuviera recitando un poema o una oración.

—Sí —dijo Jane—. Chica gorda y fea.

—Que no lo eres. —Madeline torció el gesto.

—Tenía sobrepeso —dijo Jane—. Probablemente hay quien diría que estaba gorda. Me daba por comer.

—Una sibarita —dijo Madeline.

—No tan sofisticada. Me encantaba toda la comida y en especial la que engordaba. Pasteles. Chocolate. Mantequilla. Me encantaba la mantequilla.

Una expresión de cierto asombro cruzó por su rostro, como si no acabara de creerse que estuviera describiéndose a sí misma.

—Te enseñaré una foto —dijo a Madeline. Miró en el teléfono—. Mi amiga Em subió esta a Facebook el Jueves del Recuerdo. Soy yo el día en que cumplí diecinueve años. Pocos meses antes..., antes de quedar embarazada.

Levantó el teléfono para que lo viera Madeline. Salía Jane con un vestido rojo sin mangas y con escote. Estaba entre otras dos chicas de la misma edad, las tres sonrientes ante la cámara. Jane parecía otra persona. Más suave, desinhibida, mucho más joven.

—Estabas voluptuosa —dijo Madeline devolviéndole el teléfono—. No gorda. Estás fabulosa en esta foto.

—Es curioso si lo piensas —dijo Jane mirando la foto de reojo antes de quitarla con el pulgar—. ¿Por qué me sentí tan extrañamente violada por aquellas dos palabras? Más que las otras cosas que me hizo me dolieron aquellas dos palabras. Gorda. Fea.

Escupió ambas palabras. Madeline hubiera deseado que dejara de decirlas.

—Me refiero a que un hombre gordo y feo puede en cualquier caso ser divertido, atractivo y exitoso —continuó Jane—. Pero en lo que se refiere a una mujer es como si se tratara de lo más vergonzoso que puede ser.

—Pero tú no eras, no eres... —empezó Madeline.

—Sí, de acuerdo, ¿y qué si lo fuera? —interrumpió Jane—. ¿Y qué si lo fuera? Voy a eso. ¿Y qué si tuviera un poco de sobrepeso y no fuera particularmente bonita? ¿Por qué es tan terrible? ¿Tan repugnante? ¿Por qué es el fin del mundo?

Madeline no supo qué decir. Lo cierto es que ser gorda y fea para ella sí sería el fin del mundo.

—Porque toda la autoestima de la mujer reside en su imagen —dijo Jane—. Es por eso. Porque vivimos en una sociedad obsesionada por la belleza en la que lo más importante que puede hacer una mujer es resultar atractiva para los hombres.

Madeline nunca había oído hablar a Jane de esta manera. Con tanta agresividad y fluidez. Normalmente era muy insegura y se infravaloraba, más propensa a dejar que opinaran los demás.

—¿Es realmente cierto eso? —dijo Madeline, con ánimo de discrepar—. Porque, sabes, a menudo me siento secretamente inferior a mujeres como Renata y el puñetero pez gordo de la mujer de Jonathan. Ganan una pasta y asisten a reuniones de la junta o como se llame mientras que yo no tengo más que un simple trabajo de marketing a media jornada.

—Ya, pero en lo más hondo sabes que les ganas porque eres más guapa —dijo Jane.

—Bueno, eso no lo sé —dijo Madeline dejando caer la mano que se estaba pasando por el pelo.

—Por eso, cuando estás en la cama con un hombre, desnuda, vulnerable, suponiendo que te encuentra al menos moderadamente atractiva, y va y te dice esas cosas, resulta... —Miró a Madeline con una mueca irónica—. Resulta devastador. —Hizo una pausa—. Además, Madeline, lo que me pone furiosa es que me resultara tan devastador. Que él tuviera tanto poder sobre mí. Cuando me miro a diario en el espejo, pienso: ya no tengo sobrepeso, pero él tiene razón, sigo siendo fea. Intelectualmente sé que no soy fea, soy perfectamente aceptable. Pero me siento fea porque me lo dijo un hombre y se me quedó grabado. Es patético.

—Era un gilipollas —dijo Madeline en vano—. Un estúpido gilipollas.

Pensó que cuanto más hablaba Jane de su fealdad, más guapa le parecía, con el pelo suelto, las mejillas encendidas y la mirada brillante.

—Eres guapa —dijo.

—¡No! —dijo Jane enfadada—. ¡No lo soy! Y no pasa nada si no lo soy. No somos todas guapas, como tampoco somos músicas, y no pasa nada. Y tampoco me vengas con que si la belleza interior resplandece a través de la mierda.

Madeline, que había estado a punto de decirle que la belleza interior resplandece a través de la mierda, cerró la boca.

—No me había propuesto perder tanto peso —dijo Jane—. Me fastidia haberlo hecho como si hubiera sido por él, pero a partir de entonces mantengo una extraña relación con la comida. Cada vez que voy a comer es como si él me viera haciéndolo. Como si yo me viera tal como él me vería: una chica gorda y desaliñada comiendo. Y entonces la garganta... —Se echó una mano al cuello y tragó saliva—. ¡En fin! ¡Fue muy efectivo! Como un baipás gástrico. Debería patentarlo. La dieta Saxon Banks. Una fugaz sesión ligeramente dolorosa en una habitación de hotel y ya lo tienes: trastorno alimentario de por vida. ¡Rentable!

—¡Oh, Jane! —dijo Madeline.

Pensó en la madre de Jane y su comentario en la playa sobre que «nadie quiere ver esto en bikini». Le pareció que su madre probablemente había sentado las bases de la postura contradictoria de Jane acerca de la comida. Los medios de comunicación y las mujeres en general, con su voluntad de sentirse a disgusto consigo mismas, habían hecho luego lo suyo y finalmente Saxon Banks había rematado el trabajo.

—Bueno —se disculpó Jane—. Siento toda esta perorata.

—No lo sientas.

—Aparte de que no me huele mal el aliento —puntualizó Jane—. Lo he consultado con mi dentista. Muchas veces. Es que acabábamos de comer pizza. Olía a ajo.

O sea, de ahí su obsesión por mascar chicle.

—Tu aliento huele a rosas —dijo Madeline—. Tengo un sentido del olfato muy fino.

—Creo que fue la conmoción más que otra cosa —concluyó Jane—. Su manera de cambiar. Parecía tan simpático y eso que yo siempre me las había dado de buena conocedora de las personas. A partir de entonces tengo la sensación de que no puedo fiarme de mi propio instinto.

—No me sorprende —comentó Madeline. ¿Lo habría calado ella? ¿Habría caído ante sus canciones de *Mary Poppins*?

—No lo lamento —dijo Jane—. Porque tuve a Ziggy. Mi niño milagroso. Cuando nació fue como si me despertara. Como si él no tuviera nada que ver con aquella noche. Un bebé precioso. Hasta que no empezó a convertirse en una personita con su propia personalidad no me dio por pensar que quizá, ya sabes, quizá hubiera heredado algo de su…, su padre. —Por primera vez se le quebró la voz—. Cada vez que Ziggy se comporta de una forma que parece ajena a su carácter, me preocupa. Como el día de la presentación, cuando Amabella dijo que la había ahogado. Precisamente eso. Ahogarla. No me lo podía creer. Y a veces creo que puedo distinguir en sus ojos algo que me recuerda a..., a él, y pienso ¿qué pasa si mi precioso Ziggy tiene una vena cruel secreta? ¿Qué pasa si mi hijo le hace eso a una chica algún día?

—Ziggy no tiene ninguna vena cruel —dijo Madeline. La necesidad acuciante de consolar a Jane fundamentaba su creencia en la bondad de Ziggy—. Es un chico encantadoramente cariñoso. Estoy segura de que tu madre está en lo cierto, es tu abuelo reencarnado.

Jane se echó a reír. Tomó el móvil y miró la hora en la pantalla.

—¡Qué tarde es! Debes volver a casa con tu familia. Te he entretenido dándote la tabarra con mis asuntos.

—No me has dado para nada la tabarra.

Jane se levantó. Estiró los brazos por encima de la cabeza de tal forma que se le subió la camiseta y Madeline pudo ver su flaco, blanco y vulnerable estómago.

—Muchas gracias por ayudarme a terminar este maldito proyecto.

—Un placer. —Madeline también se levantó. Miró donde Ziggy había escrito «padre de Ziggy»—. ¿Vas a decirle alguna vez cómo se llama?

—Oh, Dios, no lo sé —contestó Jane—. Tal vez cuando cumpla veintiún años, cuando tenga edad suficiente como para que le cuente toda la verdad y nada más que la verdad.

—A lo mejor ya se habrá muerto —dijo Madeline esperanzada—. A lo mejor el karma le habrá pillado para entonces. ¿Lo has buscado alguna vez en Google?

—No —respondió Jane con una expresión indefinible en la cara. Madeline no supo si significaba que estaba mintiendo o que el mero pensamiento de buscarlo en Google le resultaba doloroso.

—Ya buscaré yo a ese asqueroso de mierda —dijo Madeline—. ¿Cómo has dicho que se llamaba? Saxon Banks, ¿no? Lo encontraré y luego contrataré a alguien para que lo liquide. En la actualidad debe de haber algún servicio *online* para «matar a un cabrón».

Jane no se rio.

—Por favor, no lo busques en Google, Madeline. No, por favor. No sé por qué no me gusta nada la idea de que lo hagas, pero así es.

—Si no quieres que lo haga, no lo haré, por supuesto. Lo he dicho por decir. Una idiotez. No debo tomármelo a la ligera. No me hagas caso.

Tendió los brazos y dio un abrazo a Jane.

Le sorprendió que Jane, que siempre se limitaba a mostrar la mejilla a modo de beso, esta vez la abrazó con fuerza.

—Gracias por traerme la cartulina —dijo.

Madeline dio una palmadita en el pelo fragante de Jane. Por poco dijo: «De nada, mi chica guapa», como hacía con Chloe, pero en ese momento la palabra «guapa» le pareció muy complicada e inconveniente. Por eso no dijo más que:

—De nada, mi encantadora chica.

CAPÍTULO 33

¿Hay algún arma en su casa? —preguntó la psicóloga.

—¿Cómo? —dijo Celeste—. ¿Ha dicho arma?

Todavía no había dejado de latirle con fuerza el corazón por encontrarse ahí, en esa pequeña habitación de paredes amarillas, con una hilera de cactus en el alféizar de la ventana, vistosos carteles de publicidad institucional con teléfonos de emergencia en las paredes y mobiliario corriente de oficina sobre una bonita tarima antigua. La consulta de la psicóloga estaba en una casa de campo de estilo fin de siglo XIX en la autopista del Pacífico, en la parte baja de la orilla norte. La habitación donde se hallaba probablemente habría sido un dormitorio. Alguien habría dormido allí alguna vez, sin soñar que en el siglo siguiente habría personas compartiendo secretos vergonzosos en el mismo sitio.

Al levantarse esa mañana Celeste estaba segura de que no vendría. En cuanto llevó a los niños al colegio quiso telefonear para cancelar la cita, pero se vio en el coche introduciendo la dirección en el GPS, yendo por la serpenteante carretera de la península, sin dejar de pensar en detenerse en cualquier momento y llamar para decir que lo sentía, pero que tenía el coche averiado y quería cambiar la cita para otro día. Sin embargo, siguió adelante, como si estuviera soñando o en trance, pensando en otras cosas como qué pondría para cenar hasta que, sin darse cuenta, se detuvo en el aparcamiento detrás de la casa, de donde vio salir a una mujer dando chupadas con rabia a un cigarrillo mientras abría la puerta de un viejo coche blanco abollado. Llevaba unos vaqueros y una camiseta corta y tenía los brazos flacos cubiertos de tatuajes como heridas horribles.

Imaginó el rostro de Perry. Risueño, prepotente.

—¿No lo dirás en serio? Esto es tan…

Tan vulgar. Sí, Perry. Lo era. Un gabinete psicológico de la periferia especializado en violencia doméstica. Figuraba en su página web junto a la depresión, la ansiedad y los trastornos alimentarios. Había dos erratas en la página principal. Lo había elegido porque estaba lo suficientemente lejos de Pirriwee como para tener la seguridad de no encontrarse con nadie conocido. Aparte de eso, no había tenido ninguna intención real de acudir. Solo quería pedir cita, demostrar que no era una víctima, demostrar a alguna presencia invisible que estaba haciendo algo al respecto.

«Nuestro comportamiento es vulgar, Perry», había dicho en voz alta en el silencio del coche, antes de quitar la llave de contacto y entrar.

—Celeste —dijo la psicóloga.

Sabía cómo se llamaba. La psicóloga sabía de su vida más que nadie en el mundo, excepción hecha de Perry. Sufría una de esas pesadillas de verse desnuda mientras se veía obligada a caminar por un concurrido centro comercial, mientras todo el mundo contemplaba su vergonzosa y sorprendente desnudez. Ya no había vuelta atrás. Tenía que pasar el trago. Se lo había contado. Se lo había dicho, muy deprisa, sin fijar del todo la mirada en la psicóloga, pero haciendo como que la miraba directamente. Había hablado en voz baja y neutra, como si estuviera contando al médico un síntoma repelente. Formaba parte de ser adulta, mujer y madre. Tenías que decir cosas incómodas en voz alta. «Tengo este comportamiento». «Mantengo una especie de relación violenta». «Una especie». Como una adolescente contestando con evasivas, guardando las distancias.

—Perdone. ¿Ha preguntado si hay algún arma?

Descruzó y cruzó las piernas, alisándose la tela del vestido. Había elegido deliberadamente uno especialmente bonito que le había comprado Perry en París. Nunca se lo había puesto. Además se había maquillado: base, polvos y el estuche entero. Quería ubicarse, no como superior a otras mujeres, por supuesto, no pensaba eso ni por asomo. Pero su situación era distinta de la de aquella mujer del aparcamiento. Celeste no necesitaba el número de teléfono de una casa de acogida. Solo algunas estrategias para recomponer su matrimonio. Necesitaba consejos. Diez buenos consejos para que mi marido deje de pegarme. Diez buenos consejos para que yo deje de pegarle.

—Sí, armas. ¿Hay algún arma en casa?

La psicóloga levantó la vista de lo que parecía ser un cuestionario habitual. Por el amor de Dios, pensó Celeste. ¡Armas! ¿Acaso creía que Celeste vivía en la típica casa donde el marido tenía una pistola sin licencia de armas debajo de la cama?

—No hay armas —dijo Celeste—. Aunque los gemelos tienen espadas.

Notó que estaba poniendo una especie de voz de niña bien educada de colegio de pago y trató de evitarlo.

No era una niña de colegio de pago. Ya estaba casada.

La psicóloga rio cortésmente y anotó algo en el portapapeles. Se llamaba Susi, achacable a una preocupante falta de criterio. ¿Por qué no Susan? Susi sonaba como una bailarina de barra americana.

El otro problema de Susi era que aparentaba tener doce años y, lógicamente, a esa edad no sabía darse bien el delineador de ojos. Como se lo untaba alrededor de los ojos parecía un mapache. ¿Cómo podía esta chiquilla dar consejos a Celeste sobre su extraño y complicado matrimonio? Era Celeste quien debería darle a ella consejos sobre maquillaje y chicos.

—¿Su pareja ataca o mutila a las mascotas de la familia?

—¿Qué? ¡No! Bueno, no tenemos mascotas, ¡pero él no es así!

Celeste sintió un acceso de ira. ¿Por qué se había sometido a esta humillación? Le dieron ganas de gritar estúpidamente: ¡Este vestido es de París! ¡Mi marido tiene un Porsche! ¡No somos de esos!

—Perry nunca haría daño a un animal.

—Pero a usted sí —dijo Susi.

No sabes nada de mí, pensó Celeste molesta e irritada. Crees que soy como la chica de los tatuajes, pero no lo soy, no lo soy.

—Sí —dijo Celeste—. Como ya he dicho, ocasionalmente él, nosotros, nos ponemos violentos físicamente. —Volvió la voz afectada—. Pero como he tratado de explicar, tengo que asumir mi parte de culpa.

—Nadie merece que lo maltraten, señora White —dijo.

Esta frase la deben de enseñar en la Facultad de Psicología.

—Sí —dijo Celeste—, por supuesto. Ya lo sé. No creo que me lo merezca. Pero no soy una víctima. Le devuelvo los golpes. Por lo tanto, soy tan mala como él. A veces empiezo yo. Quiero decir que mantenemos una relación muy enrarecida. Necesitamos técnicas, necesitamos estrategias que nos ayuden a... cortar con esto. Por eso estoy aquí.

Susi asintió despacio con la cabeza.

—Comprendo. ¿Cree que su marido tiene miedo de usted, señora White?

—No —dijo Celeste—. En el sentido físico, no. Creo que probablemente le da miedo que lo abandone.

—Cuando han tenido lugar esos, digamos, incidentes, ¿ha tenido usted miedo alguna vez?

—Bueno, no. Bueno, algo parecido. —Se dio cuenta de a dónde quería llegar Susi—. Mire, sé lo violentos que pueden ser los hombres, pero en el caso de Perry y mío no es tan grave. ¡Es grave! Ya sé que lo es. No me engaño. Pero mire, nunca hemos acabado en el hospital ni nada de eso. No necesito ir a una casa de acogida, refugio o como se llame. No me cabe duda de que ve usted casos mucho, mucho peores que el mío, pero yo estoy bien. Estoy perfectamente.

—¿Ha tenido miedo de morir alguna vez?

—Por supuesto que no —dijo Celeste inmediatamente; luego se interrumpió—. Bueno, una vez. Fue que la cara..., me apretó la cara contra la esquina de un sofá.

Recordó la sensación de la mano de él en la nuca. La posición de la cara hacía que se le cerraran las ventanas de la nariz al doblarse. Trató desesperadamente de zafarse, como una mariposa atrapada.

—Creo que no se dio cuenta de lo que estaba haciendo. Pero por un momento sí que creí que iba a asfixiarme.

—Eso debe de haber sido aterrador —dijo Susi en tono neutro.

—Un poco. —Hizo una pausa—. Me acuerdo del polvo. Había mucho.

Celeste creyó que podría echarse a llorar en cualquier momento, con unos sollozos enormes, entrecortados y llenos de mocos. En la mesita de café que había entre ambas vio una caja de pañuelos de papel colocada al efecto. Se le correría el rímel. También se le pondrían ojos de mapache y Susi pensaría: «Ahora ya no es usted tan de clase alta, ¿verdad, señora?».

No añadió más detalles de aquella degradación, sino que apartó la mirada de Susi. Ella observaba su anillo de compromiso.

—Esa vez hice la maleta —dijo—. Pero luego..., bueno, los niños eran tan pequeños. Y yo estaba tan cansada.

—La mayoría de las víctimas intentan poner fin a una situación de maltrato unas seis o siete veces de promedio antes de cortar definitivamente —dijo Susi. Mordió la punta del bolígrafo—. ¿Y sus chicos? ¿Alguna vez su marido...?

—¡No! —dijo Celeste.

Un terror repentino se apoderó de ella. Santo Dios. Había sido una locura venir aquí. Quizá informaran al Departamento de Servicios Sociales. Quizá le quitaran a sus hijos.

Pensó en los proyectos de árbol genealógico que los chicos habían llevado esa mañana al colegio. Las líneas cuidadosamente trazadas desde cada uno de ellos dos a los gemelos. Sus rostros resplandecientes.

—Perry nunca ha puesto la mano encima a los chicos. Es un padre maravilloso. Si hubiera pensado alguna vez que los chicos corrían peligro, me habría ido, nunca habría arriesgado su vida. —Le temblaba la voz—. Esa es una de las razones por las que no me he ido, por lo bueno que es con ellos. ¡Muy paciente! Mucho más que yo. ¡Los adora!

—¿Cómo cree usted...? —empezó Susi, pero Celeste la interrumpió. Necesitaba que entendiera la actitud de Perry hacia sus hijos.

—Tuvimos muchos problemas para conseguir quedarme embarazada, bueno, para quedarme no, para llevar a término el embarazo. Tuve cuatro abortos seguidos. Fue terrible.

Como si Perry y ella hubieran soportado un viaje de dos años por océanos tempestuosos y desiertos interminables. Y luego hubieran llegado a un oasis. ¡Gemelos! ¡Un embarazo natural con gemelos! Había visto la expresión del rostro del obstetra al encontrar el segundo latido. Gemelos. Un embarazo de alto riesgo para alguien con un historial de abortos repetidos. El obstetra pensó: «Inviable». Pero el embarazo siguió adelante treinta y dos semanas.

—Los chicos fueron prematuros. Por eso tantas idas y venidas al hospital para las tomas de la noche. Cuando por fin los llevamos a casa no nos lo podíamos creer. Nos quedábamos en neonatología, contemplándolos, y luego..., bueno, luego los primeros meses fueron una auténtica pesadilla. No dormían bien. Perry se tomó tres meses de permiso. Fue maravilloso. Lo pasamos juntos.

—Entiendo —dijo Susi.

Pero Celeste se dio cuenta de que no entendía. No entendía que Perry y ella estaban unidos para siempre por sus experiencias y su amor a los hijos. Separarse de él equivaldría a un desgarro en su propia carne.

—¿Cómo cree que repercute en sus hijos el maltrato?

A Celeste le habría gustado que dejara de emplear la palabra «maltrato».

—No les repercute de ninguna manera —dijo—. No tienen ni idea. Me refiero a que en casi todo somos una familia muy feliz, normal y cariñosa. Pueden pasar semanas, incluso meses, sin que suceda nada fuera de lo común.

Probablemente, meses era una exageración.

Estaba empezando a sentir claustrofobia en aquella sala diminuta. No había suficiente aire. Se pasó la yema del dedo por una ceja y la retiró empapada. ¿Qué había esperado de esto? ¿Por qué había venido? Sabía que no había respuestas. Nada de estrategias. Ni consejos ni técnicas, por el amor de Dios. Perry era Perry. No había más salida que abandonarlo, y no lo haría nunca mientras los niños fueran pequeños. Lo abandonaría cuando fueran a la universidad. Eso ya lo había decidido.

—¿Qué le ha hecho venir aquí hoy, señora White? —dijo Susi como si estuviera leyéndole la mente—. Ha dicho que esto viene sucediendo desde que sus hijos eran bebés. ¿Ha habido últimamente un incremento de la violencia?

Celeste intentó recordar por qué había concertado la cita. Fue el día de la fiesta del atletismo.

Tuvo algo que ver con la expresión risueña del rostro de Perry aquella mañana cuando Josh le preguntó por la marca en el cuello. Después de la fiesta fue a casa y sintió envidia de los de la limpieza porque estaban riéndose. Conque donó veinticinco mil dólares a causas benéficas. «¿Te sentías caritativa, querida?», dijo Perry irónicamente, al ver el extracto del banco semanas después, pero sin hacer más comentarios.

—No, no habido ningún incremento —dijo a Susi—. No estoy segura de por qué acabé concertando la cita. Perry yo acudimos una vez a un consejero matrimonial, pero no..., bueno, no salió nada de eso. Es difícil porque viaja mucho por motivos de trabajo. La semana que viene se va otra vez de viaje.

—¿Lo echa de menos cuando está de viaje? —dijo Susi. Más que una pregunta del cuestionario, sonó a mera curiosidad suya.

—Sí —dijo Celeste— y no.

—Es complicado —dijo Susi.

—Es complicado —coincidió Celeste—. Pero todos los matrimonios lo son, ¿no?

—Sí —dijo Susi. Sonrió—. Y no. —Se le borró la sonrisa—. ¿Es usted consciente de que en Australia muere una mujer a la semana por la violencia doméstica, señora White? A la semana.

—Él no va a matarme —dijo Celeste—. No es así.

—¿Se siente segura al volver a casa hoy?

—Por supuesto —dijo Celeste, con total certeza.

Susi enarcó las cejas.

—Nuestra relación es como un balancín —explicó Celeste—. Primera manda uno, luego el otro. Cada vez que Perry y yo nos peleamos, especialmente si llegamos a las manos, si me hace daño, entonces recupero el poder. Soy yo quien manda. —Empezaba a gustarle el tema. Le daba vergüenza compartir estas cosas con Susi, pero al mismo tiempo era un maravilloso alivio estar contándoselo a alguien, estar explicándole cómo funcionaba, estar diciendo estos secretos en voz alta—. Cuanto más daño me hace, más mando yo y más dura esa situación. Luego pasan las semanas y percibo el cambio. Deja de sentirse tan culpable y apenado. Los moretones —me salen enseguida—, bueno, desaparecen. Empieza a enfadarse por naderías que hago yo. Trato de apaciguarlo. Empiezo a andar con pies de plomo, pero al mismo tiempo me irrita tener que hacerlo, por lo que a veces me dejo de historias. No me ando con chiquitas. Lo saco de quicio aposta por estar tan enfadada con él y también conmigo, al tener que andarme con remilgos. Y entonces vuelve a estallar.

—Entonces —dijo Susi—, ahora la que manda es usted, dado que él le ha hecho daño últimamente.

—Sí —dijo Celeste—. Ahora podría hacer cualquier cosa, puesto que él se siente muy mal por lo sucedido la última vez. Con el Lego. De manera que ahora todo es magnífico. Mejor que magnífico. Ese es el problema, ¿lo ve? Está todo tan bien que casi... —Se interrumpió.

—... merece la pena —dijo Susi—. Que casi merece la pena.

Celeste miró los ojos de mapache de Susi.

—Sí.

La mirada inexpresiva de Susi no decía más que: lo he captado. No estaba siendo amable ni maternal ni se estaba regodeando en la deliciosa superioridad de su propia amabilidad. Era su trabajo, sin más. Igual que la animosa y eficiente señora del banco o de la compañía telefónica que solo quiere hacer su trabajo y desentrañar ese complejo problema para uno.

Estuvieron un momento en silencio. Al otro lado de la puerta del despacho Celeste pudo oír murmullo de voces, timbres de teléfonos y el tráfico de la calle. Le invadió una sensación de paz. Se enfrió el sudor de su rostro. Había vivido con el fardo de esta vergüenza secreta sobre los hombros durante cinco años, desde sus comienzos, y ahora, por un momento, se había aligerado y recordó la persona que había sido antes. Aún no tenía solución ni salida, pero en este momento se hallaba frente a alguien que comprendía.

—Volverá a pegarle —dijo Susi.

Otra vez esa distancia profesional. Sin lástima. Sin juicio. No era una pregunta. Estaba afirmando un hecho para hacer avanzar la conversación.

—Sí —dijo Celeste—. Volverá a suceder. Me pegará. Le pegaré.

Volverá a llover. Volveré a ponerme enferma. Tendré malos días. Pero ¿no puedo disfrutar de los buenos tiempos mientras duren?

Pero, entonces, ¿qué pinto yo aquí?

—Por eso me gustaría hablar de trazar un plan —dijo Susi. Pasó una hoja del portapapeles.

—Un plan —dijo Celeste.

—Un plan —dijo Susi—. Un plan para la próxima vez.

CAPÍTULO 34

Has querido experimentar alguna vez con eso, cómo se llama, asfixia erótica? —dijo Madeline a Ed en la cama. Él tenía un libro. Ella, el iPad.

Ocurrió a la noche siguiente de haber llevado la cartulina a casa de Jane. Había estado todo el día pensando en la historia que le había contado.

—Claro. Me apetece. Vamos a probar. —Ed se quitó las gafas y dejó el libro, volviéndose hacia ella con entusiasmo.

—¿Qué? ¡No! ¿Me estás tomando el pelo? —dijo Madeline—. Además, no quiero sexo. He tomado demasiado risotto en la cena.

—Vale. De acuerdo. Qué tontería. —Ed volvió a ponerse las gafas.

—¡Y hay personas que se matan accidentalmente haciendo eso! ¡Mueren muy a menudo! Es una práctica muy peligrosa, Ed.

Él la miró por encima de las gafas.

—No puedo creer que quisieras asfixiarme —dijo Madeline.

Él negó con la cabeza.

—Solo estaba mostrando mi disposición a adaptarme. —Miró el iPad de ella—. ¿Estás buscando formas de condimentar nuestra vida sexual o algo así?

—Oh, Dios, no —dijo Madeline, quizá con demasiado sentimiento.

Ed soltó una carcajada.

Ella miró la entrada de asfixia erótica en la Wikipedia. «Al comprimir las arterias de ambos lados del cuello se provoca una brusca pérdida de oxígeno en el cerebro y se entra en un estado semialucinógeno».

Se quedó pensativa.

—He notado que suelo ponerme bastante amorosa cuando tengo un resfriado. Esa podía ser la razón.

—Madeline —observó Ed—, nunca te has puesto amorosa cuando has tenido un resfriado.

—Ah, ¿no? —dijo Madeline—. Quizá es que me olvidaba de decirlo.

—Sí, quizá fuera eso. —Volvió a leer su libro—. Tuve una novia a la que le gustaba.

—¿En serio? ¿Cuál?

—Bueno, teóricamente quizá no fuera una novia. Más bien un rollo cualquiera.

—Y este rollo cualquiera quería que tú… —Se llevó las manos al cuello, sacó la lengua por un lado de la boca y simuló unos estertores.

—Maldita sea, qué sexi te pones cuando haces eso —dijo Ed.

—Gracias. —Madeline retiró las manos—. ¿Lo hiciste?

—Sin muchas ganas —contestó Ed, quitándose las gafas y sonriendo para sí mismo al recordarlo—. Estaba algo borracho. Tenía problemas para seguir instrucciones. Recuerdo que ella estaba decepcionada conmigo, y sé que te resultará difícil de entender, pero no siempre he sido emocionante y delic…

—Sí, sí. —Madeline le hizo gestos de que se callara y volvió a consultar su iPad.

—Entonces, ¿a qué viene el repentino interés en la asfixia?

Le contó la historia de Jane y vio cómo se le tensaban los músculos de la cara y entrecerraba los ojos como cuando oía una historia en el noticiario sobre maltrato infantil.

—Cabrón —dijo al final.

—Ya lo sé —convino Madeline—. Y se fue de rositas.

Ed meneó la cabeza.

—Una chica tonta, tonta —dijo suspirando—. Ese tipo de hombres hacen presa de...

—¡No la llames tonta! —Madeline se incorporó tan bruscamente que se le cayó el iPad de las manos—. ¡Suena como si estuvieras echándole la culpa!

Ed levantó las manos a modo de negativa.

—Por supuesto que no. Lo único que...

—¿Y si fueran Abigail o Chloe?

—En realidad estaba pensando en ellas.

—¿Les echarías la culpa? ¿Dirías: «Te está bien empleado por tonta»?

—Madeline —dijo Ed con calma.

Sus discusiones siempre eran iguales. Cuanto más se alteraba Madeline, más increíblemente tranquilo estaba Ed, hasta el punto de parecer un negociador de rehenes en tratos con un lunático con una bomba de relojería. Era irritante.

—¡Estás echando la culpa a la víctima! —Estaba pensando en Jane sentada en su piso frío, pequeño y sin muebles, la expresión de su rostro mientras le contaba su triste y sórdida historia, la vergüenza evidente que seguía dándole al cabo de los años. «Tengo que asumir mi responsabilidad», había dicho. «No fue para tanto». Pensó en la foto que Jane le había enseñado. La expresión abierta y despreocupada de su rostro. El vestido rojo. ¡En otro tiempo Jane llevaba colores vivos! ¡Escotes! Ahora cubría su cuerpo huesudo en tono de disculpa, humildemente, como si quisiera desaparecer, como si estuviera intentando hacerse invisible, convertirse en nada. Aquel hombre era el culpable—. Para ti es perfecto y excelente acostarte con mujeres al azar, pero cuando lo hace una mujer es que es tonta. ¡Eso es un doble rasero!

—Madeline, no estaba echándole la culpa a ella.

Seguía hablando con voz de yo-soy-el-adulto-y-tú-la-loca, pero a ella no se le escapó el destello de ira en los ojos de él.

—¡Sí que lo estabas! ¡No me puedo creer que lo hayas dicho! —Las palabras le salían a borbotones—. Eres como esas personas que dicen: «¡Oh, ¿qué esperaba? Estaba bebiendo a la una de la madrugada, por lo tanto merecía que la violara todo el equipo de fútbol!».

—No es cierto.

—Sí que lo es.

Algo había cambiado en el rostro de Ed. Se puso colorado. Alzó la voz.

—Déjame decirte una cosa, Madeline. ¡Si mi hija se va algún día con un capullo que acaba de conocer en el bar del hotel, me reservo el derecho de llamarla tonta!

Era una estupidez pelearse por esto. Racionalmente, ella lo sabía. Sabía que en realidad Ed no echaba la culpa a Jane. Sabía que en realidad su marido era mejor persona y más amable que ella y, con todo, no podía perdonarle el comentario de «chica tonta». De algún modo suponía una terrible equivocación. Como mujer, Madeline estaba obligada a enfadarse con Ed en nombre de Jane y todas las demás «chicas tontas» y en el suyo propio, porque, al fin y al cabo, también podía haberle sucedido a ella, e incluso una palabra suave como «tonta» parecía una bofetada.

—Ahora mismo no puedo estar en la misma habitación que tú. —Se levantó de la cama con el iPad en la mano.

—Sigue diciendo tonterías —dijo Ed.

Volvió a ponerse las gafas. Estaba molesto, pero Madeline sabía que leería el libro durante veinte minutos, apagaría la luz y se quedaría dormido al momento.

Madeline cerró la puerta todo lo fuerte que pudo (hubiera preferido dar un portazo, pero no quería despertar a los chicos) y bajó las escaleras a oscuras.

—¡No te tuerzas el tobillo por las escaleras! —dijo Ed desde detrás de la puerta.

Ya se le ha pasado, pensó Madeline. Se hizo una manzanilla y se instaló en el sofá. No le gustaba nada la manzanilla, pero supuestamente era relajante, calmante y no sabía cuántas cosas más, por lo que siempre se esforzaba en tomarla. Bonnie solo tomaba infusiones, por supuesto. Según Abigail, también Nathan evitaba ahora la cafeína. Esto era lo que pasaba con los hijos y los matrimonios rotos. Conseguías mucha información de tu exmarido que de otro modo nunca tendrías. Por ejemplo, sabía que Nathan llamaba a Bonnie «Bonnie Bon». Lo había dicho Abigail el otro día en la cocina. Ed, que estaba detrás de ella, se había metido silenciosamente el dedo en la garganta, haciendo reír a Madeline, pero aun así ella habría preferido no tener que enterarse. (A Nathan siempre le habían gustado las aliteraciones, a ella solía llamarla algo mucho menos romántico: «Mad Maddie»). ¿Por qué había sentido Abigail la necesidad de compartir ese tipo de cosas? Ed creía que lo hacía a propósito, que estaba tratando de fastidiar a Madeline, hacerle daño deliberadamente, pero Madeline no creía que Abigail fuera tan malvada.

Últimamente Ed miraba a Abigail con malos ojos.

Eso era lo que se ocultaba tras su acceso de cólera contra él en la habitación. No tenía nada que ver con el comentario de la «chica tonta». Seguía enfadada con Ed porque Abigail se hubiera mudado con Nathan y Bonnie. A medida que pasaban los días, más claro tenía que la culpa era de Ed. Tal vez Abigail había estado muy cerca de tomar esa decisión, acariciando la idea aun sin sopesarla en serio, y el comentario de «Cálmate» había sido justo el empujón que necesitaba. De otro modo, todavía estaría ahí. Quizá le había dado una ventolera. A las adolescentes les pasaba. Cambiaban de humor con mucha facilidad.

Últimamente, la mente de Madeline había estado tan embebida en los recuerdos de los tiempos en que estaban solo Abigail y ella que tenía la extraña sensación de que Ed, Fred y Chloe eran unos intrusos. ¿Quiénes eran esas personas? Era como si hubieran irrumpido en la vida de Abigail y ella con todo su ruido y sus cacharros, sus videojuegos a todo volumen y sus peleas y hubieran expulsado a la pobre Abigail. Se rio solo de pensar cómo se enfadarían Fred y Chloe si se enteraran de que cuestionaba su existencia, especialmente Chloe. «Pero ¿dónde estaba yo?», preguntaba siempre cuando veía fotos antiguas de Madeline y Abigail. «¿Dónde estaba papá? ¿Dónde estaba Fred?».

—Estabais en mis sueños —contestaba Madeline, y era cierto. Pero no estaban en los sueños de Abigail.

Dio un sorbo a la manzanilla y notó cómo el enfado iba poco a poco abandonando su cuerpo. No tenía nada que ver con la estúpida manzanilla.

En realidad, la culpa era del hombre.

El señor Banks. Saxon Banks.

Un nombre poco común.

Apoyó las yemas de los dedos en la suave superficie del iPad.

No lo busques en Google, le había suplicado Jane, y Madeline se lo había prometido, por lo tanto no debía, pero el deseo de ver al cabrón era tan irresistible. Era como cuando leía un reportaje sobre un crimen, siempre quería ver al agresor, observar los signos del mal en su cara. (Siempre sabía encontrarlos). Además, era tan fácil, un breve tecleo en el pequeño rectángulo, como si sus dedos estuvieran haciéndolo sin su permiso y, mientras seguía sin decidir si romper o no la promesa, los resultados de la búsqueda ya estaban a la vista en la pantalla, como si Google fuera una extensión de su mente y ella solo tuviera que pensar en algo para que se materializara.

No echaría más que un rápido vistazo, apenas posar los ojos, y luego cerraría la página y destruiría todas las referencias a Saxon Banks del historial de búsqueda. Jane no se enteraría nunca. Tampoco es que Madeline pudiera hacer nada contra él. No iba a planear una minuciosa venganza compensatoria. (Aunque su mente ya se había independizado y transitaba parcialmente por ese camino: ¿alguna clase de timo? ¿Robarle el dinero? ¿Humillarlo o desacreditarlo en público? Debía de haber algún modo).

Hizo doble clic y ocupó la pantalla una de esas fotos de carné bien iluminadas de directivos de empresas. Un promotor inmobiliario llamado Saxon Banks, radicado en Melbourne. ¿Era él? Un hombre guapo al estilo clásico, de rasgos enérgicos, con una sonrisa de autosatisfacción y unos ojos que parecían mirar directamente a Madeline de un modo combativo rayano en lo agresivo.

—Capullo —dijo Madeline en voz alta—. Crees que puedes hacer lo que te dé la gana con quien quieras, ¿verdad?

¿Qué habría hecho ella en la situación de Jane? Era incapaz de imaginarse reaccionando como ella. Madeline le habría cruzado la cara. No se habría venido abajo por las palabras «gorda y fea» porque la confianza en su aspecto era demasiado alta cuando tenía diecinueve años o, especialmente, cuando tenía diecinueve años. Lo tenía muy claro.

Quizá este hombre elegía chicas que sabía que serían vulnerables a sus insultos.

¿O era otra forma de culpar a la víctima esta línea de razonamiento? «A mí no me habría pasado. Me hubiera resistido. No lo habría consentido. No habría afectado a mi autoestima». Jane había estado completamente vulnerable en aquella ocasión, desnuda, en la cama de él, chica tonta.

Madeline se quedó de piedra. «Chica tonta». Había pensado exactamente igual que Ed. Se disculparía con él por la mañana. Bueno, no se disculparía de viva voz, pero podría hacerle un huevo pasado por agua y él captaría el mensaje.

Observó otra vez la foto. No vio parecido alguno con Ziggy. O tal vez sí. Quizá un poco en la zona de los ojos. Leyó la breve biografía aneja a la foto. Graduado en esto, máster en aquello, miembro de no sé qué instituto. Bla, bla, bla. «En su tiempo libre Saxon disfruta con la vela, la escalada y los ratos que pasa con su mujer y sus tres hijas».

Madeline torció el gesto. Ziggy tenía tres medio hermanas.

Madeline ya lo sabía. Sabía algo que no debería saber ni podía pasar por alto. Sabía algo del hijo de Jane que ni la propia Jane sabía. No solo había roto una promesa, sino que había violado la intimidad de Jane. Era una vulgar mirona fisgando por internet en busca de fotos del padre de Ziggy. Se había enfadado por lo que le había sucedido a Jane, pero eso no le había impedido saborear la historia. ¿O es que no era algo parecido al disfrute lo que había sentido al enfadarse por la triste y sórdida historia de sexo de Jane? Su comprensión provenía de la cómoda superioridad de alguien con una vida ordenada de auténtica clase media: un marido, un hogar, una hipoteca. Madeline era como las amigas de su madre, tan emotivamente comprensivas cuando Nathan las había abandonado a Abigail y a ella. Se mostraron tristes y furiosas, pero de un modo tan condescendiente que dejaron a Madeline con una sensación de fragilidad y desvalimiento, por mucho que valorara los guisos caseros que pusieron solemnemente en la mesa de su cocina.

Madeline se fijó en los ojos de Saxon y él pareció devolverle una mirada de complicidad, como si supiera todas las cosas despreciables que había que saber sobre ella. Sintió un escalofrío de repugnancia que la dejó temblorosa y fría.

Un grito cortó como una espada el soñoliento silencio de la casa:

—¡Mamá, mamá, mamá, mamá!

Madeline se levantó de un brinco, con el corazón desbocado, aun cuando ya sabía que era Chloe con otra de sus pesadillas.

—¡Ya voy, ya voy! —dijo por el pasillo.

Esto lo podía solucionar. Fácilmente. Ahora que Abigail ya no la quería ni necesitaba y por ahí fuera había malvados como Saxon Banks al acecho de sus niños, para causarles daños de todo tipo, graves o leves, sin que ella pudiera hacer absolutamente nada al respecto, era un alivio poder sacar al menos al monstruo de debajo de la cama de Chloe y matarlo con sus propias manos.

CAPÍTULO 35

SEÑORITA BARNES: Después de aquel pequeño drama del día de la presentación me preparé para un año duro, aunque pareció encarrilarse. Había un buen puñado de chicos y los padres no estaban siendo demasiado molestos. Luego, hacia mediados de curso, todo se vino abajo.

Dos semanas antes de la noche del concurso de preguntas

—Café con leche y una magdalena.

Jane levantó la vista del portátil y volvió a bajarla al plato que tenía delante. Una voluta de vapor se elevaba lánguidamente de una grande y olorosa magdalena glaseada. Al lado había un artístico garabato de nata montada.

—Oh, gracias, Tom, pero no he pedido...

—Ya lo sé. La magdalena es por cuenta de la casa —dijo Tom—. Me he enterado por Madeline que te gusta la repostería. Por eso he querido conocer tu opinión sobre esta nueva que estoy probando. Melocotón, nuez de macadamia y lima. Una locura. Me refiero a la lima.

—Las magdalenas solo las hago —aclaró Jane—. Nunca me las como.

—¿En serio?—replicó Tom algo abatido.

—Pero hoy haré un excepción —se apresuró a decir ella.

Esa semana había hecho más frío, una especie de clase práctica del invierno, y la casa de Jane estaba helada. El océano de plata gris que podía ver por la ventana le hacía sentir más frío todavía. Era como un recuerdo de veranos idos para siempre, como si viviera en un mundo posapocalíptico gris y siniestro.

—Bueno, Jane, eso es un poco dramático. ¿Por qué no te llevas el portátil y te instalas en una mesa del Blue Blues? —había sugerido Madeline. A partir de entonces Jane había empezado a presentarse a diario con el portátil y los archivos.

La luz del sol iluminaba el café y Tom tenía encendida una estufa de leña. Jane soltaba una leve exhalación de placer cada vez que entraba por la puerta. Era como si montara en un avión y volara a una estación completamente diferente en comparación con su casa triste y húmeda. Procuraba estar allí entre las horas punta de la mañana y de la tarde para no tener que pagar por la mesa, aunque, por supuesto, a lo largo de la jornada pedía un frugal almuerzo y varios cafés.

Tom el barista había empezado a verla como una colega, alguien que compartía el cubículo de al lado. Era buen conversador. Les gustaban los mismos programas de televisión y compartían algunos gustos musicales. (¡Música! Había olvidado la existencia de la música, igual que había olvidado los libros).

Tom sonrió.

—Me estoy convirtiendo en mi abuela, ¿verdad? Obligando a comer a todo el mundo. Prueba solo un bocado. No te la comas toda por educación.

Jane lo vio marchar y apartó la vista en cuanto se dio cuenta de que le estaba gustando mirar sus hombros anchos enfundados en una camiseta negra corriente. Madeline le había contado que Tom era gay y estaba en plena recuperación de un desengaño amoroso. Era un cliché, aunque a menudo resultaba cierto: los gays tenían unos cuerpos verdaderamente bonitos.

En las últimas semanas, a raíz de aquella escena de sexo que había leído en el cuarto de baño, venía sucediendo algo. Era como si su cuerpo, su oxidado y abandonado cuerpo, estuviera volviendo espontáneamente a su ser, desperezándose. Se sorprendía a sí misma mirando distraída y accidentalmente a los hombres, y a las mujeres también, no tanto de manera sexual como sensual, admirativa, estética.

Lo que llamaba la atención de Jane no eran las personas guapas como Celeste, sino las personas corrientes y la belleza corriente de sus cuerpos. Un antebrazo bronceado con un tatuaje del sol asomando por el mostrador en la estación de servicio. La nuca de un hombre mayor en la cola del supermercado. Los músculos de las pantorrillas y el cuello. Era de lo más extraño. Se acordó de que su padre había sido sometido años atrás a una operación de sinusitis que le había devuelto el sentido del olfato que no se había dado cuenta de haber perdido. El menor olor le producía un placer extraordinario. No paraba de oler el cuello de la madre de Jane y decir como si estuviera soñando: «¡Había olvidado el olor de tu madre! ¡Y no era consciente!».

No había sido solamente el libro.

También haberle hablado a Madeline de Saxon Banks. Haberle repetido las estúpidas palabras que él le había dicho. Tenían que permanecer en secreto para conservar su poder. Ahora se estaban desinflando, al modo de un castillo hinchable, flojo y arrugado a medida que iba perdiendo aire.

Saxon Banks era una mala persona. En este mundo había malas personas. Todos los niños lo sabían. Los padres les enseñaban a mantenerse lejos de ellas. A no hacerles caso. A huir. A decir: «No, eso no me gusta», en voz alta y decidida, y si seguían haciéndolo, contárselo a una profesora.

Incluso los insultos de Saxon Banks habían sido de patio de colegio. Hueles mal. Eres fea.

Siempre había sabido que su reacción ante aquella noche había sido desmedida por exceso o por defecto. No había llorado en ningún momento. No se lo había contado a nadie. Se lo había tragado todo y había hecho como si no hubiera significado nada, cuando de hecho lo había significado todo.

Ahora era como si no quisiera dejar de hablar de ello. Pocos días atrás, cuando Celeste y ella daban su paseo matinal, le contó una versión abreviada de lo que le había contado a Madeline. Celeste no había comentado gran cosa, salvo que lo sentía, que Madeline tenía toda la razón y que Ziggy no tenía nada de su padre. Al día siguiente Celeste le dio a Jane un colgante en una bolsa de terciopelo rojo. Era una bonita cadena de plata con una gema azul. «La gema se llama lapislázuli», dijo en su tono indiferente habitual. «Supuestamente, es una gema que "cura las heridas emocionales". La verdad es que no creo en ese rollo, pero, de todas formas, es un bonito colgante».

Ahora Jane se llevó la mano al colgante.

¿Nuevas amistades? ¿Qué sería? ¿El aire del mar?

Probablemente también estaba influyendo hacer ejercicio con regularidad. Celeste y ella estaban mejorando su forma física. Se habían alegrado al comprobar que no tenían que detenerse a recobrar el aliento al llegar a lo alto del tramo de escaleras próximo al cementerio.

Sí, probablemente fuera el ejercicio.

En todo ese tiempo solo había necesitado un buen paseo al aire libre y una gema curativa.

Tomó una porción de magdalena con el tenedor para dar un bocado. Los paseos con Celeste estaban volviendo a abrirle el apetito. Si no se cuidaba, volvería a engordar. La garganta se le cerró en el momento oportuno y dejó el tenedor donde estaba. Porque aún no estaba curada del todo. Tenía una extraña relación con la comida.

Pero no debía ofender al encantador Tom. Volvió a tomar el tenedor y dio un bocado mínimo. La magdalena estaba ligera y esponjosa y pudo distinguir todos los ingredientes que había mencionado Tom: macadamia, melocotón, lima. Cerró los ojos y lo sintió todo: el café caliente, la magdalena sabrosa, el ya familiar olor a café y libros usados. Tomó otro bocado más grande y rebañó un poco de nata.

—¿Está bien? —Tom se inclinó sobre una mesa próxima a la suya y la limpió con un paño que sacó del bolsillo de atrás.

Jane levantó una mano para indicar que tenía la boca llena. Tom tomó un libro que un cliente había dejado sobre la mesa y volvió a colocarlo en una de las estanterías superiores. La camiseta negra se le separó de los vaqueros y Jane entrevió su cintura. Una cintura sin nada de particular. Nada destacable. En otoño tenía la piel de color café con leche poco cargado. En verano era del color del chocolate caliente.

—Maravillosa —dijo ella.

—¿Mmmmm? —Tom se giró. En ese momento estaban los dos solos en el café.

Jane señaló la magdalena con el tenedor.

—Está impresionante. Deberías cobrar más. —Sonó su móvil—. Disculpa.

En la pantalla se leía «Colegio». Solo la habían llamado del colegio la vez que Ziggy tuvo anginas.

—¿Señora Chapman? Soy Patricia Lipmann.

La directora del colegio. A Jane se le encogió el estómago.

—¿Señora Lipmann? ¿Va todo bien? —No le gustó nada el tono acobardado de su voz. Madeline hablaba a la señora Lipmann con un cariño animoso y condescendiente, como si fuera un viejo mayordomo chiflado de la familia.

—Sí, todo va bien, aunque me gustaría mantener una reunión con usted con cierta urgencia, si fuera posible. Hoy sería lo mejor. ¿Le viene bien sobre las dos de la tarde, antes de recoger a su hijo?

—Por supuesto. ¿Va todo...?

—Muy amable. Entonces la estaré esperando.

Jane dejó el teléfono.

—La señora Lipmann quiere reunirse conmigo.

Tom conocía a la mayoría de los chicos, padres y profesores del colegio. Se había criado en la zona y había ido al colegio cuando la señora Lipmann era una humilde profesora de tercero.

—Estoy seguro de que no tienes nada de qué preocuparte —dijo—. Ziggy es un buen chico. Puede que quiera ponerlo en una clase especial o algo.

—Mmmmm. —Tomó distraídamente otro bocado de magdalena. Ziggy no era ningún «superdotado». Además, ya sabía por el tono de voz de la señora Lipmann que no se trataba de buenas noticias.

SAMANTHA: Renata se puso fuera de sí cuando empezó el acoso. Parte del problema es que la niñera no le había dicho nada, de manera que llevaba tiempo pasando sin que ella se enterara. Claro que ahora sabemos que Juliette tenía otras cosas en mente aparte de su trabajo.

SEÑORITA BARNES: Lo que los padres no entienden es que un niño puede ser tan pronto un acosador como una víctima de un momento a otro. ¡Tienen tantas ganas de poner etiquetas! Por supuesto, soy consciente de que esto fue diferente. Esto fue... malo.

STU: Mi padre me enseñó: si te pegan, devuelve el golpe. Así de sencillo. Es como todo en estos tiempos. Un trofeo para todos los chicos que participan en un partido de fútbol. Un premio en cada puñetera capa de envoltorio de «pasa el regalo». Estamos educando a una generación de flojos.

THEA: Renata seguramente se habrá echado la culpa. ¡Con su jornada laboral apenas veía a sus hijos! Mi corazón está de parte de esas pobres criaturas. Por lo visto, ahora no están bien. No están nada bien. Sus vidas no volverán a ser lo mismo.

JACKIE: Nadie habla de las largas jornadas de trabajo de Geoff. Nadie pregunta si Geoff sabía lo que estaba pasando con Amabella. Ya sé que Renata tenía un trabajo mejor pagado y más estresante que el de Geoff, pero nadie echaba la culpa a Geoff por trabajar, nadie le decía: «¡Oh, no se ve mucho a Geoff por el colegio!». ¡No! En cambio si las madres amas de casa ven a un padre recoger a los hijos creen que merece una medalla de oro. Mire mi marido. Tiene su pequeño séquito propio.

JONATHAN: Son mis amigas, no mi séquito. Disculpe a mi esposa. Está en medio de una fusión hostil. Quizá por eso se muestre un poco hostil. Creo que el colegio debe asumir su responsabilidad. ¿Dónde estaban las profesoras mientras tenía lugar todo este acoso?

CAPÍTULO 36

Renata Klein ha descubierto que su hija Amabella ha sido víctima de acoso secreto y sistemático durante el último mes —dijo la señora Lipmann nada más sentarse Jane frente a ella—. Lamentablemente, Amabella no dice exactamente qué es lo que ha pasado ni quién está implicado. El caso es que Renata está convencida de que el responsable es Ziggy.

Jane se atragantó. Era raro que se sobresaltara como si alguna parte locamente optimista de ella se hubiera creído que iban a poner a Ziggy en algún tipo de clase especial para niños maravillosos.

—¿Qué clase de...? —La voz de Jane desapareció. Carraspeó con dificultad. Tuvo la impresión de estar representando un papel para el que no estaba adecuadamente preparada. Sus padres deberían estar en esta reunión. Personas de la misma edad que la señora Lipmann—. ¿Qué clase de acoso?

La señora Lipmann hizo una leve mueca. Parecía una señora a la hora del almuerzo, una esposa conocida en la alta sociedad por su buena ropa y caros tratamientos cutáneos. Su voz tenía ese timbre cristalino de «conmigo no bromees» que tan efectivo era, al parecer, con los reconocidamente malos niños de sexto.

—Por desgracia andamos algo escasos de detalles —dijo la señora Lipmann—. Amabella presenta unos moretones y arañazos sin explicación y una... marca de mordisco, y solo ha dicho que «alguien ha sido malo con ella». —Suspiró y tamborileó con sus uñas perfectamente cuidadas sobre la carpeta de Manila que tenía en el regazo—. Mire, si no fuera por el incidente del día de la presentación no la habría llamado hasta no tener algo más concluyente. Según la señorita Barnes, el incidente parece ser un hecho aislado. Ha observado atentamente a Ziggy, en razón de lo ocurrido, y lo describe como un niño delicioso, a quien es una alegría enseñar y parece ser muy cariñoso y considerado en sus relaciones con los demás niños.

A Jane le entraron ganas de llorar por la inesperada amabilidad de esas palabras de la señorita Barnes.

—Ahora bien, obviamente en el colegio Pirriwee tenemos una política de tolerancia cero al acoso. Pero en las raras ocasiones en que encontramos casos de acoso quiero que sepa que creemos tener el deber de atender tanto a la víctima como al acosador. Por lo tanto, si averiguamos que Ziggy ha estado acosando a Amabella, no nos centraremos en castigarlo, sino en garantizar que ese comportamiento cese, de inmediato obviamente, para luego ir al fondo de por qué se comporta de ese modo. Al fin y al cabo, es un niño de cinco años. Hay expertos que sostienen que un niño de cinco años es incapaz de acosar.

La señora Lipmann sonrió a Jane y Jane le devolvió una sonrisa cautelosa. Pero si era un niño delicioso. ¡No había sido él!

—Aparte de lo ocurrido el día de la presentación ¿ha habido alguna vez otros incidentes de este tipo de comportamientos? ¿En el centro de día? ¿En la guardería? ¿En las relaciones de Ziggy con los niños fuera del aula?

—No —dijo Jane—. Jamás. Y él siempre..., bueno.

Estuvo a punto de decir que Ziggy siempre había rechazado categóricamente la acusación de Amabella el día de la presentación, pero quizá eso enmarañaría el asunto. La señora Lipmann creería que él estaba mintiendo.

—Por lo tanto, ¿no hay nada fuera de lo normal en el pasado de Ziggy, su vida familiar, su entorno, que usted crea que deberíamos saber, que pudiera ser importante? —La señora Lipmann la miró expectante, con expresión amable y cordial, como para hacer ver a Jane que nada podría sobresaltarla—. Entiendo que el padre de Ziggy no participa en su crianza, ¿verdad?

Cuando alguien extraño le preguntaba por el «padre de Ziggy» siempre le costaba un momento responder. «Padre» era una palabra que Jane asociaba con amor y seguridad. Siempre pensaba primero en su propio padre, como si fuera eso a lo que se referían. Tenía que ejecutar un pequeño salto mental a una habitación de hotel a media luz.

«Bueno, señora Lipmann, ¿es importante todo esto? Lo único que sé del padre de Ziggy es que era aficionado a la asfixia erótica y a humillar mujeres. Parecía ser amable y encantador. Sabía cantar canciones de *Mary Poppins.* De hecho, creí que era "delicioso", probablemente usted también lo habría creído y, sin embargo, no era en absoluto quien aparentaba ser. Me figuro que usted podría describirlo como un acosador. Por tanto, quizá sea importante. Además, para mostrarle todo el contexto, cabe la posibilidad de que Ziggy sea en realidad la reencarnación de mi abuelo. Y Poppy era un tipo muy amable. Conque depende de si usted cree en la tendencia hereditaria hacia la violencia o en la reencarnación».

—No se me ocurre nada importante —contestó Jane—. Tiene un montón de figuras masculinas de referencia...

—Oh, sí, sí, seguro que sí —dijo la señora Lipmann—. Dios mío, hay niños con padres que viajan o trabajan tantas horas que nunca los ven. Por lo tanto, no estoy deduciendo de ningún modo que Ziggy esté perdido por criarse en una familia monoparental. Solo trato de tener una visión de conjunto.

—¿Le ha preguntado a él por esto? —inquirió Jane.

Se le retorcía el corazón solo de pensar en que la directora del colegio lo interrogara sin estar ella delante. Él dormía con un peluche. Se sentaba en su regazo y se chupaba el pulgar cuando estaba cansado. A ella le parecía casi un milagro que pudiera caminar, hablar y vestirse solo y ahora resultaba que estaba viviendo una vida totalmente separado de ella, en la que tenían lugar grandes e intimidantes dramas de adultos.

—Sí, y lo niega categóricamente, por lo que es verdaderamente difícil saber por dónde avanzar sin la participación de Amabella... —Se interrumpió porque llamaron a la puerta del despacho.

Asomó la cabeza la secretaria del colegio. Lanzó una mirada cautelosa a Jane.

—Esto, he creído que debía avisarla de que el señor y la señora Klein ya están aquí.

La señora Lipmann palideció.

—¡Pero debían venir a otra hora!

—Han cambiado la hora de la reunión de la junta —dijo una voz familiar y estridente. Renata apareció junto al hombro de la secretaria, con ademán decidido a entrar—. Por eso nos preguntábamos si podía hacernos un hueco... —Endureció el semblante al ver a Jane—. Oh. Ya veo.

La señora Lipmann dirigió a Jane una angustiosa mirada de disculpa.

Jane sabía por Madeline que Geoff y Renata donaban regularmente ostentosas cantidades de dinero al colegio. «En el concurso de preguntas del año pasado tuvimos que aguantar como campesinos reconocidos que la señora Lipmann agradeciera a los Klein que hubieran pagado el aire acondicionado de todo el colegio», le había contado Madeline. Luego se le había iluminado el rostro al venírsele a la cabeza que quizá Celeste y Perry los pudieran superar este año. «Podrían jugar todos al "yo soy más rico que tú"».

—Supongo que estamos todos aquí para hablar del mismo tema —dijo Renata.

La señora Lipmann se levantó apresuradamente de la mesa.

—Señora Klein, la verdad es que creo que sería mejor...

—¡Qué coincidencia!

Renata sorteó a la secretaria y entró directamente en el despacho, seguida de un hombre pálido, corpulento y pelirrojo con traje y corbata, que presumiblemente era Geoff. Jane no lo había visto nunca. La mayoría de los padres seguían siendo unos desconocidos para ella.

Jane se puso en pie y cruzó los brazos en actitud protectora, agarrando la ropa con las manos como si fueran a quitársela. Los Klein iban a ponerla en evidencia y exponer sus horribles y vergonzosos secretos para que los vieran los demás padres. Ziggy no era fruto de un acto sexual normal y amoroso, sino de los actos vergonzosos de una chica tonta, gorda y fea.

Ziggy no era bueno y no lo era porque Jane había permitido que aquel hombre hubiera sido su padre. Sabía que no era lógico, porque, si no, Ziggy no existiría, pero a ella se lo parecía porque iba a ser siempre su hijo, claro que sí, ¿cómo no iba a ser ella su madre? Pero debería haber nacido más tarde, cuando Jane hubiera encontrado la vida y el padre adecuados. Si hubiera hecho todo como es debido él no estaría marcado por esta terrible marca genética. No se estaría comportando de este modo.

Pensó en cuando lo vio por primera vez. Estaba tan molesto por haber nacido, chillando con todas sus fuerzas, con las diminutas extremidades agitándose como si estuviera cayéndose, que el primer pensamiento de ella fue: «Lo siento, pequeño bebé. Siento mucho hacerte pasar por esto». La sensación sumamente dolorosa que inundó su cuerpo tenía que ver con la tristeza, aun cuando debería haberla llamado «alegría», era idéntica. Había creído que el impetuoso torrente de su amor por esta graciosa criatura de cara colorada se llevaría por delante el sucio recuerdo de aquella noche. Pero el recuerdo permanecía, adherido a las paredes de su mente como una viscosa sanguijuela negra.

—Debes controlar a ese hijo tuyo.

Renata se plantó directamente delante de Jane. Con un dedo en el aire cerca del pecho de Jane. Tras las gafas se le veían los ojos inyectados en sangre. Su enfado era tan evidente y justificado frente a las dudas de Jane.

—Renata —terció Geoff. Tendió la mano a Jane—. Geoff Klein. Por favor, disculpe a Renata. Está muy alterada.

Jane le estrechó la mano.

—Jane.

—Muy bien, bueno, entonces quizá, ya que estamos todos aquí, quizá podríamos mantener una conversación constructiva —dijo la señora Lipmann con un deje nervioso en su voz rotunda—. ¿Puedo ofrecer a alguien té o café? ¿Agua?

—No quiero refrigerios —dijo Renata.

Jane comprobó con enfermiza satisfacción que Renata temblaba de pies a cabeza. Apartó la mirada. Ver la manifestación de las emociones íntimas de Renata equivalía a verla desnuda.

—Renata.

Geoff extendió el brazo en diagonal por delante de su esposa, como si ella estuviera a punto de cruzarse por delante de un coche.

—Le diré lo que quiero —dijo Renata a la señora Lipmann—. Quiero que el hijo de esta mujer permanezca lo más lejos posible de mi hija.

CAPÍTULO 37

Madeline abrió la puerta corredera del patio trasero y vio a Abigail en el sofá mirando algo en el portátil.

—Hola —dijo, e hizo una mueca por la falsa jovialidad de su voz.

No podía hablar con naturalidad con su propia hija. Ahora que Abigail solo venía los fines de semana, daba la impresión de que Madeline fuera la anfitriona y Abigail una huésped importante. Como si tuviera que ofrecerle bebida y comprobar si se sentía cómoda. Era absurdo. En cuanto Madeline se daba cuenta de que actuaba de ese modo, se enfadaba tanto que se iba al otro extremo y exigía bruscamente que Abigail realizara alguna faena doméstica como tender el cesto de la colada. Lo peor era que Abigail se comportaba exactamente como la huésped de buenos modales que le había enseñado a ser su madre y tomaba el cesto sin rechistar, y entonces Madeline se sentía culpable y confusa. ¿Cómo iba a pedirle que tendiera la ropa si Abigail no había echado nada para lavar? Era como pedir a un huésped que tendiera tu colada.

Conque acto seguido se ponía a tender la ropa con ella y hablaba con afectación de naderías mientras en su cabeza bullían todas las palabras que no podía decir: «Vuelve a casa, Abigail, vuelve a casa y acaba con esto. Él nos abandonó. Te abandonó a ti. Tú eras mi premio. Echarte de menos era su castigo. ¿Cómo has podido elegirlo a él?».

—¿Qué haces? —Madeline se dejó caer en el sofá junto a Abigail y miró la pantalla del portátil—. ¿Eso es *America's Next Top Model*?

Ya no sabía cómo estar con Abigail. Le recordaba a los intentos de ser amiga de un exnovio. La elaborada improvisación de tus actos. La fragilidad de tus sentimientos, la conciencia de que las pequeñas rarezas de tu comportamiento ya no eran tan adorables, sino incluso molestas.

Madeline siempre había desempeñado en la familia el papel de madre cómicamente loca. Las cosas la excitaban o la enfadaban más de la cuenta. Cuando los niños no hacían caso de lo que se les decía, resoplaba. En la puerta de la despensa cantaba canciones sin sentido: «¿Dónde, oh, dónde, están los tomates en lata, tomates por dónde estáis?». A Ed y los chicos les encantaba gastarle bromas, reírse de todo, desde su obsesión por los famosos a su sombra de ojos brillante.

Pero ahora, cuando Abigail estaba de visita, Madeline se sentía como una parodia de sí misma. Estaba decidida a no fingir ser quien no era. ¡Tenía cuarenta años! Demasiado tarde para cambiar de personalidad. Pero seguía viéndose a través de los ojos de Abigail y dando por sentado que salía perdiendo en la comparación con Bonnie. Porque Abigail había elegido a Bonnie, ¿o no? Era la madre que prefería. En realidad, no tenía nada que ver con Nathan. La madre imprimía el carácter de la familia. Todos los temores secretos que Madeline había tenido siempre sobre sus propias debilidades (ser evidentemente demasiado propensa a enfadarse, a menudo demasiado precipitada en juzgar, interesada excesivamente por la ropa, demasiado derrochona con los zapatos, creerse refinada y divertida cuando a lo mejor estaba siendo irritante y vulgar) habían pasado a primer plano en su mente. Crece, dijo para sus adentros. No te lo tomes como algo personal. Tu hija te sigue queriendo. Solo que ha elegido vivir con su padre. No es para tanto. Pero la relación con Abigail oscilaba continuamente entre «Yo soy así, Abigail, te guste o no» y «Sé mejor, Madeline, más tranquila, más amable, más como Bonnie».

—¿Viste que a Eloise la echaron la semana pasada? —preguntó Madeline.

Era lo que le habría dicho normalmente, así que fue lo que le dijo.

—No estoy viendo *America's Next Top Model* —contestó Abigail con un suspiro—. Estoy mirando Amnistía Internacional. Leyendo sobre la violación de los derechos humanos.

—Oh —dijo Madeline—. Dios mío.

—Bonnie y su madre son miembros de Amnistía Internacional —comentó Abigail.

—Claro —murmuró Madeline.

Esto es lo que siente Jennifer Aniston, pensó, cada vez que se entera de que Angelina y Brad han adoptado otro huérfano.

—¿Qué?

—Eso es magnífico —dijo Madeline—. Creo que Ed también. Hacemos un donativo todos los años.

Oh, Dios, ¿te has oído? ¡Deja de competir! ¿Era verdad? A Ed quizá se le había pasado que era miembro.

Ed y ella se esforzaban en ser buenas personas. Compraba boletos en las rifas benéficas, daba dinero a los artistas callejeros, siempre apoyaba a sus enojosas amigas que iban a correr otra maratón por alguna causa noble (aun cuando la verdadera causa era su propio bienestar físico). Cuando los hijos se hicieron mayores, decidió hacer voluntariado igual que su madre. Eso era suficiente para una madre ajetreada, ¿no? ¿Cómo se atrevía Bonnie a cuestionar cualquier cosa que hiciera ella?

Según Abigail, Bonnie había decidido últimamente que ya no iba a tener más hijos (Madeline no preguntó por qué, aunque quería saberlo) y en consecuencia había donado a una casa de acogida de mujeres maltratadas el cochecito, la sillita de paseo, la cuna, el cambiador y la ropa de bebé de Skye. «¿No es impresionante, mamá?», había comentado Abigail con un suspiro. «Otras personas lo hubieran vendido todo». Madeline había vendido hacía poco por eBay la ropa de bebé de Chloe. Luego se había gastado alegremente el dinero en unas botas de diseño a mitad de precio.

—Entonces, ¿sobre qué estás leyendo?

¿Era bueno que una chica de catorce años se enterara de las atrocidades del mundo? Probablemente para ella era maravilloso. Bonnie estaba dando a Abigail conciencia social, mientras que Madeline solo estimulaba una mala imagen de su físico. Pensó en lo que había dicho la pobre Jane de que la sociedad estaba obsesionada con la belleza. Imaginó a Abigail entrando en la habitación de un hotel con un extraño que la tratara como aquel hombre había tratado a Jane. Se encolerizó. Se imaginó agarrándolo por los cabellos de la nuca y estrellándole la cara repetidas veces contra una superficie de cemento hasta convertirla en una pulpa sanguinolenta. Santo Dios. Veía demasiada violencia por televisión.

—¿Sobre qué estás leyendo, Abigail? —repitió, disgustada por el tonillo de irritación en la voz. ¿Estaría otra vez con el síndrome premenstrual? No. No tocaba. Tampoco podía achacarlo a eso. Últimamente estaba siempre de mal humor.

Abigail suspiró. No levantó la vista de la pantalla.

—Sobre matrimonio de niñas y esclavitud sexual —contestó.

—Eso es horrible —dijo Madeline. Hizo una pausa—. Tal vez no...

Se calló. Quería decir algo parecido a «No dejes que te altere», algo terrible, la típica cosa que diría una mujer blanca occidental, privilegiada y frívola, una mujer que disfrutaba demasiado con un par de zapatos nuevos o un frasco de perfume. ¿Qué diría Bonnie? «Vamos a meditar juntas sobre esto, Abigail. Ommm». ¿Lo ves? Otra vez estaba siendo superficial. Haciendo burla de la meditación. ¿Qué daño le hacía a nadie meditar?

—Deberían estar jugando a las muñecas —dijo Abigail con la voz ronca por la ira—. En cambio, están trabajando en burdeles.

«Tú sí que deberías estar jugando a las muñecas», pensó Madeline. O al menos jugando a maquillarlas.

Notó un acceso de auténtica cólera contra Nathan y Bonnie porque lo cierto era que Abigail era demasiado joven y sensible como para enterarse de la trata de personas. Sus sentimientos eran demasiado impulsivos e incontrolados. Había heredado de Madeline el desafortunado talento para la cólera instantánea, pero su corazón era más tierno de lo que lo había sido nunca el de su madre. Sentía demasiada empatía (aunque, por supuesto, todo ese exceso de empatía nunca se orientaba hacia ella o Ed, o Chloe y Fred).

Madeline se acordó de cuando Abigail no tenía más que cinco o seis años y estaba muy orgullosa de haber aprendido a leer. Se la había encontrado sentada a la mesa de la cocina, moviendo los labios mientras deletreaba escrupulosamente un titular de la portada de un periódico con expresión de auténtico horror e incredulidad. Madeline no se acordaba de qué trataba el artículo. Asesinato, muerte, desastre. No. La verdad era que sí se acordaba. Era la historia de una niña robada de su cuna a principios de los años ochenta. Nunca se encontró su cuerpo.

Abigail todavía creía en Santa Claus por aquel entonces. «No es verdad», se había apresurado a decir Madeline, quitándole el periódico y jurándose no volver a dejárselo nunca al alcance de la mano, «es todo inventado».

Nathan no se enteró porque no estaba allí.

Chloe y Fred eran muy distintos. Mucho más resistentes. Sus queridos salvajes consumistas y sabelotodos de la tecnología.

—Voy a hacer algo en relación con esto —dijo Abigail bajando la pantalla.

—Ah, ¿sí? —dijo Madeline. «Bueno, no te vas a ir a Pakistán, si es lo que estás pensando. Te vas a quedar aquí viendo *America's Next Top Model*, señorita»—. ¿A qué te refieres? ¿Una carta?—Se animó. Se había graduado en Marketing. Sabía escribir cartas mucho mejor que Bonnie—. Podría ayudarte a escribir una carta al diputado de nuestro distrito planteándole...

—No —interrumpió Abigail despectivamente—. Así no se consigue nada. Tengo una idea.

—¿Qué clase de idea? —preguntó Madeline.

Después se preguntaría si Abigail le habría contestado sinceramente, si ella misma habría podido poner fin a esa locura antes incluso de que comenzara, pero en ese preciso momento llamaron a la puerta y Abigail cerró de golpe el portátil.

—Ese es papá —dijo levantándose.

—Pero si solo son las cuatro —protestó Madeline, que también se levantó—. Creía que vendría a recogerte a las cinco.

—Vamos a cenar a casa de la madre de Bonnie —dijo Abigail.

—La madre de Bonnie —repitió Madeline.

—No hagas un drama de eso, mamá.

—No he dicho una palabra —replicó Madeline—. No he dicho, por ejemplo, que hace semanas que no ves a mi madre.

—La abuela está demasiado ocupada con su vida social como para darse cuenta —dijo Abigail atinadamente.

—¡El papá de Abigail está aquí! —gritó Fred desde la parte delantera de la casa, queriendo decir en realidad: «¡El coche del papá de Abigail está aquí!».

—Hola, tío —oyó Madeline que decía Nathan a Fred.

A veces el simple sonido de la voz de Nathan podía evocar una oleada de recuerdos viscerales. «Se fue. Se fue y nos abandonó, Abigail, y yo no me lo podía creer, simplemente no podía, y esa noche lloraste sin parar, el interminable llanto de un bebé que...».

—Adiós, mamá —dijo Abigail inclinándose a darle un compasivo beso en la mejilla, como si Madeline fuera una tía anciana a quien hubiera ido a visitar y ahora, uf, ya era el momento de salir de ese sitio con olor a cerrado y volver a casa.

CAPÍTULO 38

STU: Le diré algo que recuerdo. Una vez me encontré con Celeste White. Estaba al otro lado de Sídney haciendo un trabajo y tuve que ir a recoger unos grifos nuevos porque alguien se había quedado atascado, en fin, resumiendo, iba yo por una tienda Harvey Norman donde tenían en exposición todo el mobiliario de dormitorio y allí estaba Celeste White echada en medio de una cama doble con la mirada fija en el techo. No di crédito a mis ojos y luego dije: «Hola, cariño», y ella saltó como un resorte. Como si la hubiera sorprendido robando un banco. Me pareció raro. ¿Por qué estaba echada en una cama doble de rebajas tan lejos de su casa? Una mujer preciosa, imponente, aunque siempre un poco... asustadiza, ya sabe. Es triste pensarlo ahora. Muy triste.

—¿Es usted la nueva inquilina?

Celeste dio un respingo y a punto estuvo de caérsele la lámpara que estaba llevando.

—Lo siento, no pretendía asustarla —dijo una mujer regordeta de unos cuarenta años en ropa deportiva al salir del piso del otro lado del pasillo. Iba acompañada de dos niñas que parecían gemelas de la misma edad que Josh y Max.

—Sí, soy una especie de nueva inquilina —contestó Celeste—. Quiero decir que sí, lo soy. No sé muy bien cuándo nos mudaremos. Quizá tarde un poco.

Esto no estaba previsto en el plan. Hablar con la gente. Eso era mucho más real. Todo esto era hipotético. Probablemente nunca llegaría a materializarse. Simplemente estaba jugando con la idea de una nueva vida. Estaba haciéndolo para impresionar a Susi. Quería ir a su próxima cita con el «plan» en marcha. A muchas mujeres probablemente habría que estar animándolas durante meses. Probablemente muchas acudirían a su próxima cita sin haber hecho nada. Celeste no. Ella siempre hacía los deberes.

«He alquilado un piso durante seis meses», pensaba decirle a Susi como si tal cosa, muy decidida. «En McMahon's Point. Así puedo ir a pie al norte de la ciudad. Allí tengo una amiga que es socia de un pequeño bufete de abogados. Me ofreció trabajo hará un año, pero lo rechacé, aunque estoy segura de que todavía puede encontrarme algo. Además, si eso no saliera, podría buscar algo en la ciudad. En ferry está a un paso».

«Uau», diría Susi enarcando las cejas. «Buen trabajo».

Éxito redondo de Celeste. Qué buena chica. Qué mujer maltratada más aplicada.

—Me llamo Rose —dijo la mujer—. Y estas son Isabella y Daniella.

¿Lo diría en serio? ¿Había llamado Isabella y Daniella a sus hijas?

Las chicas le sonrieron cortésmente. Una de ellas incluso dijo «Hola». Evidentemente, unas gemelas mucho más educadas que los chicos de Celeste.

—Me llamo Celeste. Encantada de conocerte —dijo girando la llave lo más deprisa que pudo—. Tendría que...

—¿Tienes hijos? —dijo Rose esperanzadamente, mientras las niñas la miraban expectantes.

—Dos chicos —contestó Celeste.

Si hubiera especificado que eran gemelos, la asombrosa coincidencia habría dado para cinco minutos más de conversación que no podía soportar. Empujó con el hombro para abrir la puerta.

—¡Cualquier cosa que necesites me lo dices! —dijo Rose.

—¡Gracias! Hasta pronto.

Celeste dejó ir la puerta y las dos chicas se pusieron a pelear sobre a quién le tocaba pulsar el botón del ascensor.

—Oh, por el amor de Dios, chicas, ¿vamos a hacer esto cada vez? —dijo su madre en el que evidentemente era su tono de voz normal, muy distinto de la educada voz de estar en sociedad que había usado con Celeste.

En cuanto la puerta se cerró hubo un completo silencio, la voz de la madre se perdió a mitad de la frase. La acústica era buena. Había una pared de espejo justo al lado de la puerta, indicio de un ambicioso proyecto decorativo de los años setenta. El resto de la casa era completamente neutral: blancas paredes desnudas, moqueta gris gastada. El típico piso de alquiler. Perry era dueño de varios pisos de alquiler que probablemente serían como este. En teoría también eran propiedad de Celeste, pero ni siquiera sabía dónde estaban.

Si hubieran ahorrado juntos para una inversión inmobiliaria, tan solo una, a ella le habría gustado. Habría ayudado a reformarlo, elegir los azulejos, negociar con el agente de la inmobiliaria y decir «¡Oh sí, por supuesto!» cuando el inquilino pidiera que le arreglaran algo.

Ese era el nivel de riqueza en el que ella se habría sentido a gusto. En ocasiones, la insondable profundidad del dinero de Perry le daba náuseas.

Lo veía en los rostros de quienes contemplaban su casa por primera vez, en su forma de recorrer con la mirada los amplios espacios, los techos altos, las preciosas habitaciones dispuestas como pequeñas exposiciones de museo de la vida de una familia rica. Siempre se debatía a partes iguales entre el orgullo y la vergüenza. Vivía en una casa donde cada habitación gritaba en silencio: TENEMOS UN MONTÓN DE DINERO. PROBABLEMENTE MÁS QUE VOSOTROS.

Esas preciosas habitaciones eran como las constantes publicaciones de Perry en Facebook: representaciones estilizadas de la vida que llevaban. Sí, a veces se sentaban en ese fabulosamente cómodo sofá, ponían unas copas de champán en la mesita del café y contemplaban la puesta del sol en el océano. Claro que lo hacían. Y a veces, a menudo, era magnífico. Pero se trataba del mismo sofá donde una vez Perry le apretó la cara contra una esquina y ella creyó que iba a morir. Y esa foto de Facebook titulada «Una salida divertida con los chicos» no era ninguna mentira, solo que no tenían una foto de lo ocurrido una vez que los chicos se hubieron acostado. La nariz de Celeste sangraba con demasiada facilidad. Siempre había sido así.

Llevó la lámpara al dormitorio principal del piso. Era más bien pequeño. Pondría una cama doble. Por supuesto, Perry y ella tenían una cama de matrimonio extragrande. Pero en esta habitación no cabría ni siquiera una grande.

Dejó la lámpara en el suelo. Era una lámpara *art déco* de colores en forma de seta. La había comprado porque le había encantado y porque era de un estilo que Perry odiaba. No es que le hubiera impedido tenerla si de verdad la quería, pero habría puesto mala cara cada vez que la viera, del mismo modo que hacía ella ante algunas obras de arte moderno de aspecto lúgubre que él le señalaba en las exposiciones. Por eso no las compraba él.

El matrimonio consistía en un compromiso. «Cariño, si de verdad te gusta ese aire antiguo e infantil, te conseguiré algo auténtico», le habría dicho tiernamente. «Esto es una copia barata y vulgar».

Cuando decía cosas semejantes, ella oía: «Tú eres barata y vulgar».

Se dedicaría a decorar este piso con cosas baratas y vulgares que le gustaran. Fue a abrir una contraventana para dejar que entrara algo de luz. Pasó el dedo por el ligeramente polvoriento alféizar de la ventana. La casa estaba bastante limpia, pero la siguiente vez traería algún producto para dejarla como los chorros del oro.

Hasta ahora nunca había sido capaz de abandonar a Perry porque no podía imaginar a dónde ir ni cómo vivirían. No era más que una idea. Parecía imposible.

De esta forma tendría toda una vida preparada en espera de activación. Tendría camas para los niños. Tendría el frigorífico lleno. Tendría juguetes y ropa en el armario. No tendría necesidad de hacer la maleta. Tendría cumplimentada la solicitud de matrícula para el colegio de la zona.

Estaría preparada.

La siguiente vez que Perry la golpeara no le devolvería el golpe ni lloraría ni se echaría en la cama. Diría: «Ahora mismo me voy».

Observó sus nudillos.

O lo abandonaría cuando estuviera fuera del país. Tal vez eso fuera mejor. Lo llamaría por teléfono: «Debes saber que no podíamos seguir así. Cuando vuelvas ya estaremos separados».

Era imposible imaginar la reacción de él.

Si ella llegaba a abandonarlo de verdad.

Si ella ponía fin a la relación, entonces también cesaría la violencia porque ya no tendría derecho a pegarle, lo mismo que tampoco tendría derecho a besarla. La violencia pertenecía a la privacidad de su relación igual que el sexo. No tendría lugar si ella lo abandonaba. Ella ya no le pertenecería de la misma manera. Él volvería a respetarla. La suya sería una relación amistosa. Él sería un atento pero frío exmarido. Ya sabía que esa frialdad le haría más daño que sus puñetazos. Ya encontraría a otra. Le costaría unos cinco minutos.

Salió del dormitorio principal y se dirigió por el diminuto pasillo a la habitación que sería para los niños. Había sitio suficiente para dos camas individuales. Les pondría edredones nuevos. Lo pondría estupendo. Respiraba con dificultad, tratando de imaginar sus caritas desconcertadas. Oh, Dios. ¿Cómo podía hacerles esto a ellos?

Susi creía que Perry intentaría obtener la custodia única de los niños, pero era porque no lo conocía. Su cólera estallaría como una llamarada y luego se apagaría. (A diferencia de ella. Celeste era más tremenda que él. Era rencorosa. Perry no, pero Celeste sí. Era terrible. Se acordaba de todo. Se acordaba de cada momento, de cada palabra). Susi había insistido en que empezara a documentar el «maltrato», como ella lo llamaba. Anótalo todo, dijo. Saca fotografías de tus heridas. Guarda los informes médicos. Podría ser importante en cualquier demanda ante los tribunales o litigios por la custodia. «Claro», había dicho Celeste, sin la menor intención de llevarlo a cabo. Qué humillante ver por escrito la conducta de ambos. Como si estuvieran describiendo una pelea de niños. «Le di una bofetada. Me gritó. Le grité a su vez. Me empujó. Le pegué. Me hizo un moretón. Le hice un arañazo».

«No tratará de quitarme los niños», había dicho Celeste a Susi. «Hará lo que sea mejor para ellos».

«Quizá crea que lo mejor para los niños es que estén con él», había dicho Susi a Celeste en su tono frío y objetivo. «Los hombres como tu marido pelean a menudo por la custodia. Tienen recursos. Dinero. Contactos. Es algo para lo que tienes que estar preparada. Tal vez se implique tu familia política. De pronto todo el mundo tendrá una opinión».

Su familia política. Celeste sintió una punzada de tristeza. Siempre le había encantado formar parte de la grande y extensa familia de Perry. Le encantaba que fueran tantos: tías por todas partes, hordas de primos, un trío de tíos abuelos gruñones de cabellos plateados. Le encantaba que a Perry no le hiciera falta una lista cuando compraba perfumes libres de impuestos. Decía para sus adentros: «Chanel Coco Mademoiselle para la tía Anita, Issey Miyake para la tía Evelyn». Le encantaba ver a Perry abrazar a uno de sus primos favoritos, con lágrimas en los ojos porque hacía mucho que no se veían. Parecía manifestar algo esencialmente bueno acerca de su marido.

La familia de Perry había acogido cordialmente a Celeste, como si tuviera la sensación de que su propia familia, reducida y humilde, no pudiera hacerle sombra y ellos pudieran proporcionarle algo que ella nunca había tenido, aparte de dinero. Perry y su familia ofrecían abundancia en todo.

Cuando Celeste se sentaba a una gran mesa alargada a comer el pastel de espinacas y queso de la tía Anita, viendo a Perry charlar pacientemente con los gruñones tíos abuelos, mientras los gemelos corrían a sus anchas con los demás chicos, si se le venía a la cabeza la imagen de Perry pegándola, le parecía imposible, fantástica, absurda aun cuando hubiera tenido lugar la noche anterior. La incredulidad iba acompañada de vergüenza porque sabía que la culpa debía de ser suya por alguna razón, dado que esta era una familia buena y cariñosa y ella era la extraña, de tal forma que se quedarían asombrados si la vieran pegando y arañando a su querido Perry.

En aquella grande y risueña familia nadie creería jamás que Perry fuera violento, y Celeste no tenía ninguna gana de que lo supieran porque el Perry que compraba perfume a sus tías no era el Perry que perdía los estribos.

Susi no conocía a Perry. Conocía ejemplos, estudios de casos, estadísticas. No sabía que la ira era solo una parte de Perry, no todo él. No era solo un hombre que pegaba a su esposa. Era un hombre que leía cuentos a los niños antes de dormir y ponía voces graciosas y hablaba con amabilidad a las camareras. Perry no era un delincuente. Era un hombre que algunas veces se comportaba muy mal.

Otras mujeres en su situación tendrían miedo de que sus maridos las encontraran y las mataran si intentaban abandonarlos, pero Celeste tenía miedo de echarlo de menos. El puro placer de ver correr a los chicos cuando volvía de un viaje y verlo dejar las maletas y arrodillarse con los brazos abiertos. «Ahora tengo que darle un beso a mamá», decía.

No era tan sencillo. Este era un matrimonio muy complicado.

Recorrió otra vez el piso, pasando de la cocina. Era un cuchitril. No quería pensar en cocinar allí. Los chicos gimoteando: «¡Tengo hambre!». «¡Yo también!».

Prefirió entrar otra vez en el dormitorio principal y enchufar la lámpara. Había luz. Los colores de la lámpara se volvieron intensos y vibrantes. Se sentó a contemplarla. Le encantaba aquella lámpara de aspecto tan curioso.

Después de la mudanza invitaría a Madeline y Jane. Les enseñaría la lámpara y se apretujarían en el diminuto balcón a tomar el té.

Si se iba de Pirriwee iba a echar de menos los paseos matutinos con Jane por el promontorio. Solían caminar casi todo el tiempo en silencio. Era como una meditación compartida. Si hubiera caminado Madeline con ellas, habrían ido las tres hablando todo el tiempo, pero había una dinámica diferente cuando estaban solas Jane y Celeste.

Últimamente ambas habían empezado a abrirse tímidamente. Era interesante cómo al caminar podías decir cosas que no habrías dicho bajo la mutua presión de la mirada en torno a una mesa. Celeste pensó en la mañana en que Jane le había hablado del padre biológico de Ziggy, el hombre repulsivo que más o menos la había violado. Se estremeció.

Al menos el sexo con Perry nunca había sido violento, ni siquiera después de la violencia, ni cuando formaba parte de su extraño e intenso juego de hacer las paces, perdonar y olvidar; siempre tenía que ver con el amor y era siempre muy, muy bueno. Antes de conocer a Perry nunca había sentido una atracción tan fuerte por ningún hombre y sabía que no volvería a sentirla jamás. No era posible. Era algo que les pertenecía de un modo específico.

Echaría de menos el sexo. Echaría de menos vivir cerca de la playa. Echaría de menos los cafés con Madeline. Echaría de menos trasnochar viendo series en DVD con Perry. Echaría de menos a la familia de Perry.

Cuando te divorcias de alguien, te divorcias de toda su familia, le había dicho Madeline en cierta ocasión. En su día Madeline había estado muy unida a la hermana mayor de Nathan, pero ahora apenas se veían. Celeste tendría que renunciar a la familia de Perry como a todo lo demás.

Demasiado que echar de menos, demasiado que sacrificar.

Bueno. Esto no era más que un ejercicio.

No tenía por qué llevarlo a cabo. No era más que un ejercicio teórico para impresionar a la psicóloga, quien probablemente no se impresionaría nada de nada porque en el fondo esto era cuestión de dinero. Celeste no se estaba mostrando precisamente intrépida. Con el dinero ganado por su marido podía costearse el alquilar y amueblar un piso que probablemente no utilizaría jamás. La mayoría de los pacientes de Susi no tenían acceso al dinero, mientras que Celeste podía retirar grandes sumas en efectivo de distintas cuentas sin que Perry se enterara, o, si se enteraba, siempre podría poner una excusa fácil. Podría decirle que lo necesitaba una amiga y él ni se inmutaría. Le diría que le diera más. No era de esos hombres que tenían a sus esposas prácticamente prisioneras limitando sus movimientos y su acceso al dinero. Celeste era libre como un pájaro.

Echó un vistazo a la habitación. No había armario empotrado. Tendría que comprar uno. ¿Cómo se le había pasado este detalle?

La primera vez que Madeline había visto el enorme guardarropa de Celeste, le habían brillado los ojos como si hubiera escuchado una pieza musical preciosa. «Esto de aquí es mi sueño hecho realidad».

La vida de Celeste era el sueño de otra persona hecho realidad.

«Nadie merece vivir así», había dicho Susi, aunque no había visto sus vidas al completo. No había visto la expresión del rostro de sus hijos cuando Perry les contaba las locas historias de sus vuelos sobre el océano por la mañana temprano. «No puedes volar, papá. ¿Puede volar, mamá? ¿Sí?». No había visto a Perry haciendo rap con sus hijos o bailando despacio con Celeste en el balcón, con la luna muy baja, rielando en el mar como si estuviera ahí para ellos.

Casi merece la pena, le había dicho a Susi.

Quizá incluso era justo. Un poco de violencia era un precio tirado por una vida que de otro modo habría sido demasiado enfermiza, suntuosa y monótonamente perfecta.

Por lo tanto, ¿qué estaba haciendo allí, planeando en secreto su fuga como un preso?

CAPÍTULO 39

Ziggy —dijo Jane.

Estaban en la playa construyendo un castillo con arena mojada. El sol de media tarde estaba ya cayendo y soplaba el viento. Era mayo, y existía la posibilidad de que el día siguiente se presentara otra vez bueno y soleado, pero ese día la playa estaba prácticamente desierta. Jane vio a lo lejos a un hombre paseando a un perro y a un surfista solitario camino del agua, con traje de neopreno y la tabla bajo el brazo. El mar estaba picado y las olas rompían con estrépito una tras otra en la playa. Las aguas turbulentas se agitaban y borboteaban como si estuvieran hirviendo y rociaban el aire de chorros de espuma en todas direcciones.

Ziggy tarareaba mientras hacía el castillo de arena, modelándolo con una pala que le había comprado la madre de Jane.

—Ayer vi a la señora Lipmann —dijo ella—. Y a la mamá de Amabella.

Ziggy levantó la vista. Llevaba un gorro gris que le tapaba las orejas y el pelo. Tenía las mejillas coloradas de frío.

—Dice Amabella que alguno de la clase le ha estado molestando cuando la profesora no miraba —continuó Jane—. Pellizcándola. Incluso... mordiéndola.

Dios. Era demasiado espantoso siquiera considerarlo. No era extraño que Renata quisiera vengarse. Ziggy no dijo nada. Dejó la pala y tomó un rastrillo de plástico.

—La mamá de Amabella cree que has sido tú —dijo Jane. Iba a añadir: «No has sido tú, ¿verdad?», pero se contuvo y solo preguntó—: ¿Has sido tú, Ziggy?

Él no hizo caso. Siguió con la mirada puesta en la arena, trazando cuidadosamente líneas rectas.

—Ziggy.

Él dejó el rastrillo y la miró. Tenía la mirada perdida. Miraba hacia algún punto por detrás de la cabeza de ella.

—No quiero hablar de eso —dijo.

CAPÍTULO 40

Samantha: ¿Se ha enterado de la petición? Fue entonces cuando supe que las cosas se habían ido de las manos.

Harper: No me avergüenzo de decir que la petición la encabecé yo. Por amor de Dios, el colegio no estaba haciendo nada. La pobre Renata estaba desquiciada. Tienes que poder enviar a tu hija al colegio y saber que está en un entorno seguro.

Señora Lipmann: Estoy en absoluto desacuerdo. El colegio sí estaba actuando. Teníamos un plan de actuación extraordinariamente detallado. Y déjeme ser clara. La verdad es que no teníamos ninguna prueba de que Ziggy fuera el acosador.

Thea: Yo la firmé. Pobre chica.

Jonathan: Yo no la firmé, por supuesto. Pobre chico.

Gabrielle: No se lo cuente a nadie, pero yo la firmé accidentalmente. Creí que era una petición al ayuntamiento para que hagan un paso de peatones en Park Street.

Una semana antes de la noche del concurso de preguntas

—¡Bienvenida a la reunión inaugural del Club del Libro Erótico de la Península de Pirriwee! —dijo Madeline al abrir la puerta de su casa con una reverencia. Ya se había permitido el lujo de beberse media copa de champán.

Mientras efectuaba los preparativos para esa noche se reprochó a sí misma haber iniciado un club de lectura. Era una simple distracción para olvidar el dolor por la marcha de Abigail. ¿«Dolor» era una palabra demasiado dramática? Probablemente. Pero así era como ella lo sentía. Era como si hubiera sufrido una pérdida y, dado que nadie le había llevado flores, se había distraído organizando un club de lectura, precisamente ella. (¿Por qué no se había limitado a ir de compras?). Se esforzó en invitar a todos los padres de preescolar y diez de ellos le dijeron que sí. Luego había elegido un libro picante y entretenido que sabía que a ella le iba a gustar y había dado a todo el mundo montones de tiempo para leerlo, antes de caer en la cuenta de que a todo el mundo le tocaría elegir un libro, de tal forma que acabaría teniendo que sortear algunos tomos horribles y honorables. Oh, bueno. Tenía mucha experiencia en no hacer los deberes. Ya improvisaría llegado el caso. O haría trampa y le pediría un resumen a Celeste.

—Deja de llamarlo Club del Libro Erótico —dijo su primera invitada, Samantha, mientras le alargaba un plato de *brownies*—. La gente está empezando a hablar. Carol está obsesionada.

Samantha era pequeña y fibrosa, una atleta en versión de bolsillo. Corría maratones, aunque Madeline le perdonaba esta debilidad porque parecía decir exactamente lo que pensaba, aparte de ser de esas personas que están completamente a merced de su propio sentido del humor. Se la podía ver a menudo por el patio agarrada al brazo de cualquiera que la ayudara a mantenerse en pie mientras ella se reía sin parar.

Madeline también le tenía cariño a Samantha porque durante la primera semana del curso Chloe se había enamorado apasionadamente de su hija Lily (una princesa tan peleona como ella). El miedo de Madeline a que Chloe se hiciera amiga de Skye demostró ser infundado. Gracias a Dios. Tras la deserción de Abigail, hubiera sido insufrible en ese momento tener que invitar además a jugar a la hija de su exmarido.

—¿Soy la primera en llegar? —preguntó Samantha—. He salido pronto de casa porque estaba desesperada por dejar a mis hijos. Le he dicho a Stu: «Ahí te los dejo, tío».

Madeline la acompañó a la sala de estar.

—Ven a tomar algo.

—Viene Jane, ¿verdad? —dijo Samantha.

—Sí, ¿por qué?—Madeline se detuvo.

—Me preguntaba si estaría enterada de la petición que está circulando.

—¿Qué petición?

A Madeline le rechinaron los dientes. Jane le había contado las últimas acusaciones lanzadas contra Ziggy.

Por lo visto, Amabella rehusaba confirmar o negar que era Ziggy quien la había estado acosando y, según Jane, Ziggy reaccionaba de un modo extraño cuando ella le preguntaba al respecto. Jane no sabía si eso era prueba de su culpabilidad o algo más. El día anterior había ido al médico para que le recomendara un psicólogo que probablemente iba a costarle un riñón. «Necesito estar segura», le había dicho a Madeline. «Ya sabes, por sus..., por sus antecedentes».

Madeline se había preguntado si aquellas tres hijas, las medio hermanas de Ziggy, serían acosadoras. Luego se había ruborizado, avergonzada de sus informaciones adquiridas ilícitamente.

—Es una petición para que expulsen a Ziggy del colegio —dijo Samantha con gesto compungido, como si le hubiera dado un pisotón a Madeline.

—¿Qué? ¡Eso es absurdo! ¡Renata no puede creer que la gente sea tan corta de luces como para firmarla!

—No ha sido Renata. Creo que la empezó Harper —replicó Samantha—. Creo que son muy buenas amigas, ¿no? Todavía no me oriento bien con todos los politiqueos del colegio.

—Harper es muy buena amiga de Renata y está deseando que lo sepas —contestó Madeline—. Les unen sus hijos superdotados.

Tomó la copa de champán y la apuró.

—Bueno, Amabella parece una niña encantadora —dijo Samantha—. No me gusta nada pensar que la acosen en secreto, pero ¿una petición para expulsar a un niño de cinco años? Es indignante. —Meneó la cabeza—. Supongo que no sé lo que haría si Lily estuviera en la misma situación, pero Ziggy parece tan adorable con esos grandes ojos verdes... Además Lily dice que siempre se porta bien con ella. La ayudó a buscar su canica favorita o algo así. ¿Me vas a poner algo de beber?

—Lo siento —se disculpó Madeline, y le sirvió una bebida—. Eso explica la extraña llamada telefónica de Thea. Dijo que se retiraba del club de lectura. Me pareció un tanto raro por lo mucho que había insistido en que quería formar parte de un club de lectura y en la necesidad de hacer algo para sí misma. Incluso estuvo haciendo algunos comentarios, ya me entiendes, desconcertantes sobre las escenas sexuales escabrosas del libro. Pero luego, no hace ni diez minutos, llamó y dijo que tenía demasiados compromisos.

—Sabes que tiene cuatro hijos —dijo Samantha.

—Oh, sí, es una pesadilla logística.

Ambas se rieron maliciosamente.

—¡Me muero de sed! —gritó Fred desde su habitación.

—¡Papá te lleva un vaso de agua! —respondió Madeline.

Samantha dejó de reír.

—¿Sabes qué me ha dicho Lily hoy? Me ha dicho: «¿Me dejas jugar con Ziggy?», y yo le he dicho: «Claro que sí», y ella... Hola, Chloe —concluyó en otro tono de voz.

Chloe estaba en la puerta, aferrada a su peluche.

—Creía que estabas dormida —dijo Madeline con dureza, aunque el corazón se le derritió como siempre que veía a sus hijos en pijama.

Se suponía que Ed debía ocuparse de los niños mientras ella dirigía el club de lectura. Él leía el libro, pero no quería formar parte del club. Decía que la idea del club de lectura le evocaba recuerdos horribles de sus pretenciosos compañeros de clase de Literatura Inglesa. «Si alguien emplea las palabras "maravillosa imaginería" o "arco narrativo" dale una bofetada de mi parte», le había dicho.

—Lo estaba, pero me han despertado los ronquidos de papá —contestó Chloe.

A causa de la reciente proliferación de monstruos en su habitación, Chloe había adquirido la nueva costumbre de que su padre o su madre tuvieran que tumbarse con ella «unos minutos» antes de caer dormida. El único problema era que Madeline o Ed también se dormían inevitablemente y salían de la habitación de Chloe al cabo de una hora, aturdidos y parpadeantes.

—El papá de Lily también ronca —dijo Samantha a Chloe—. Parece los frenos de un tren.

—¿Estabais hablando de Ziggy? —preguntó Chloe a Samantha en plan hablador—. Hoy estaba llorando porque el papá de Oliver le había dicho que tenía que mantenerse lejos, muy lejos de Ziggy porque es un acosador.

—Oh, por el amor de Dios —exclamó Madeline—. El papá de Oliver sí que es un acosador. Deberíais verlo en las reuniones de padres.

—Y yo le he pegado un puñetazo a Oliver —añadió Chloe.

—¿Qué?

—Solo un poco —matizó Chloe mirándolas angelicalmente, abrazada a su peluche—. No le dolió mucho.

Llamaron a la puerta al mismo tiempo que llegaba la voz de Fred:

—¡Sigo esperando el vaso de agua, que lo sepas!

Samantha agarró del brazo a Madeline mientras se tambaleaba por un ataque de risa.

CAPÍTULO 41

Jane supo de la petición diez minutos antes de la hora de salir a la reunión del club de lectura de Madeline. Estaba cepillándose los dientes en el cuarto de baño cuando llamaron al móvil y contestó Ziggy.

—Se la paso —le oyó decir. Hubo un ruido de pasos y apareció en el cuarto de baño—. Es mi profesora —dijo pasándole el teléfono con voz de asombro.

—Un segundo —murmuró Jane, porque tenía la boca llena de dentífrico y agua. Levantó el cepillo de dientes, pero Ziggy le puso el teléfono en la mano y dio un paso atrás rápido—. ¡Ziggy!

Agarró el teléfono como pudo, evitando a duras penas que se le cayera, lo levantó mientras se enjuagaba, escupía y se secaba la boca. ¿Y ahora qué? Ziggy había estado toda la tarde tranquilo y callado después de clase y le había dicho que Amabella no había ido hoy al colegio, por lo que no podía ser eso. Oh, Dios. ¿Le habría hecho algo a alguien más?

—Hola, señorita Barnes. Rebecca —dijo a la señorita Barnes.

Le gustaba Rebecca Barnes. Sabía que tenían la misma edad (había habido mucho alboroto entre los chicos por el hecho de que la señorita Barnes fuera a cumplir veinticinco años) y, aunque no eran exactamente amigas, a veces sentía una tácita solidaridad entre ambas, la afinidad natural entre dos personas de la misma generación rodeadas de personas mayores o más jóvenes.

—Hola, Jane —contestó Rebecca—. Lo siento, he procurado elegir un momento en el que creía que Ziggy estaría en la cama, y que no fuera demasiado tarde…

—Oh, bueno, la verdad es que está a punto de acostarse. —Jane hizo a Ziggy gestos de que se callara.

Él se quedó pasmado y corrió a su habitación, probablemente preocupado por los posibles problemas con su profesora al estar levantado tan tarde. (Tratándose del colegio, Ziggy seguía escrupulosamente las normas, con la preocupación permanente de agradar a la señorita Barnes. Por eso era tan imposible de concebir que se portara mal si existía el menor riesgo de que lo pillaran. Jane seguía aferrándose a esa imposibilidad material. Ziggy no era de los niños que cometían tales actos).

—¿Qué pasa? —dijo Jane.

—¿Quieres que vuelva a llamar más tarde? —preguntó Rebecca.

—No, está bien. Ya se ha ido a su habitación. ¿Ha pasado algo?

No se le escapó la frialdad de su voz. Pero ella ya había concertado una cita para ver a una psicóloga la semana siguiente. Había tenido suerte de conseguirla, gracias a una cancelación. Le había repetido una y otra vez a Ziggy que no tocara ni un pelo de Amabella ni de ningún otro chico y él siempre respondía con inexpresiva monotonía: «Ya lo sé, mamá. Yo no hago daño a nadie, mamá», y luego, siempre, momentos después: «No quiero hablar de eso». ¿Qué más podía hacer? ¿Castigarlo sin pruebas concluyentes de que efectivamente hubiera sido él?

—Me preguntaba si sabías lo de la petición que está circulando —dijo Rebecca—. Quería que te enteraras por mí.

—¿Una petición? —se sorprendió Jane.

—Una petición para la expulsión de Ziggy —respondió Rebecca—. Lo siento mucho. No sé qué padres están detrás de esto, pero solo quería que supieras que estoy furiosa y sé que la señora Lipmann también lo estará y que, desde luego, no va a tener ninguna influencia, bueno, sobre nada.

—¿Quieres decir que hay gente firmándola? —preguntó Jane. Agarró el respaldo de una silla y vio cómo se le ponían blancos los nudillos—. Pero si no sabemos con certeza si...

—Ya lo sé —dijo la señorita Barnes—. ¡Ya sé que no la tenemos! ¡Por lo que yo he visto Amabella y Ziggy son amigos! De manera que estoy completamente desconcertada. Los observo como un halcón, de verdad, bueno, lo intento, pero tengo veintiocho chicos, dos con trastornos de déficit de atención, uno con dificultades de aprendizaje, dos chicos superdotados y al menos cuatro cuyos padres creen que son superdotados, y uno que es tan alérgico que tengo la sensación de que debería tener una mano en el lápiz de epinefrina en todo momento y... —La señorita Barnes había ido subiendo el volumen y el tono de voz, pero se interrumpió, carraspeó y bajó la voz—. Lo siento, Jane, no debería hablarte de este modo. No es profesional. Pero es que estoy muy molesta por lo que os está sucediendo a ti... y a Ziggy.

—Está bien —dijo Jane. La tensión de su voz le resultaba reconfortante de alguna manera.

—Le tengo mucho cariño a Ziggy —continuó la señorita Barnes—. Y, tengo que decirlo, también a Amabella. Ambos son unos nenes encantadores. En fin, creo que tengo bastante buen instinto cuando se trata de niños, por lo que todo este asunto me resulta muy extraño, muy raro.

—Sí —dijo Jane—. No sé qué hacer.

—Lo resolveremos —aseguró la señorita Barnes—. Te prometo que lo resolveremos.

Estaba meridianamente claro que ella tampoco sabía qué hacer.

Después de colgar, Jane fue a la habitación de Ziggy.

Estaba sentado en la cama con las piernas cruzadas, recostado en la pared y con lágrimas en las mejillas.

—¿No van a dejar a nadie jugar conmigo ahora? —dijo.

Thea: Probablemente habrá oído que en la noche del concurso de preguntas Jane estaba borracha. No es adecuado en un acto del colegio. Mire, ya sé que debe de haber sido muy molesto todo lo que estaba pasando con Ziggy, pero no dejo de preguntarme por qué no lo sacó del colegio. Al parecer, no tenía familia en la zona. Podría haber vuelto a los barrios del oeste donde vivía antes y probablemente, ya sabe, habría encajado.

Gabrielle: Estábamos «deliciosamente achispadas». Recuerdo a Madeline diciéndolo. «Estoy deliciosamente achispada». Típico de Madeline. Pobre... En fin. Fueron aquellos cócteles. Debían de tener mil calorías.

Samantha: Todo el mundo estaba borracho. En realidad, fue una gran noche hasta que todo se fue a la mierda.

CAPÍTULO 42

¿Dónde está Perry esta vez? —preguntó Gwen al instalarse con su calceta en el sofá de Celeste.

Gwen llevaba cuidando de los chicos desde que eran bebés. Tenía doce nietos, unas maneras envidiablemente firmes y cierta provisión de monedas de chocolate doradas en el bolso, que esta noche no iban a hacer falta porque los chicos ya estaban profundamente dormidos.

—Ginebra —dijo Celeste—. O, espera, ¿es Génova? No lo recuerdo. Todavía estará volando. Salió esta mañana.

Gwen la observó como fascinada.

—Lleva una vida exótica, ¿verdad?

—Sí —contestó Celeste—, me figuro que sí. No debería volver muy tarde. Es un nuevo club de lectura, de manera que no sé a qué hora…

—¡Depende del libro! —dijo Gwen—. El de mi club de lectura fue muy interesante. Bueno, ¿cómo se titulaba? Era sobre... Bueno, ¿sobre qué era? A nadie le gustó mucho, la verdad sea dicha, pero a mi amiga Pip le gusta servir un plato que complemente al libro, conque hizo un maravilloso curry de pescado, aunque muy picante, de modo que acabamos todas un poco, ya sabes, ¡ardiendo!

Gwen agitó las manos delante de la boca como si le quemara.

El único problema con ella era que a veces resultaba difícil irse. Perry lo hacía con encanto, pero a Celeste le costaba.

—Bueno, más vale que me vaya. —Celeste se inclinó a recoger el teléfono, que estaba en la mesita del café delante de Gwen.

—¡Vaya moretón feo! —observó Gwen—. ¿Qué te has hecho?

Celeste tiró de la manga de la blusa de seda hacia la muñeca.

—Una lesión de tenis —contestó—. Mi compañera de dobles y yo fuimos a por la misma bola.

—¡Oh! —exclamó Gwen. Miró fijamente a Celeste. Hubo un momento de silencio.

—Bueno —dijo Celeste—. Como decía, los chicos no deberían despertarse...

—Quizá sea hora de buscar otra compañera de dobles —dijo Gwen. Había un tono tajante en su voz. El que Celeste le había oído emplear con efectos fulminantes cuando los chicos se peleaban.

—Bueno. También fue culpa mía —contestó Celeste.

—Seguro que no —replicó Gwen aguantándole la mirada.

A Celeste se le pasó por la cabeza que, en los años que hacía que conocía a Gwen, nunca había mencionado al marido; Gwen parecía tan completamente independiente, charlatana y ajetreada, hablando siempre de sus amigas y de sus nietos, que la idea de un marido se antojaba superflua.

—Debo irme —dijo Celeste.

CAPÍTULO 43

Ziggy seguía llorando cuando la cuidadora llamó a la puerta. Le había contado a Jane que tres o cuatro chicos (no pudo entenderlo bien, decía incoherencias) le habían dicho que no les dejaban jugar con él.

Lloró sobre el muslo y el estómago de Jane, donde tenía apoyada la cara en una postura incómoda después de que ella se hubiera sentado a su lado en la cama y él se hubiera lanzado súbitamente hacia ella con tal ímpetu que a punto estuvo de tumbarla de espaldas. Notaba la fuerte presión de la nariz de él y las lágrimas que le mojaban los vaqueros mientras Ziggy apretaba la cara contra ella en un doloroso movimiento en espiral como si de algún modo pudiera enterrarse en ella.

—Esa debe de ser Chelsea. —Jane tiró de los menudos hombros de Ziggy para moverlo, pero él ni siquiera hacía pausas para respirar.

—Huían de mí —sollozaba—. ¡A toda velocidad! Y yo me sentí como si estuviera jugando a la Guerra de las Galaxias.

Bien, pensó Jane. No iba a ir al club de lectura. No podía dejarlo en ese estado. Además, ¿y si allí había padres que hubieran firmado la petición? ¿O que hubieran dicho a sus hijos que se alejaran de Ziggy?

—Espera aquí —resopló, mientras se quitaba de encima su cuerpo inerte y pesado.

Él la miró con la cara colorada y llena de mocos y luego hundió la cabeza en la almohada.

—Lo siento. No hace falta que te quedes —dijo Jane a Chelsea—. Pero te pagaré de todas maneras.

Solo tenía un billete de cincuenta dólares.

—Oh, ah, guay, gracias —contestó Chelsea. Las adolescentes nunca ofrecen cambio.

Jane cerró la puerta y fue a llamar por teléfono a Madeline.

—No voy a ir —le dijo—. Ziggy está... Ziggy no está bien.

—Es por lo que está pasando con Amabella, ¿verdad? —preguntó Madeline.

Jane pudo oír voces de fondo. Algunos otros padres estaban allí.

—Sí. ¿Te has enterado de la petición?

Procuró mantener la voz normal. Madeline debía de estar harta de ella: el llanto por Harry el Hipopótamo, sus sórdidas historias sexuales... Probablemente maldecía el día que se lesionó el tobillo.

—Es monstruoso —dijo Madeline—. Estoy incandescente de ira.

Se oyó una carcajada de fondo. Sonaba más a fiesta que a club de lectura. El sonido de las risas hizo que Jane se sintiera un fardo, excluida, aunque estaba invitada.

—Bueno, te dejo —se despidió Jane—. Pasadlo bien.

—Te llamaré —dijo Madeline—. No te preocupes. Arreglaremos esto.

Cuando Jane colgó volvieron a llamar a la puerta. Era la mujer de abajo, la madre de Chelsea, Irene, con un billete de cincuenta dólares en la mano. Era una mujer alta y severa, con el pelo canoso y corto y una mirada inteligente.

—No le vas a pagar cincuenta dólares por no hacer nada —dijo.

Jane tomó el dinero agradecida. Se había sentido mal después de darle el dinero a Chelsea. Cincuenta dólares eran cincuenta dólares.

—Creí, ya sabes, por la molestia.

—Tiene quince años. Solo tiene que subir un piso. ¿Está bien Ziggy?

—Tenemos problemas en el colegio —contestó Jane.

—Dios mío —dijo Irene.

—Acoso —explicó Jane. No conocía muy bien a Irene, salvo por las conversaciones en la escalera.

—¿Está acosando alguien al pobre Ziggy? —Irene frunció el ceño.

—Dicen que el acosador es Ziggy.

—Tonterías —dijo Irene—. No te lo creas. He dado clases durante veinticuatro años en un colegio de primaria. Reconozco a un acosador desde lejos. Ziggy no es ningún acosador.

—Bueno, espero que no —dijo Jane—. Quiero decir, creo que no.

—Seguro que son los padres quienes están armando este lío, ¿verdad? —Irene le lanzó una mirada cómplice—. Los padres están demasiado encima de sus hijos en estos tiempos. Espero que vuelvan los buenos tiempos de benigna indiferencia. Yo de ti me tomaría esto con calma. Niños pequeños, problemas pequeños. Espera a que tengas que preocuparte por las drogas, el sexo y las redes sociales.

Jane sonrió cortésmente y levantó el billete de cincuenta dólares.

—Bueno, gracias. Di a Chelsea que contaré con ella como cuidadora otra noche.

Cerró la puerta con energía, algo irritada por el comentario «Niños pequeños, problemas pequeños» de Irene. Mientras iba por el pasillo pudo oír que Ziggy seguía llorando: no con el llanto exigente y enfadado de un niño que reclama atención, ni el llanto repentino de un niño que acaba de hacerse daño. Este era un llanto de más mayor: involuntario, suave y triste.

Jane entró en su habitación y se quedó un momento junto a la puerta, mirándolo tendido boca abajo sobre la cama, sacudiendo los hombros y aferrado al edredón de la Guerra de las Galaxias. Sintió algo duro y potente dentro de sí. En ese preciso momento no le importaba si Ziggy había hecho daño o no a Amabella ni si había heredado alguna malvada y secreta tendencia a la violencia de su padre biológico, aparte de que quién decía que esa tendencia proviniera de su padre, porque si la hubiese tenido delante en ese instante, Jane habría pegado a Renata. Le habría pegado con placer. Le habría pegado tan fuerte que sus gafas de aspecto caro habrían saltado por los aires. Puede que incluso las hubiera aplastado con el talón como un acosador típico. Y si eso la convertía en una madre helicóptero, a quién coño le importaba.

—Ziggy. —Se sentó en la cama junto a él y le frotó la espalda.

Él levanto la cara bañada en lágrimas.

—Vamos a visitar a los abuelos. Nos llevamos los pijamas y pasamos la noche allí.

Él se sorbió los mocos. Un leve estremecimiento de pena le recorrió el cuerpo.

—Y por el camino vamos a comer patatas fritas, chocolatinas y chucherías.

SAMANTHA: Ya sé que he estado riéndome y haciendo chistes y demás, por lo que probablemente piense que soy una impresentable sin corazón, pero es como un mecanismo de defensa o algo. Quiero decir que esto es una tragedia. El funeral fue..., cuando aquel amor de niño puso la carta sobre el ataúd. No puedo. Perdí la cabeza. Todos la perdimos.

THEA: Muy doloroso. Me recordó al funeral de la princesa Diana, cuando el pequeño príncipe Harry dejó la nota donde ponía «Mamá». No es que estuviéramos hablando aquí de la familia real, evidentemente.

CAPÍTULO 44

Celeste no tardó en darse cuenta de que esta iba a ser una reunión del club de lectura donde el libro importaría menos que la reunión en sí. Sintió cierta decepción. Había estado deseando hablar del libro. Incluso, para mayor disgusto por su parte, se había preparado la reunión del club de lectura igual que un buen abogado, señalando algunas páginas con post-its y escribiendo unos cuantos comentarios escuetos al margen.

Se quitó el libro del regazo y lo deslizó en el bolso antes de que nadie se diera cuenta y se pusieran a hacer bromas al respecto. Las bromas habrían sido cariñosas y benévolas, pero ella ya no estaba para aguantarlas. Estar casada con Perry significaba estar siempre dispuesta a justificar sus acciones, a revisar continuamente lo que había hecho o dicho y al mismo tiempo a tener siempre aprensión a esa actitud defensiva, a que sus pensamientos y sentimientos se enmarañaran en nudos impenetrables, de tal manera que a veces, como en ese preciso momento, todo cuanto no era capaz de decir se le agolpaba en la garganta y por un momento se quedaba sin respiración.

¿Qué pensarían estas personas si supieran que había alguien como ella allí sentada y pasándoles el sushi? Estas eran personas educadas, no fumadoras, que formaban parte de clubes del libro, se comedían y hablaban correctamente. Maridos y mujeres no se pegaban en ese tipo de simpáticos círculos sociales.

La razón por la que nadie hablaba del libro era que todo el mundo estaba hablando de la petición de expulsión de Ziggy. Había quienes aún no se habían enterado y quienes lo sabían tenían la agradable tarea de comunicarles la asombrosa noticia. Cada cual aportaba la información que podía.

Celeste emitía murmullos de conformidad mientras fluía la conversación, presidida por una colorada, animada y casi febril Madeline.

—Al parecer, Amabella en realidad no ha dicho que haya sido Ziggy. Renata lo da por supuesto en función de lo ocurrido el día de la presentación.

—He oído que había marcas de mordiscos, algo bastante horripilante a esta edad.

—En la guardería de Lily había alguien que mordía. Ella volvía a casa herida física y emocionalmente. Debo reconocer que quise asesinar al mocoso que lo había hecho, pero su madre era muy agradable. Estaba muy preocupada por el caso.

—Así es. La verdad es que es peor si el acosador es tu hijo.

—¡A ver, aquí estamos hablando de niños!

—Mi pregunta es: ¿por qué no ven esto las profesoras?

—¿No puede hacer Renata que Amabella diga quién es el responsable? ¡Tiene cinco años!

—Me figuro que sí, cuando dicen que es una niña superdotada...

—Oh, no lo sabía, ¿es superdotado Ziggy?

—Ziggy no. Annabella. Ella sí que es superdotada.

—Es Amabella, no Annabella.

—¿Es uno de esos nombres inventados?

—Oh, no, no. ¡Es francés! ¿No habéis oído a Renata hablar de ello?

—Bueno, a esa chica le espera que la gente diga mal su nombre toda la vida.

—Harrison juega con Ziggy todos los días. Nunca ha tenido ningún problema.

—¡Una petición! Es absurdo. Es mezquino. Por cierto, Madeline, esta quiche está muy rica, ¿la has hecho tú?

—Yo la he calentado.

—Bueno, es como cuando Renata repartió aquellas invitaciones a todos los de la clase menos a Ziggy. Me pareció inadmisible.

—Quiero decir, ¿puede expulsar a un niño un colegio público? ¿Puede hacerse? ¿No tienen que aceptar a todo el mundo?

—Según mi marido, nos hemos vuelto demasiado sensibles. Dice que hoy día llamamos muy a la ligera acosadores a los que son simplemente niños.

—Quizá tenga razón.

—Aunque morder y ahogar…

—Mmmmm. Si fuera mi hijo…

—Nunca harías una petición.

—Bueno, no.

—Renata tiene un montón de dinero. ¿Por qué no envía a Amabella a un colegio privado? Así no tendría que vérselas con la chusma.

—Me gusta Ziggy. También me gusta Jane. No debe de ser fácil hacerlo todo sola.

—Y al padre, ¿alguien lo conoce?

—¿Y si hablamos del libro? —dijo al fin Madeline, recordando que era la anfitriona del club de lectura.

—Deberíamos.

—En realidad, ¿quién ha firmado la petición hasta ahora?

—No lo sé. Seguro que Harper sí.

—Harper fue quien empezó.

—¿No trabaja Renata con el marido de Harper o algo? O, espera, estoy mezclando cosas, ¿no es tu marido, Celeste?

Todas las miradas se centraron de pronto en Celeste, como si les hubieran dado una señal invisible. Ella agarró el pie de su copa de vino.

—Renata y Perry están en el mismo sector —dijo Celeste—. Se conocen.

—Hace mucho que no hemos visto a Perry —comentó Samantha—. Es un hombre misterioso.

—Viaja mucho —explicó Celeste—. Ahora está en Génova.

No, era en Ginebra. En Ginebra, definitivamente.

Se hizo un extraño silencio en la conversación, algo expectante. ¿Habría dicho ella algo raro?

Le pareció que todo el mundo estaba esperando que dijera algo más.

—Lo veréis en el concurso de preguntas —dijo.

A Perry, a diferencia de muchos hombres, le encantaban los disfraces. Se había llevado una alegría al comprobar su agenda y ver que tenía libre ese día.

«Necesitarás un collar como el que lleva Audrey en *Desayuno con diamantes*», le había dicho. «Te traeré uno de Swiss Pearls de Ginebra».

«No, por favor, no», había suplicado ella.

Para ir a una fiesta de disfraces la noche del concurso de preguntas del colegio se supone que debe llevarse bisutería, no un collar más caro que el dinero necesario para adquirir las pizarras inteligentes.

Él le compraría el collar adecuado. Le encantaban las joyas. Le costaría lo mismo que un coche y sería de un gusto exquisito, y cuando Madeline lo viera se pondría como loca y a Celeste le entrarían ganas de quitárselo del cuello y dárselo. «Cómprale otro a Madeline», habría querido decir y él lo habría hecho si se lo hubiera pedido, aunque era evidente que Madeline nunca aceptaría un regalo semejante. Y sin embargo resultaba ridículo no poder dar a Madeline algo que le proporcionaría tanta felicidad.

—¿Va a ir todo el mundo al concurso de preguntas? —dijo radiante—. ¡Parece que va a ser divertido!

SAMANTHA: ¿Ha visto fotos del concurso de preguntas? Celeste estaba imponente. La gente se la quedaba mirando. Por lo visto el collar de perlas era un auténtico McCoy. Pero ¿sabe qué? He estado mirando las fotos y hay cierta tristeza en su cara, en su mirada, como si hubiera visto a un fantasma. Casi como si supiera que esa noche iba a suceder algo terrible.

CAPÍTULO 45

Ha estado bien. Puede que la próxima vez nos acordemos de hablar del libro —dijo Madeline.

Solo quedaba Celeste y estaba frotando a conciencia platos y colocándolos en el lavaplatos de Madeline.

—¡Deja eso! —dijo Madeline—. ¡Siempre haces lo mismo!

Celeste tenía talento para limpiar silenciosa y discretamente. Cada vez que iba a casa de Madeline, la cocina quedaba impecable y las banquetas relucientes.

—Quédate a tomar una taza de té conmigo antes de irte —le pidió a Celeste—. Mira, tengo algunas magdalenas de las últimas de Jane. He sido demasiado egoísta como para sacarlas durante el club de lectura.

A Celeste le brilló la mirada. Fue a sentarse, pero antes dijo:

—¿Dónde está Ed? Quizá esté deseando que la casa vuelva a su ser.

—¿Qué? No te preocupes por Ed. Seguirá roncando en la cama de Chloe —dijo Madeline—. Además, ¿qué más da? También es mi casa.

Celeste esbozó una sonrisa y se sentó.

—Es horrible lo de Jane —dijo mientras Madeline le servía una magdalena de su amiga.

—Al menos sabemos que de los que han venido esta noche aquí ninguno firmará la petición —dijo Madeline—. Mientras todo el mundo hablaba, yo no hacía más que pensar en lo que estaba sufriendo Jane. Te contó la historia del padre de Ziggy, ¿verdad?

Era una pregunta retórica: Jane le había dicho que también se lo había contado a Celeste. Madeline se preguntó tras un fugaz momento de culpa si hablar de eso era cotillear, pero no le pareció mal, ya que se trataba de Celeste. Sus ganas de cotillear eran sanas, no era una de esas madres con ganas de enterarse de todo.

—Sí —dijo Celeste. Dio un bocado a la magdalena—. Un asco.

—Lo busqué en Google —confesó Madeline.

Esa era la verdadera razón de haber sacado el tema. Se sentía culpable de haberlo hecho y quería confesarlo. O hacer que Celeste también lo supiera, que probablemente era peor.

—¿A quién? —dijo Celeste.

—Al padre. Al padre de Ziggy. Sé algo que no debería saber.

—Pero ¿cómo? —Celeste frunció el ceño—. ¿Te dijo cómo se llamaba? Creo que a mí no me lo mencionó.

—Dijo que se llamaba Saxon Banks —dijo Madeline—. Ya sabes, como el señor Banks de *Mary Poppins.* Jane dijo que le cantó canciones de *Mary Poppins.* Por eso se me quedó el nombre. ¿Estás bien? ¿Se te ha ido por el otro lado?

Celeste se aporreó el pecho con el puño y tosió.

—Te traeré agua —dijo Madeline.

—¿Has dicho Saxon Banks? —preguntó Celeste con voz ronca. Carraspeó y lo repitió más despacio—. ¿Saxon Banks?

—Sí —contestó Madeline—. ¿Por qué? —De pronto comprendió—: Oh, Dios mío. ¿Es que lo conoces?

—Perry tiene un primo que se llama Saxon Banks —dijo Celeste—. Es un... —Hizo una pausa. Tenía los ojos como platos—. Un agente inmobiliario. Jane dijo que el hombre era agente inmobiliario.

—Es un nombre poco común —dijo Madeline.

Procuró no poner voz entrecortada por la emoción ante esta terrible coincidencia. Por supuesto, no tenía nada de emocionante que Perry estuviera relacionado con Saxon Banks. No era como para decir: «¡El mundo es un pañuelo!». Esto era espantoso. Pero contenía un irresistible placer soterrado y, al igual que la repugnante petición, era una distracción bienvenida de sus sentimientos cada vez más amargos, casi demenciales, hacia Abigail.

—Tiene tres hijas —comentó Celeste, con la mirada perdida en la distancia mientras ordenaba sus pensamientos.

—Ya lo sé —dijo Madeline con sentimiento de culpa—. Tres medio hermanas de Ziggy.

Fue a por el iPad, que estaba sobre la encimera de la cocina, y lo trajo a la mesa.

—Y está dedicado a su mujer —dijo Celeste mientras Madeline recuperaba la página—. Es encantador. Amable, divertido. No me lo imagino siendo infiel. Mucho menos tan... cruel.

Madeline le pasó el iPad a Celeste.

—¿Es este?

Celeste miró la foto.

—Sí. —Puso el índice y el pulgar en la pantalla para ampliar la imagen—. Probablemente son imaginaciones mías, pero creo que puedo ver cierto parecido con Ziggy.

—¿Los ojos? —dijo Madeline—. Ya lo sé. Yo también lo pensé.

Hubo un silencio. Celeste contempló la pantalla del iPad. Tamborileó con los dedos sobre la mesa.

—¡Me cae bien! —Miró a Madeline con una expresión de vergüenza en el rostro, como si estuviera sintiendo algo reprensible—. En realidad siempre me ha caído bien.

—Según Jane, era un encanto —dijo Madeline.

—Sí, pero... —Celeste se echó para atrás en la silla y apartó el iPad—. No sé qué hacer. Me refiero a que si ahora tengo alguna responsabilidad... de, qué sé yo, hacer algo al respecto. Es tan... delicado. Si la hubiera violado, lo denunciaría, pero...

—Es como si la hubiera violado —dijo Madeline—. Fue como una violación. O una agresión. No lo sé. Pero algo fue.

—Sí, pero...

—Ya lo sé —dijo Madeline—. Ya lo sé. No puedes enviar a nadie a la cárcel por ser un miserable.

—No lo sabemos con seguridad —reflexionó Celeste al cabo de un momento, con la mirada en la foto—. Podría haber oído mal su nombre o...

—Podría haber otro Saxon Banks —dijo Madeline—. Que no figure en Google. No todo el mundo sale por internet.

—Exactamente —se mostró de acuerdo Celeste con demasiado entusiasmo.

Ambas sabían que probablemente era él. Cuadraba perfectamente. ¿Qué posibilidades había de que existieran dos hombres de la misma edad que se llamaran Saxon Banks y fueran agentes inmobiliarios?

—¿Perry se relaciona con él? —preguntó Madeline.

—No lo vemos mucho ahora que todos tenemos hijos y él vive en otro estado —respondió Celeste—. Pero antes Perry y Saxon estaban muy unidos. Sus madres eran mellizas.

—De ahí vienen tus gemelos, entonces —observó Madeline.

—Bueno, siempre lo hemos dado por supuesto —dijo Celeste como si nada—. Pero luego he averiguado que eso solo vale para los gemelos, no para los mellizos, de manera que mis chicos lo fueron por azar. —Se interrumpió—. Oh, Dios. ¿Qué pasará cuando vuelva a ver a Saxon? Se había hablado algo de una gran reunión familiar en Australia Occidental al año que viene. Además, ¿debería contárselo a Perry? Seguro que se molestaría. Y nosotras no podemos hacer nada al respecto. Absolutamente nada.

—En mi caso —contestó Madeline—, me diría a mí misma que debería ocultárselo a Ed y luego probablemente lo soltaría sin más.

—Podría enfadarse —dijo Celeste lanzando una mirada furtiva, casi infantil a Madeline.

—¿Con el cabrón de su primo? No creo.

—Quiero decir conmigo. —Celeste tiró del puño de la blusa.

—¿Contigo? ¿Te refieres a que podría defender a su primo? —dijo Madeline. Aunque pensó: «¿Y qué? Que lo defienda»—. Supongo que sí.

—Y eso sería... muy embarazoso —prosiguió Celeste—. Cuando Perry coincidiera con Jane en los actos del colegio estando al corriente de todo.

—Sí, por tanto puede que tengas que ocultárselo, Celeste —dijo Madeline solemnemente, sabiendo mientras hablaba que, si se tratara de Ed, ella empezaría a gritarle desde el mismo momento en que lo viera entrar por la puerta: «¡¿Sabes lo que le ha hecho el cabrón de tu primo a mi amiga?!».

—¿Y ocultárselo a Jane? —preguntó Celeste torciendo el gesto.

—Por supuesto —contestó Madeline—. Creo que sí. —Se mordió el carrillo—. ¿No crees?

Jane sufriría y se enfadaría si alguna vez se enterara, cosa que no le iba a servir de nada, pues no quería que Ziggy mantuviera ningún tipo de relación con ese hombre.

—Sí, creo que sí —dijo Celeste—. Además, la clave está en que no tenemos la certeza de que sea él.

—No —convino Madeline. Estaba claro que para Celeste era importante que este extremo quedara ratificado. Era su defensa, su excusa.

—Soy terrible guardando secretos —confesó Madeline.

—Ah, ¿sí? —Celeste hizo una especie de mueca—. A mí se me da bastante bien.

CAPÍTULO 46

Celeste volvió del club de lectura a casa pensando en la última vez que había visto a Saxon y su esposa Eleni. Fue en una boda en Adelaida justo antes de quedarse embarazada de los chicos, una boda multitudinaria por la gran cantidad de primos de Perry.

Perry y ella habían estacionado casualmente el coche junto al de Saxon en el aparcamiento del centro de recepción. Como no se habían visto en la iglesia, Saxon y él saltaron de los respectivos coches para darse abrazos de oso y muchas palmadas en la espalda. Ambos tenían lágrimas en los ojos. Se tenían verdadero afecto. Celeste y Eleni estaban tiritando con sus vestidos de cóctel sin mangas y todos tenían ganas de tomar una copa después de la larga sentada de la ceremonia de boda en una iglesia fría y húmeda.

—Dicen que la comida aquí es excelente —había dicho Saxon frotándose las manos. Cuando se dirigían al calor del local, Eleni se detuvo. Se había dejado el teléfono en un banco de la iglesia. Un trayecto de una hora entre ida y vuelta.

—Quédate. Ya voy yo —dijo Eleni.

Pero Saxon puso los ojos en blanco y dijo:

—No, cariño, tú no vas.

Perry y Saxon acabaron yendo juntos a por el teléfono, mientras Celeste y Eleni entraban y disfrutaban del champán al calor del fuego.

—Dios mío, me siento terrible —había dicho Eleni animadamente mientras hacía señas a un camarero para que le rellenara la copa.

«No, cariño, tú no vas».

¿Cómo podía ser la misma persona un hombre que reaccionaba con tan compungido y caballeroso buen humor ante una molestia verdaderamente irritante y el que trataba con semejante crueldad a una chica de diecinueve años?

Pero Celeste sabía mejor que nadie que eso era perfectamente posible. (Perry también habría ido a por su teléfono).

¿Padecerían ambos algún trastorno mental genético? En las familias se transmitían las enfermedades mentales y Perry y Saxon eran hijos de mellizas. Genéticamente hablando, más que primos eran medio hermanos.

¿O los habían echado a perder sus madres? Jean y Eileen eran dulces mujeres menudas con idénticas voces infantiles, risa cristalina y buenos pómulos; la clase de mujeres que parecían muy femeninamente sumisas y luego eran cualquier cosa menos eso. La clase de mujeres que atraía a esa clase de hombres de éxito que se pasan la vida diciendo a los demás lo que tienen que hacer y luego vuelven a casa y hacen exactamente lo que les dicen sus esposas.

Quizá ese era el problema. A Celeste y Eleni les faltaba esa peculiar combinación de dulzura y poder. Eran chicas corrientes. No podían estar a la altura de roles establecidos por Jean y Eileen para sus hijos.

Así era como tanto Saxon como Perry habían desarrollado esos lamentables... defectos.

Pero lo que le había hecho Saxon a Jane era muchísimo peor que todo lo que había hecho Perry.

Perry tenía mal genio. Nada más. Era colérico. Volátil. El estrés de su trabajo y el agotamiento y el ajetreo de tantos viajes internacionales le volvían agresivo. No estaba bien. Desde luego que no. Pero era «comprensible». No había mala intención. No había maldad. Era la pobre Eleni quien se había casado sin saberlo con un hombre malvado.

¿Tenía Celeste la responsabilidad de decirle a Eleni lo que había hecho su marido? ¿Tenía alguna responsabilidad con las jóvenes achispadas e impresionables que Saxon podía seguir encontrándose en los bares?

De todas formas, no tenían la certeza de que hubiera sido él.

Celeste tomó por el camino de la entrada de su casa, dio al interruptor del garaje de tres plazas y contempló la espléndida vista panorámica: las luces de las casas que titilaban alrededor de la bahía, la formidable presencia negra del océano. La puerta del garaje se abrió igual que una cortina muestra un escenario iluminado y el coche entró sin que ella tuviera que levantar el pie del acelerador.

Quitó la llave de contacto. Silencio.

En la otra vida ficticia que estaba planeando no había garaje. Había un aparcamiento bajo techado para todo el bloque, aunque las plazas parecían diminutas, con grandes postes de cemento. En la suya tenía que entrar marcha atrás. Ya sabía que acabaría rompiendo un piloto. Se le daba muy mal estacionar.

Tiró de la manga de la blusa y vio los moretones del brazo.

Sí, Celeste, quédate con un hombre que te hace esto porque el aparcamiento es magnífico.

Abrió la puerta del coche.

Al menos no era tan malo como su primo.

CAPÍTULO 47

¿Cómo se llama la mujer que encabeza esta petición? —preguntó el padre de Jane.

—¿Por qué? ¿Qué le vamos a hacer, papá? —dijo Dane—. ¿Partirle las rodillas?

—Joder lo que me gustaría —contestó el padre de Jane levantando una pieza del puzle y contemplándola a la luz con el ceño fruncido—. Además, ¿qué clase de nombre es Amabella? Vaya nombre más tonto. ¿Qué tiene de malo Annabella?

—Tú tienes un nieto que se llama Ziggy —observó Dane.

—Eh —dijo Jane a su hermano—, la idea fue tuya.

Jane estaba tomando té con galletas y haciendo un puzle sentada a la mesa de la cocina de la casa de sus padres. Ziggy dormía en el que había sido el cuarto de Jane. No lo iba a llevar al colegio al día siguiente, de manera que pasarían aquí la noche y se quedarían por la mañana. Renata y sus amigas se alegrarían.

Mientras contemplaba la cocina ochentera albaricoque y crema de su madre, Jane pensó que quizá nunca volvería a Pirriwee. Ella era de aquí. Mudarse tan lejos había sido una especie de locura desde el principio. Casi una enfermedad. Sus motivos habían sido retorcidos y extraños y ese era el castigo.

Aquí Jane se sentía inmersa en las cosas familiares: los tazones, la vieja tetera marrón, el mantel, el olor de la casa y, por supuesto, el puzle. Siempre los puzles. Su familia había sido adicta a los puzles hasta donde Jane podía recordar. La mesa de la cocina no se utilizaba para comer, siempre estaba ocupada por el último puzle. Ese día estaban empezando uno nuevo que el padre de Jane había encargado por internet. Un puzle de un cuadro impresionista con dos mil piezas. Montones de borrosos remolinos de color.

—Tal vez debería regresar aquí —comentó, expresando lo que sentía, y al decirlo pensó sin motivo aparente en el Blue Blues, el aroma del café, la reverberación azul zafiro del mar y el guiño de Tom al ponerle el café, como si ambos participaran de un juego secreto. Pensó en Madeline subiendo las escaleras de su casa con la cartulina enrollada como un bastón y en el balanceo de la coleta de Celeste durante sus paseos matutinos por el promontorio, al pie de las araucarias.

Pensó en las tardes de verano de primeros de año cuando Ziggy y ella volvían directamente del colegio por la playa, dejando zapatos y calcetines sobre la arena, quitándose pantalones y camisa y corriendo derecho al océano en calzoncillos, mientras ella lo perseguía con un tubo de crema solar y él reía de contento cuando la blanca espuma de una ola rompía cerca.

Últimamente, gracias a Madeline, había conseguido dos lucrativos clientes nuevos a corta distancia a pie de su casa: Carnicería Bocados Suculentos y Reparaciones de Tom O'Brien. Sus papeles no olían a humo de cigarrillo ni a comida rápida. (De hecho, las facturas de Tom O'Brien tenían un leve aroma a popurrí).

Le impresionó darse cuenta de que algunos de los momentos más felices de su vida habían tenido lugar durante los últimos meses.

—Pero es que nos encanta vivir ahí —dijo—. A Ziggy también le encanta el colegio... Bueno, normalmente.

Recordó sus lágrimas de esa misma noche. No podía seguir enviándolo a un colegio con niños que le decían que no les dejaban jugar con él.

—Si quieres quedarte, quédate —dijo su padre—. No puedes consentir que esa mujer te obligue a dejar el colegio. ¿Por qué no se va ella?

—No me creo que Ziggy esté acosando a su hija —comentó la madre de Jane, con la vista puesta en las piezas del puzle que iba deslizando rápidamente de acá para allá por la mesa.

—La cuestión es que ella sí lo cree —dijo Jane, intentando colocar una pieza en el ángulo inferior derecho del puzle—. Y ahora, otros padres también. No lo sé, no puedo asegurar que él no haya hecho algo.

—Esa pieza no va ahí —dijo su madre—. Bueno, yo puedo asegurar que Ziggy no ha hecho nada. Sencillamente, no lo lleva dentro. Jane, esa pieza no va ahí, es parte del sombrero de la señora. ¿Qué estaba diciendo? Oh, sí, Ziggy, a ver, Dios mío, mírate a ti, por ejemplo, eras la cosa más tímida en el colegio, no se te ocurría meterte con nadie. Y, por supuesto, Poppy era de un natural muy dulce...

—¡Mamá, no tiene nada que ver cómo fuera Poppy! —Jane desistió de colocar la pieza y la tiró. Su frustración se manifestó en un acceso de ira e irritación que dirigió contra su pobre e indefensa madre—. ¡Por el amor de Dios, Ziggy no es Poppy reencarnado! ¡Poppy ni siquiera creía en la reencarnación! Y lo cierto es que no sabemos qué rasgos de la personalidad podría haber heredado Ziggy de su padre, porque el padre de Ziggy era..., su padre era...

Calló justo a tiempo. Idiota.

Se hizo un repentino silencio en la mesa. Dane levantó la vista de donde había alargado el brazo para colocar una pieza del puzle.

—¿Qué estás diciendo, querida? —La madre de Jane se quitó una miga de la comisura de los labios con la uña—. ¿Estás diciendo... que te hizo daño?

Jane recorrió la mesa con la mirada. Dane le lanzó una mirada inquisitiva. Su madre se llevó dos dedos rápidamente a la boca. Su padre tenía la mandíbula tensa. Y en los ojos una expresión semejante al terror.

—Por supuesto que no —dijo. Cuando alguien a quien amas depende de tu mentira, es muy fácil—. ¡Lo siento! Dios, no. No he querido decir eso. Me refería a que el padre biológico de Ziggy era prácticamente un extraño. Quiero decir que parecía muy simpático, pero no sabemos nada de él y ya sé que es vergonzoso...

—Creo que ya hemos superado todos el escándalo de tu comportamiento libertino, Jane —dijo Dane a propósito.

Se dio cuenta de que no se había tragado la mentira. No tenía una necesidad tan acuciante como sus padres de creérsela.

—Desde luego —dijo su madre—. Y no me importan los rasgos de personalidad que tenga el padre de Ziggy, conozco a mi nieto y sé que no es ni será nunca un acosador.

—Por supuesto que no —recalcó el padre de Jane. Dejó caer los hombros. Dio un sorbo al té y tomó otra pieza del puzle.

—¡Y que no creas en la reencarnación, señorita —la madre de Jane la señaló con el dedo—, no significa que no puedas reencarnarte!

JONATHAN: La primera vez que vi el patio del colegio Pirriwee me pareció impresionante. Con todos aquellos escondites secretos. Pero ahora veo que tenía su parte negativa. En ese colegio pasaban inadvertidas muchas cosas y las profesoras no se enteraban.

CAPÍTULO 48

Madeline estaba en la sala de estar sin saber qué hacer.

Ed y los chicos estaban dormidos y ya había limpiado todo después del club de lectura. Tendría que acostarse, pero no se encontraba suficientemente cansada. Al día siguiente era viernes, un día ajetreado porque tenía que llevar a Abigail al tutor de matemáticas antes de clase, Fred tenía club de ajedrez y Chloe...

Se detuvo.

No tenía necesidad de llevar a Abigail al tutor de matemáticas hacia las siete y media de la mañana. Ya no era responsabilidad suya. Nathan o Bonnie llevarían a Abigail. Seguía olvidando que ya no se requerían sus servicios como madre de Abigail. Su vida era teóricamente más fácil con solo dos niños que sacar de casa a diario, aunque cada vez que recordaba algún quehacer relacionado con Abigail que ya no era suyo experimentaba una aguda sensación de pérdida.

Todo su cuerpo se estremecía por una cólera que no podía liberar.

Recogió la espada láser de juguete de Fred, que había dejado muy a propósito en el suelo para que alguien se tropezara por la mañana. Dio al interruptor y se puso roja y verde y la blandió en el aire como Darth Vader, dando cuenta de sus enemigos.

Vete al infierno por robarme a mi hija, Nathan.

Vete al infierno por colaborar, Bonnie.

Vete al infierno, Renata, por esa repugnante petición.

Vete al infierno, señorita Barnes, sobre todo, por permitir que acosen en secreto a la pobre Amabella.

Se sintió mal por despotricar de la pobre señorita Barnes y sus hoyuelos y acto seguido siguió con su letanía.

Vete al infierno, Saxon Banks, por lo que le hiciste a Jane, hombre repugnante, más que repugnante. Blandía con tanto entusiasmo la espada láser por encima de la cabeza que golpeó la lámpara que colgaba del techo y esta empezó a balancearse.

Madeline tiró la espada al sofá y alargó el brazo para sujetar la lámpara.

Bien. Basta de juegos con la espada de luz. Podía imaginar la cara de Ed si hubiera roto la lámpara jugando a ser Darth Vader.

Volvió a la cocina y tomó el iPad de donde lo había dejado después de enseñar a Celeste las imágenes de Saxon Banks. Jugaría una relajante partida de Plantas contra Zombies. Para ella era importante mejorar las habilidades. Le gustaba oír a Fred decir: «¡Mamá, eso es impresionante!», cuando miraba por encima de su hombro y veía que había pasado a un nuevo nivel y había conseguido una flamante arma nueva para atacar a los zombies.

Primero echaría un rápido vistazo a las cuentas de Abigail en Facebook e Instagram. Cuando Abigail vivía en casa, Madeline había seguido de vez en cuando la presencia *online* de su hija, solo por ser una buena madre moderna y responsable. Pero ahora lo hacía compulsivamente. Era como estar al acecho de su propia hija, buscando patéticamente retazos de información sobre su vida.

Abigail había cambiado su foto de perfil. Era una foto suya mirando a la cámara en una postura de yoga, con las manos en actitud de oración, una pierna flaca apoyada sobre la otra y el pelo caído sobre un hombro. Se la veía guapa. Feliz. Incluso radiante.

Solo la más egoísta de las madres podía estar resentida con Bonnie por descubrir a su hija algo que le hacía tan evidentemente feliz.

Madeline debía de ser la más egoísta de las madres.

Quizá debería aprender yoga para tener algo en común con Abigail. Pero cada vez que lo intentaba se encontraba repitiendo en silencio su propio mantra: «Me abuuuurro, me abuuuurro».

Repasó los comentarios de los amigos de Abigail. Todos de apoyo, hasta que se detuvo en uno de su amiga Freya, que a Madeline nunca le había gustado mucho. Una de esas amigas tóxicas. Freya había escrito: «¿Esta es la foto que vas a usar en tu "proyecto"? ¿O no es suficientemente sexi/puta?».

«¿Sexi/puta?». A Madeline se le dilataron las ventanas de la nariz. ¿De qué estaba hablando la bruja de Freya? ¿Qué «proyecto» exigía que Abigail fuera sexi/puta? Sonaba a proyecto que había que impedir.

Esto era lo que sucedía con el turbio mundo de internet. Se navegaba alegremente por el ciberespacio viendo esto y aquello y de repente se encontraba uno con algo desagradable y feo. Pensó en cómo se había sentido al ver la cara de Saxon Banks en la pantalla del ordenador. Esto era lo que ocurría cuando se espía.

Abigail había respondido al comentario de Freya: «¡¡¡Shhhh!!! ¡¡¡Alto secreto!!!».

La respuesta se había enviado hacía cinco minutos. Madeline consultó la hora. ¡Casi medianoche! Siempre había insistido en que Abigail se acostara temprano la noche anterior a la tutoría de matemáticas porque si no habría que sacarla de la cama y el dinero de la tutoría se desperdiciaría si Abigail estaba demasiado cansada como para fatigarse más.

Le envió un mensaje privado: «Hola: ¿qué estás haciendo levantada tan tarde? ¡Mañana tienes tutoría! ¡Acuéstate! Bsss, mamá».

Notó cómo le latía el corazón después de hacer clic en Enviar. Como si hubiera infringido una norma. ¡Pero era la madre de Abigail! Seguía teniendo derecho a decirle que se acostara.

Abigail contestó inmediatamente: «Papá ha cancelado la tutoría. Va a hacer él de tutor. Acuéstate tú también. Bs».

—¿Que ha hecho qué? —dijo Madeline a la pantalla del ordenador—. ¿Qué coño ha hecho?

Nathan había cancelado la tutoría de matemáticas. Había tomado una decisión unilateral sobre la educación de Abigail. El mismo hombre que había eludido los juegos del colegio, las entrevistas con los profesores, los festivales de atletismo, la preparación de una niña de cinco años para exponer sus trabajos todos los lunes, hacer proyectos en grandes pliegos de cartulina, deberes que por primera vez tenían que ser remitidos *online*, las complicadas instrucciones del ordenador, los deberes olvidados hasta la víspera, forrar los libros con papel adhesivo, los nervios de los exámenes y la reunión con aquella profesora encantadora de joyas tan llamativas que le había dicho todos aquellos años que probablemente Abigail tendría siempre problemas con las matemáticas, de manera que habría que darle todo el apoyo que necesitara.

¿Cómo se había atrevido?

Marcó el número de Nathan sin pensárselo dos veces, temblando de justificada ira. No podía esperar hasta la mañana. Necesitaba gritarle ahora, ahora mismo, antes de que le explotara la cabeza.

Él contestó con voz pastosa y soñolienta.

—Dígame.

—¿Has cancelado la tutoría de matemáticas de Abigail? ¿La has cancelado sin consultarme antes?

Hubo silencio.

—¿Nathan? —dijo Madeline cortante.

Lo oyó carraspear.

—Maddie —sonó ya plenamente despierto—, ¿en serio que me estás llamando a medianoche para hablarme del tutor de matemáticas de Abigail?

Era un tono de voz completamente distinto del que empleaba normalmente. Su relación con Nathan le había recordado durante años el trato con un untuoso y complaciente vendedor que trabajara solo a comisión. Ahora que tenía a Abigail, se creía su igual. Ya no necesitaba pedir disculpas. Podía irritarse. Podía ser el típico exmarido.

—Estamos todos durmiendo —siguió—. En serio, ¿no podías haber esperado a mañana por la mañana? Skye y Bonnie tienen el sueño muy ligero y...

—¡No estáis todos durmiendo! —dijo Madeline—. ¡Tu hija de catorce años está bien despierta y en internet! ¿Hay alguna vigilancia en esa casa? ¿Tienes alguna idea de lo que está haciendo en este momento?

Madeline pudo oír de fondo los tonos suaves y melodiosos de Bonnie diciendo algo cariñoso y comprensivo.

—Iré a ver —dijo Nathan. Sonó más conciliador ahora—. Creía que estaba durmiendo. Por cierto, con el tutor de matemáticas no estaba avanzando nada. Es un chaval. Puedo hacerlo mejor que él. Pero tienes razón, desde luego, debería haberlo hablado contigo. Era mi obligación. Se me pasó.

—Ese tutor estaba obteniendo buenos resultados —dijo Madeline.

Abigail y ella habían probado con otros dos antes de recurrir a Sebastian. El chico obtenía tan buenos resultados que tenía lista de espera de alumnos. Madeline le había pedido que le hiciera un huego a Abigail.

—No, de eso nada —dijo Nathan—. Pero vamos a hablarlo cuando no esté medio dormido.

—Fabuloso. Deseándolo estoy. ¿Vas a informarme de cualquier otro cambio que hayas hecho en la agenda de Abigail? Por pura curiosidad.

—Voy a colgar ya —dijo Nathan.

Colgó.

Madeline arrojó el teléfono móvil contra la pared con tal fuerza que rebotó y fue a parar boca arriba en la alfombra, a sus pies, por lo que pudo ver la pantalla hecha añicos, igual que la dura reprimenda de un adulto a un niño.

STU: Mire, no creía yo que el pobre Nathan fuera un mal tipo. En el colegio me relacionaba poco. La mayoría son mujeres y la mitad del tiempo están tan entretenidas parloteando entre ellas que es difícil meter baza. Por eso me propuse hablar con otros padres. Recuerdo una mañana que Nathan y yo estábamos manteniendo una agradable charla sobre algo y en esto que aparece Madeline con sus taconazos y, madre mía, ¡si las miradas pudieran matar!

GABRIELLE: No podría soportar vivir en el mismo barrio que mi exmarido. Si nuestros chicos fueran al mismo colegio, probablemente acabaría asesinándolo. No sé cómo se les ocurrió que ese sistema podría funcionar. Era una locura.

BONNIE: No era una locura. Queríamos estar lo más cerca posible de Abigail y pudimos encontrar la casa perfecta en la zona. ¿Qué tiene eso de locura?

CAPÍTULO 49

Cinco días antes de la noche del concurso de preguntas

Era lunes por la mañana poco antes de que sonara el timbre y Jane volvía de la biblioteca del colegio donde había devuelto dos libros que Ziggy había olvidado la semana pasada. Lo había dejado balanceándose alegremente en las barras con los gemelos y Chloe. Al menos Madeline y Celeste no prohibían a sus niños jugar con Ziggy.

Una vez hubo dejado los libros, Jane se quedó en el colegio para echar una mano escuchando a los niños practicar la lectura. Stu, el padre de Lily, y ella eran los padres voluntarios el lunes por la mañana.

Al salir de la biblioteca pudo ver a dos de las Melenitas Rubias ante el aula de música, sumidas en una importante conversación confidencial en voz alta.

Oyó decir a una de ellas:

—¿Quién es la madre?

La otra dijo:

—Pasa bastante desapercibida. Es muy joven. Renata creyó que era la niñera.

—¡Espera, espera! ¡Ya la conozco! Lleva el pelo así. —La Melenita Rubia se recogió el pelo en una cola de caballo exageradamente tirante y en ese momento vio a Jane y puso los ojos como platos. Dejó caer las manos como un niño sorprendido haciendo algo malo.

La otra mujer, que daba la espalda a Jane, siguió hablando:

—¡Sí! ¡Esa es! Bueno, por lo visto, su chico, el tal Ziggy, ha estado acosando en secreto a la pobre Amabella. Estoy hablando de cosas atroces... ¿Qué?

La primera Melenita Rubia le hizo frenéticos movimientos de cabeza.

—¿Qué pasa? ¡Oh!

La mujer volvió la cabeza y vio a Jane. Se puso colorada.

—¡Buenos días! —dijo.

Normalmente alguien de tan elevada posición en la jerarquía de los padres del colegio hubiera esbozado una leve sonrisa condescendiente al paso de Jane, un regio asentimiento de cabeza ante una plebeya.

—Hola —dijo Jane.

La mujer llevaba una carpeta sujetapapeles a la altura del pecho. De pronto bajó el brazo de tal forma que la carpeta le quedó colgando por detrás de las piernas, exactamente igual que un niño ocultando una golosina robada a la espalda.

«Es la petición», pensó Jane. No solo la estaban firmando los padres de preescolar. Estaban consiguiendo que la firmaran padres de otros cursos. Padres que no la conocían a ella ni a Ziggy ni nada de nada.

Jane siguió su camino. Se detuvo cuando tenía ya la mano apoyada en las puertas de cristal que daban al patio. Le subía por todo el cuerpo una sensación como el rugido de un avión al despegar. Por el modo despectivo en que esa mujer había empleado el nombre de Ziggy. Igual que Saxon Banks, echándole el aliento al oído: «¿Nunca has tenido un pensamiento original en tu vida?».

Se volvió. Regresó donde las mujeres y se plantó delante de ellas. Las dos retrocedieron un poco, con los ojos cómicamente muy abiertos. Jane tenía exactamente la misma altura que ellas. Todas eran madres. Pero las Melenitas Rubias tenían maridos y casas y una certeza absoluta sobre su lugar en el mundo.

—Mi hijo nunca le ha hecho daño a nadie —dijo Jane y en ese preciso instante supo que era verdad. Era Ziggy Chapman. No tenía nada que ver con Saxon Banks. Ni con Poppy. Ni siquiera con ella. Era Ziggy sin más y, aunque no lo sabía todo de él, eso sí que lo sabía.

—¡Oh, querida, todas hemos pasado por eso! ¡Lo comprendemos! Esta es una situación terrible —empezó la Melenita Rubia del sujetapapeles—. ¿Cuánto tiempo le dejas pasar delante de la pantalla? Reducirlo sirve para...

—Nunca le ha hecho daño a nadie —repitió Jane.

Dio media vuelta y se marchó.

THEA: Bueno, la semana anterior al concurso de preguntas Jane abordó a Trish y Fiona cuando estaban manteniendo una conversación privada. Dijeron que su comportamiento fue extraño, hasta el punto de que se preguntaron si no tendría algún... problema mental.

Jane pasó al patio con una extraña sensación de calma. Quizá necesitara tomar ejemplo de Madeline. No volver a evitar la confrontación. Enfréntate con las críticas y déjales bien claro lo que piensas.

Una niña de primero pasó a su lado:

—Hoy voy a tener comida de encargo.

—Qué suerte —dijo Jane.

Esta era una de las cosas que más le gustaban de pasear por el patio del colegio: la espontaneidad con que hablaban los niños, soltando lo primero que se les venía a la cabeza en ese momento.

—No iba a tener comida de encargo porque hoy no es viernes, pero esta mañana le ha picado una abeja a mi hermano pequeño y se ha puesto a gritar, y mi hermana rompió un vaso, y mi madre ha dicho: «¡Me voy a volver loca!». —La niña se llevó las manos a la cabeza para ilustrarlo—. Y luego mi madre ha dicho que podía tener comida de encargo como regalo especial, pero zumo no, pero que sí podía galletas de jengibre, pero no las de chocolate, las abejas mueren después de picarte, ¿lo sabías?

—Sí —dijo Jane—. Es lo último que hacen.

—¡Jane! —La señorita Barnes se acercó con un cesto de la lavandería lleno de disfraces—. ¡Gracias por venir hoy!

—Pues... de nada —dijo Jane, que venía haciéndolo todos los lunes desde primeros de año.

—Quiero decir, en vista de..., ya sabes, la situación. —La señorita Barnes hizo una mueca y apoyó el cesto en la cadera. Se acercó a Jane y bajó la voz—. No he vuelto a oír nada más de la petición. La señora Lipmann ha estado diciendo a los padres implicados que quiere ponerle fin. Además, me ha puesto una profesora de apoyo sin otro cometido que observar a los niños y, en particular, a Amabella y Ziggy.

—Magnífico —dijo Jane—. Pero estoy segura de que la petición sigue circulando.

Pudo notar cómo las estaban mirando a la señorita Barnes y a ella desde todos los rincones del patio. Daba la sensación de que todo el mundo estaba secretamente pendiente de su conversación con la señorita Barnes. Esa debía de ser la sensación de ser famoso.

La señorita Barnes suspiró.

—Me fijé en que el viernes dejaste a Ziggy en casa. Espero que no te sientas intimidada por estas tácticas.

—Hay padres que les han dicho a sus hijos que no les dejan jugar con él.

—Por el amor de Dios.

—Sí, por lo tanto yo también he formulado otra petición —dijo Jane—. Quiero que expulsen a todos esos niños que no juegan con Ziggy.

La señorita Barnes puso cara de susto por un momento, pero luego echó la cabeza para atrás y soltó una carcajada.

HARPER: Muy bonito que el colegio ande diciendo que se está tomando la situación en serio, ¡pero resulta que luego ves a Jane y la señorita Barnes partiéndose de risa en el patio! Sinceramente, eso me irritó. Fue la misma mañana de la «agresión» y, sí, voy a emplear la palabra «agresión».

SAMANTHA: «Agresión». Nada menos.

CAPÍTULO 50

La lectura con padres se hacía en el patio. Ese día Jane se hallaba en el Rincón de la Tortuga, así llamado por la gigantesca tortuga de cemento en medio del arenero. En el cuello de la tortuga cabían un adulto y un niño cómodamente sentados y la señorita Barnes había sacado dos cojines y una manta para echársela sobre las rodillas.

A Jane le encantaba escuchar la lectura de los niños: verlos fruncir el ceño mientras pronunciaban en alto una palabra, sus expresiones de triunfo cuando reconocían las sílabas, sus carcajadas repentinas en relación con la historia y sus originales comentarios al vuelo. Sentarse en una tortuga con el sol de cara, la arena a los pies y el mar brillante en el horizonte le hacía sentirse como si estuviera de vacaciones. El de Pirriwee era un colegio mágico, casi de ensueño, y la sola idea de sacar a Ziggy y tener que empezar de nuevo en otra parte sin un Rincón de la Tortuga ni una señorita Barnes la llenaba de pena y resentimiento.

—¡Bonita lectura, Max! —dijo asegurándose antes de que era Max y no Josh el que acababa de leer *La sorpresa de cumpleaños del mono.* Madeline le había dicho que el truco para distinguir a los gemelos de Celeste era buscar la marca de nacimiento en forma de fresa en la frente de Max. «Me digo a mí misma Max el Marcado», decía Madeline.

—Has sido muy expresivo, Max —dijo Jane, aunque no estaba segura de que lo hubiera sido.

A los padres se les sugería que eligieran algún aspecto que elogiar en particular después de la lectura de cada niño.

—Sí —dijo Max animado.

Se deslizó del cuello de la tortuga y se sentó en la arena con las piernas cruzadas y se puso a cavar.

—Max —dijo Jane.

Max suspiró teatralmente, se levantó de un brinco y salió corriendo a clase, moviendo cómicamente brazos y piernas, como los personajes de dibujos animados cuando huyen del peligro. Los gemelos corrían más deprisa de lo que Jane hubiera creído posible en niños de cinco años.

Jane borró su nombre de la lista y levantó la vista para ver a quién enviaría la señorita Barnes a continuación. Fue Amabella. Max estuvo a punto de chocar con ella según atravesaba el patio hacia Jane, con la cabeza de cabellos rizados baja y un libro en la mano.

—¡Hola, Amabella! —dijo Jane cordialmente—. «Tu madre y sus amigas están haciendo una petición para que expulsen a Ziggy porque creen que te está haciendo daño, cariño. ¿Crees que podrías contarme qué es lo que está pasando de verdad?».

Había tomado cariño a Amabella a raíz de asistir a las lecturas este año. Era una niña tranquila, con cara seria y angelical, y era imposible que no te cayera bien. Jane y ella habían mantenido conversaciones interesantes sobre los libros que habían leído juntas.

Desde luego, no iba a decir ni palabra a Amabella de lo que estaba pasando con Ziggy. No estaría bien. Estaría mal.

Desde luego que no iba a hacerlo.

SAMANTHA: No me interprete mal, me encanta la señorita Barnes y cualquiera que se pase la vida bregando con niños de cinco años merece una medalla, pero me pareció que dejar que Amabella leyera a Jane tal vez no fuera el mayor acierto del mundo.

SEÑORITA BARNES: Eso fue un error. Soy humana. Cometo errores. Se llaman errores humanos. Estos padres parecen creer que soy una máquina y que pueden exigir un reembolso cada vez que una profesora comete un error. Y mire, no quiero decir nada malo de Jane, pero ese día también ella se equivocó.

Amabella estaba leyendo a Jane un libro sobre el sistema solar. Era un libro del nivel más alto para niños de preescolar y, como de costumbre, Amabella lo leyó con fluidez, con una expresión impecable. Jane creía que la única manera de enriquecer la lectura de Amabella era interrumpiéndola y haciéndole preguntas sobre cuestiones planteadas por el libro, pero ese día le resultaba difícil mostrar el menor interés por el sistema solar. No podía pensar más que en Ziggy.

—¿Cómo crees que sería vivir en Marte? —dijo al fin.

Amabella levantó la cabeza.

—Sería imposible porque no puedes respirar la atmósfera, hay demasiado dióxido de carbono y hace demasiado frío.

—Muy bien —dijo Jane, aunque tendría que *googlearlo* para estar segura. Era posible que Amabella ya supiera más que ella.

—Además, sería muy solitario —dijo Amabella un momento después.

¿Por qué no iba a decir la verdad una chica inteligente como Amabella? Si se trataba de Ziggy, ¿por qué no iba a decirlo?

¿Por qué no chivarse de él? Era muy raro. Los niños normalmente se inventaban historias.

—Cariño, sabes que soy la mamá de Ziggy, ¿verdad? —preguntó.

Amabella asintió con la cabeza por toda respuesta.

—¿Te ha estado haciendo daño Ziggy? Porque, si es así, quiero saberlo y te prometo que me aseguraré de que nunca más vuelva a hacer nada semejante.

Los ojos de Amabella se llenaron de lágrimas al momento. Le tembló el labio inferior. Dejó caer la cabeza.

—Amabella —dijo Jane—. ¿Ha sido Ziggy?

Amabella dijo algo que Jane no alcanzó a oír.

—¿Qué has dicho?

—No ha sido... —empezó Amabella, pero luego contrajo la expresión y se echó a llorar .

—¿No ha sido Ziggy? —dijo Jane con desesperación esperanzada. Le entraron ganas de zarandear a la niña y exigirle que dijera la verdad—. ¿Eso es lo que has dicho, que no ha sido él?

—¡Amabella, Amabella, cariño! —Harper apareció en una esquina del arenero con una caja de naranjas para el comedor. Llevaba una bufanda blanca tan apretada al cuello que parecía como si la estuvieran estrangulando, un efecto reforzado por el hecho de que su rostro largo y caído ahora estaba amoratado de ira—. ¿Qué es lo que pasa?

Dejó la caja a sus pies y atravesó el arenero en dirección a ellas.

—¡Amabella! —dijo—. ¿Qué está pasando?

Era como si Jane no estuviera delante o como si fuera otra niña.

—Todo está bien, Harper —dijo Jane con frialdad. Rodeó con el brazo a Amabella y señaló detrás de Harper—. Las naranjas se te están desperdigando.

El Rincón de la Tortuga estaba en lo alto de una pequeña cuesta y la caja de Harper se había volcado. Una cascada de naranjas se deslizó por el patio hacia donde se encontraba Stu escuchando la lectura de otro niño de preescolar al lado del Muro de la Estrella de Mar.

Harper tenía la mirada fija en Amabella, haciendo caso omiso de Jane de un modo tan evidente y deliberado que habría dado risa de no haber sido porque resultaba terriblemente grosero.

—Ven conmigo, Amabella. —Harper le tendió la mano.

Amabella se sorbió los mocos. Fluían de la nariz a la boca al modo despreocupado y repugnante de los niños de cinco años.

—¡Estoy aquí, Harper! —dijo Jane sacando un paquete de pañuelos de papel del bolsillo de la cazadora. Era irritante. De haber tenido un minuto más con Amabella, podría haber obtenido alguna información de ella. Acercó un pañuelo de papel a la nariz de la niña—. Suénate, Amabella.

La niña se sonó obedientemente. Por fin Harper miró a Jane.

—¡Evidentemente has estado molestándola! ¿Qué le has estado diciendo?

—¡Nada! —dijo Jane furiosa; el sentimiento de culpa por querer zarandear a Amabella aumentaba su enfado—. ¿Por qué no te vas a recoger unas firmas más para tu asquerosa petición?

Harper alzó la voz hasta gritar:

—¡Oh, sí, buena idea, y dejarte aquí para que sigas acosando a una pobre niña indefensa! ¡De tal madre, tal hijo!

Jane se levantó de la tortuga y dio con la bota una patada a la arena por no dársela a Harper en toda la cara.

—¡Ni se te ocurra hablar de mi hijo!

—¡No me pegues patadas! —chilló Harper.

—¡No te he dado ninguna patada! —chilló a su vez Jane, sorprendida del volumen de su propia voz.

—¿Qué demonios…?

Era Stu, con el mono azul de fontanero y las manos llenas de las naranjas que iba recogiendo del patio. A su lado se encontraba el chico que había estado leyendo con él, con una naranja en cada mano y los ojos como platos ante el espectáculo de dos madres discutiendo a grito pelado.

En ese momento se oyó un chillido agudo, porque Carol Quingley, que regresaba apresuradamente de la sala de música blandiendo el pulverizador, había resbalado con una naranja perdida y había caído de culo como los payasos.

Carol: De hecho, me di un buen golpe en la rabadilla.

CAPÍTULO 51

GABRIELLE: Me enteré enseguida de que Harper iba a acusar a Jane de agredirla en el Rincón de la Tortuga, cosa harto improbable.

STU: Harper siguió tan campante. No tenía aspecto de haber sufrido una agresión. No sé. Acababa de recibir un aviso por una rotura en las cañerías del agua. No tuve tiempo de intervenir en la pelea de dos madres en el arenero.

THEA: Fue entonces cuando algunos padres decidieron informar del caso al Departamento de Educación.

JONATHAN: Cosa que evidentemente dejó helada a la señora Lipmann. Creo que además coincidía con su cumpleaños. Pobre mujer.

SEÑORA LIPMANN: Solo diré una cosa: no podíamos haber expulsado a Ziggy Chapman. La única vez que lo acusaron de acoso fue el día de la presentación, cuando todavía ni siquiera

era alumno del colegio. No tengo ni idea de si era mi cumpleaños. Eso carece de importancia.

SEÑORITA BARNES: Esos padres estaban locos. ¿Cómo íbamos a haber expulsado a Ziggy? Era un niño modelo. Sin problemas de comportamiento. Nunca hubo que castigarlo. De hecho ¡ni siquiera recuerdo haberle puesto ningún punto negativo! Y desde luego nunca recibió ninguna tarjeta amarilla. Y mucho menos, blanca.

La víspera del concurso de preguntas

Madeline trabajaba los viernes por lo que casi siempre se perdía las asambleas del colegio los viernes por la mañana. Normalmente Ed aparecía si actuaba o recibía algún premio uno de sus hijos. Sin embargo, Chloe había pedido a Madeline que acudiera ese día porque la clase de preescolar iba a recitar *El dentista y el cocodrilo* y recitaba una línea ella sola.

Además, la clase de Fred iba a tocar por primera vez la flauta. Iban a interpretar *Cumpleaños feliz* para la señora Lipmann, seguramente una experiencia dolorosa para todos los implicados. (Por la escuela corría el rumor de que la señora Lipmann iba a cumplir sesenta, pero nadie lo sabía a ciencia cierta).

Madeline había decidido ir a la asamblea y luego trabajar toda la tarde del lunes, algo que no solía poder hacer ese día porque tenía que llevar a Abigail a baloncesto mientras Ed llevaba a los dos pequeños a clase de natación.

—Probablemente Abigail ya no necesite ir al entrenamiento de baloncesto —dijo a Ed mientras salían del coche con sus respectivos cafés para llevar. Después de dejar a los niños se habían pasado por el Blue Blues, donde Tom estaba haciendo el agosto con todos los padres del colegio Pirriwee necesitados de cafeína para resistir una interpretación de flauta en la asamblea—. Tal vez ahora entrene con Nathan.

Ed soltó una risita cansada, probablemente preocupado porque ella fuera a ponerse otra vez a despotricar de la cancelación del tutor de matemáticas. Su marido era un hombre paciente, pero Madeline había notado una mirada vidriosa en sus ojos cada vez que ella hablaba, normalmente durante un buen rato, de las dificultades de Abigail con el álgebra y el hecho de que Nathan nunca hubiera estado ahí para echarle una mano con los deberes de matemáticas, por lo que no tenía la menor idea de lo mal que se le daban a su hija, y, por muy cierto que fuera que él siempre había sido bueno en matemáticas, eso no quería decir que supiera enseñarlas, y que si esto y lo otro y lo de más allá.

—Esta mañana me ha enviado Joy un correo electrónico —dijo Ed mientras cerraba el coche. Joy era el editor del periódico local—. Quiere que haga un artículo sobre lo que está pasando en el colegio.

—¿Sobre qué? ¿El concurso de preguntas? —preguntó Madeline sin poner interés. Ed solía escribir sueltos en el periódico local sobre los actos de recaudación de fondos para el colegio. Vio a Perry y Celeste cruzar la calle para entrar en el colegio. Iban de la mano, como el matrimonio enamorado y fantástico que eran, él ligeramente adelantado, como protegiendo a Celeste del tráfico.

—No —contestó Ed con cautela—. El acoso. La petición. Joy dice que el acoso es uno de los temas candentes.

—¡No puedes escribir sobre eso! —Madeline se detuvo bruscamente en mitad de la calzada.

—Quítate de la calzada, idiota. —Ed la agarró del codo mientras pasaba zumbando un coche procedente de la playa—. Algún día voy a escribir un reportaje sobre una tragedia en esta calzada.

—No lo escribas, Ed —dijo Madeline—. Es muy perjudicial para la reputación del colegio.

—Ya sabes que sigo siendo periodista —señaló Ed.

Ya habían pasado tres años desde que Ed había dejado un trabajo más estresante y de mayor nivel, con largas jornadas y mucho mejor salario en *The Australian* con el fin de que Madeline pudiera volver a trabajar y ambos pudieran compartir por igual sus deberes de padres, y él nunca se había quejado de la naturaleza inevitablemente apacible del trabajo en un periódico local, cubriendo animosamente concursos de surf, fiestas y celebraciones de cumpleaños de personas centenarias en la residencia de la localidad. (La brisa marina parecía conservar a los residentes). Esta era la primera vez que dejaba traslucir la posibilidad de que no estaba satisfecho del todo.

—Es una historia válida —dijo Ed.

—¡No es una historia válida! —replicó Madeline—. ¡Y tú lo sabes!

—¿Qué no es una historia válida? Buen día, Ed. Me alegro de verte, Madeline.

Habían dado alcance a Perry y Celeste. Perry llevaba un traje muy bien cortado y corbata; hecho a medida, italiano, más caro que todo el vestuario de Ed, se figuró Madeline, armario incluido. Consiguió acariciar la manga de seda con las yemas de los dedos cuando Perry se inclinó a besarla y aspiró el aroma de su loción de afeitado.

Se preguntó cómo sería estar casada con un hombre que vestía tan bien. Madeline disfrutaría con todas esas encantadoras texturas y colores, la suavidad de la corbata, el apresto de la camisa. Por supuesto, Celeste, que no tenía mucho interés por la ropa, probablemente ni siquiera apreciaría la diferencia entre Perry y el desgaire de Ed sin afeitar con un forro polar verde soldado que olía a viejo encima de la camiseta. Al ver charlar a Ed y Perry, sintió un arrebato de afecto por Ed, aun cuando acababa de sentirse irritada con él. Era por el sincero interés con el que escuchaba a Perry y por su barba cana de dos días en contraste con las mejillas perfectamente rasuradas del marido de Celeste.

Sí. Preferiría con mucho besar a Ed. Conque era afortunada.

—¿Llegamos tarde? Hemos dejado a los chicos primero deprisa y corriendo porque no había aparcamiento —dijo Celeste en su estilo preocupado y nervioso—. Los chicos están muy emocionados porque Perry haya venido a verlos declamar un poema.

—No llegamos tarde —respondió Madeline. Se preguntó si Celeste habría dicho algo a Perry sobre la posibilidad de que su primo fuera el padre de Ziggy. Ella ya se lo habría contado a Ed.

—¿Habéis visto a Jane? —preguntó Celeste como si le hubiera leído el pensamiento.

Perry y Ed caminaban por delante de ellas.

—¿Le has contado... ? —Madeline bajó la voz e inclinó la cabeza a espaldas de Perry.

—No —susurró Celeste con cara casi de terror.

—Además, Jane no está aquí —dijo Madeline—. Acuérdate de que tiene la cosa con la cosa. —Celeste puso cara de no entender. Madeline bajó la voz—. Ya sabes. La cita.

Jane les había hecho jurar que guardarían el secreto de la cita con la psicóloga que había pedido para Ziggy: «Si la gente se entera de que lo voy a llevar a la psicóloga lo tomarán como prueba de que ha hecho algo malo».

—Oh, sí. Claro. —Celeste se golpeó la frente con un dedo—. Se me había olvidado.

Perry aminoró la marcha, de manera que Madeline y Celeste les dieron alcance.

—Ed me ha estado contando el debate sobre el acoso —dijo Perry—. ¿Es la hija de Renata Klein la niña que está siendo acosada? —preguntó a Madeline—. Conozco algo a Renata por el trabajo.

—Ah, ¿sí? —dijo Madeline, aunque ya lo sabía por Celeste; siempre parecía una política más segura que los maridos no supieran cuánta información compartían las esposas.

—¿Debería firmar la petición si me lo pide Renata? —preguntó Perry.

Madeline se irguió, dispuesta a pelearse por Jane, pero Celeste habló primero:

—Perry —dijo—, si firmas esa petición, te dejo.

Madeline se rio con incómoda sorpresa. Evidentemente, era una broma, pero había algo más en las palabras de Celeste. Había sonado totalmente en serio.

—¡Eso es un aviso, tío! —observó Ed.

—Seguro que sí —dijo Perry y rodeó a Celeste con el brazo y la besó en la cabeza—. La jefa ha hablado.

Pero Celeste no sonrió.

A: TODOS LOS PADRES
De: COMITÉ SOCIAL

¡El largamente anunciado CONCURSO DE PREGUNTAS Y RESPUESTAS DE «AUDREY Y ELVIS» tendrá lugar mañana a las 7 de la tarde en el Salón de Actos del colegio! ¡Poneos el gorro de pensar y preparaos para una noche de alegría y diversión! GRACIAS a Brett Larson, padre de segundo año, que será nuestro maestro de ceremonias esta noche. ¡Brett se ha encargado de prepararnos algunas pruebas de ingenio sorprendentes para mantenernos alerta!

Cruzaremos los dedos para que el pronóstico del tiempo esté equivocado (90% de probabilidades de lluvia, pero, oye, ¿qué sabrán ellos?) y así podremos disfrutar de cócteles y canapés en nuestro bonito balcón antes de que caiga la noche.

¡GRACIAS también a todos los generosos patrocinadores locales! Entre los premios de los sorteos hay una FABULOSA BANDEJA DE CARNE donada por nuestros amigos de la maravillosa Carnicería Bocados Suculentos, un delicioso DESAYUNO PARA DOS en el BLUE BLUES (¡te queremos, TOM!) ¡Y un LAVADO Y PEINADO en HAIRWAY TO HEAVEN! ¡UAU!

¡Recordad que todo el dinero recaudado se destina a la compra de pizarras inteligentes para la educación de nuestros peques!

☆Abrazos☆ de vuestras amigas del Comité Social,

Fiona, Grace, Edwina, Rowena, Harper, Holly y Helen

Bsssss

P.D. La señora Lipmann nos recuerda que tengamos en cuenta a los vecinos y hagamos el menor ruido posible al marcharnos.

CAPÍTULO 52

SAMANTHA: Estaba viendo a los chicos declamar un poema en la asamblea del colegio la víspera del concurso de preguntas y me di cuenta de que todas las partidarias de Renata estaban a un lado y todas las partidarias de Madeline al otro, como si fuera una boda. Me reí para mis adentros.

Las asambleas del colegio Pirriwee siempre tardaban mucho en empezar y en terminar, pero de lo único de lo que no cabían quejas era del local. El salón de actos del colegio estaba en la segunda planta del edificio y disponía de un enorme balcón lateral que recorría toda la longitud de la estancia con grandes puertas correderas de cristal que brindaban espléndidas vistas al mar. Aquel día todas las puertas correderas estaban abiertas para dejar entrar el aire fresco del otoño. (El ambiente del salón se ponía un poco cargado cuando estaban todas las puertas cerradas, con todos los niños ventoseando, las perfumadas Melenitas Rubias y sus generosamente encoloniados maridos).

Madeline dirigió la mirada a las vistas y trató de pensar en cosas alegres. Se iba sintiendo cada vez más acelerada, señal de que el siguiente sería el día crítico del síndrome premenstrual. Más valía que nadie se le atravesara en el concurso de preguntas.

—Hola, Madeline —dijo Bonnie—. Hola, Ed.

Se sentó en el asiento de pasillo que estaba libre al lado de Madeline, trayendo consigo un aroma picante a pachuli.

Madeline notó que Ed bajaba la mano y la dejaba abierta y reconfortante sobre su rodilla.

—Hola, Bonnie —contestó Madeline con voz cansada mirándola de reojo. ¿Es que era la única silla vacía de todo el local?—. ¿Cómo estás?

—Muy bien —dijo Bonnie. Se colocó la trenza sobre su hombro de hippy, blanco con lunares oscuros. A Madeline le resultaba extraño incluso el hombro de Bonnie.

—¿No tienes frío? —Madeline se estremeció. Bonnie llevaba una camiseta sin mangas y los pantalones de yoga.

—Acabo de dar una clase de yoga Bikram.

—En esa se suda, ¿verdad? —dijo Madeline—. No parece que hayas sudado.

—Me he duchado —explicó Bonnie—. Pero mi temperatura corporal sigue siendo bastante alta.

—Vas a pillar un resfriado —afirmó Madeline.

—No —contestó Bonnie.

—Sí —dijo Madeline. Pudo notar a su izquierda los esfuerzos de Ed por no reír. Cambió de tema, ahora que había dicho la última palabra—. ¿No ha venido Nathan?

—Tenía que trabajar. Le he dicho que probablemente no se perdería gran cosa. Skye está tan asustada con la actuación que probablemente se esconderá detrás de los demás chicos. —Sonrió a Madeline—. No como tu Chloe.

«Al menos nunca podrás quitarme a Chloe como me has quitado a Abigail».

Le parecía bastante atroz que esa extraña supiera qué había desayunado su hija esa mañana y ella no. Por mucho que conociera a Bonnie desde hacía años y hubiera mantenido con ella cien conversaciones civilizadas, seguía sin parecerle una persona real. La veía como una caricatura. Era imposible imaginársela haciendo algo normal. ¿Estaba alguna vez de mal humor? ¿Gritaba de vez en cuando? ¿Se partía de risa? ¿Comía demasiado? ¿Bebía demasiado? ¿Pedía a gritos que alguien le llevara papel higiénico? ¿Perdía las llaves del coche? ¿Se comportaba alguna vez como ser humano? ¿Dejaba alguna vez de hablar en ese tono asqueroso y cantarín de profesora de yoga?

—Siento que Nathan no te hubiera dicho que había cancelado la tutoría de matemáticas —dijo Bonnie.

«Aquí no, idiota. No vamos a hablar de problemas familiares rodeadas de madres con la oreja puesta».

—Le he dicho a Nathan que tenemos que mejorar nuestras habilidades comunicativas —añadió Bonnie—. Esto es todo un proceso.

—Muy bien —dijo Madeline. Ed aumentó mínimamente la presión de su mano sobre ella.

Madeline miró hacia él y a Perry y Celeste por el otro lado para ver si podía entablar conversación con otra persona, pero Perry y Celeste estaban mirando algo en el teléfono de ella y los dos estaban riéndose con las cabezas juntas como adolescentes en una cita. El roce entre ambos acerca de la firma de la petición no había sido nada, evidentemente.

Volvió a mirar al escenario del salón, donde aún reinaba una ruidosa actividad, con niños a quienes se les pedía que se sentaran por favor, profesores probando el equipo de sonido y Melenitas Rubias de un lado para otro dándose aires como hacían todos los viernes por la mañana.

—Abigail está adquiriendo una gran conciencia social —dijo Bonnie—. Es asombroso verlo. ¿Sabías que tiene una especie de proyecto solidario secreto en el que está trabajando?

—Con tal de que la conciencia social no interfiera en las notas del colegio —replicó Madeline en un tono cortante, poniéndose en evidencia como madre horrible y misántropa—. Quiere hacer fisioterapia. He estado hablando de ello con Samantha. La madre de Lily. Samantha dice que Abigail necesita matemáticas.

—Pues no creo que siga queriendo hacer fisioterapia —dijo Bonnie—. Parece que se está interesando por el trabajo social. Creo que sería una maravillosa trabajadora social.

—¡Sería una horrible trabajadora social! —soltó Madeline—. No es lo bastante dura. Se mataría tratando de ayudar a la gente y se implicaría demasiado en su vida..., y, Dios mío, ¡qué mala elección de carrera sería esa para Abigail!

—¿Tú crees? —dijo Bonnie como si estuviera soñando—. Oh, bueno, no hay prisa para tomar ninguna decisión ahora. Probablemente cambiará de opinión una docena de veces antes de que llegue el momento.

Madeline pudo oírse resoplar como si estuviera de parto. Bonnie estaba intentando convertir a Abigail en alguien que no era ni podía ser. No quedaría nada de la auténtica Abigail. La hija de Madeline se convertiría en una extraña para ella.

La señora Lipmann subió con gracia al escenario y se puso delante del micrófono, en silencio, con las manos entrelazadas, sonriendo benévolamente mientras esperaba que su regia presencia fuera advertida. Una Melenita Rubia subió a toda prisa al escenario e hizo algo importante en el micrófono antes de marcharse otra vez a toda prisa. Mientras tanto una profesora de sexto empezó a batir palmas a un ritmo pegadizo con poderes hipnóticos y mágicos sobre los niños, haciéndoles callar de inmediato, mirar al escenario y empezar a batir palmas al mismo ritmo. (En casa no funcionaba. Madeline ya lo había intentado).

—¡Oh! —dijo Bonnie, mientras las palmas subían de volumen y la señora Lipmann levantaba las manos para pedir silencio. Se inclinó y dijo algo al oído de Madeline con su aliento dulce y mentolado—. Casi se me olvida. ¡Nos encantaría que Ed, tú y los niños vinierais a casa a celebrar el decimoquinto cumpleaños de Abigail el próximo martes! Sé que a Abigail le encantaría tener a toda la familia reunida. ¿Crees que sería demasiado violento?

¿Violento? ¡Estás de broma, Bonnie, eso sería maravilloso, glorioso! Madeline de invitada en la comida del decimoquinto cumpleaños de su hija. No la anfitriona. Una invitada. Nathan le ofrecería de beber. Cuando se marcharan, Abigail no iría en el coche con ellos. Se quedaría allí. Se quedaría allí porque era su casa.

—¡Perfecto! ¿Qué llevo? —respondió en un susurro, mientras ponía una mano en el brazo de Ed y apretaba con fuerza.

Resultaba que una conversación con Bonnie era como estar de parto: el dolor siempre podía ser mayor, mucho mayor.

CAPÍTULO 53

Ziggy es un niño encantador —dijo la psicóloga—. Se expresa muy bien, se muestra seguro de sí mismo y es amable. —Sonrió a Jane—. Manifestó preocupación por mi salud. Es el primer paciente de la semana que se ha dado cuenta de que tengo un resfriado.

La psicóloga se sonó ruidosamente las narices como para demostrar que estaba resfriada de verdad. Jane la miraba con impaciencia. No era tan simpática como Ziggy. Le traía sin cuidado el resfriado de la psicóloga.

—Entonces, ¿cree que es un acosador psicótico secreto? —dijo Jane con una risita como si lo hubiera dicho en broma, aunque no era así. Por eso estaban aquí. Por eso estaba pagando ella unos buenos honorarios.

Ambas miraron a Ziggy, que estaba jugando en una sala acristalada contigua al despacho de la psicóloga, desde donde supuestamente no podía oírlas. Mientras miraban, Ziggy tomó una muñeca de peluche; un juguete para un niño mucho más pequeño. «Imagínate si de repente le da un puñetazo», pensó Jane. Eso sería bastante concluyente. Un niño que aparenta preocuparse por el resfriado de la psicóloga y luego pega a un muñeco. Pero Ziggy se limitó a mirarla y luego volvió a dejarla donde estaba, sin darse cuenta de que no acertaba con la esquina de la mesa y dejándola caer al suelo, con lo que demostraba únicamente que era patológicamente desordenado.

—No —dijo la psicóloga. Calló un momento, moviendo nerviosamente la nariz.

—Va a contarme lo que ha dicho, ¿verdad? —dijo Jane—. No tiene ninguna cláusula de confidencialidad con el paciente, ¿no?

—¡Atchiiis! —La psicóloga estornudó con todas sus fuerzas.

—¡Salud! —dijo Jane impaciente.

—La confidencialidad con los pacientes solo empieza a aplicarse cuando llegan a los catorce —explicó la psicóloga sorbiéndose la nariz—, que es precisamente cuando te cuentan toda clase de historias que realmente te gustaría compartir con sus padres, ¿sabe a qué me refiero? ¡Comienzan a tener relaciones sexuales, toman drogas y esto y lo otro!

«Sí, sí. "Niños pequeños, problemas pequeños"».

—Jane, no creo que Ziggy sea un acosador —dijo la psicóloga. Estiró los dedos y tocó con las yemas el borde de las enrojecidas ventanas de la nariz—. Saqué el tema del incidente del día de la presentación y fue muy claro al afirmar que no había sido él. Me sorprendería mucho que mintiera. En ese caso sería el mentiroso más hábil que he visto en mi vida. Y, sinceramente, Ziggy no presenta ninguno de los rasgos típicos de la personalidad del acosador. No es narcisista. Por el contrario, sí que muestra empatía y sensibilidad.

Lágrimas de alivio taponaron la nariz de Jane.

—Salvo que sea un psicópata —dijo la psicóloga jovialmente.

«¿Qué coño?»

—En cuyo caso estaría fingiendo la empatía. Los psicópatas a menudo son encantadores. Pero... —añadió la psicóloga y estornudó otra vez—. Oh Dios —dijo sonándose la nariz—. Creía que estaba mejor.

—Pero... —apremió Jane, consciente de que no estaba manifestando la menor empatía.

—Pero creo que no —concluyó la psicóloga—. No creo que sea un psicópata. Aunque sí me gustaría verlo otra vez. Pronto. Creo que sufre mucha ansiedad. Creo que hoy había muchas cosas que no me ha contado. No me sorprendería enterarme de que el propio Ziggy estuviera sufriendo acoso en el colegio.

—¿Ziggy? —dijo Jane—. ¿Acosado él? —Notó una oleada de calor, como si tuviera fiebre. La energía se desplegó por su cuerpo.

—Podría equivocarme —aclaró la psicóloga sorbiéndose los mocos—. Pero no me sorprendería. Creo que es verbal. Quizá un chico inteligente ha encontrado su punto débil. —Tomó un pañuelo de papel, el último que quedaba en la caja de su mesa. Se adelantó a un estornudo—. Ziggy y yo también hemos hablado de su padre.

—¿Su padre? —repitió Jane—. Pero ¿qué... ?

—Siente mucha ansiedad por su padre —dijo la psicóloga—. Cree que podría ser un soldado del imperio, Jabba el Hutt o, en el peor de los casos —la psicóloga no pudo reprimir una amplia sonrisa—, Darth Vader.

—No lo dirá usted en serio —replicó Jane, algo avergonzada. Había sido Fred, el hijo de Madeline, quien había introducido a Ziggy en el mundo de *La guerra de las galaxias*—. Él no lo dice en serio.

—Los niños oscilan a menudo entre la realidad y la fantasía —dijo la psicóloga—. Solo tiene cinco años. En el mundo de un niño de cinco años todo es posible. Todavía cree en Papá

Noel y el ratoncito Pérez. ¿Por qué no iba a ser su padre Darth Vader? Pero creo que es más como si hubiera captado la idea de que su padre es alguien... temible y misterioso.

—Creía que lo había hecho mejor —comentó Jane.

—Le pregunté si le hablaba a usted mucho de su padre y dijo que sí, pero que sabe que a usted le molesta. Fue muy claro conmigo. No quería molestarla. —Miró sus notas y volvió a levantar la vista—. Dijo: «Tenga cuidado si le habla a mamá de mi papá porque se le pone una cara rara».

Jane se llevó la mano al pecho.

—¿Está usted bien? —se preocupó la psicóloga. Se inclinó hacia delante y lanzó a Jane una mirada cómplice de mujer a mujer como si estuvieran charlando en un bar—. Me imagino que el padre de Ziggy no era precisamente un buen tipo.

—No precisamente —dijo Jane.

CAPÍTULO 54

Perry llevó a Celeste de vuelta a casa después de la asamblea.

—¿Te da tiempo a parar y tomar un café? —preguntó ella.

—Preferiría que no —dijo él—. ¡Tengo el día ocupado!

Lo miró despacio. Tenía buen aspecto. Con el pensamiento puesto en la jornada que tenía por delante. Ella sabía que le había gustado asistir a su primera asamblea del colegio, ser uno de los padres del colegio, llevar su uniforme de empresa en un mundo no empresarial. Le gustaba su papel de padre, incluso disfrutaba de él, y de hablar con Ed de esa forma amablemente irónica, tipo padre que se toma todo esto un poco a risa. Todos se habían reído de los chicos corriendo a toda velocidad por el escenario con el gran traje verde de cocodrilo. Max llevaba la cabeza y Josh la cola; a veces, cuando andaban en direcciones opuestas, parecía que iba a partirse por la mitad. Antes de salir del colegio, Perry había sacado una foto de los chicos con el traje en el balcón del salón, con el océano al fondo. Luego había pedido a Ed que sacara una foto de los cuatro: los chicos asomando la cabeza por debajo del disfraz y Perry y Celeste en cuclillas junto a ellos. Ya estaría en Facebook.

Celeste lo había visto toquetear el teléfono mientras caminaban hacia el coche. ¿Qué diría? «¡Han nacido dos estrellas! ¡Los chicos han triunfado en su debut como un cocodrilo espantoso!».

—¡Hasta esta noche en el concurso de preguntas! —se habían dicho unos a otros al despedirse ese día.

Sí, él estaba de buen humor. Las cosas irían bien. No había habido ninguna tensión desde que volvió del último viaje.

Pero había captado el destello fulminante de ira cuando ella hizo el comentario de que lo abandonaría si firmaba la petición de expulsión de Ziggy. Había querido que sonara a broma, pero se daba cuenta de que no había salido así y que lo había avergonzado delante de Madeline y Ed, que le caían bien y a quienes admiraba.

¿Qué le había sucedido? Tal vez fuera el piso. Ya estaba casi completamente amueblado, por lo que la posibilidad de abandonar a Perry estaba siempre presente, igual que la pregunta sobre si lo hacía o no. Claro que sí, debo hacerlo. Claro que no. Cuando había estado allí el día anterior por la mañana había llegado a hacer las camas poniendo sábanas limpias, disfrutando de un extraño y apacible placer al hacerlas, doblando las sábanas, haciendo que cada cama pareciera acogedora, haciéndolo posible. Pero luego, por la noche, en medio de la oscuridad, se había despertado en su propia cama, con el peso del brazo de Perry en la cintura, el giro lento del ventilador del techo como a Perry le gustaba y, al venírsele a la cabeza el recuerdo de las camas hechas, se había sobresaltado tanto como si recordara un delito. ¡Qué traición a su marido! Haber alquilado y amueblado otro piso. Qué acto tan demencial, a escondidas, malintencionado y autocomplaciente.

Tal vez amenazar a Perry con dejarlo obedecía a que quería confesar lo que había hecho. No podía soportar la carga del secreto.

Por supuesto, además le indignaba que Perry o cualquier otro firmara la petición, pero especialmente Perry. Tenía una deuda con Jane. Una deuda de familia por lo que había hecho su primo. (Lo que quizá había hecho, se recordaba a sí misma. No lo sabían con certeza. ¿Y si Jane hubiera oído mal su nombre? Podría haber sido Stephen Banks en vez de Saxon Banks).

Ziggy podía ser hijo del primo de Perry. Como mínimo le debía lealtad.

Jane era amiga de Celeste, pero, aunque no lo fuera, ningún niño de cinco años merecía vivir en un sitio donde habían emprendido una caza de brujas contra él.

Perry no llevó el coche al garaje, sino que frenó a la altura del camino de entrada a la casa.

Celeste dio por supuesto que eso significaba que no iba a entrar.

—Nos vemos esta noche —dijo inclinándose para darle un beso.

—En realidad, tengo que entrar a por algo del escritorio —dijo Perry abriendo la puerta del coche.

Entonces lo notó. Como un olor o un cambio en la carga eléctrica del aire. Tenía que ver con el porte de los hombros y la mirada inexpresiva y brillante de él y la sequedad de garganta de ella.

Él le abrió la puerta de casa y le cedió el paso con un gesto cortés.

—Perry —se apresuró a decir ella al volverse mientras él cerraba la puerta.

Pero entonces la agarró por el pelo, retorciéndoselo y tirando de él con tanta fuerza, una fuerza tan increíble que el dolor irradió del cuero cabelludo y sus ojos se llenaron al momento de lágrimas involuntarias.

—Si vuelves a avergonzarme de esa manera te mato, joder, vaya que si te mato. —Apretó aún más—. Cómo te atreves. Cómo te atreves.

La soltó.

—Lo siento —dijo ella—. Lo siento mucho.

Pero no debió de decir la palabras adecuadas porque él avanzó despacio y le tomó la cara entre las manos como hacía cuando estaba a punto de besarla tiernamente.

—No es suficiente —dijo estampándole la cabeza contra la pared.

Su fría determinación era tan traumática y surrealista como la primera vez que le pegó. El dolor era íntimo, como si le hubiera partido el corazón.

Todo le daba vueltas como si estuviera borracha.

Se desplomó.

Le dieron arcadas, una, dos veces, pero no tenía ganas de vomitar. Algunas veces le daban arcadas. Nunca vomitaba.

Oyó alejarse los pasos de él por el pasillo y se hizo un ovillo en el suelo, las rodillas junto al pecho, las manos entrelazadas en la parte de atrás de la cabeza, cruelmente dolorida. Pensó en los chicos cuando se hacían daño, en su forma de llorar: «Duele, mamá, duele mucho».

—Siéntate —dijo Perry—. Cariño. Siéntate.

Se acuclilló a su lado, la hizo sentarse y le puso con suavidad hielo en la nuca envuelto en un paño de cocina.

Cuando el bienvenido frío empezó a hacer efecto, volvió la cabeza y observó con sus ojos turbios la cara de él. Estaba pálido, con ojeras moradas. Sus rasgos se habían venido abajo, como si estuviera afectado por alguna terrible enfermedad. Oyó un sollozo. Un sonido grotesco, desesperado, como el de un animal atrapado en un cepo.

Ella se dejó caer sobre el hombro de él y se mecieron en la reluciente tarima de nogal negro bajo los altos techos catedralicios.

CAPÍTULO 55

Madeline había dicho a menudo que vivir y trabajar en Pirriwee era como vivir en un pueblo. Le gustaba sobre todo esa sensación de comunidad, salvo, claro está, los días en que el síndrome premenstrual la tenía en sus malévolas garras y prefería ir de tiendas sin gente que le sonriera, saludara y fuera puñeteramente simpática con ella. En Pirriwee todo el mundo estaba conectado entre sí, a menudo de forma múltiple, a través del colegio o el club de surf, los equipos deportivos de los chicos, el gimnasio, el peluquero y demás.

Eso se concretaba en que cuando se sentó a la mesa de su diminuto y atestado despacho del Teatro de Pirriwee para dar un telefonazo de última hora al periódico local para ver si podía insertar un anuncio de cuarto de página en el ejemplar de la semana siguiente (necesitaban con urgencia más números para conseguir algo de dinero para la clase de teatro de preescolar), no estaba simplemente llamando a Lorraine, la encargada de publicidad del periódico. Estaba llamando a la Lorraine que tenía una hija, Petra, en el mismo curso que Abigail, y un hijo en cuarto en el colegio Pirriwee, y estaba casada con

Alex, dueño de la cervecería de la localidad, que jugaba en un equipo de fútbol para mayores de cuarenta años con Ed.

No iba a ser un telefonazo porque Lorraine y ella llevaban mucho tiempo sin hablar. Lo pensó mientras sonaba el teléfono y a punto estuvo de colgar y enviarle un correo electrónico porque ese día tenía un montón de trabajo y ya iba retrasada por haber ido a la asamblea del colegio, aunque de todas maneras estaría bien una breve charla con Lorraine, aparte de que quería saber qué había oído ella de la petición y demás, solo que a veces se enrollaba y...

—¡Lorraine Edgely!

Demasiado tarde.

—Hola, Lorraine. Soy Madeline.

—¡Querida!

Lorraine debería trabajar en el teatro, no en el periódico local. Tenía una exuberante forma teatral de hablar en tono condescendiente.

—¿Cómo estás?

—¡Oh, Dios mío, deberíamos tomar un café! ¡Debemos tomar un café! Tenemos mucho de que hablar —exclamó Lorraine. Bajó tanto la voz que sonaba apagada. Lorraine trabajaba en una oficina sin tabiques—. Tengo cotilleos de fuera del periódico. Cotilleos candentes.

—Cuéntamelos ya —respondió Madeline alegremente, echándose para atrás y apoyando los pies en la mesa—. Ahora mismo.

—Vale, una muestra —dijo Lorraine—. *Parlez-vous anglais?*

—Sí, claro que hablo inglés —contestó Madeline.

—Es lo único que sé decir en francés —dijo Lorraine—. Esto tiene que ver con el francés.

—Tiene que ver con el francés —repitió Madeline confusa.

—Sí, eh, y con nuestra común amiga Renata.

—¿Tiene algo que ver con la petición? —preguntó Madeline—. Porque espero que no la hayas firmado, Lorraine. Amabella nunca ha dicho que fuera Ziggy quien estuviera haciéndole daño y el colegio está haciendo un seguimiento diario en la clase.

—Sí, la petición me pareció algo dramática, aunque me he enterado de que la madre de un niño hizo llorar a Amabella y luego dio una patada a Harper en el arenero, por lo que me figuro que hay dos bandos en cada historia, pero no, no tiene nada que ver con la petición, Madeline, me estoy refiriendo a un asunto francés.

—La niñera —dijo Madeline en un arranque de inspiración—. ¿Te refieres a eso? ¿A Juliette? ¿Qué pasa con ella? Por lo visto, el acoso llevaba ya tiempo produciéndose y la tal Juliette ni siquiera...

—¡Sí, sí, a eso voy, pero olvídate de la petición! Se trata de..., ¿cómo decirlo? Tiene que ver con el marido de nuestra común amiga.

—Y la niñera —apuntó Madeline.

—Exactamente —dijo Lorraine.

—No entien... ¡No! —Madeline se levantó—. ¿No lo dirás en serio? ¿Geoff y la niñera? —Era imposible no sentir un subidón de placer por el impacto sensacionalista de la noticia. El cumplidor, recto, observador de pájaros y barrigudo Geoff y la joven niñera francesa. Era un tópico tan increíblemente delicioso—. ¿Están teniendo una aventura?

—Sí. Igual que Romeo y Julieta, solo que, ya sabes, son Geoff y Juliette —dijo Lorraine, que, al parecer, había abandonado la esperanza de intentar mantener en secreto a sus colegas los detalles de su conversación.

Madeline experimentó una ligera sensación de asco, como si se hubiera zampado algo empalagoso y malo para ella.

—Eso es espantoso. Es horrendo. —Odiaba a Renata, pero no le deseaba esto. La única mujer que merecía un marido infiel era una mujer infiel—. ¿Lo sabe Renata?

—Parece que no —respondió Lorraine—. Pero está confirmado. Geoff se lo contó a Andrew Faraday en squash y Andrew se lo contó a Shane que se lo contó a Alex. Los hombres son unos chismosos impresionantes.

—Alguien tiene que decírselo a ella —afirmó Madeline.

—Pues no seré yo —dijo Lorraine—. Por lo de matar al mensajero y todo eso.

—Yo no puedo ser —señaló Madeline—. Soy la última persona por la que debería enterarse.

—No se lo digas a nadie —le pidió Lorraine—. Prometí a Alex que no se lo contaría a nadie.

—Perfecto —dijo Madeline.

No cabía duda de que este sabroso cotilleo era como un *pinball* por la península, saltando de unos amigos a otros, de esposo a esposa, y no tardaría en dar a la pobre Renata en toda la cara, justo cuando la pobre mujer creía que lo más estresante de su vida era que estaban acosando a su hija en el colegio.

—Por lo visto la pequeña Juliette quiere llevarlo a conocer a sus padres en Francia —dijo Lorraine poniendo acento francés—. *Ooh la la!*

—¡Oh, ya basta, Lorraine! —la interrumpió Madeline bruscamente—. No tiene gracia. Ya no quiero oír más.

Ante todo, era completamente improcedente ver cómo había disfrutado al enterarse del cotilleo.

—Lo siento, querida —dijo Lorraine sin inmutarse—. En fin, ¿qué puedo hacer por ti?

Madeline hizo la reserva, que Lorraine gestionó con su eficiencia habitual, y Madeline lamentó no haberlo hecho por correo electrónico.

—Entonces, hasta el sábado por la noche —dijo Lorraine.

—¿El sábado por la noche? Por supuesto, el concurso de preguntas —respondió Madeline cordialmente para contrarrestar la brusquedad anterior—. Lo estoy deseando. Tengo un vestido nuevo.

—Me lo imagino —dijo Lorraine—. Yo voy a ir de Elvis. No hay ninguna norma que prescriba que las mujeres tengan que ir de Audrey y los hombres de Elvis.

Madeline se rio, congraciándose otra vez con Lorraine, cuyas grandes, ruidosas y estridentes carcajadas darían el tono de una noche divertida.

—Pues hasta entonces —dijo Lorraine—. ¡Ah! ¿Qué actividad solidaria está realizando Abigail?

—No lo sé con seguridad —contestó Madeline—. Está haciendo algo para recaudar fondos para Amnistía Internacional. Puede que un sorteo. Lo cierto es que debería decirle que para organizar un sorteo necesita autorización.

—Mmmm —dijo Lorraine.

—¿Qué? —inquirió Madeline.

—Mmmm.

—¡¿Qué?! —Al girar la silla dio un codazo a una carpeta de papel Manila que había en la esquina de la mesa. La alcanzó a tiempo—. ¿Qué pasa?

—No lo sé —dijo Lorraine—. Petra comentó algo del proyecto que estaba llevando a cabo Abigail y me dio la sensación de que había algo, no sé, raro. Petra se reía por lo bajo, en plan irritante y tonto y haciendo veladas referencias a que algunas chicas no aprobaban lo que Abigail estaba haciendo, aunque Petra sí, lo cual no es ninguna garantía. Lo siento. Estoy siendo un poco difusa. Es que mi instinto de madre se ha puesto un poco, ya sabes, *nino, nino, nino.* —Imitó el sonido de la alarma de un coche.

Madeline recordó el extraño comentario que alguien había hecho en el muro de Facebook de Abigail. Lo había olvidado por completo porque le había distraído el enfado por la cancelación de la tutoría de matemáticas.

—Lo averiguaré —dijo—. Gracias por el aviso.

—Probablemente no sea nada. *Au revoir,* querida. —Lorraine colgó.

Madeline tomó el teléfono y envió un mensaje a Abigail: «Llámame en cuanto recibas esto. Bs, mamá».

Ahora estaría en clase y no se les permitía mirar el móvil hasta el fin de la jornada escolar.

Paciencia, dijo para sus adentros, al volver a poner las manos en el teclado. Muy bien. ¿Y ahora qué? Los carteles anunciadores de *El rey Lear* el mes que viene. En Pirriwee nadie quería ver al rey Lear enloquecido dando tumbos por el escenario. Querían comedia contemporánea. Ya tenían bastante drama shakespeariano en sus propias vidas, en el patio del colegio y en el campo de fútbol. Pero la jefa de Madeline insistía. La venta de localidades flojeaba y echaba la culpa sin decirlo al marketing de Madeline. Igual que todos los años.

Volvió a mirar el teléfono. Probablemente Abigail le haría esperar hasta bien entrada la noche antes de llamar.

—Cuánto más desgarrador que un diente de serpiente es tener una hija ingrata, Abigail —dijo al silencioso teléfono. (Sabía citar largas parrafadas de *El rey Lear* porque había escuchado muy a menudo los ensayos de la compañía).

Se sobresaltó al oír el teléfono. Era Nathan.

—No te enfades —dijo.

CAPÍTULO 56

«Con el tiempo, las relaciones violentas suelen ir a más». ¿Lo había leído en alguna de aquellas carpetas de documentos o era algo que había dicho Susi con esa voz fría y neutra suya?

Celeste estaba tumbada en su lado de la cama, abrazada a su almohada y mirando por la ventana de la que Perry había retirado la cortina para que ella pudiera ver el mar.

«¡Podremos estar en la cama y ver el mar!», había exclamado él la primera vez que vieron la casa. El agente inmobiliario había dicho astutamente: «Les dejaré que lo comprueben ustedes mismos», porque, por supuesto, la casa hablaba por sí sola. Perry había actuado como un niño aquel día, un niño nervioso correteando por una casa nueva, no un hombre a punto de gastar millones en una «propiedad de prestigio con vistas al océano». Su excitación casi le dio miedo a ella, era demasiado brutal y optimista. Había tenido razón en ser escéptica. Seguramente estaban dirigiéndose a una caída. Por aquel entonces ella estaba embarazada de catorce semanas, con náuseas e hinchada, con un permanente sabor a metal en la boca, y negándose a sentir confianza con este embarazo, pero Perry estaba muy esperanzado, como si de alguna manera la casa nueva garantizara que el embarazo llegaría a buen término porque «¡Vaya vida! ¡Vaya vida para los chicos vivir tan cerca de la playa!». Eso había sido antes de que le levantara la voz, cuando la idea de que le pegara habría sido imposible, inconcebible, ridícula.

Estaba aún muy conmocionada.

Era tan, tan... sorprendente.

Había intentado trasladar la hondura de su conmoción a Susi, pero algo le decía que todas las pacientes de Susi sentían lo mismo. (Pero, mira, para nosotras, ¡es verdaderamente sorprendente!, quería decir).

—¿Más té?

Perry estaba en la puerta de la habitación. Seguía llevando la ropa de ir a trabajar, aunque se había quitado la chaqueta y la corbata y se había arremangado las mangas de la camisa por encima de los codos.

«Tengo que ir al despacho esta tarde, pero esta mañana trabajaré en casa para asegurarme de que estás bien», había dicho después de ayudarla a levantarse del suelo del pasillo, como si se hubiera hecho daño por un resbalón o le hubiera sobrevenido un mareo repentino. Había llamado a Madeline, sin consultar con Celeste, para preguntarle si no le importaba recoger hoy a los niños del colegio. «Celeste está indispuesta», le había oído decir, y la preocupación y el afecto de su voz habían sonado tan reales, tan auténticos como si se creyera que ella hubiera contraído repentinamente una misteriosa enfermedad. Puede que así fuera.

—No, gracias —dijo.

Miró su rostro apuesto y preocupado, parpadeó y se imaginó la cara de él junto a la suya, burlándose de ella: « No es suficiente», antes de estamparle la cabeza contra la pared.

Muy sorprendente.

El doctor Jekyll y míster Hyde.

¿Cuál de los dos era el malo? No lo sabía. Cerró los ojos. El hielo había servido, pero el dolor había disminuido hasta un cierto nivel y se había quedado allí, como si fuera para siempre: un círculo palpitante, sensible. Lo notaba como un tomate maduro cuando lo tocaba con las yemas de los dedos.

—Vale, bien. Da una voz si necesitas algo.

Ella estuvo a punto de reír.

—De acuerdo —dijo.

Perry se fue y Celeste cerró los ojos. Lo había avergonzado. ¿Se sentiría avergonzado si lo abandonaba de verdad? ¿Se sentiría humillado si todo el mundo supiera que sus posts de Facebook no contaban toda la historia?

«Tienes que tomar precauciones. El momento más peligroso para una mujer maltratada llega cuando corta la relación», le había dicho Susi más de una vez en la última sesión, como si estuviera buscando una respuesta que Celeste no le daba.

Celeste nunca se lo había tomado tan en serio. Para ella todo se reducía a tomar la decisión de abandonarlo, quedarse o irse, como si ahí acabara todo.

Era una ilusa. Era tonta.

Si la cólera de él hubiera sido hoy un poco más intensa, le habría golpeado más de una vez la cabeza contra la pared. Lo habría hecho con más fuerza. Podría haberla matado y luego habría caído de rodillas y habría acunado su cuerpo, entre lamentos y gritos, sintiendo un gran disgusto y dolor. ¿Y qué? Ella estaría muerta. No podría devolverle la vida. Sus chicos se quedarían sin madre y, aunque Perry era un buen padre, no les daba suficiente fruta y siempre se olvidaba de que se cepillaran los dientes, aparte de que ella quería verlos crecer.

Si lo abandonaba, probablemente la mataría.

Si se quedaba y seguían juntos la misma trayectoria, probablemente él acabaría encontrando algo con lo que encolerizarse lo suficiente como para matarla.

No tenía salida. Un piso con las camas bien hechas no era un plan de fuga. Era una broma.

Resultaba tan sorprendente que el apuesto y preocupado hombre que le acababa de ofrecer una taza de té, y que ahora se encontraba en la planta de abajo trabajando con el ordenador, y que acudiría corriendo si ella lo llamara, y que la quería con todo su extraño corazón, acabaría algún día, con toda probabilidad, matándola.

CAPÍTULO 57

Abigail ha creado una página web —dijo Nathan.

—Muy bien —repuso Madeline.

Se había levantado de la mesa, como si en ese preciso momento tuviera que ir a alguna parte. ¿El colegio? ¿El hospital? ¿La cárcel? ¿Qué podía haber tan trascendental en una página web?

—Para recaudar fondos para Amnistía Internacional —continuó Nathan—. Está hecha muy profesionalmente. He estado ayudándola con el curso de diseño de páginas web que está haciendo en el colegio, pero evidentemente..., no..., esto..., sí, bueno, no preveía esto.

—No lo pillo. ¿Cuál es el problema? —dijo bruscamente Madeline.

Nathan no es que viera problemas donde no los había. Es que más bien era propenso a no ver un problema que tuviera delante de sus propias narices.

Nathan carraspeó. Hablaba con voz entrecortada.

—No es el fin del mundo, pero desde luego no es ideal.

—¡Nathan! —Madeline dio un pisotón de frustración en el suelo.

—Bien —dijo Nathan y continuó de un tirón—: Abigail está subastando su virginidad al mejor postor como forma de concienciar sobre los matrimonios de niñas y la esclavitud sexual. Dice, esto, «si el mundo pasa cuando se vende a una niña de siete años con fines sexuales, no debería parpadear si una privilegiada chica blanca de catorce años se vende con fines sexuales». Todo el dinero recaudado irá a Amnistía Internacional. No sabe escribir correctamente privilegiada.

Madeline se dejó caer en la silla. Oh, desastre.

—Dame la dirección —dijo—. ¿La página está activa? ¿Me estás diciendo que la página está activa ahora mismo?

—Sí —contestó Nathan—. Creo que se inició ayer por la mañana. No la mires. Por favor, no la mires. El problema es que la ha configurado de tal forma que no puede moderar los comentarios y, claro, los trolls de internet lo han convertido en su centro de atención.

—Dame ahora mismo la dirección.

—No.

—¡Nathan, dame ahora mismo la dirección! —Dio un pisotón de frustración en el suelo, casi a punto de echarse a llorar.

—Tres uves dobles punto compramivirginidadparadetenermatrimoniosinfantilesyesclavitudsexual punto com.

—Fabuloso —dijo Madeline al teclear la dirección con manos temblorosas—. Eso va a atraer a una clase maravillosa de personas solidarias. Nuestra hija es idiota. Hemos criado a una idiota. Oh, espera, tú no la has criado. La he criado yo. He criado a una idiota. —Hizo una pausa—. Oh, Dios.

—¿La estás viendo? —dijo Nathan.

—Sí —respondió Madeline.

Era una página web de aspecto profesional, lo que, curiosamente, empeoraba las cosas, haciéndolas más reales, más oficiales, como si el derecho de cualquier extraño a comprar la virginidad de Abigail contara con respaldo oficial. La página principal mostraba la foto de Abigail practicando yoga que ya había visto en Facebook. Vista a la luz de «compra mi virginidad» la foto adquiría una siniestra sexualidad con el pelo sobre el hombro, las piernas y brazos delgados y largos y los pequeños pechos perfectos. Los hombres mirarían la foto de su hija en la pantalla del ordenador y pensarían en acostarse con ella.

—Creo que voy a vomitar —comentó.

—Lo sé —dijo Nathan.

Madeline tomó aliento y recorrió la página con su mirada profesional de marketing y relaciones públicas. Además de la foto de Abigail había imágenes de la página web de Amnistía Internacional sobre matrimonios infantiles y esclavitud sexual. Presumiblemente Abigail las habría utilizado sin pedir autorización. La copia era buena. Directa. Persuasiva. Emotiva sin pasarse. Fuera de la errata de la palabra «privilegiada» y de que la premisa entera constituía una terrorífica equivocación, era bastante impresionante para una chica de catorce años.

—¿Es legal esto? —dijo al poco—. Debe de ser ilegal que una menor venda su virginidad.

—Sería ilegal para quien la comprara —contestó Nathan.

Madeline se dio cuenta de que al hablar le rechinaban los dientes.

Al darse cuenta de que estaba hablando con Nathan, Madeline se sintió desorientada por un momento. Debía de haberse creído subconscientemente que estaba hablando con Ed, porque nunca había discutido espinosos problemas paterno-filiales con Nathan. Ella establecía las normas y Nathan las cumplía. No eran un equipo.

Al mismo tiempo se le vino a la cabeza que, si fuera Ed, no sería lo mismo. Ed estaría horrorizado solo de pensar que un hombre comprara la virginidad de Abigail, por supuesto, pero no experimentaría el dolor visceral que estaba sintiendo

Nathan. Si se tratara de Chloe, sí. Pero había una sutil distancia en la relación de Ed con Abigail, distancia que Madeline siempre había negado y Abigail había sentido siempre.

Hizo clic en la sección de «Pujas y donativos». Abigail lo había configurado de manera que la gente pudiera subir comentarios y registrar sus «pujas».

Las palabras nadaban delante de ella:

«¿Cuánto por una violación colectiva?».

«Puedes chuparme la polla por 20 dólares donde quieras y cuando quieras».

«Hola, guapa, me follaría ese coñito estrecho tuyo gratis».

Madeline se apartó de la mesa con un regusto a bilis en la boca.

—¿Cómo cerramos esta página web inmediatamente? ¿Sabes cómo se hace?

Le reconfortó comprobar que no había perdido el control, estaba hablando como si se tratara de un problema de trabajo: un folleto que había que reimprimir, una errata en la página web del teatro. Nathan era muy ducho en tecnología. Debía de saber qué hacer. Pero cuando salió de la página de comentarios y volvió a ver la foto de Abigail, su inocente, ridícula y torpe hija —hombres viles estaban pensando y diciendo cosas viles de su hija—, la cólera brotó volcánicamente de la boca del estómago y estalló por la boca:

—¿Cómo demonios ha ocurrido esto? ¿Por qué no estabais Bonnie y tú vigilando lo que hacía? ¡Soluciónalo! ¡Soluciónalo ya!

Harper: ¿Le ha contado alguien el pequeño drama de la hija de Madeline? Me refiero a, odio tener que decirlo, pero, como ya le dije a Renata en su momento, creo que fue una vez que vino a cenar a casa, le dije: «Pues eso no ocurriría en un colegio privado». No estoy diciendo que tenga nada en contra de los institutos públicos per se, solo que creo que tus hijos tienen más probabilidades de relacionarse con, ya sabes, una clase mejor de personas.

SAMANTHA: Esa Harper es una creída. Claro que podría haber ocurrido en un colegio privado. ¡Y las intenciones de Abigail eran tan nobles! Solo que las chicas de catorce años son estúpidas. Pobre Madeline. Echó la culpa a Nathan y Bonnie, aunque no sé si era justo.

BONNIE: Sí, Madeline nos echó la culpa. Acepto que entonces Abigail estaba a mi cuidado. Pero eso no tuvo nada que ver con..., con la tragedia. Nada en absoluto.

CAPÍTULO 58

Después de la visita a la psicóloga, Jane llevó a Ziggy a la playa a tomarse un té mañanero en Blue Blues antes de dejarlo otra vez en el colegio.

—El dulce del día son pasteles de manzana con mantequilla aromatizada con limón —dijo Tom—. Creo que deberíais probarlos. Por cuenta de la casa.

—¿Por cuenta de la casa? —Ziggy frunció el ceño.

—Gratis —explicó Jane. Levantó la vista a Tom—. Pero creo que deberíamos pagar.

Tom estaba siempre dándole cosas gratis. Estaba empezando a resultar embarazoso. Se preguntaba si es que tendría la impresión de que ella estaba hundida en la miseria.

—Ya lo resolveremos después. —Tom hizo un vago gesto con la mano, como diciendo que no aceptaría su dinero se pusiera como se pusiera.

Desapareció en la cocina.

Ziggy y ella volvieron la cabeza para mirar al océano. Soplaba una brisa fresca y el mar parecía juguetón, con pequeñas olas blancas que rizaban el horizonte. Jane aspiró los maravillosos aromas del Blue Blues y sintió una inmensa nostalgia, como si ya hubiera tomado la decisión y Ziggy y ella fueran a mudarse definitivamente.

Dentro de dos semanas tendría que renovar el alquiler del piso. Podrían mudarse a un sitio nuevo, matricularlo en un nuevo colegio, empezar de nuevo con su reputación intacta. Si la psicóloga estaba en lo cierto y Ziggy estaba sufriendo acoso, era imposible que Jane consiguiera que el colegio lo tomara en cuenta. Sería una jugada estratégica, como una contrademanda. De todas formas, ¿cómo iban a quedarse en un colegio donde los padres estaban firmando una petición para que se fueran? Ahora todo se había vuelto demasiado complicado. Probablemente la gente pensaba que ella había atacado a Harper y había acosado a Amabella en el arenero. Había hecho llorar a Amabella y se sentía fatal por eso. La única solución era irse. Era lo que había que hacer. Lo mejor para ambos.

Quizá había sido inevitable que su estancia en Pirriwee acabara tan desastrosamente. Las auténticas e inconfesadas razones para venir aquí eran tan peculiares, confusas y del todo extrañas que ni siquiera podía permitirse expresarlas como era debido.

Aunque, en realidad, quizá venir aquí hubiera sido un paso extraño y necesario de algún proceso, porque en los últimos meses algo había sanado. Por mucho que hubiera estado sufriendo por la confusión y preocupación por Ziggy y las demás madres, sus sentimientos hacia Saxon Banks habían experimentado un cambio sutil. Le daba la sensación de que ahora lo veía con más claridad. Saxon Banks no era un monstruo. Era simplemente un hombre. El típico canalla desagradable. Los hay a montones. Era preferible no acostarse con ellos. Pero ella lo había hecho. Y no tenía vuelta de hoja. Ziggy estaba aquí. Quizá solo Saxon Banks había tenido un esperma lo suficientemente canalla como para vencer sus problemas de fertilidad. Quizá era el único hombre del mundo que podía haberle dado un bebé y quizá podría encontrar ahora un modo justo y equilibrado de hablar de él para que Ziggy dejara de pensar que su padre era una especie de siniestro superdelincuente.

—Ziggy —dijo—, ¿te gustaría que nos cambiáramos a otro colegio donde pudieras hacer nuevos amigos?

—No —dijo Ziggy.

En ese momento estaba de un humor raro y contestón. Nada inquieto. ¿Sabía la psicóloga de lo que estaba hablando? ¿Qué decía siempre Madeline? «Los niños son muy extraños e imprevisibles».

—Oh —dijo Jane—, ¿por qué no? El otro día estabas muy disgustado cuando esos niños dijeron que no..., ya sabes, que no les dejaban jugar contigo.

—Sí —dijo Ziggy animoso—, pero tengo otro montón de amigos a los que sí les dejan jugar conmigo, como Chloe y Fred, aunque Fred está en segundo sigue siendo amigo mío porque a los dos nos gusta *La guerra de las galaxias.* Y tengo otros amigos más. Como Harrison y Amabella y Henry.

—¿Has dicho Amabella? —se sorprendió Jane.

La verdad era que nunca había mencionado que jugara con Amabella, razón, en parte, por la que había parecido tan improbable que la hubiera estado acosando. Jane pensaba que se movían en círculos diferentes, por así decirlo.

—A Amabella también le gusta *La guerra de las galaxias* —dijo Ziggy—. Sabe tantas cosas porque es una lectora superbuena. Por eso en realidad no jugamos, a veces si estoy un poco cansado de correr nos sentamos juntos al pie del Árbol del Dragón del Mar y hablamos de *La guerra de las galaxias.*

—¿Amabella Klein? ¿Amabella la de preescolar? —insistió Jane.

—¡Sí, Amabella! Solo que las profesoras ya no nos dejan hablar —contestó Ziggy con un suspiro.

—Bueno, eso es porque los padres de Amabella creen que tú le has hecho daño —dijo Jane con un toque de exasperación.

—No soy yo quien le ha hecho daño —rebatió Ziggy, que se había ido deslizando casi fuera de la silla al modo profundamente irritante de los niños pequeños. (Le había aliviado comprobar que Fred hacía exactamente lo mismo).

—Siéntate bien —dijo Jane bruscamente.

Ziggy se incorporó y suspiró.

—Tengo hambre. ¿Crees que traerán pronto mis pasteles? —Estiró el cuello para mirar en dirección a la cocina.

Jane lo observó. Las palabras que había dicho hablaban por sí solas: « No soy yo quien le ha hecho daño».

—Ziggy —dijo.

¿Le había preguntado esto antes? ¿Se lo había preguntado alguien? ¿O todo el mundo se había limitado a repetir: «¿Has sido tú? ¿Has sido tú?» una y otra vez?

—¿Qué? —contestó él.

—¿Sabes quién ha estado haciendo daño a Amabella?

Fue cosa de un momento. Su rostro se ensombreció.

—No quiero hablar de eso. —Le tembló el labio inferior.

—Pero, dime, cariño, ¿lo sabes?

—He hecho una promesa —dijo Ziggy suavemente.

Jane se inclinó hacia delante.

—¿Qué promesa has hecho?

—He prometido a Amabella que no se lo diría nunca a nadie. Me dijo que si yo se lo contaba a alguien probablemente a ella la matarían.

—La matarían —repitió Jane.

—¡¡¡Sí!!! —dijo Ziggy con pasión.

Tenía los ojos cuajados de lágrimas.

Jane tamborileó con los dedos. Sabía que él quería contárselo.

—¿Y si... —dijo suavemente—, y si escribieras el nombre? —dijo despacio.

Ziggy frunció el ceño. Parpadeó y se secó las lágrimas.

—Porque entonces no estás rompiendo tu promesa a Amabella. No es como contármelo. Y te prometo que no matarán a Amabella.

—Mmmmm. —Ziggy se lo pensó.

Jane sacó del bolso un cuaderno y un bolígrafo y se los acercó.

—¿Sabes escribirlo? ¿O al menos probar?

Eso era lo que les enseñaban en el colegio: «probar» con la escritura.

Ziggy tomó el bolígrafo y luego se dio la vuelta, porque le distraía la puerta del café al abrirse. Entraron dos personas: una mujer de melenita rubia y un anodino hombre de negocios (los hombres trajeados canosos de mediana edad le parecían todos iguales a Jane).

—Esa es la mamá de Emily J —dijo Ziggy.

Harper. Jane notó que se le enrojecía la cara al recordar el humillante incidente del arenero donde Harper la había acusado de «atacarla». Esa noche había habido una tensa llamada de la señora Lipmann advirtiendo a Jane de que una madre había presentado una queja oficial contra ella y sugiriendo que «no llamara la atención, por así decirlo, hasta que este difícil asunto se resolviera».

Harper la miró de reojo y Jane notó que se le desbocaba el corazón, como si sintiera un miedo terrible. Por amor de Dios, no va a matarte, pensó. Resultaba extraño estar en una situación de conflicto enconado con una persona a quien apenas conocía. Jane había pasado la mayor parte de su vida adulta evitando las confrontaciones. Le desconcertaba que Madeline pudiera disfrutar con esa clase de cosas e incluso las buscara. Esto era espantoso: violento, embarazoso y angustioso.

El marido de Harper pulsó elegantemente el timbre —¡ring!— para sacar a Tom de la cocina. En el café no había mucha gente. Una mujer con un niño que daba sus primeros pasos en el rincón de la derecha y un par de hombres con pegotes de pintura en el mono de trabajo tomando rollos de huevo con bacon.

Jane vio a Harper dar un codazo a su marido y hablarle al oído. Él miró de reojo a Jane y Ziggy.

Oh, Dios. Se estaba acercando.

Tenía uno de esos grandes barrigones cerveceros, que llevaba con orgullo, como si fuera un distintivo honorífico.

—Hola —dijo a Jane, tendiéndole la mano—. Jane, ¿verdad? Soy Graeme. El padre de Emily.

Jane le estrechó la mano. Él la apretó con fuerza contenida para darle a entender que no quería apretar más.

—Hola —dijo ella—. Este es Ziggy.

—Hola, colega. —Graeme miró de soslayo a Ziggy y luego volvió a centrarse en ella.

—Déjalo, por favor —dijo Harper, que se había acercado a él, sin hacer caso deliberadamente de Jane ni de Ziggy, como cuando había practicado el estrambótico juego de «evitar a toda costa el contacto visual» en el arenero del colegio.

—Escucha, Jane —dijo Graeme—. Evidentemente, no quiero decir demasiadas cosas delante de tu hijo, pero entiendo que estás metida en una especie de disputa con el colegio, y, aunque no estoy al tanto de los detalles ni, la verdad sea dicha, estoy muy interesado, déjame decirte esto, Jane.

Apoyó ambas manos en la mesa y se inclinó hacia ella. Un gesto tan calculado y amenazante que casi resultó cómico. Jane levantó la barbilla. Necesitaba tragar saliva pero no quería que él la viera hacerlo nerviosa. Pudo ver sus profundas arrugas alrededor de los ojos. Un lunar diminuto junto a la nariz. Estaba haciendo ese feo gesto de sacar los dientes que cierto tipo de hombre sin camisa y tatuado hacía cuando gritaba a los reporteros en la televisión sensacionalista.

—Esta vez hemos decidido no acudir a la policía, pero si me entero de que vuelves a acercarte a mi mujer haré que dicten una orden de alejamiento contra ti, listilla, Jane, porque no voy a tolerar esto. Soy socio de un bufete de abogados y haré caer todo el peso de la ley sobre tus...

—Tenéis que iros ahora mismo.

Era Tom con el plato de pasteles. Lo dejó en la mesa de Jane y puso delicadamente una mano en la nuca de Ziggy.

—Oh, Tom, siento que hayamos... —balbuceó Harper.

Las madres del Pirriwee eran adictas al café de Tom y lo trataban como si fuera su camello.

Graeme se incorporó y se ajustó la corbata.

—Todo en orden por aquí, tío.

—No —dijo Tom—. No. No os dejaré acosar a mis clientes. Me gustaría que os fuerais inmediatamente.

Tom no enseñaba los dientes, pero tenía las mandíbulas apretadas.

Graeme tamborileó con los nudillos del puño sobre la mesa de Jane.

—Mira, legalmente, tío, no creo que tengas derecho a...

—No necesito asesoramiento jurídico —le interrumpió Tom—. Os estoy pidiendo que os vayáis.

—Tom, lo siento mucho —se disculpó Harper—. Desde luego, nosotros no queríamos...

—Estoy seguro de que os veré en otro momento, pero no hoy —dijo Tom dirigiéndose a la puerta y abriéndola.

—Perfecto —dijo Graeme. Se volvió y apuntó con el dedo a un par de centímetros de la nariz de Jane—. Recuerda lo que te he dicho, jovencita, porque...

—Salid antes de que os eche —dijo Tom peligrosamente tranquilo.

Graeme se incorporó. Miró a Tom.

—Acabas de perder a un cliente —dijo siguiendo a su mujer hacia la puerta.

—Eso espero —contestó Tom.

Dejó ir la puerta y se volvió hacia los clientes.

—Siento lo ocurrido.

Uno de los hombres con mono de trabajo aplaudió:

—¡Bien por ti, tío!

La mujer con el niño pequeño miraba a Jane con curiosidad. Ziggy se removió en el asiento para ver por la ventana a Harper y Graeme bajar a toda prisa por el entarimado, luego se encogió de hombros, tomó el tenedor y se puso a comer los pasteles tan a gusto.

Tom se acercó a Jane y se puso en cuclillas con el brazo apoyado en su silla.

—¿Estás bien?

Jane respiró hondo, aún temblorosa. Tom tenía un dulce olor a limpio. Siempre tenía ese olor fresco y limpio característico porque practicaba surf dos veces al día, seguidas de una larga ducha de agua caliente. (Jane lo sabía porque una vez le había dicho él que se quedaba bajo el agua caliente evocando las mejores olas que había pillado). A Jane se le vino a la cabeza que quería a Tom, lo mismo que quería a Madeline y Celeste, y que le partiría el corazón irse de Pirriwee, aunque era imposible quedarse. Aquí había hecho verdaderos amigos y también verdaderos enemigos. No había futuro para ella aquí.

—Estoy bien —dijo—. Gracias. Gracias por esto.

—¡Disculpe! ¡Oh, Dios, lo siento! —El niño acababa de tirar el batido al suelo y estaba llorando.

Tom puso la mano en el brazo de Jane.

—No dejes que Ziggy se coma todos esos pasteles solo.

Se levantó y fue a ayudar a la mujer, diciendo:

—No pasa nada, colegui, voy a hacerte otro.

Jane tomó el tenedor y dio un bocado al sabroso pastel de manzana. Cerró los ojos.

—Mmmmm.

Tom iba a hacer muy feliz algún día a un hombre afortunado.

—Ya lo he escrito —dijo Ziggy.

—¿Ya has escrito qué?

Jane empleó el tenedor para cortar otra esquina del pastel. Estaba procurando no pensar en el marido de Harper. En su forma de inclinarse hacia ella. Sus tácticas de intimidación eran absurdas, pero aun así funcionaban. Ella se había sentido intimidada. Y ahora, avergonzada. ¿Se lo había merecido? ¿Por haberle pegado una patada a Harper en el arenero? ¡Pero si no había llegado a pegarle! Estaba segura de no haberla tocado. Aunque daba igual. Se había dejado llevar por el mal genio. Se había comportado mal y Harper se había ido a su casa disgustada, y además tenía un marido cariñoso y sobreprotector que se había enfadado por lo que le había sucedido.

—El nombre —dijo Ziggy empujando el cuaderno hacia ella—. El nombre del chico que le hace cosas a Amabella.

SAMANTHA: Por lo visto su marido no deja a Harper volver al Blue Blues. Le he dicho: «¡Harper, no estamos en 1950! Tu marido no puede prohibirte entrar en un café», pero ella dice que él lo consideraría como una traición. Que se vaya a la mierda. Yo traicionaría a Stu por el café de Tom. ¡Mataría por él! Pero no soy la asesina si eso es lo que está pensando. No creo que tuviera que ver con el café.

Jane dejó el tenedor y se acercó el cuaderno.

Ziggy había garabateado cuatro letras en la página. Unas enormes. Otras diminutas.

M.a.K.s.

—Maks —leyó Jane—. No hay nadie que se llame... —Se interrumpió. Oh, desastre—. ¿Te refieres a Max?

Ziggy asintió con la cabeza.

—El gemelo malo.

CAPÍTULO 59

Son las dos. Ya me voy a mi reunión —dijo Perry—. Madeline recogerá a los chicos. Volveré sobre las cuatro, así que mantenlos frente a la tele hasta que llegue a casa. ¿Cómo te encuentras?

Celeste levantó la vista hacia él.

La verdad es que era una especie de locura. La forma en que podía comportarse de ese modo. Como si ella estuviera en cama por una mala migraña. Como si esto no fuera con él. Cuanto más tiempo pasaba, menos angustiado lo veía. Su sentimiento de culpa se iba diluyendo. Su cuerpo lo metabolizaba, igual que el alcohol. Y ella colaboraba con su locura. Lo acompañaba. Estaba comportándose como si estuviera enferma. Estaba dejándole que la cuidara.

Ambos estaban locos.

—Estoy perfectamente —dijo.

Le había dado un analgésico fuerte. Normalmente se resistía a los analgésicos porque era muy sensible a ellos, pero el dolor de la cabeza había acabado siendo más fuerte de lo soportable. Desapareció en cuestión de minutos, pero todo lo demás también. Pudo notar los brazos y piernas pesados y adormecidos. Las paredes de la habitación parecieron ablandarse y sus pensamientos se hicieron lánguidos, como si estuviera tomando el sol en un caluroso día de verano.

—Cuando eras pequeño —dijo ella.

—¿Sí? —Perry se sentó a su lado y le cogió la mano.

—Aquel año —continuó ella—. El año en que te acosaron.

Él sonrió.

—Cuando era un niño gordo y con gafas.

—Fue horrible, ¿verdad? —dijo ella—. Tú te ríes, pero fue un año malo de verdad.

Él le apretó la mano.

—Sí, fue malo. Fue muy malo.

¿A dónde quería llegar? No podía convertirlo en palabras. Algo que ver con la cólera frustrada de un niño aterrorizado de ocho años y con cómo ella no dejaba de preguntarse si todo venía de ahí. Cada vez que Perry sentía que le faltaban al respeto o lo humillaban Celeste lo achacaba a la violenta cólera reprimida de un niño pequeño. Solo que ahora era un hombre de un metro ochenta de altura.

—Fue Saxon quien te ayudó al final, ¿verdad? —preguntó ella. Sus palabras también se estaban derritiendo. Podía oírlo.

—Saxon le saltó los dientes al cabecilla —confirmó Perry. Rio por lo bajo—. No volvió a meterse conmigo.

—Claro —dijo Celeste.

Saxon Banks. El héroe de Perry. El atormentador de Jane. El padre de Ziggy.

Saxon había estado rondándole por la cabeza desde la noche del club de lectura. Jane y ella tenían algo en común. Ambas habían sido heridas por estos hombres. Estos guapos, afortunados y crueles primos. Celeste se sentía responsable de lo que Saxon le había hecho a Jane. Era tan joven y vulnerable.

Si ella hubiera podido estar allí para protegerla. Ella tenía experiencia. Sabía devolver el golpe si era necesario.

Estaba tratando de establecer alguna conexión. Un pensamiento huidizo que no era capaz de atrapar, como algo entrevisto con la visión periférica. Llevaba rondándole algún tiempo.

¿Cuál era la excusa de Saxon para portarse como lo hizo? Que Celeste supiera, él no había sufrido acoso de pequeño. Por lo tanto, ¿quería eso decir que el comportamiento de Perry no tenía nada que ver con el año en que sufrió acoso? Era un rasgo de familia que compartían.

—Pero tú no eres tan malvado como él —murmuró. ¿Eso era todo? Sí. Era la clave. La clave de todo.

—¿Qué? —dijo Perry perplejo.

—Tú no lo harías.

—¿Hacer qué?

—Tengo mucho sueño —dijo Celeste.

—Ya lo sé —repuso Perry—. Pues duerme, cariño. —Le subió las sábanas hasta la barbilla y le apartó el pelo de la cara—. Volveré pronto.

Mientras caía en el sueño creyó oír que le susurraba al oído «Lo siento mucho», aunque puede que tal vez ya estuviera soñando.

CAPÍTULO 60

No puedo cerrarla, joder —dijo Nathan—. ¿Crees que si pudiera no lo habría hecho antes de llamarte? Es una página web en un servidor que no está dentro de casa. No es solo desconectar. Necesito los detalles del acceso al servidor. Necesito su contraseña.

—¡*Cucucantabalarana!* —gritó Madeline—. Esa es su contraseña. Pone la misma en todo. ¡Ciérrala ya!

Siempre había sabido las contraseñas de Abigail en las cuentas de las redes sociales. Ese era el pacto, de tal forma que Madeline tuviera la posibilidad de entrar en cualquier momento, dando por sobreentendido que Madeline podía deslizarse como un atracador en la habitación de Abigail, sin hacer ruido, y mirar la pantalla por encima de su hombro el tiempo que tardara Abigail en darse cuenta, que a veces era bastante, porque a Madeline se le daba muy bien no hacer ruido. A Abigail la irritaba y le sacaba de quicio cada vez que acababa notando la presencia de Madeline, aunque a su madre le traía sin cuidado, hoy día ser buena madre consistía en eso, espiar a tus hijos, razón por la que esto no habría sucedido jamás si Abigail hubiera permanecido en la que era su casa.

—He probado con *misspollyhadadolly* —dijo Nathan apesadumbrado—. No es esa.

—No debes de estar haciéndolo bien. Son todo minúsculas, sin espacios. Siempre...

—Le dije el otro día que no debería tener la misma contraseña para todo —explicó Nathan—. Debe de haberme hecho caso.

—Perfecto —dijo Madeline. Su enfado se había enfriado y solidificado en algo inmenso y glacial—. Muy bueno. Buen consejo. Magnífico hallazgo.

—Como los ladrones de identidades...

—¡Qué más da! Cállate y déjame pensar. —Tamborileó rápidamente con dos dedos en la boca—. ¿Tienes un bolígrafo?

—Claro que tengo un bolígrafo.

—Prueba con Huckleberry.

—¿Por qué Huckleberry?

—Fue su primera mascota. Una perrita. La tuvimos dos semanas. La atropellaron y Abigail se quedó hecha polvo. Tú estabas..., ¿dónde estabas? ¿En Bali? ¿En Vanuatu? ¿Quién sabe? No hagas preguntas. Escucha nada más.

Madeline hizo una lista de veinte posibles contraseñas en rápida sucesión: bandas, personajes de la tele, autores y cosas aleatorias como «chocolate» y «odio a mamá».

—No será esa —dijo Nathan.

Madeline no le hizo caso. Estaba completamente desesperada ante la imposibilidad de dar con la clave. Podía ser cualquier cosa: cualquier combinación de letras y números.

—¿Estás seguro de que no hay otra forma de hacer esto?

—Estaba pensando que podría intentar redireccionar el nombre de dominio, pero sigo necesitando la contraseña de su cuenta. El mundo gira en torno a las contraseñas. Me figuro que algunos genios de la informática podrían hackear la página, no es más que una cuenta del servidor de Google, pero eso llevaría tiempo. Acabaríamos consiguiéndolo, pero evidentemente lo más rápido es que lo haga ella misma.

—Sí —dijo Madeline. Ya había sacado del bolso las llaves del coche—. Voy a sacarla del colegio antes.

—Tú, quiero decir, nosotros solo tenemos que decirle que la suprima. —Madeline podía oír el ruido del teclado mientras él probaba las diferentes contraseñas—. Somos sus padres. Tenemos que decirle que habrá, esto, consecuencias si no nos hace caso.

Tenía algo de gracioso oír a Nathan emplear terminología de padres modernos como «consecuencias».

—Muy bien. Y eso va a ser facilísimo —dijo Madeline—. Tiene catorce años, cree que está salvando al mundo y es terca como una mula.

—Le diremos que está castigada sin salir —propuso Nathan excitado, recordando evidentemente lo que hacían a los adolescentes los padres de las series americanas.

—Eso le encantaría. Se vería como mártir de la causa.

—Pero, a ver, por el amor de Dios, seguro que no lo dice en serio —dijo Nathan—. En realidad no está planeando llevarlo a cabo. ¿Acostarse con un extraño? No puedo..., si ni siquiera ha tenido novio.

—Que yo sepa, ni siquiera ha besado a un chico —dijo Madeline y le entraron ganas de llorar porque sabía exactamente cuál sería la respuesta de Abigail a esto: «Esas niñas tampoco han besado a ningún chico».

Apretó las llaves en el hueco de la mano.

—Más vale que me dé prisa. Tengo que hacerlo antes de ir a recoger a los chicos.

Entonces se acordó de que le había llamado antes Perry para pedirle si podía recoger a los gemelos porque Celeste estaba indispuesta. El párpado izquierdo empezó a temblarle.

—Madeline —dijo Nathan—, no le gritarás, ¿verdad? Porque...

—¿Bromeas? ¡Claro que voy a gritarle! —chilló Madeline—. ¡Está vendiendo su virginidad por internet!

CAPÍTULO 61

Jane llevó a Ziggy al colegio después del té mañanero en Blue Blues.

—¿Vas a decir a Max que deje de hacer daño a Amabella? —dijo Ziggy a su madre mientras estacionaba el coche.

—Un adulto hablará con él. —Jane quitó la llave de contacto—. Yo no, probablemente. Tal vez la señorita Barnes.

Estaba tratando de ver la mejor forma de resolver esto. ¿Debería ir directamente al despacho de la directora en este mismo momento? Preferiría hablarlo con la señorita Barnes, que estaría más dispuesta a creer que no se trataba de que Ziggy se quitaba de en medio acusando a otro niño. Además, la señorita Barnes sabía que Celeste y ella eran amigas. Sabía que podía resultar muy embarazoso.

Pero la señorita Barnes estaba en clase en ese momento. No podía sacarla del aula. Tendría que ponerle un correo electrónico y pedirle que la llamara.

Pero necesitaba contárselo ya a alguien. ¿Quizá debería ir directamente a la señora Lipmann?

No es que Amabella estuviera en peligro de muerte. Al parecer la persona de apoyo de la profesora no le quitaba la vista de encima. La impaciencia de Jane era un mero reflejo de su deseo de largarlo: «¡No ha sido mi hijo, ha sido su hijo!».

¿Y qué pasaba con la pobre Celeste? ¿Debería llamarla primero a ella para advertirla? ¿Era eso lo que haría una buena amiga? Tal vez. Había algo horrible y turbio en ir por la espalda. No podría soportar que esto afectara a su amistad.

—Vamos, mamá —dijo Ziggy impaciente—. ¿Por qué te quedas ahí sentada mirando a ninguna parte?

Jane se quitó el cinturón de seguridad y se volvió hacia Ziggy.

—Has hecho bien contándome lo de Max, Ziggy.

—¡No te lo he contado! —Ziggy, que ya se había quitado el cinturón de seguridad y tenía la mano en la manija de la puerta del coche, listo para salir, se giró hacia ella. Estaba furioso, horrorizado.

—¡Lo siento! ¡Lo siento! —dijo Jane—. No, claro que no, no me has contado nada. Nada de nada.

—Porque prometí a Amabella que nunca jamás se lo contaría a nadie.

Ziggy empujó el cuerpo entre los asientos del conductor y el copiloto de tal forma que puso su carita llena de ansiedad muy cerca de la de su madre. Ella pudo ver sobre el labio superior del niño una mancha pegajosa del almíbar de los pasteles de Tom.

—Es verdad. Has mantenido tu promesa. —Jane se chupó el dedo y trató de limpiar con él la cara de Ziggy.

—He mantenido mi promesa. —Ziggy se zafó del dedo de su madre—. Soy bueno manteniendo promesas.

—¿Te acuerdas del día de la presentación? —Jane dejó de limpiarle la cara—. ¿Cuando Amabella dijo que habías sido tú quien le había hecho daño? ¿Por qué dijo que habías sido tú?

—Max dijo que si se chivaba de él volvería a hacerlo cuando no hubiera adultos delante —dijo Ziggy—. Entonces Amabella me señaló a mí. —Se encogió de hombros con impaciencia como si se estuviera aburriendo con todo ese tema—. Ella me ha dicho que siente haberlo hecho. Yo le he dicho que a mí me parece bien.

—Eres un chico estupendo, Ziggy —dijo Jane—. ¡Y no eres un psicópata! ¡El psicópata es Max!

—Sí.

—Y te quiero.

—¿Podemos entrar ya en el colegio? —Ziggy volvió a poner la mano en la manija de la puerta del coche.

—Claro.

Según recorrían el camino que llevaba al colegio Ziggy iba dando saltos, con la mochila bailándole a la espalda, como si no tuviera ninguna preocupación en esta vida.

Jane se alegró al verlo y avivó el paso para darle alcance. No tenía ninguna ansiedad porque estuviera siendo acosado. Sino porque había estado valiente y tontamente guardando un secreto. Su valiente soldadito no se había venido abajo ni cuando lo interrogó la señora Lipmann. Había defendido a Amabella. Ziggy no era un acosador. Era un héroe.

Además, era bastante tonto por no chivarse inmediatamente de Max y porque parecía creer de verdad que escribir un nombre no era como decirlo, pero tenía cinco años y era un niño que necesitaba desesperadamente una salida.

Ziggy recogió un palo de la acera y lo agitó por encima de la cabeza.

—¡Suelta el palo, Ziggy! —exclamó su madre.

Él tiró el palo y torció bruscamente por el callejón de hierba que llevaba al colegio por delante de la casa de la señora Ponder.

Jane apartó del camino el palo con el pie y lo siguió. ¿Qué podría haber dicho Max para hacer que una niña inteligente como Amabella creyera que debía mantener en secreto su comportamiento? ¿Sería verdad que le había dicho «que la mataría»? Y ¿se habría creído Amabella que esa era una posibilidad real?

Reflexionó sobre lo que sabía de Max. No habría sido capaz de diferenciar a los gemelos de Celeste de no ser por su marca de nacimiento. Incluso creía que tenían la misma personalidad.

Para ella Max y Josh eran como dos cachorros lindos y traviesos. Con su inagotable energía y sus amplias sonrisas descaradas tenían siempre aspecto de niños sin problemas, a diferencia de Ziggy, que a menudo resultaba impenetrable y amenazador. Los chicos de Celeste parecían de esa clase de niños que necesitan que les den de comer, los bañen y les dejen corretear: agotadores física, pero no mentalmente, al estilo de un niño tan reservado como Ziggy.

¿Cómo reaccionaría Celeste cuando descubriera lo que había hecho Max? Jane no podía imaginárselo. Sabía exactamente cómo reaccionaría Madeline (como loca, a gritos), pero nunca había visto a Celeste verdaderamente enfadada con sus chicos; por supuesto que se frustraba y se ponía impaciente, pero nunca levantaba la voz. A menudo, Celeste parecía asustadiza y preocupada, como sorprendida por la existencia de sus hijos cuando de pronto se acercaban a ella.

—¡Buenos días! ¿Te has quedado dormida esta mañana? —Era la señora Ponder, desde el patio delantero, donde estaba regando el jardín.

—Teníamos una cita —explicó Jane.

—Dime, cariño, ¿vas a ir de Audrey o de Elvis mañana por la noche? —La señora Ponder esbozó una sonrisa vivaracha y juguetona.

En un primer momento, Jane no entendió de qué le estaba hablando. «¿Audrey o Elvis? ¡Oh, el concurso de preguntas!». Lo había olvidado. Madeline había organizado una mesa hacía mucho tiempo, pero eso había sido antes de los últimos acontecimientos: la petición, el ataque en el arenero.

—No estoy segura de si...

—¡Oh, solo era una broma, cariño! Está claro que irás de Audrey. Tienes la figura ideal. En realidad estarías preciosa con uno de esos cortes de pelo de chico. ¿Cómo los llaman? ¡Corte de duende!

—¡Oh! —dijo Jane tirando de la coleta—. Gracias.

—Hablando de pelo, querida... —La señora Ponder se inclinó hacia delante confidencialmente—. Ziggy se está dando un buen rascado.

La señora Ponder dijo «Ziggy» como si fuera un apodo gracioso.

Jane miró a su hijo. Estaba rascándose con ganas la cabeza mientras se acuclillaba para observar algo importante que había visto en la hierba.

—Ya —dijo cortésmente—, ¿y qué?

—¿Lo has mirado bien? —insistió la señora Ponder.

—Mirar bien ¿qué? —Jane se preguntó si estaba hoy particularmente espesa.

—Liendres —dijo la señora Ponder—. Ya sabes, huevos de piojo.

—¡Oh! —Jane se llevó la mano a la boca—. ¡No! ¿Usted cree?... ¡Oh! No... No puedo... ¡Oh!

La señora Ponder rio por lo bajo.

—¿Nunca los tuviste de pequeña? Llevan por aquí miles de años.

—¡No! Recuerdo una vez que hubo un brote en mi colegio, pero debí de librarme. No me gustan los bichos. —Se estremeció—. ¡Oh, Dios!

—Bueno, he tenido mucha experiencia con esos pequeños canallas. Todas las enfermeras los padecimos durante la guerra.

No tiene nada que ver con la higiene, si es lo que estás pensando. Son irritantes, eso es todo. ¡Ven aquí, Ziggy!

Ziggy se acercó despacio. La señora Ponder cortó un pequeño esqueje de un rosal y lo utilizó para peinar el pelo del niño.

—¡Liendres! —dijo con satisfacción en voz alta y clara, en el preciso momento en el que llegaba corriendo Thea con una tartera de comida—. Está plagado de ellos.

THEA: Harriette se había olvidado la tartera de la comida y fui a todo correr al colegio para dársela. Tenía muchas cosas que hacer aquel día y ¿qué oí? ¡Que Ziggy estaba plagado de liendres! Sí, ella se llevó al niño a casa, pero, de no haber sido por la señora Ponder, ¡lo habría llevado al colegio! Además, ¿por qué estaba pidiéndole a una señora mayor que mirara el pelo de su hijo?

CAPÍTULO 62

Lo que tú digas —contestó Abigail.

—No. Nada de eso. No es una situación del tipo «lo que tú digas». Es una cuestión de adultos, Abigail. Esto es serio.

Madeline agarró el volante con tal fuerza que notó cómo resbalaban las palmas del sudor.

Era increíble, pero todavía no había levantado la voz. Había ido al instituto y había contado a la profesora de inglés de Abigail que había una «emergencia familiar» y tenía que llevar a su hija a casa. Estaba claro que todavía no habían descubierto la página web de Abigail. «Abigail va muy bien», había dicho su profesora, deshaciéndose en sonrisas. «Es muy creativa».

—Desde luego que sí —dijo Madeline procurando no echar para atrás la cabeza y soltar una carcajada como una bruja histérica.

Le había supuesto un esfuerzo hercúleo, pero no había dicho ni palabra cuando montaron en el coche. No había gritado: «¿En qué estabas pensando?». Iba a esperar a que Abigail hablara. (Le parecía importante estratégicamente). Cuando al fin Abigail abrió la boca, a la defensiva, con la mirada puesta en el salpicadero, fue para decir:

—¿Cuál es la emergencia familiar?

—Bueno, Abigail —contestó Madeline muy tranquila, tan tranquila como Ed—: en internet hay gente escribiendo sobre acostarse con mi hija de catorce años.

Abigail se estremeció y murmuró:

—Ya lo sabía.

Madeline había creído que ese estremecimiento significaba que la situación iba a ir bien, que probablemente Abigail ya lamentaba lo que había hecho. Se había metido donde no hacía pie y estaba buscando una salida. Quería que sus padres le ordenaran que lo quitara.

—Querida, comprendo exactamente lo que estás tratando de hacer —dijo—. Estás haciendo una campaña publicitaria con un «gancho». Eso es estupendo. Es inteligente. Pero en este caso el gancho es demasiado sensacionalista. No vas a conseguir tu objetivo. La gente no está pensando en las violaciones de los derechos humanos, sino en una chica de catorce años que subasta su virginidad.

—No me importa —replicó Abigail—. Quiero recaudar dinero. Quiero despertar conciencias. Quiero hacer algo. No quiero decir: «Oh, eso es terrible » y luego no hacer nada.

—¡Sí, pero no vas a recaudar dinero ni despertar conciencias! ¡Estás llamando la atención sobre ti! «Abigail Mackenzie, la chica de catorce años que intentó subastar su virginidad». A nadie le importará ni se acordará de que lo hacías por una buena causa. Estás creando una huella *online* para futuros empleadores.

Fue entonces cuando Abigail dijo, absurdamente:

—Lo que tú digas.

Como si fuera una cuestión opinable.

—Dime, Abigail. ¿Te propones seguir adelante con esto? ¿Sabes que no llegas a la edad de consentimiento? Tienes catorce años. Eres demasiado joven para tener relaciones sexuales. —A Madeline le temblaba la voz.

—¡Esas niñas también, mamá! —dijo Abigail con voz igualmente temblorosa.

Tenía demasiada imaginación. Demasiada empatía. Eso era lo que Madeline había estado tratando de explicar a Bonnie en la asamblea de esa mañana. Esas niñas eran completamente reales para Abigail y por supuesto que eran reales, había un dolor real en el mundo, en ese mismo momento había personas sufriendo innumerables atrocidades y no podías cerrar completamente tu corazón, pero tampoco puedes abrirlo de par en par, porque si no ¿cómo vas a poder vivir tu vida si por pura suerte te ha tocado vivir en el paraíso? Tenías que tomar nota de la existencia del mal, hacer lo poco que pudieras y luego cerrar la mente y pensar en unos zapatos nuevos.

—Y por ello vamos a hacer algo al respecto —replicó Madeline—. Vamos a trabajar juntas en una especie de campaña de concienciación. ¡Haremos participar a Ed! Conoce periodistas...

—No —dijo Abigail rotunda—. Decís eso, pero luego en realidad no hacéis nada. Estáis ocupados y entonces os olvidáis.

—Te lo prometo —empezó Madeline. Sabía que había algo de verdad en lo que ella decía.

—No —dijo Abigail.

—Lo cierto es que esto no es negociable —afirmó Madeline—. Todavía eres una niña. Llamaré a la policía, si hace falta. La página web se va a cerrar, Abigail.

—Pues no voy a cerrarla yo —dijo Abigail—. Y no voy a darle la contraseña a papá aunque me torture.

—Oh, por amor de Dios, no seas absurda. Parece que tienes cinco años.

Madeline lamentó estas palabras desde el mismo momento en que empezaron a salir de su boca.

Estaban llegando a la zona de besos-y-despedidas del colegio de primaria. Madeline distinguió el reluciente BMW negro de Renata justo delante de ella. Las ventanillas eran demasiado oscuras como para ver quién conducía, posiblemente su guarra niñera francesa. Imaginó la cara de Renata si se enterara de que su hija estaba subastando su virginidad. Mostraría compasión. Renata no era mala persona. Pero también sentiría una pizca de satisfacción, igual que Madeline al enterarse de la aventura.

Madeline se enorgullecía de que no le importaba lo que pensaran los demás, pero sí le importaba que Renata no pensara bien de su hija.

—Entonces, ¿te propones seguir adelante con esto? ¿Te vas a acostar con un extraño? —dijo Madeline.

Avanzó un poco con el coche e hizo señas a Chloe, que no la había visto porque estaba charlando animadamente con Lily, quien parecía algo aburrida. Chloe tenía la falda recogida a causa de la mochila de manera que toda la fila de coches podía ver su ropa interior de Minnie Mouse. A Madeline eso le habría parecido gracioso normalmente, pero en ese momento le pareció algo siniestro y malo y deseó que alguna profesora se diera cuenta y lo solucionara.

—Mejor que acostarme con un chico de bachiller estando los dos borrachos —dijo Abigail con la cara vuelta hacia la ventanilla.

Madeline vio a una profesora separando a los gemelos de Celeste. Ambos tenían la cara colorada de ira. Se sobresaltó al recordar que hoy los recogía ella. Iba tan distraída que fácilmente habría podido olvidarse.

La hilera de coches no se movía porque quien estuviera en la primera posición estaba manteniendo una larga conversación con una profesora, algo expresamente prohibido por la Política de Besos y Recogidas del Colegio de Primaria de Pirriwee. Probablemente era una Melenita Rubia porque las normas no se les aplicaban a ellas, evidentemente.

—Pero, Dios mío, Abigail, ¿estás pensando en llevarlo a cabo? ¿En la logística? ¿En cómo saldrá? ¿En dónde lo vas a hacer? ¿Vas a conocer a esa persona en un hotel? ¿Me vas a pedir que te lleve yo?: «Oh, mamá, voy a perder la virginidad, mejor paras en una farmacia a comprar condones».

Miró de reojo a Abigail. Tenía la cabeza baja y se tapaba los ojos con una mano. Madeline pudo ver que le temblaba el labio inferior. Por supuesto que no había pensado en todo aquello. Solo tenía catorce años.

—¿Y has pensado en cómo sería tener relaciones con un extraño? ¿Tener a un hombre horrible tocándote…?

Abigail bajó la mano y volvió la cabeza.

—¡Calla, mamá! —gritó.

—Estás en la inopia, Abigail. ¿Crees que un guapetón tipo George Clooney te va a llevar a su villa, te va a quitar tiernamente la virginidad y luego va a extender un generoso cheque para Amnistía Internacional? Porque no va a ser así. Va a ser repugnante y doloroso…

—¡Es repugnante y doloroso para esas niñas! —gritó Abigail con lágrimas por las mejillas.

—¡Pero yo no soy su madre! —gritó Madeline y chocó con la parte de atrás del BMW de Renata.

HARPER: Mire, no quiero ser la que difunde calumnias, pero Madeline embistió deliberadamente al coche de Renata la víspera del concurso de preguntas.

CAPÍTULO 63

No vayas contando por ahí lo que estoy haciendo. —La hija de la señora Ponder se inclinó para hablar al oído de Jane bajo el zumbido de los secadores de pelo—. Si no, tendré aquí a todas las madres pijas deseando que despioje a sus preciosos niños.

En principio la señora Ponder le había dicho a Jane que fuera a la farmacia a por un tratamiento para las liendres. «Es fácil», dijo. «Vas peinando y quitando a esos pequeños chupasangres…». Se interrumpió al observar la expresión de la cara de Jane. «¿Sabes qué?», dijo. «Voy a ver si Lucy puede atenderte hoy».

Lucy, la hija de la señora Ponder, llevaba Hairway to Heaven, una peluquería muy popular en Pirriwee, entre el quiosco de prensa y la charcutería. Jane nunca había ido allí. Al parecer Lucy y su equipo eran responsables de todas las melenitas rubias de la península de Pirriwee.

Mientras Lucy ajustaba una capa alrededor del cuello de Ziggy, Jane miró a hurtadillas por si hubiera alguna madre que pudiera conocer, pero no reconoció a nadie.

—¿Aprovecho para darle un corte ya que estoy aquí? —preguntó Lucy.

—Muy bien, gracias —dijo Jane.

Lucy miró de reojo a Jane.

—Mi madre quiere que te corte el pelo a ti también. Quiere que te haga un corte a lo chico.

Jane se ajustó la coleta.

—No me ocupo mucho del pelo, la verdad.

—Deja al menos que te eche un vistazo —dijo Lucy—. Tal vez necesites tratamiento. Los piojos no vuelan, pero saltan de una cabeza a otra, como pequeños acróbatas. —Esto último lo dijo con acento mexicano e hizo reír a Ziggy.

—Oh, Dios —se estremeció Jane. El cuero cabelludo empezó a picarle en ese momento.

Lucy la observó. Entrecerró los ojos.

—¿Has visto la película *Dos vidas en un instante*? ¿Donde Gwyneth Paltrow se corta el pelo y queda fantástica?

—Claro —contestó Jane—. A todas las chicas les gusta esa parte.

—Y a todas las peluqueras —dijo Lucy—. Es como el trabajo soñado. —Siguió mirando a Jane unos instantes, luego se volvió a Ziggy y le puso las manos en los hombros. Sonrió a su reflejo en el espejo—. No vas a reconocer a tu madre cuando haya terminado con ella.

SAMANTHA: No reconocí a Jane cuando la vi en el concurso de preguntas. Se había hecho un nuevo corte de pelo impresionante y llevaba unos pantalones piratas negros, una blusa blanca con el cuello subido y unas bailarinas. Dios mío. Pobre Jane. ¡Con lo contenta que estaba al principio de la noche!

CAPÍTULO 64

Celeste tenía aspecto de hallarse verdaderamente indispuesta, pensó Madeline mientras hacía pasar a los gemelos por la puerta. Llevaba una camiseta azul de hombre, un pantalón de pijama de cuadros y tenía una palidez mortal en la cara.

—Dios, ¿crees que se trata de algún tipo de virus? ¡Qué rápido! —dijo Madeline—. ¡Esta mañana en la asamblea estabas perfectamente!

Celeste soltó una carcajada extraña y se llevó la mano a la nuca.

—Sí, no sé de dónde habrá salido.

—¿Por qué no me llevo un rato a los chicos a mi casa? Perry puede recogerlos cuando vuelva —dijo Madeline. Volvió la vista a su coche, en el camino de la entrada. El faro roto la miraba como un reproche que saldría caro. Había dejado a Abigail llorando en el asiento del copiloto y a Fred y Chloe riñendo en la parte de atrás (y además se había dado cuenta de que Fred se estaba rascando la cabeza con todas sus ganas y sabía exactamente por su horrible experiencia qué podía significar: sería una auténtica maravilla si esta noche tuviera que enfrentarse también a un brote de piojos).

—No, no, eres muy amable, pero estoy bien —contestó Celeste—. Los viernes por la tarde les dejo ver la tele sin límite de tiempo. Así que no me van a hacer ni caso. Muchas gracias por recogerlos.

—¿Crees que estarás bien para el concurso de preguntas de mañana por la noche? —preguntó Madeline.

—Oh, claro que estaré bien —respondió Celeste—. Perry está deseando ir.

—Muy bien, entonces me voy —dijo Madeline—. Abigail y yo estábamos gritándonos en la fila de coches y le di al coche de Renata por detrás.

—¡No! —dijo Celeste llevándose la mano a la cara.

—Sí, estaba gritándole porque Abigail está subastando su virginidad *online* para impedir los matrimonios de niñas —siguió Madeline. Celeste era la primera persona a quien había sido capaz de contárselo; se moría de ganas.

—¿Que está qué?

—Es por una buena causa —dijo Madeline con fingida indiferencia—. Así que yo estoy de acuerdo, claro.

—Oh, Madeline. —Celeste le puso la mano en el brazo y Madeline sintió que iba a echarse a llorar.

—Échale un vistazo —dijo Madeline—. La dirección es tres uves dobles punto compramivirginidadparadetenermatrimoniosinfantilesyesclavitudsexual punto com. Abigail se niega a cerrarla, aun cuando hay gente escribiendo cosas repugnantes sobre ella.

Celeste hizo una mueca.

—Supongo que es mejor que prostituirse para financiar una adicción a las drogas.

—Ahí está —dijo Madeline.

—Está haciendo uno de esos grandes gestos simbólicos —comentó Celeste. Volvió a presionar con la mano en la nuca—. Como cuando aquella mujer norteamericana cruzó a nado el estrecho de Bering entre Estados Unidos y la Unión Soviética durante la Guerra Fría.

—¿De qué estás hablando?

—Fue en los ochenta. Entonces yo estaba en el colegio —dijo Celeste—. Recuerdo haber pensado que me parecía muy tonto y absurdo nadar en aguas heladas, aunque por lo visto surtió efecto, ¿sabes?

—O sea, ¿crees que debo ceder y dejar que venda su virginidad? ¿Te está haciendo delirar este virus?

Celeste parpadeó. Pareció perder un poco el equilibrio y apoyó una mano en la pared para sostenerse.

—No. Claro que no. —Cerró un momento los ojos—. Solo creo que deberías sentirte orgullosa de ella.

—Mmmm —dijo Madeline—. Bueno, creo que deberías ir a acostarte.—Dio un beso de despedida en la fría mejilla de Celeste—. Espero que te mejores pronto y, cuando te mejores, mira a ver si tus chicos tienen piojos.

CAPÍTULO 65

Ocho horas antes de la noche del concurso de preguntas

Había estado lloviendo sin parar durante toda la mañana y, según Jane volvía a Pirriwee, arreció tanto que tuvo que subir la radio y aumentar la velocidad de los limpiaparabrisas al modo rápido frenético.

Volvía de dejar a Ziggy en casa de sus padres, donde iba a quedarse para que ella pudiera ir al concurso de preguntas de la noche. Era un acuerdo al que habían llegado hacía un par de meses cuando salieron las invitaciones para el concurso y Madeline se había puesto toda entusiasmada a planificar disfraces y reunir alrededor de una mesa la mezcla idónea de participantes por su cultura general.

Por lo visto su exmarido era famoso por sus habilidades en los concursos de preguntas y respuestas de los pubs («Claro, Nathan ha pasado cantidad de tiempo en pubs») y para Madeline era muy importante que la mesa donde estuviera ella ganara a la de su ex.

—Evidentemente, sería estupendo ganar a la mesa de Renata —dijo Madeline—. O a cualquier otra con algún niño superdotado, porque sé que secretamente piensan que sus hijos han heredado el genio de ellos.

Madeline había dicho que era un desastre en los concursos de preguntas y respuestas y Ed no sabía nada de lo sucedido a partir de 1989.

—Me dedicaré a llevaros bebidas y masajearos los hombros —había dicho ella.

Con todos los dramas habidos la semana pasada, Jane había dicho a sus padres que no iría. ¿Por qué pasar por ese trago? Aparte de que sería un gesto de amabilidad no asistir. Las organizadoras de la petición lo verían como una buena oportunidad de recoger más firmas. En caso de ir, alguna persona poco avisada podría ponerse en la embarazosa situación de preguntarle si quería firmar una petición de expulsión de su propio hijo.

Pero esa mañana, después de haber dormido bien, se había despertado con el sonido de la lluvia y una extraña sensación de optimismo.

Aún no se había resuelto nada, pero se resolvería.

La señorita Barnes había respondido a su correo electrónico y habían quedado en verse el lunes por la mañana antes de clase. El día anterior, después de ir a la peluquería, había puesto un mensaje a Celeste preguntándole si quería quedar a tomar café, pero le había contestado que estaba en cama, indispuesta. Jane no sabía si intentar contarle lo de Max antes del lunes. (La pobre estaba indispuesta. No necesitaba oír malas noticias). Quizá no fuera necesario. Celeste era demasiado buena como para dejar que eso afectara a su amistad. Todo saldría bien. La petición desaparecería discretamente. Tal vez, cuando saliera la noticia, algunas madres incluso pedirían disculpas a Jane. (Sería magnánima). No parecía imposible. No quería pasar a su amiga el título de mala madre, aunque la gente reaccionaría de manera distinta cuando supiera que el acosador era el hijo de Celeste. No habría una petición para que expulsaran a Max. A las personas ricas y guapas no se les pedía que se fueran de ningún sitio. Iba a costarles un disgusto a Celeste y Perry, pero Max tendría la ayuda que necesitaba. Todo se disiparía. Una tormenta en un vaso de agua.

Podría quedarse en Pirriwee y seguir trabajando en el Blue Blues y tomando el café de Tom.

Ya sabía ella que era dada a estos brotes de infundado optimismo. Si una voz extraña decía «¿Señora Chapman?» por teléfono, el primer pensamiento de Jane era algo absurdo e imposible como «¡Tal vez haya ganado un coche!» (aunque no participaba nunca en concursos). Siempre le había gustado mucho esta curiosa faceta de su personalidad, aun cuando su optimismo demencial resultara ser infundado una vez más, para variar.

—Creo que al final voy a ir al concurso de preguntas esta noche —comentó a su madre por teléfono.

—Bien por ti—dijo su madre—. Mantén la cabeza bien alta.

(La madre de Jane había gritado de contento al enterarse de la revelación de Ziggy sobre Max. «¡Ya sabía yo que no había sido Ziggy!», había exclamado, aunque de forma tan exagerada que era evidente que debía de haber albergado algunas dudas en secreto).

Los padres de Jane iban a pasar la tarde haciendo con Ziggy un puzle nuevo de *La guerra de las galaxias,* con la esperanza de acabar inculcándole la pasión por los puzles. A la mañana siguiente Dane iba a llevar a Ziggy a un rocódromo cubierto y lo traería de vuelta el domingo por la tarde.

—Dedícate tiempo —le había dicho su madre—. Relájate. Te lo mereces.

Jane había pensado en hacer la colada, pagar algunas facturas *online* y hacer zafarrancho en la habitación de Ziggy sin él allí para desordenar lo que ella fuera ordenando, pero a medida que se fue acercando a la playa decidió hacer un alto en el Blue Blues. Sería cálido y acogedor. Tom habría encendido su pequeña estufa de hierro. Se dio cuenta de que el Blue Blues había empezado a parecerle un hogar.

Estacionó en un lugar sin parquímetro próximo al paseo marítimo. No había más coches. Todo el mundo estaba en su casa. Se habían suspendido todas las actividades deportivas del sábado por la mañana. Jane miró al asiento del copiloto donde solía llevar un paraguas plegable y se dio cuenta de que lo tenía en casa. La lluvia repiqueteaba con fuerza en el parabrisas como si alguien estuviera arrojando cubos de agua. Parecía una lluvia muy intensa y fría, de las que le harían respirar entrecortadamente.

Se llevó una mano a la cabeza, pensativa. Al menos no se le iba a mojar mucho pelo. Esa era la otra cosa responsable de su buen humor. Su nuevo corte de pelo.

Bajó el espejo retrovisor para observarse la cara.

—Me encanta —le había dicho a la hija de la señora Ponder el día anterior por la tarde—. Me encanta de verdad.

—Di a todas las que veas que ese corte te lo he hecho yo —dijo Lucy.

Jane no podía creerse cómo había transformado su cara el pelo corto, resaltando los pómulos y agrandando los ojos. El nuevo color más oscuro iba más con su tono de piel.

Por primera vez desde aquella noche en el hotel, cuando aquellas palabras se habían introducido malsanamente en su cabeza, se miró en el espejo y sintió un placer sin reparos. De hecho, no podía dejar de mirarse, sonriendo bobaliconamente y volviendo la cabeza de un lado para otro.

Resultaba embarazosa tanta felicidad por algo tan superficial. Pero tal vez fuera natural. Incluso normal. Tal vez estuviera bien disfrutar de su aspecto. Tal vez no tenía que darle más vueltas ni pensar en Saxon Banks ni en la obsesión de la sociedad con la belleza, la juventud, la delgadez y las modelos retocadas por ordenador que suscitaban expectativas irreales, ni en que el valor de una mujer no debería residir en su aspecto, porque lo importante era el interior y bla, bla, bla... ¡Basta! Ese día tenía un nuevo corte de pelo que le sentaba bien y le hacía feliz.

(«¡Oh!», dijo su madre llevándose la mano a la boca cuando la vio entrar por la puerta, como si fuera a echarse a llorar. «¿No te gusta?», dijo Jane llevándose una mano titubeante a la cabeza, dudando de pronto de sí misma, y su madre dijo: «Jane, tonta, estás preciosa»).

Jane puso la mano en la llave de contacto. Debería volver a casa. Era absurdo salir con la que estaba cayendo.

Pero sentía unas ganas irracionales del Blue Blues y cuanto lo rodeaba: el olor, el calor, el café. Además, quería que Tom viera su nuevo corte de pelo. Los gays se fijaban en eso. Respiró hondo, abrió la puerta y echó a correr.

CAPÍTULO 66

Celeste se despertó tarde con el sonido de la lluvia y la música clásica. La casa olía a huevos con bacon. Eso quería decir que Perry estaba abajo con los chicos sentados en la encimera de la cocina, en pijama, balanceando las piernas y locos de contento. Les encantaba cocinar con su padre.

Una vez había leído un artículo sobre la «cuenta de amor» que tiene toda relación. Tener un detalle con tu pareja era como un ingreso. Un comentario negativo era una retirada. La cuestión era mantener la cuenta con saldo. Estampar la cabeza de tu mujer contra la pared era una retirada muy grande de fondos. Levantarse pronto con los chicos y hacerles el desayuno era un ingreso modesto.

Se incorporó y se palpó la nuca. Todavía le dolía, pero iba bien. Era impresionante lo rápido que había vuelto a empezar el proceso de curación y olvido. El ciclo interminable.

Esa noche era el concurso de preguntas. Perry y ella iban a ir disfrazados de Elvis Presley y Audrey Hepburn respectivamente. Perry había pedido su disfraz de Elvis *online* a un fantástico distribuidor de disfraces de Londres. Si el príncipe Harry quisiera disfrazarse de Elvis, probablemente acudiría ahí. Todos los demás llevarían un disfraz de poliéster y complementos del bazar de la esquina.

Al día siguiente Perry volaba a Hawái. Era un viaje de placer, reconoció él. Meses atrás le había preguntado si quería ir con él y ella, por un momento, lo había pensado seriamente, como si esa fuera la respuesta. ¡Unas vacaciones tropicales! Cócteles y tratamientos de spa. ¡Lejos del estrés de la vida cotidiana! ¿Qué tenía de malo? (Las cosas podían torcerse. Una vez él le había pegado en un hotel de cinco estrellas por reírse de que pronunciaba mal la palabra «carillón». Nunca olvidaría la expresión de espanto y humillación en la cara de él al darse cuenta de que había estado pronunciado mal una palabra durante toda su vida).

Se mudaría al piso de McMahons Point mientras él estuviera en Hawái. Concertaría una cita con un abogado matrimonialista. Sería fácil. El mundo legal no la asustaba. Conocía a montones de gente. Saldría bien. Sería horrible, por supuesto, pero saldría bien. Él no iba a matarla. Siempre se ponía muy dramática después de una discusión. Resultaba especialmente idiota emplear una palabra como «matar» cuando el supuesto homicida estaba abajo friendo huevos con sus hijos.

Sería terrible durante algún tiempo, pero luego se arreglaría. Los chicos podrían hacer el desayuno con su padre cuando él pasara con ellos los fines de semana.

Nunca más volvería a hacerle daño.

Se había acabado.

—¡Mamá, te hemos hecho el desayuno! —Los chicos entraron corriendo, encaramándose a la cama junto a ella como pequeños cangrejos impacientes.

Perry apareció en la puerta con un plato sostenido en alto con las puntas de los dedos, como el camarero de un restaurante elegante.

—¡Qué rico! —dijo Celeste.

CAPÍTULO 67

Ya sé qué hacer —comentó Ed.

—No lo sabes —dijo Madeline.

Estaban en la sala de estar escuchando la lluvia y comiendo con tristeza las magdalenas de Jane. (Era terrible cómo seguía dándoselas, como si tuviera la misión de ensanchar urgentemente la cintura de Madeline).

Abigail estaba en su habitación, tumbada en el sofá cama que habían puesto en sustitución de su bonita cama con dosel. Tenía puestos los cascos y estaba echada de costado, con las rodillas recogidas a la altura del pecho.

La página web seguía activa. La virginidad de Abigail seguía a la venta en cualquier parte del mundo.

Madeline tenía una sombría sensación de estar a la vista de todos, como si los ojos del mundo estuvieran mirando por sus ventanas, como si hombres extraños estuvieran ahora mismo deslizándose silenciosamente por el pasillo para mirar lascivamente y burlarse de su hija.

La noche anterior había venido a casa Nathan y ambos habían estado con Abigail más de dos horas: suplicando, razonando, engatusando, gritando, llorando. Fue Nathan el que había acabado llorando de frustración, y Abigail se había quedado visiblemente impresionada, pero la absurda criatura siguió sin dar su brazo a torcer. No les daría la contraseña. No cerraría la página. Podría seguir adelante con la subasta o no, pero, según ella, esa no era la cuestión, tenían que dejar de «obsesionarse con la parte del sexo». Iba a mantener la página web para concienciar sobre el problema y porque «era la única voz que esas chicas tenían».

El egocentrismo infantil, como si las organizaciones humanitarias internacionales estuvieran sentadas mano sobre mano mientras la pequeña Abigail Mackenzie de la península de Pirriwee era la única que emprendía acciones decisivas. Abigail decía que le traían sin cuidado los horribles comentarios sexuales. Esas personas no significaban nada para ella. No tenía la menor importancia. Siempre había gente escribiendo bajezas en internet.

—No se te ocurra llamar a la policía —dijo Madeline a Ed—. No...

—Contactamos con el secretariado australiano de Amnistía Internacional —interrumpió Ed—. No querrán que su nombre se relacione con algo así. Si la organización que realmente representa los derechos de esas niñas le dice que cierre la página, ella les hará caso.

Madeline le apuntó con el dedo.

—Eso está bien. Podría funcionar.

Se oyó un estrépito de golpes en el pasillo. Fred y Chloe no reaccionaban bien al confinamiento en casa por causa de la lluvia.

—¡Devuélvemelo! —chilló Chloe.

—¡De eso nada! —gritó Fred.

Entraron en la habitación a la carrera, agarrando un trozo de papel cada uno por su lado.

—Por favor, no me digáis que estáis peleando por un trozo de papel —dijo Ed.

—¡Él no comparte! —aulló Chloe—. ¡Compartir es cuidar!

—Tú tienes lo tuyo o sea que no te pongas así —gritó Fred.

En circunstancias normales Madeline se habría echado a reír.

—Es mi avión de papel —dijo Fred.

—¡Yo dibujé los pasajeros!

—¡De eso nada!

—Bueno, ya estáis dejando todo ese jaleo. —Madeline se volvió y vio a Abigail apoyada en la jamba de la puerta.

—¿Qué?

Abigail había dicho algo que Madeline no pudo oír por los gritos de Fred y Chloe.

—¡Maldita sea! —Madeline arrancó el papel de las manos de Fred, lo partió en dos y dio una mitad a cada uno—. ¡Y ahora fuera de mi vista! —rugió. Salieron corriendo.

—He cerrado la página —dijo Abigail con un suspiro de inmensa fatiga.

—¿Que la has cerrado? ¿Por qué? —Madeline tuvo que contenerse para no levantar los brazos por encima de la cabeza y dar vueltas alrededor de ella como hacía Fred cuando marcaba un gol.

Abigail le alargó un correo electrónico impreso.

—Me ha llegado esto.

Ed y ella lo leyeron juntos.

A: Abigail Mackenzie
De: Larry Fitzgerald
Asunto: Puja para la subasta

Querida señorita Mackenzie:
Me llamo Larry Fitzgerald y es un placer conocerla. Probablemente no reciba usted noticias de muchos caballeros de ochenta y tres años que vivan al otro lado del mundo, en Sioux Falls, Dakota. Mi querida esposa y yo visitamos Australia hace muchos años, en 1987, antes de que usted naciera. Tuvimos el placer de ver el Teatro de la Ópera de Sídney. (Soy arquitecto, jubilado, y siempre había soñado con ver el Teatro de la Ópera). La gente de Australia fue muy amable y cordial con nosotros. Desgraciadamente mi esposa falleció el año pasado. La echo de menos todos los días. Señorita Mackenzie, cuando me encontré con su página web me conmovió su evidente pasión y deseo de llamar la atención sobre la grave situación de estas niñas. No voy a comprar su virginidad, pero sí voy a hacer una puja. Esta es mi proposición. Si cancela usted la subasta inmediatamente, acto seguido haré un donativo de 100.000 dólares a Amnistía Internacional. (Le enviaré el justificante, por supuesto). He dedicado muchos años a luchar contra las violaciones de los derechos humanos, por eso admiro mucho lo que está tratando de conseguir, pero usted también es una niña, señorita Mackenzie, y en conciencia no puedo permanecer impasible mientras lleva a cabo su proyecto. Estoy deseando saber si mi puja es la ganadora.
Sinceramente suyo,
Larry Fitzgerald

Madeline y Ed cruzaron una mirada y se volvieron hacia Abigail.

—Me ha parecido que cien mil dólares es un donativo suficientemente grande —dijo Abigail. Tenía abierta la puerta del frigorífico mientras hablaba y estaba sacando envases y quitándoles la tapa para ver el contenido—. Y que Amnistía probablemente puede sacarle, ya sabes, bastante partido a ese dinero.

—Estoy seguro de que sí —dijo Ed en tono neutro.

—Le he contestado para decirle que he cerrado la página —prosiguió Abigail—. Si no me envía el justificante, volveré a abrirla inmediatamente.

—Oh, por supuesto —murmuró Ed—. Él tiene que cumplir.

Madeline sonrió primero a Ed y luego a Abigail. Podía captar el alivio que recorría el joven cuerpo de su hija, que hacía como un baile con los pies descalzos junto al refrigerador. Abigail se había puesto entre la espada y la pared y el maravilloso Larry de Dakota del Sur le había proporcionado una salida.

—¿Esto son espaguetis a la boloñesa? —preguntó Abigail con un envase Tupperware en la mano—. Estoy muerta de hambre.

—Creía que ahora eras vegana —dijo Madeline.

—Cuando estoy aquí, no —replicó Abigail llevando el envase al microondas—. Aquí es muy difícil ser vegana.

—Ahora cuéntame —dijo Madeline—, ¿cuál era tu contraseña?

—Puedo volver a cambiarla —señaló Abigail.

—Ya lo sé.

—Nunca la adivinarás.

—Ya lo sé —respondió Madeline—. Tu padre y yo lo hemos intentado todo.

—No —dijo Abigail—. Esa es. Esa es mi contraseña: Nuncaladivinarás.

—Inteligente —observó Madeline.

—Gracias. —Abigail le sonrió.

Sonó el microondas y Abigail abrió la puerta para sacar el envase.

—Sabes que va a tener que haber, eh, consecuencias de todo esto —dijo Madeline—. Cuando tu padre y yo te pidamos que hagas algo, no puedes pasar de nosotros.

—Sí, mamá —contestó Abigail alegremente—. Haced lo que tengáis que hacer, mamá.

Ed carraspeó y Madeline le hizo con la cabeza un gesto para que no hablara.

—¿Puedo comer esto en el cuarto de estar mientras veo la tele? —Abigail levantó el plato humeante.

—Claro —dijo Madeline.

Abigail prácticamente se escabulló.

Ed se apoyó en el respaldo con las manos en la nuca.

—Crisis superada.

—Todo gracias al señor Larry Fitzgerald. —Madeline tomó el correo electrónico impreso—. ¡Qué suerte...!

Hizo una pausa y se llevó un dedo a los labios. ¿Hasta qué punto había sido una suerte?

CAPÍTULO 68

En la puerta del Blue Blues había un cartel de «Cerrado». Jane apoyó las palmas de las manos contra el cristal y se sintió como si le faltara algo. No podía recordar haber visto nunca un cartel de «Cerrado» en el Blue Blues.

Se había calado hasta los huesos completa, absurda y totalmente para nada.

Dejó caer las manos de la puerta y soltó un juramento. Vale. Bien. Iría a casa a darse una ducha. A ver si el agua duraba más de dos minutos y veintisiete segundos. Tan breve lapso de tiempo no daba para entrar en calor, pero sí para ser una crueldad

Dio media vuelta para dirigirse al coche.

—¡Jane!

La puerta se abrió de golpe.

Tom llevaba una camiseta blanca de manga larga y unos vaqueros. No estaba nada mojado, tenía un aspecto cálido y delicioso. (Jane siempre había asociado mentalmente a Tom con el buen café y la comida rica, de tal forma que solo mirarlo le provocaba un reflejo pavloviano).

—Has cerrado —dijo Jane triste—. Nunca cierras.

Tom puso su mano cálida en la mano mojada de ella y tiró de ella hacia adentro.

—Para ti está abierto.

Jane se miró de arriba abajo. Tenía los zapatos llenos de agua. Chapoteaban al andar. El agua le rodaba por la cara como si fueran lágrimas.

—Lo siento —se disculpó—. No llevaba paraguas y creí que si corría...

—No te preocupes. Es normal. La gente corre toda clase de riesgos por mi café —dijo Tom—. Ve a la parte de atrás y te daré ropa para cambiarte. Había decidido cerrar y ponerme a ver la tele. Llevaba horas sin ningún cliente. ¿Dónde está mi hombrecillo Ziggy?

—Se lo han quedado mis padres para que yo pueda ir esta noche al concurso de preguntas —contestó Jane—. Una noche loca.

—Seguro que sí —dijo Tom—. A los padres de Pirriwee les gusta tomarse un par de copas. ¿Sabías que yo voy a ir? Madeline me ha puesto en tu mesa.

Jane lo siguió por el café, dejando huellas húmedas, hasta la puerta donde ponía «Privado». Sabía que Tom vivía en la parte de atrás del café, pero nunca había franqueado esa puerta.

—Ooh —exclamó cuando Tom le abrió la puerta—. ¡Qué emoción!

—Sí —dijo Tom—. Eres una chica con mucha suerte.

Ella miró alrededor y vio que su pequeño apartamento era una extensión del café: el mismo entarimado encerado, paredes blancas y estanterías atestadas de libros de segunda mano. Las únicas diferencias eran la tabla de surf y la guitarra apoyadas en la pared, la pila de CD y el equipo de música.

—No me lo puedo creer —comentó Jane.

—¿Qué?

—Eres aficionado a los puzles —dijo en voz baja, señalando uno a medio hacer sobre la mesa. Miró la caja. Era un auténtico hueso (como habría dicho su hermano), una foto del París de la guerra en dos mil piezas—. Nosotros también —explicó Jane—. Mi familia. Somos una especie de obsesos.

—A mí me gusta estar haciendo siempre alguno —observó Tom—. Es como una especie de meditación.

—Exacto —dijo Jane.

—Mira —propuso Tom—, voy a darte ropa, puedes tomar algo de sopa de calabaza conmigo y me ayudas con el puzle.

Sacó de la cómoda unos pantalones de chándal y una sudadera con capucha y ella fue al cuarto de baño y puso toda la ropa empapada, incluso la ropa interior, en el lavabo. La ropa que le había dado olía a Tom y el Blue Blues.

—Me siento como Charlie Chaplin —dijo mientras tiraba para arriba de la cinturilla del pantalón con las manos tapadas por las mangas demasiado largas.

—Ven —dijo Tom, y le arremangó cuidadosamente los puños por encima de las muñecas. Jane se dejaba hacer como una niña. Se sentía totalmente feliz. Mimada.

Se sentó a la mesa y Tom sacó un par de cuencos de sopa de calabaza regada con crema agria y pan ácido con mantequilla.

—Tengo la sensación de que siempre me estás dando de comer —dijo Jane.

—Es que lo necesitas —contestó Tom—. Tómatelo.

Jane dio un sorbo a la sopa dulce y especiada.

—¡Ya sé qué tienes distinto! —soltó Tom—. ¡Te has cortado todo el pelo! ¡Estás estupenda!

Jane se rio.

—De camino aquí venía pensando que un hombre gay se daría cuenta inmediatamente de que me he cortado el pelo.

—Tomó una pieza del puzle y encontró el lugar donde colocarla. Era como estar en casa, comiendo y haciendo un puzle—. Lo siento. Ya sé que es un tópico horrible.

—Eeeh —dijo Tom.

—¿Qué? —preguntó Jane mirándolo—. Va ahí. Mira. Es la esquina del tanque. Esta sopa es increíble. ¿Por qué no la tienes en el menú?

—No soy gay —dijo Tom—. No, no lo soy.

—¿Qué?

—Ya sé que hago puzles y una asombrosa sopa de calabaza, pero en realidad soy hetero.

—¡Oh! —Jane notó cómo se ruborizaba— Lo siento. Creía... No creía, ¡lo sabía! ¿Cómo es que lo sabía? Alguien me lo contó. Madeline hace un montón de tiempo. ¡Ya me acuerdo! Me contó toda la historia de cómo rompiste con tu chico y te afectó mucho y pasaste horas y horas llorando y surfeando...

Tom sonrió.

—Tom O'Brien —dijo—. Era de él de quien te estaba hablando.

—¿Tom O'Brien el de las reparaciones de autos?

Tom O'Brien era grande, fornido y con una tupida barba negra tipo Ned Kelly. Nunca había reparado en el hecho de que ambos se llamaran igual, con lo distintos que eran.

—Es perfectamente comprensible —observó Tom—. Parece más probable que sea gay Tom el barista que Tom el chapista. Por cierto, ahora es feliz, está enamorado de alguien nuevo.

—Vaya —comentó Jane pensativa—. Es verdad que sus facturas olían muy bien.

Tom soltó una carcajada.

—Espero, eh, no haberte ofendido —dijo Jane.

No había cerrado del todo la puerta del cuarto de baño mientras se vestía. La había dejado entreabierta, como lo habría hecho si Tom hubiera sido una chica, para poder seguir hablando.

No llevaba ropa interior. Había hablado con él con entera libertad. Siempre se había sentido libre con él. De haber sabido que era hetero, habría sido más recatada. Había consentido en sentirse atraída hacia él porque, al ser gay, no era lo mismo.

—Por supuesto que no —dijo Tom.

Sus miradas se cruzaron. El rostro de él, tan querido y familiar para ella al cabo de todos estos meses, le pareció extraño de repente. Se había ruborizado. Ambos se habían ruborizado. Se le hundió el estómago como si estuviera en una montaña rusa. Oh, desastre.

—Creo que esa pieza va en la esquina de allí —señaló Tom.

Jane la miró y la puso en su sitio. Esperó que el temblor de sus dedos pareciera torpeza.

—Tienes razón —dijo.

CAROL: La noche del concurso de preguntas vi a Jane manteniendo una conversación, digamos, muy íntima con uno de los padres. Tenían las cabezas muy juntas, y estoy segura de que él tenía la mano en la rodilla de ella. A decir verdad, me quedé un poco impresionada.

GABRIELLE: No era un padre del colegio. ¡Era Tom! ¡El barista! ¡Y es gay!

CAPÍTULO 69

Media hora antes del concurso de preguntas

Estás muy guapa, mamá —dijo Josh.

Estaba en la puerta de la habitación mirando a Celeste. Ella llevaba un vestido negro sin mangas, guantes largos blancos y el collar de perlas que Perry le había comprado en Suiza. Incluso se había recogido el pelo en un pasable moño colmena estilo Audrey Hepburn y acababa de encontrar una antigua diadema con diamantes. Estaba fantástica. A Madeline le habría gustado.

—Gracias, Joshie —contestó Celeste, más conmovida que nunca por un cumplido—. Dame un abrazo.

Él corrió hacia su madre y ella se sentó al borde de la cama y dejó que él la abrazara. Nunca había sido tan efusivo como Max, de modo que, cuando necesitaba un abrazo, Celeste se aseguraba de dedicarle todo el tiempo que requiriera. Lo besó en el pelo. Había tomado más analgésicos, aun cuando no estaba segura de necesitarlos realmente, y se sentía indiferente y ligera.

—Mamá —dijo Josh.

—¿Hmmmm?

—Necesito contarte un secreto.

—Hmmmm. ¿Qué es? —Cerró los ojos y lo estrechó.

—No quiero contártelo —dijo Josh.

—No tienes por qué —respondió ella abstraída.

—Pero me pone triste —añadió Josh.

—¿Qué es lo que te pone triste? —Celeste levantó la cabeza y se espabiló.

—Bueno, pues que Max ya no está haciendo daño a Amabella —contestó Josh—, pero ayer volvió a empujar a Skye por las escaleras cerca de la biblioteca y yo le dije que no lo hiciera y nos peleamos porque le dije que iba a contarlo.

Max había empujado a Skye.

Skye. La inquieta y esquelética hija de Nathan y Bonnie. Max había vuelto a empujarla por las escaleras. Pensar que su hijo hacía daño a una niña tan frágil hizo que Celeste se pusiera enferma al momento.

—Pero ¿por qué? —dijo—. ¿Por qué iba a hacer eso? —Había empezado a dolerle la nuca.

—Yo qué sé. —Josh se encogió de hombros—. Pero lo hace.

—Espera un momento —dijo Celeste. Su móvil estaba sonando abajo. Presionó un dedo sobre su frente. Notaba que le daba vueltas la cabeza—. ¿Has dicho «que Max ya no está haciendo daño a Amabella»? ¿De qué estás hablando? ¿Qué quieres decir?

—¡Ya lo cojo yo! —se oyó decir a Perry.

Josh se estaba impacientando con ella.

—No, no, mamá ¡escucha! Él ya no se acerca a Amabella. Se trata de Skye. Es malo con Skye. Cuando no mira nadie, menos yo.

—¡Mamá! —entró Max corriendo, con expresión de éxtasis en la cara—. ¡Creo que se me está moviendo un diente!

Se puso el dedo en la boca. Con lo bueno que parecía. Tan dulce e inocente. Con esa carita todavía redonda de bebé. Se moría de ganas de que se le cayera el diente porque estaba obsesionado con la idea del ratoncito Pérez.

Al cumplir los chicos tres años, Josh pidió una excavadora y Max una muñeca. Perry y ella habían disfrutado viéndolo acunar a la muñeca, cantándole dulces nanas y a Celeste le había encantado que a Perry no le importara en absoluto que su hijo se comportara de forma tan poco masculina. Por supuesto, luego cambió las muñecas por las espadas láser, pero siguió siendo su tierno hijo, el más cariñoso de los chicos.

Y ahora estaba al acecho de las tranquilas niñas de la clase y haciéndoles daño. Su hijo era un acosador. «¿Cómo les afecta el maltrato a tus hijos?», había preguntado Susi. «No les afecta», había dicho ella.

—Oh, Max —susurró.

—¡Tócalo! —dijo Max—. ¡No me lo estoy inventando! —Miró a su padre cuando Perry entró en la habitación—. ¡Qué gracioso estás, papá! ¡Eh, papá, mira mi diente! ¡Mira, mira!

Perry estaba prácticamente irreconocible con su reluciente peluca negra perfectamente ajustada, gafas doradas de aviador y, por supuesto, el icónico mono blanco con piedras preciosas de Elvis. Llevaba en la mano el móvil de Celeste.

—¡Uau! ¿Está suelto de verdad esta vez? —dijo—. ¡Déjame ver!

Posó el teléfono sobre la cama, cerca de Celeste y Josh, y se puso de rodillas enfrente de Max, bajándose las gafas a la punta de la nariz para poder ver.

—Tengo un mensaje para ti —comentó mirando a Celeste. Puso el dedo en el labio inferior de Max—. Déjame ver, amiguito. De Mindy.

—¿Mindy? —dijo Celeste distraída—. No conozco a nadie que se llame Mindy. —Estaba pensando en Jane y Ziggy.

En la petición que debería llevar el nombre de Max. Tenía que contarlo en el colegio. ¿Debería llamar ahora mismo a la señorita Barnes? ¿Debería llamar a Jane?

—Tu agente inmobiliaria —dijo Perry.

A Celeste se le encogió el estómago. Dejó marchar a Josh de su regazo.

—¡Seguro que no se te mueve el diente! —dijo a su hermano.

—Tal vez un poco —dijo Perry. Revolvió el pelo de Max y se ajustó las gafas—. Van a instalar nuevos detectores de humo en tu piso y quiere saber si pueden ir el lunes por la mañana. Mindy se preguntaba si te iría bien a las nueve de la mañana. —Tomó a los chicos por la cintura y se los puso uno en cada cadera, donde se acomodaron igual que monos, con caras de júbilo—. ¿Te viene bien, cariño?

Llamaron al timbre.

CAPÍTULO 70

La noche del concurso de preguntas

STU: En cuanto entrabas por la puerta te plantaban uno de esos cócteles rosa de chica con burbujas.

SAMANTHA: Estaban divinos. El único problema fue que las profesoras de sexto calcularon mal las cantidades, de manera que cada copa equivalía a tres chupitos. Son quienes enseñan matemáticas a nuestros hijos, dicho sea de paso.

GABRIELLE: Yo me moría de hambre porque había estado reservando todas mis calorías para esa noche. Tomé medio cóctel y ¡ooeeee!

JACKIE: Voy a muchos actos sociales de empresa con grandes bebedores ambiciosos, pero deje que le diga que nunca he visto a un grupo de personas emborracharse tan deprisa como en esa noche del concurso de preguntas.

THEA: El cátering se retrasó, de manera que todo el mundo tenía hambre y no hacía más que tomar esas bebidas alcohólicas tan fuertes. Esto es una receta para el desastre, dije para mis adentros.

SEÑORITA BARNES: Las profesoras no dan buena imagen emborrachándose en actos del colegio, por eso yo no tomo nunca más de una copa, pero ¡aquel cóctel! La verdad es que no estoy segura de lo que le fui diciendo a la gente.

SEÑORA LIPMANN: Actualmente estamos revisando nuestros criterios sobre servir alcohol en actos escolares.

—¿Un cóctel? —Una Audrey Hepburn rubia le acercó una bandeja.

Jane tomó la copa que le ofrecían y echó un vistazo por el salón de actos. Todas las Melenitas Rubias debían de haber celebrado una reunión para asegurarse de llevar idénticas gargantillas de perlas, vestidos negros y moños elaborados. Quizá la hija de la señora Ponder les había hecho un descuento de grupo.

—¿Eres nueva en el colegio? —le preguntó la Melenita Rubia—. Creo que no me suena tu cara.

—Pues soy una mamá —dijo Jane—. Llevo aquí desde principios de curso. Pero qué buena está esta copa.

—Sí, la han inventado las profesoras de sexto. La llaman «No apta para una noche entre semana» o algo así. —La Melenita Rubia cayó en la cuenta—. ¡Oh! ¡Claro que te conozco! Te has cortado el pelo. Eres... Jane, ¿no?

«Pues sí. Soy yo. La madre del acosador. Solo que en realidad no lo es».

La Melenita Rubia la dejó como si fuera una patata caliente.

—¡Que pases buena noche! —dijo—. El plano de distribución de asientos está por allí.

Señaló despectivamente en una dirección indeterminada.

Jane deambuló entre la gente, grupos de animados Elvis y Audreys risueñas, todos ellos echándose al coleto los cócteles rosa. Buscó a Tom con la mirada, porque sabía que le gustaría analizar con ella qué contendría la copa para tener tan buen sabor.

«Tom es hetero». El pensamiento iba y venía por la cabeza como un resorte. ¡Boing! «¡Tom no es gay!». ¡Boing! «¡Tom no es gay!». ¡Boing!

Era divertido, maravilloso, aterrador.

Se encontró con Madeline, una visión en rosa: rosa el vestido, rosa el bolso y rosa la copa en la mano.

—¡Jane!

El escotado vestido de cóctel de seda rosa de Madeline llevaba adornos de fantasía verdes y un enorme lazo de satén rosa a la cintura. Casi todas las demás mujeres del salón iban de negro, pero Madeline, por supuesto, sabía exactamente cómo destacar en una multitud.

—Estás fabulosa —dijo Jane—. ¿Llevas la diadema de Chloe?

Madeline tocó la diadema con sus joyas de plástico rosa.

—Sí, he tenido que pagar un alquiler exorbitante por ella. Tú sí que estás fabulosa. —Tomó a Jane del brazo y le hizo girarse despacio—. ¡Qué pelo! ¡No me habías dicho que te lo fueras a cortar! ¡Es perfecto! ¿Te lo ha cortado Lucy Ponder? ¡Y el conjunto! ¡Es precioso!

Hizo que Jane la mirara y se llevó una mano a la boca.

—¡Jane! ¡Te has pintado los labios! Estoy tan, tan… —Le temblaba la voz de la emoción—. ¡Estoy tan contenta de ver que te has pintado los labios!

—¿Cuántas de esas bonitas copas rosa te has tomado? —preguntó Jane. Dio un trago largo a la suya.

—Solo es la segunda —contestó Madeline—. Tengo un terrible e inaguantable síndrome premenstrual. Podría matar a alguien antes de que acabe la noche. Peeeero... ¡todo está bien! ¡Todo es magnífico! Abigail ha cerrado su página web. Oh, espera, que tú no sabes nada de la página web. ¡Han pasado tantas cosas! ¡Tantas catástrofes desastrosas! ¡Y espera! ¿Qué tal ayer? ¿La cita con quien-tú-sabes?

—¿Qué página web ha cerrado Abigail? —dijo Jane. Dio otro trago largo a través de la pajita y vio desaparecer el líquido rosa. Se le subió directamente a la cabeza. Se sintió maravillosa, gloriosamente feliz—. La cita con la psicóloga fue bien. —Bajó la voz—. No ha sido Ziggy quien ha estado acosando a Amabella.

—Claro que no ha sido él —dijo Madeline.

—¡Creo que esta ya se me ha terminado! —exclamó Jane.

—¿Crees que contienen alcohol? —preguntó Madeline—. Saben a algo chispeante y divertido de la infancia. Saben a tarde de verano, a primer beso, a...

—Ziggy tiene liendres —susurró Jane.

—Igual que Chloe y Fred —dijo Madeline sombría.

—Oh, yo también tengo mucho que contarte. Ayer el marido de Harper se puso conmigo en plan Tony Soprano. Dijo que si volvía a acercarme a Harper haría caer sobre mí todo el peso de la ley. Por lo visto es socio de un bufete de abogados.

—¿Graeme? —dijo Madeline—. Se dedica a la transmisión de propiedades, por amor de Dios.

—Tom los echó del café.

—¿En serio? —dijo Madeline intrigada.

—Con estas manitas.

Jane se giró y vio a Tom delante de ella vestido con unos vaqueros y una camisa de cuadros. Llevaba una de las omnipresentes copas rosa.

—Tom —dijo Jane como si fuera un soldado vuelto de la guerra. Dio un paso involuntario hacia él y luego retrocedió al rozar el brazo contra el suyo.

—¡Qué guapas estáis las dos! —dijo Tom, con los ojos puestos en Jane.

—No tienes aspecto de Elvis —comentó Madeline con tono de reproche.

—No me gustan los disfraces —explicó Tom. Tiró tímidamente de su camisa recién planchada—. Lo siento.

La camisa no le sentaba nada bien. Estaba mucho mejor con las camisetas negras que llevaba en el café. Pensar en Tom con el torso desnudo en su pequeño estudio, planchando concienzudamente su poco favorecedora camisa llenó a Jane de ternura y deseo.

—Eh, ¿te sabe a menta esto? —dijo Tom a Jane.

—¡Eso es! —exclamó Jane—. O sea que es puré de fresas, champán...

—... y creo que vodka —dijo Tom. Dio otro trago—. Tal vez mucho vodka.

—¿Tú crees? —dijo Jane mirándole los labios. Siempre lo había sabido. Tom era guapo pero nunca se había parado a pensar por qué. Posiblemente por los labios. Tenía unos labios bonitos, casi femeninos. Este era verdaderamente un día muy triste para la comunidad gay.

—Ajá —dijo Madeline—. ¡Ajá!

—¿Qué pasa? —preguntó Tom.

—Hola, Tom, tío. —Ed se acercó a Madeline y le rodeó con el brazo la cintura. Llevaba un atuendo de Elvis negro y oro con mangas tipo capa y un cuello enorme. Era imposible mirarlo sin reírse.

—¿Cómo es que Tom no tiene que vestirse como un capullo? —dijo. Sonrió a Jane—. Deja de reírte, Jane. Por cierto, estás imponente. ¿Te has hecho algo diferente en el pelo?

Madeline sonrió estúpidamente a Jane y Tom, moviendo la cabeza como en un partido de tenis.

—Mira, querido —dijo a Ed—. Tom y Jane.

—Sí—contestó Ed—. Ya los veo. Incluso he hablado con ellos.

—¡Es tan evidente! —dijo Madeline con los ojos brillantes y una mano en el pecho—. No me puedo creer que nunca...

Para gran alivio de Jane, se interrumpió y miró a lo lejos.

—Mirad quiénes están aquí. El rey y la reina del baile.

CAPÍTULO 71

Perry no habló durante el breve trayecto al colegio. Iban de todos modos. Celeste no había creído posible que fueran a ir, pero, una vez más, iban, por supuesto. Nunca dejaban de ir. Unas veces ella tenía que llevar otra ropa que no había previsto ponerse, otras tenía que recurrir a una excusa fácil, pero la farsa debía continuar.

Perry ya había subido a Facebook una foto de ellos disfrazados. Les hacía parecer personas de buen humor, divertidas, que no se tomaban a sí mismos demasiado en serio y se preocupaban por el colegio y la comunidad local. Encajaba a la perfección con otras fotos más glamurosas de viajes al extranjero y costosos actos culturales. La noche del concurso de preguntas les venía que ni pintada.

Ella miraba al frente, los resueltos movimientos de los limpiaparabrisas. La luna del parabrisas representaba las interminables oscilaciones de su mente. Confusión. Claridad. Confusión. Claridad. Confusión. Claridad.

Miró las manos de él al volante. Manos capaces. Manos tiernas. Manos crueles. Era un hombre disfrazado de Elvis llevándola a un acto del colegio.

Era un hombre que había descubierto que su esposa estaba planeando abandonarlo. Un hombre herido. Un hombre traicionado. Un hombre enfadado. Pero simplemente un hombre.

Confusión. Claridad. Confusión. Claridad.

Cuando Gwen llegó a hacerse cargo de los chicos, Perry se puso encantador como si algo vital dependiera de ello. Ella al principio se mostró fría con Perry, pero resultó que Elvis era el punto débil de Gwen. Se puso a contar la historia de que había sido una de las «chicas de oro» cuando el Cadillac de Oro de Elvis hizo una gira por Australia, hasta que Perry la interrumpió discretamente, como un caballero escabulléndose de una mujer en un baile.

La lluvia cesó cuando enfilaron la calle del colegio. La calle estaba atestada de coches, pero había un espacio aguardando a Perry cerca de la entrada del colegio, como si lo hubiera reservado. Siempre encontraba aparcamiento. El semáforo se ponía en verde para él. El dólar subía o bajaba obedientemente para él. Quizá por eso se enfadaba tanto cuando las cosas no le salían bien.

Quitó la llave del contacto.

Ninguno de los dos se movió ni habló. Celeste vio pasar deprisa a una de las madres de preescolar junto al coche; llevaba un vestido largo que la obligaba a dar pasos cortos. Iba con un paraguas infantil de lunares. Gabrielle, pensó Celeste. La que no paraba de hablar de su peso.

Celeste se volvió a mirar a Perry.

—Max ha estado acosando a Amabella. La hija de Renata.

Perry seguía mirando al frente.

—¿Cómo lo sabes?

—Me lo ha contado Josh —dijo Celeste—. Justo antes de que saliéramos. Ziggy se ha estado llevando todas las culpas.

«Ziggy. El hijo de tu primo».

—El niño cuya expulsión están pidiendo los padres. —Cerró los ojos un momento al pensar en Perry estampándole la cabeza contra la pared—. La petición debería ser para que expulsaran a Max. No a Ziggy.

Perry se volvió a mirarla. Parecía un extraño con la peluca negra. El color negro resaltaba el azul de sus ojos.

—Hablaremos con las profesoras —dijo él.

—Yo hablaré con su profesora —puntualizó Celeste—. Tú no estarás aquí, ¿te acuerdas?

—Cierto —dijo Perry—. Bueno, hablaré mañana con Max, antes de ir al aeropuerto.

—¿Qué vas a decirle? —preguntó Celeste.

—No lo sé.

Sintió una pesadumbre inmensa dentro del pecho. ¿Era esto un ataque al corazón? ¿Era esto cólera? ¿Era esto un corazón partido? ¿Era esto el peso de su responsabilidad?

—¿Vas a decirle que no es forma de tratar a una mujer? —dijo, como si se tirara por un acantilado. Nunca había dicho ni palabra. Nunca de esta manera. Había infringido una norma intocable. ¿Era porque parecía Elvis Presley y nada de esto era real o era porque él ya sabía lo del piso y todo era más real que nunca?

A Perry le cambió completamente la expresión.

—Los chicos nunca han...

—¡Sí! —gritó Celeste. Llevaba demasiado tiempo esforzándose en guardar las apariencias—. La víspera de su cumpleaños el año pasado, Max se levantó de la cama y estaba en la puerta...

—Sí, vale —dijo Perry.

—Y otra vez en la cocina, cuando tú, cuando yo...

—Vale, vale —dijo él alzando la mano.

Ella se calló.

—¿Conque has alquilado un piso? —dijo él al cabo de un momento.

—Sí —contestó Celeste.

—¿Cuándo te vas a ir?

—La semana que viene —respondió—. Creo que la semana que viene.

—¿Con los chicos?

Ahora es cuando deberías sentir miedo, pensó ella. No era la forma de hacerlo que le había dicho Susi. Escenarios. Planes. Vías de escape. No estaba actuando con prudencia, aunque había intentado hacerlo durante años y sabía que, de todas formas, no había ninguna diferencia.

—Con los chicos, por supuesto.

Él dio un respingo, como si hubiera sentido una súbita punzada de dolor. Metió la cara entre las manos y se inclinó hacia delante, de tal forma que apoyó la frente en la parte superior del volante y todo su cuerpo se estremeció, como si tuviera convulsiones.

Celeste lo miró y por un momento no entendió qué le estaba pasando. ¿Se había mareado? ¿Se estaba riendo? Notó tensión en el estómago y puso la mano en la puerta del coche; entonces él levantó la cabeza y la miró.

Tenía el rosto bañado en lágrimas. La peluca de Elvis se había ladeado. Se le veía trastornado.

—Buscaré ayuda —aseguró—. Te prometo que buscaré ayuda.

—No vas a hacerlo —dijo ella en voz baja.

Llovía con menos intensidad. Pudo ver más Elvis y Audreys corriendo por la calle bajo los paraguas. Pudo oír sus gritos y risas.

—Sí voy a hacerlo. —Le brillaron los ojos—. El año pasado el doctor Hunter me envió a ver a un psiquiatra —dijo con un tono triunfal al recordarlo.

—¿Le has hablado al doctor Hunter de... nosotros?

Su médico de familia era un abuelo amable y cortés.

—Le he dicho que yo sufría ansiedad —dijo Perry.

Vio la expresión de la cara de ella.

—¡Bueno, el doctor Hunter nos conoce! —dijo a la defensiva—. Pero yo iba a ir a ver a un psiquiatra. Iba a contárselo. Creía que nunca lo superaría, pero luego empecé a pensar que podía resolverlo.

No podía reprochárselo. Sabía que la mente podía dar vueltas y vueltas en interminables círculos sin sentido.

—Creo que se ha pasado la fecha para la consulta del psiquiatra. Pero conseguiré otra. Me pongo tan..., cuando me enfado..., no sé qué me sucede. Una especie de locura. Como imparable..., y nunca, jamás tomo la decisión de... Pasa y ya está y yo no me lo acabo de creer, y creo que nunca, jamás dejaré que vuelva a suceder y luego lo de ayer. Celeste, me siento horrible por lo de ayer.

Las ventanillas del coche se estaban empañando. Celeste pasó la palma de la mano por la suya para hacer un hueco por donde ver. Perry estaba hablando como si estuviera convencido de que era la primera vez que decía esta clase de cosas, como si fuera información reciente.

—No podemos educar a los chicos de esta manera.

Miró la calle lluviosa y oscura, llena de gritos, risas y niños con gorra azul las mañanas de colegio.

Sintió un leve sobresalto al caer en la cuenta de que, de no haber sido por la revelación de Josh esa noche sobre el comportamiento de Max, probablemente ella no se habría ido. Se habría convencido a sí misma de que se había puesto muy dramática, que lo de ayer no había sido para tanto, que cualquier hombre se habría enfadado si lo hubieran humillado como lo había hecho ella delante de Madeline y Ed.

Los chicos siempre habían sido la razón para quedarse, pero ahora eran, por primera vez, la razón para irse. Había permitido que la violencia formara parte de su vida con toda normalidad. En los últimos cinco años la propia Celeste había adquirido una insensibilidad y una aceptación de la violencia que le permitían devolver los golpes e incluso ser la primera en golpear en ocasiones. Arañaba, daba patadas, abofeteaba. Como si fuera normal. Lo odiaba, pero lo hacía. Ese sería el legado que transmitiría a sus chicos si se quedaba.

Apartó la vista de la ventanilla y miró a Perry.

—Se acabó —dijo—. Debes saber que se acabó.

Él hizo una mueca. Ella lo vio prepararse para pelear, elaborar estrategias, ganar. Nunca perdía.

—Cancelaré este próximo viaje —dijo—. Dimitiré. En los próximos seis meses no haré otra cosa que trabajar en nosotros, en nosotros no, en mí. Los próximos... ¡Joder, Dios! —Se echó para atrás, con la mirada puesta en algo por encima del hombro de Celeste. Ella se volvió y contuvo la respiración. Había una cara semejante a una gárgola apoyada en la ventanilla.

Perry apretó un botón y bajó la ventanilla de Celeste. Era Renata, con una amplia sonrisa, que se había inclinado hacia el coche, sujetándose con una mano un chal transparente sobre los hombros. Su marido estaba al lado, protegiéndola de la lluvia con un enorme paraguas negro.

—¡Lo siento! ¡No quería asustaros! ¿Necesitáis compartir nuestro paraguas? ¡Estáis los dos fabulosos!

CAPÍTULO 72

Era como ver llegar estrellas de cine, pensó Madeline. Había algo en el porte de Perry y Celeste, como si se dirigieran a un escenario, una postura demasiado lograda, los rostros listos para la cámara. Llevaban atuendos similares a muchos invitados, pero era como si Perry y Celeste no fueran disfrazados, como si hubieran sido los Elvis y Audrey de verdad. Todas las mujeres ataviadas con un vestido negro de *Desayuno con diamantes* se llevaron la mano a su collar de perlas menos valioso. Todos los hombres con traje blanco de Elvis metieron tripa. Iban quedando cada vez menos chispeantes copas rosas.

—Uau. Qué guapa está Celeste.

Al volverse, Madeline vio a Bonnie a su lado.

Al igual que Tom, era evidente que a Bonnie no le iban los disfraces. Llevaba el pelo con su trenza habitual sobre el hombro. Nada de maquillaje. Parecía una persona sin hogar en una noche especial: un top con mangas de hombro caído de alguna tela desgastada (siempre llevaba esa irritante ropa de hombro caído; a Madeline le entraban ganas de agarrarla y arreglarla de la cabeza a los pies), una falda larga sin forma, un viejo cinturón de piel a la cintura y profusión de esa extraña bisutería de gitana loca con tibias y calaveras, si es que a eso se lo podía llamar bisutería.

De haber estado ahí Abigail, habría mirado a su madre y a su madrastra y habría admirado el atuendo de Bonnie, que era el que habría decidido imitar. Y eso era estupendo porque ninguna adolescente quería parecerse a su madre, Madeline lo sabía, pero ¿por qué no podía Abigail admirar a alguna celebridad adicta a las drogas? ¿Por qué tenía que ser la puñetera Bonnie?

—¿Cómo estás, Bonnie? —dijo.

Vio a Tom y Jane perderse entre la gente, alguien pidió a Tom leche de soja entre carcajadas (pobre Tom), aunque a él no pareció molestarle, no apartaba la vista de Jane y ella de él tampoco. Contemplar su evidente atracción mutua había hecho a Madeline sentirse como si estuviera asistiendo a un acontecimiento bello, extraordinario, por cotidiano que fuera, como cuando el polluelo rompe el huevo. Pero ahora estaba manteniendo una conversación con la mujer de su exmarido y, aunque el alcohol la estaba embotando estupendamente, podía notar el murmullo subterráneo del síndrome premenstrual.

—¿Quién está cuidando a Skye? —dijo a Bonnie—. ¡Lo siento! —Se dio con la mano en la frente—. ¡Deberíamos haberte ofrecido tener a Skye en nuestra casa! Abigail nos está cuidando a Fred y Chloe. ¡Podía haberse encargado de todos sus hermanos a la vez!

Bonnie sonrió cautelosa.

—Skye está con mi madre.

—Abigail podría haberles dado una clase sobre diseño de páginas web —dijo Madeline al mismo tiempo.

La sonrisa de Bonnie desapareció.

—Madeline, escucha, sobre eso...

—¡Oh, Skye está con tu madre! —siguió Madeline—. ¡Qué bonito! Abigail tiene una «relación especial» con tu madre, ¿no?

Estaba siendo una bruja. Era una persona terrible, asquerosa. Necesitaba dar con alguien que le permitiera decir toda clase de barbaridades y no la juzgara por eso o las fuera contando por ahí. ¿Dónde estaba Celeste? Era la más indicada para ello. Vio a Bonnie vaciar su copa. Pasó una Melenita Rubia con otra bandeja de copas rosa. Madeline tomó otras dos más para Bonnie y ella.

—¿Cuándo vamos a empezar el concurso de preguntas? —preguntó a la Melenita Rubia—. Nos estamos emborrachando demasiado como para concentrarnos.

La Melenita Rubia estaba agobiada, lógicamente.

—¡Ya lo sé! Vamos con retraso. Se supone que a estas horas deberíamos haber terminado con los canapés, pero el servicio de cátering está atrapado en un enorme atasco en Pirriwee Road. —Se apartó un mechón de pelo rubio de los ojos—. Y Brett Larson es el maestro de ceremonias y está atrapado en el mismo atasco.

—¡Ed será el maestro de ceremonias! —dijo Madeline alegremente—. Se le da muy bien.

Buscó a Ed con la mirada y lo vio acercándose al marido de Renata, estrechándole la mano y dándole palmadas en la espalda. «Qué acierto, querido. ¿Eres consciente de que tu mujer chocó contra el coche de su mujer ayer por la tarde con el resultado de un combate dialéctico público?». Probablemente Ed creía que estaba hablando con Gareth el golfista, no con Geoff el observador de pájaros, y en ese momento estaba preguntándole si había ido a jugar mucho al campo últimamente.

—Gracias de todas maneras, pero Brett tiene todas las preguntas del concurso . Lleva meses trabajando en ello. Ha planeado una gran presentación multimedia —dijo la Melenita Rubia haciendo ademán de seguir entre la multitud—. ¡Tened paciencia con nosotras!

—Estos cócteles se me suben enseguida a la cabeza —dijo Bonnie.

Madeline la escuchaba solo a medias. Estaba mirando cómo Renata saludaba distante a Ed con la cabeza y se volvía inmediatamente a hablar con otra persona. De pronto se le vino a la cabeza el «sabroso cotilleo» del que se había enterado el día anterior: que el marido de Renata se había enamorado de la niñera francesa. Noticia que se había esfumado al averiguar lo de la página web de Abigail. Ahora se sentía mal por haber respondido a voces al grito de Renata cuando chocó contra su coche.

Bonnie se tambaleó ligeramente.

—Últimamente no bebo mucho, así que me figuro que se me sube enseguida.

—Disculpa, Bonnie —dijo Madeline—. Tengo que ir a recoger a mi marido. Parece estar en una conversación muy animada con un adúltero. No quiero que le dé ideas.

Bonnie volvió la cabeza para ver quién estaba hablando con Ed.

—No te preocupes —dijo Madeline—. El adúltero no es tu marido. Nathan es siempre monógamo hasta que te abandona con un bebé recién nacido. Oh, pero espera, a ti no te ha abandonado con un bebé recién nacido. ¡Ha sido a mí!

Pulla de gilipollas. Fuera de lugar. La Madeline de mañana iba a lamentar todas las palabras que dijera esta noche, pero la Madeline de ahora mismo se alegraba de liberarse de todas esas malditas inhibiciones. Era maravilloso dejar que las palabras fluyeran de su boca.

—De todas maneras, ¿dónde está mi delicioso exmarido? —continuó Madeline—. Esta noche todavía no lo he visto. No puedo decirte lo magnífico que es poder ir a la noche del concurso de preguntas del colegio y saber que voy a encontrarme con Nathan.

Bonnie jugueteó con la punta de la trenza y lanzó a Madeline una mirada ligeramente desenfocada.

—Nathan te dejó hace quince años —dijo. Había algo en su voz que Madeline no había oído nunca. Una aspereza, como si algo hubiera sido destapado. ¡Qué interesante! ¡Sí, por favor, muéstrame otra faceta tuya, Bonnie!—. Hizo una cosa terrible, terrible. Nunca se perdonará por ello —continuó Bonnie—. Pero tal vez sea hora de que pienses en perdonarlo, Madeline. Los beneficios del perdón en la salud son realmente de lo más extraordinario.

Madeline puso mentalmente los ojos en blanco. O puede que también exteriormente. Por un minuto había creído que iba a ver a la auténtica Bonnie, pero lo que estaba diciendo eran sus habituales tonterías superficiales y sin sustancia.

Bonnie la miró con seriedad.

—He tenido la experiencia personal...

Hubo unos inesperados gritos de alegría provenientes de un grupo detrás de Bonnie. Alguien exclamó:

—¡Me alegro tanto por ti!

Una mujer retrocedió, empujando a Bonnie hacia delante de tal forma que vertió su cóctel encima del vestido rosa de Madeline.

GABRIELLE: Fue un accidente. Davina estaba abrazando a Rowena. Había hecho no sé qué anuncio. Creo que había alcanzado su peso ideal.

JACKIE: Rowena había anunciado que se había comprado una Thermomix. O una Vitamix. No sabría decirlo. Yo tengo una vida de verdad. El caso es que Davina la abrazó. Por haberse comprado un utensilio de cocina. No me lo estoy inventando.

Melissa: No, no, estábamos hablando del último brote de piojos y Rowena preguntó a Davina si se había mirado bien el pelo y entonces el marido de alguna hizo como si pudiera ver algo moviéndose por el pelo de Davina. La pobre chica se puso como loca y chocó con Bonnie.

Harper: ¿Qué? ¡No! Bonnie le tiró la copa a Madeline. ¡Yo lo vi!

CAPÍTULO 73

La noche del concurso de preguntas llevaba más de una hora sin comida ni concurso. Jane tenía una sensación de suave movimiento ondulante, como si estuviera en un barco. En el salón hacía más calor. Al principio hacía frío, pero ahora la calefacción era excesiva. Las caras se iban poniendo sonrosadas. Volvió a llover y el repiqueteo en el tejado obligó a la gente a alzar la voz para hacerse oír por encima del estrépito. Las carcajadas recorrían el salón. Corrió el rumor de que alguien había encargado pizza. Las mujeres empezaron a sacar de los respectivos bolsos tentempiés de emergencia.

Jane vio a un gran Elvis ofrecer un donativo de quinientos dólares a cambio de las patatas fritas con sal y vinagre de Samantha.

—Claro —dijo Samantha, pero su marido Stu le arrebató las patatas fritas de la mano antes de que pudieran cerrar el trato.

—Lo siento, tío, pero las necesito más que los chicos las pizarras interactivas.

Ed dijo a Madeline:

—¿Por qué no llevas tentempiés en el bolso? ¿Qué clase de mujer eres tú?

—¡Esto es un *clutch!* —Madeline blandió el diminuto bolso de lentejuelas—. Estate quieta, Bonnie, ¡estoy estupendamente! —Dio un manotazo a Bonnie, que la iba siguiendo dándole toquecitos en el vestido con un puñado de pañuelos papel.

Dos Audreys y un Elvis discutían apasionadamente en voz alta sobre los test estandarizados.

—No hay pruebas que sugieran...

—¡Enseñan para el test! ¡Sé perfectamente que enseñan para el test!

Las Melenitas Rubias iban de un lado para otro con los móviles al oído.

—¡El servicio de comida llega en cinco minutos! —regañó una al ver a Stu comiendo patatas fritas con sal y vinagre.

—Lo siento —dijo Stu. Le alargó el paquete—. ¿Quieres una?

—Oh, vale. —Tomó una y se fue a toda prisa.

—No tienen ni idea de organizar nada. —Stu meneó la cabeza con tristeza.

—Shhhh —dijo Samantha.

—Las noches del concurso de preguntas ¿son siempre...? —Tom no fue capaz de encontrar la palabra adecuada.

—No lo sé —dijo Jane.

Tom le sonrió. Ella le sonrió. Parecían sonreírse mutuamente mucho esta noche, como si se tratara de un juego propio solo de ellos dos.

Santo Dios, por favor, no permitas que esté imaginando esto.

—¡Tom! ¿Dónde está mi gran *cappuccino* con crema, por favor? ¡Ja, ja! —Tom abrió un poco los ojos a Jane cuando lo metieron en otra conversación.

—¡Jane! ¡Te estaba buscando! ¿Cómo estás?

La señorita Barnes apareció tambaleante subida a unos tacones más altos que de costumbre. Llevaba un sombrero inmenso, una boa rosa y una sombrilla. Nada que ver con Audrey Hepburn, por lo que Jane pudo apreciar. Hablaba muy lenta y cautelosamente para asegurarse de que nadie se diera cuenta de que estaba borracha.

—¿Cómo lo llevas? —dijo, ya que últimamente Jane estaba compungida, aunque ella por un momento tuvo que hacer esfuerzos para recordarlo.

Oh, la petición, claro. Todo el colegio creía que su hijo era un acosador. Eso. Como se llame. («¡Tom no es gay!»).

—Nos vemos el lunes por la mañana antes de clase, ¿no? —dijo la señorita Barnes—. Supongo que es sobre el... tema.

Trazó comillas en el aire cuando dijo «tema».

—Sí —dijo Jane—. Tengo que contarte algo. No voy a hablar de eso ahora. —Seguía viendo a Celeste y su marido a lo lejos, pero todavía ni siquiera los había saludado.

—Voy vestida de Audrey Hepburn en *My Fair Lady*, por cierto —dijo la señorita Barnes resentida, señalando su atuendo—. Hizo otras películas, aparte de *Desayuno con diamantes*, sabes.

—Ya sabía de qué ibas —aseguró Jane.

—Bueno, el tema del acoso se ha descontrolado —dijo la señorita Barnes. Dejó de hablar despacio y permitió que sus palabras fluyeran como una retahíla pastosa con perdigones—. Todos los días recibo correos electrónicos de padres preocupados por el acoso. Creo que hay una lista. Es constante. «Debemos tener la certeza de que nuestros hijos están en un entorno seguro», y luego algunos más abiertamente agresivos: «Ya sé que le faltan recursos, señorita Barnes, ¿necesita más apoyo de los padres? Yo puedo ir los miércoles a la una». Y luego, si no contesto inmediatamente: «Señorita Barnes, no ha dicho usted nada de mi ofrecimiento», y, por supuesto, los muy cabrones ponen en copia a la señora Lipmann de todo.

La señorita Barnes aspiró la pajita de su copa vacía.

—Perdón por la palabrota. Las profesoras de preescolar no deben decirlas. Nunca las digo delante de los niños. Por si estás pensando en plantear una queja oficial.

—Ahora no estás trabajando —dijo Jane—. Puedes decir lo que quieras.

Dio un paso atrás porque la señorita Barnes no hacía más que pegarle con el sombrero cuando hablaba. ¿Dónde estaba Tom? Allí, rodeado de un puñado de cariñosas Audreys.

—¿Que no estoy trabajando? Siempre estoy trabajando. El año pasado mi exnovio y yo fuimos a Hawái y, al entrar en el vestíbulo del hotel, oí una vocecilla que decía: «¡Señorita Barnes, señorita Barnes!». Y me quedé de piedra. Era el chico que más disgustos me había dado durante todo el último curso ¡y estaba alojado en el mismo hotel! ¡Y yo tenía que hacer como si me alegrara de verlo! ¡Y jugar con él en la puta piscina! ¡Los padres estaban echados en las tumbonas y sonreían benévolos como si me estuvieran haciendo un maravilloso favor! Mi novio y yo rompimos durante aquellas vacaciones y la culpa la tuvo aquel chico. No cuentes a nadie que he dicho eso. Sus padres están aquí esta noche. Oh, Dios mío, prométeme que nunca contarás a nadie que he dicho eso.

—Te lo prometo —dijo Jane—. Por mi vida.

—En fin, ¿qué estaba diciendo? Oh, sí, los correos electrónicos. Pero eso no es todo. ¡No hacen más que aparecer! —La señorita Barnes golpeó con la sombrilla en el suelo—. ¡Los padres! ¡A cualquier hora! Renata ha conseguido un permiso de ausencia del trabajo para poder vigilar a Amabella a cualquier hora, aun cuando ya tenemos una persona de apoyo que no hace otra cosa más que observar a Amabella. Y me parece muy bien, nunca me di cuenta de lo que estaba pasando y eso me hace sentir mal. ¡Pero no es solo Renata! Estoy en medio de cualquier actividad con los chicos y de pronto levanto la vista y hay un padre en la puerta, mirándome. Es horripilante. Como si me estuvieran espiando.

—A mí me suena a acoso —dijo Jane—. Eh, ten cuidado. Así. —Se quitó suavemente el sombrero de la señorita Barnes de la cara—. ¿Quieres otra copa? Pareces necesitarla.

—El fin de semana estuve en la farmacia de Pirriwee —dijo la señorita Barnes— porque tengo una terrible infección de las vías urinarias... Estoy viendo a una persona nueva, en fin, lo siento, demasiada información..., y estoy esperando en el mostrador y en esto que aparece Thea Cunningham a mi lado y la verdad es que no había hecho ni saludar cuando se pone a contarme que si Violet estaba muy molesta el otro día después de clase porque Chloe le había dicho que los pasadores del pelo no le pegaban. Y era verdad, efectivamente. Quiero decir que, por amor de Dios, ¡eso no es acoso! ¡Eso es que los niños son niños! Pero, oh, no, que si Violet estaba muy herida por esto y que si por favor yo podía decir a toda la clase que había que hablarse con amabilidad y... Lo siento, acabo de ver que la señora Lipmann me está fulminando con la mirada. Disculpa. Creo que voy a echarme agua fría en la cara.

La señorita Barnes se volteó tan rápido que la boa rosa le dio a Jane en la mejilla.

Jane se dio la vuelta y volvió a encontrarse cara a cara con Tom.

—Pon la mano —dijo él—. Deprisa.

Puso la mano y le dio un puñado de galletas saladas.

—Ese Elvis grande y amenazante de ahí ha encontrado una bolsa en la cocina —dijo Tom. Alargó la mano y le quitó algo rosa del pelo.

—Una pluma —explicó.

—Gracias —dijo Jane. Comió una galleta salada.

—Jane. —Notó una mano fría en el brazo. Era Celeste.

—Hola —dijo Jane contenta de verla.

Celeste estaba muy guapa esa noche; simplemente ponerle los ojos encima ya era un placer. ¿Por qué era tan rara Jane con respecto a las personas guapas? No podían evitar serlo y era muy agradable mirarlas y Tom acababa de traerle galletas saladas y se había ruborizado un poco cuando le había quitado la pluma del pelo y no era gay y esos chispeantes cócteles rosa eran gloriosos y le encantaban las noches del concurso de preguntas del colegio, eran muy animadas y divertidas.

—¿Puedo hablar un minuto contigo? —preguntó Celeste.

CAPÍTULO 74

—¿Salimos al balcón? —dijo Celeste a Jane—. ¿A que nos dé un poco el aire?

—Claro —dijo Jane.

Esta noche se veía a Jane muy joven y despreocupada, pensó Celeste. Como una adolescente. El salón resultaba claustrofóbico y hacía mucho calor. Por la espalda de Celeste rodaban gotas de sudor. Un zapato le estaba produciendo una rozadura en el talón, formando una pequeña llaga, tal como ella imaginaba que serían las escaras. Esta noche sería interminable. Permanecería aquí para siempre, asaltada por maledicentes fragmentos de conversaciones.

—Como ya te he dicho, eso es inaceptable...

—Completamente incompetente, tienen la obligación de vigilar...

—Son unos mimados, no comen más que comida basura, así que...

—Le dije: «Si no sabes controlar a tu hijo, entonces...».

Celeste había dejado a Perry hablando de golf con Ed. Perry estaba siendo encantador, seduciendo a todo el mundo con su atenta mirada de «no hay nadie tan fascinante como tú», pero estaba bebiendo más de lo que solía y ella captó su paulatino cambio de estado de ánimo, casi imperceptible, como el lento viraje de un transatlántico. Lo notó en la tensión creciente de su mandíbula y el brillo de su mirada.

Cuando volvieran a casa el hombre afligido y sollozante habría desaparecido. Sabía exactamente cómo se retorcían los pensamientos de él hasta parecer las raíces de un árbol centenario. Normalmente, tras una mala «discusión» como la de ayer, ella no tenía problemas durante unas semanas, pero el hallazgo del piso alquilado había sido una traición a Perry. Una falta de respeto. Humillante. Se lo había ocultado. Al fin de la noche lo único que importaría era que lo había engañado. Como si eso fuera lo único que pasara, como si fueran una pareja felizmente casada y la esposa hubiera hecho algo desconcertante e insólito: trazar todo un plan secreto para abandonarlo. Sí que era desconcertante e insólito. Fueran cuales fueren las consecuencias, Celeste se lo tenía merecido.

No había nadie más en el enorme balcón que recorría toda la longitud del salón. Seguía lloviendo y, aunque estaba cubierto, el viento traía una fina neblina que dejaba los baldosines mojados y resbaladizos.

—Quizá no se esté tan bien —observó Celeste.

—No, está bien —contestó Jane—. Ahí dentro había mucho ruido. Salud.

Brindaron y bebieron las dos.

—Estos cócteles están de locura —dijo Jane.

—Están increíbles —coincidió Celeste. Iba por el tercero. Todos sus sentimientos (incluso el temor latente) estaban bien protegidos por una esponjosa capa de algodón hidrófilo.

Jane respiró hondo.

—Creo que por fin va a escampar. Huele bien. A salitre y a frescor.

Se dirigió al borde del balcón y puso la mano en la baranda mojada. Miró la noche lluviosa. Se la notaba eufórica.

Para Celeste olía a humedad y a ciénaga.

—Tengo algo que contarte —dijo Celeste.

Jane enarcó las cejas.

—¿Sí?

Celeste observó que se había pintado los labios de rojo. Madeline se habría emocionado.

—Esta noche, justo antes de salir, Josh ha venido a decirme que es Max quien ha estado acosando a Amabella, no Ziggy. Me he quedado horrorizada. Lo siento. Lo siento muchísimo.

Levantó la vista y vio a Harper salir al balcón rebuscando en su bolso. Harper las vio y se dirigió inmediatamente a la otra punta, fuera del alcance del oído, y encendió un cigarrillo.

—Ya lo sé —dijo Jane.

—¿Ya lo sabes? —Celeste estuvo a punto de resbalar en las baldosas al dar un paso atrás.

—Me lo contó Ziggy ayer —explicó Jane—. Por lo visto, se lo había dicho Amabella, pidiéndole que guardara el secreto. No te preocupes por eso. No hay problema.

—¿Cómo que no hay problema? Has tenido que soportar esa terrible petición y a gente como ella... —Celeste señaló con la cabeza en dirección a Harper—. Y el pobre Ziggy, con los padres diciendo que no se podía jugar con él. Voy a hablar con Renata esta noche, y con la señorita Barnes y la señora Lipmann. Se lo voy a contar a todo el mundo. Quizá me levante y haga una declaración: «Os habéis metido con el niño que no era».

—No tienes que hacerlo —dijo Jane—. Está bien. Todo se arreglará.

—Lo siento muchísimo —repitió Celeste con voz temblorosa. Ahora estaba pensando en Saxon Banks.

—¡Eh! —dijo Jane poniendo la mano en el brazo de Celeste—. Está bien. Todo se arreglará. No es culpa tuya.

—En cierto sentido sí —replicó Celeste.

—De ninguna manera —dijo Jane enérgica.

—¿Podemos estar con vosotras?

La puerta de cristal se abrió. Eran Nathan y Bonnie. Ella con su aspecto habitual y él, con una versión más barata del atuendo de Perry, solo que se había quitado la peluca y la llevaba en el puño como si fuera una marioneta.

Celeste sabía que su amistad con Madeline la obligaba a distanciarse de Nathan y Bonnie, pero a veces era difícil. Ambos eran totalmente inofensivos, siempre deseosos de agradar, y Skye era un encanto de niña.

Oh, Dios.

Lo había olvidado. Josh había dicho que Max había empujado «otra vez» a Skye por las escaleras. Había seleccionado una nueva víctima. Tenía que decir algo. Sin pensárselo dos veces, comenzó a hablar:

—Nathan, Bonnie, me alegro de que estéis aquí porque, escuchad, esta noche me he enterado de que mi hijo Max ha estado acosando a algunas niñas de la clase. Creo que quizá haya empujado a vuestra hija por las escaleras, eh, más de una vez. —Notó cómo le ardían las mejillas—. Lo siento mucho, yo solo...

—Está bien —dijo Bonnie tranquilamente—. Ya me lo había contado Skye. Comentamos algunas estrategias de actuación por si este tipo de cosas volvieran a suceder.

«Estrategias», pensó Celeste con tristeza. Suena igual que Susi, como si Skye fuera víctima de violencia doméstica. Vio a Harper aplastar la colilla en la baranda mojada del balcón y envolverla luego en un pañuelo de papel, antes de volver dentro a toda prisa, evitando ostensiblemente mirarlos.

—Hemos enviado hoy un correo electrónico a la señorita Barnes para contárselo —dijo Nathan muy serio—. Espero que no te importe, pero Skye es muy tímida y le resulta difícil reafirmarse, de modo que le hemos pedido a la señorita Barnes que esté atenta. Y, por supuesto, es a la profesora a quien toca resolver estas cosas. Creo que es la política del colegio. Que las profesoras intervengan. Nunca te lo habríamos comentado a ti.

—¡Oh! —dijo Celeste—. Bueno, gracias. Una vez más, lo siento mucho...

—¡No tienes por qué sentirlo! ¡Dios! ¡Son niños! —dijo Nathan—. Tienen que aprenderlo todo. A no pegar a sus amigos. A defenderse solos. A ser mayores.

—A ser mayores —repitió Celeste temblorosa.

—¡Yo sigo aprendiendo, claro! —añadió Nathan.

—Forma parte de su desarrollo emocional y espiritual —dijo Bonnie.

—Eso es de manual, ¿no? —intervino Jane—. Algo así como que lo fundamental se aprende en preescolar: no ser mezquino, jugar limpio, compartir los juguetes.

—Compartir es cuidar —citó Nathan y todos rieron la frase tan repetida.

SARGENTO DETECTIVE ADRIAN QUINLAN: En el momento del incidente había ocho personas en el balcón, víctima incluida. Sabemos quiénes son. Saben quiénes son y saben qué vieron. Para un testigo lo más importante es decir la verdad.

CAPÍTULO 75

Madeline estaba enfrascada en una apasionada conversación con una pareja de padres de segundo acerca de las reformas en los cuartos de baño. Le gustaban mucho los padres y sabía que había aburrido como una ostra al marido mientras mantenía con la mujer una intensa conversación sobre qué chales favorecían más, de modo que ahora debía prestar atención al pobre hombre.

El problema era que en realidad ella no tenía nada que decir de las reformas en los cuartos de baño, aunque estaba de acuerdo en que debía de haber sido terrible cuando se quedaron sin azulejos, a falta de tan solo tres para terminar, y estaba segura de que al final todo se resolvería, pero es que había visto a Celeste y Jane en el balcón riéndose con Nathan y Bonnie y eso sí que no. Celeste y Jane eran sus amigas.

Buscó a alguien que la sustituyera y agarró por el brazo a Samantha. Su marido era fontanero. A ella seguro que le interesaban las reformas en los cuartos de baño.

—¡Tienes que oír esto! —dijo—. ¿Te lo puedes imaginar? ¡Se quedaron, eh, sin azulejos!

—¡Oh, no! ¡Eso mismo me pasó a mí! —dijo Samantha.

Bingo. Madeline dejó a Samantha escuchando atentamente, esperando la ocasión de contarle la desastrosa historia de la reforma de su propio cuarto de baño. Santo Dios. Para ella era un misterio que a alguien pudiera parecerle eso más interesante que los chales. Al abrirse camino entre la gente pasó al lado de un grupo de Melenitas Rubias, tan apiñadas que era evidente que estaban hablando de algo escandaloso. Se detuvo a escuchar:

—¡La niñera francesa! Esa chica de aspecto extraño.

—¿No la ha despedido Renata?

—Sí, porque ni se había enterado de que Amabella estaba siendo acosada por ese tal Ziggy.

—Por cierto, ¿qué está pasando con la petición?

—El lunes se la llevamos a la señora Lipmann.

—¿Habéis visto a la madre esta noche? Se ha cortado el pelo. Anda revoloteando por ahí como si la cosa no fuera con ella. Si mi hijo fuera un acosador, no me verían la cara, eso seguro. Me quedaría en casa con él, prestándole la atención que evidentemente necesita.

—Lo que necesita es una buena bofetada.

—He oído que ayer lo trajo al colegio con liendres.

—Estoy alucinada de que el colegio haya tolerado esto tanto tiempo. Hoy día, con toda la información que hay sobre el acoso...

—Ya, ya, pero la cuestión es que la niñera de Renata tiene una aventura con Geoff.

—¿Por qué iba a querer tener una aventura con Geoff?

—Lo sé de buena tinta.

Madeline se irritó por lo que tocaba a Jane y, curiosamente, también a Renata, aun cuando Renata seguramente había aprobado la petición.

—Sois horribles —dijo en voz alta. Las Melenitas Rubias levantaron la vista. Sus ojos y bocas eran pequeños óvalos sorprendidos—. Sois unas personas horribles, horribles de verdad.

Siguió su camino sin esperar a oír su reacción. Al descorrer la puerta para salir al balcón se encontró a Renata detrás de ella.

—Necesito un poco de aire fresco —comentó Renata—. Aquí está muy cargado.

—Sí —dijo Madeline—. Además, parece que ha dejado de llover. —Salieron juntas al aire de la noche—. Por cierto, ya he hablado con mi seguro. Por lo del coche.

Renata hizo una mueca.

—Siento haber armado tanto escándalo ayer.

—Y yo haber chocado contigo. Estaba distraída gritándole a Abigail.

—Me di un susto —dijo Renata—. Cuando me asusto, salto. Es un defecto.

Se dirigieron hacia el grupo de la baranda.

—Ah, ¿sí? —dijo Madeline—. Debe de ser terrible para ti. En cambio, yo tengo una personalidad muy plácida.

Renata bufó.

—¡Maddie! —saludó Nathan—. No te había visto esta noche. ¿Cómo estás? He oído que mi mujer te ha echado la copa encima.

Él también debe de estar un poco bebido, pensó Madeline. Normalmente, no se referiría a Bonnie como «mi mujer» delante de ella.

—Menos mal que como era rosa hacía juego con el vestido —contestó ella.

—Estoy celebrando el final feliz del pequeño drama de nuestra hija —dijo Nathan—. Por Larry Fitzgerald de Dakota del Sur. —Levantó la copa.

—Mmmmm —dijo Madeline mirando a Celeste—. Tengo la extraña sensación de que ese tal Larry Fitzgerald en realidad quizá viva más cerca de lo que nos pensamos.

—¿Eh? —dijo Nathan—. ¿De qué estás hablando?

—¿Estás hablando de la página web de Abigail? —preguntó Celeste—. ¿La ha cerrado?

Una actuación perfecta, pensó Madeline, y eso era lo que la delataba. Celeste casi siempre era huidiza, como si tuviera algo que ocultar. En cambio ahora se la veía resuelta y decidida, aguantando la mirada de Madeline. La gente suele desviar la mirada cuando miente, pero Celeste la aguantaba cuando mentía.

—Tú eres Larry Fitzgerald de Dakota del Sur, ¿verdad? —dijo Madeline a Celeste—. Lo sabía. No con seguridad, pero lo intuía. Era todo demasiado perfecto.

—No tengo la menor idea de lo que me estás hablando —replicó Celeste sin alterarse.

Nathan se volvió hacia ella.

—¿Has donado cien mil dólares a Amnistía por ayudarnos? ¡Dios mío!

—No tenías por qué. ¿Cómo vamos a poder corresponderte?

—Santo Dios —dijo Renata—. ¿De qué va todo esto?

—No sé de qué estás hablando —aseguró Celeste a Madeline—. Pero no olvides que tú salvaste la vida de Max aquel día en clase de natación, esa sí que es una deuda que no puede saldarse.

Del salón llegaron algunas voces más altas que otras.

—Me pregunto qué estará pasando —comentó Nathan.

—Oh, quizá yo haya levantado algunas sospechas —dijo Renata con una leve sonrisa de satisfacción—. Mi marido no es el único que cree estar enamorado de nuestra niñera. Juliette encontró mucha distracción aquí en Pirriwee. ¿Cómo se dice en francés? *Polyamour.* He averiguado que le gustaba un determinado tipo de hombre. O, mejor dicho, un determinado tipo de cuenta bancaria.

—Renata —dijo Celeste—, esta noche me he enterado de...

—No lo digas —intervino Jane.

—El que estaba haciendo daño a tu hija Amabella era mi hijo Max.

—¿Tu hijo? —dijo Renata—. Pero ¿estás segura? —Miró de reojo a Jane—. Porque el día de la presentación Amabella...

—Estoy completamente segura —interrumpió Celeste—. Señaló a Ziggy al azar porque tenía miedo de Max.

—Pero... —Renata parecía no asimilarlo—. ¿Estás segura?

—Completamente segura —dijo Celeste—. Y lo siento.

Renata se llevó la mano a la boca.

—Amabella no quería que invitara a los gemelos a su fiesta de la A —dijo—. Insistió mucho, pero no le hice caso. Me pareció una tontería.

Miró a Jane, que le devolvió tranquilamente la mirada. Estaba realmente maravillosa esta noche, pensó Madeline con satisfacción, y se dio cuenta de que en las últimas semanas había dejado inconscientemente de mascar chicle a todas horas.

—Te debo pedir mil disculpas —dijo Renata.

—Así es —contestó Jane.

—Y a Ziggy —añadió Renata—. Os debo disculpas a ti y a tu hijo. Voy a... Bueno, no sé qué voy a hacer.

—Aceptadas —dijo Jane levantando su copa—. Disculpas aceptadas.

Volvió a abrirse la puerta de cristal y aparecieron Ed y Perry.

—Las cosas se están saliendo un poco de madre ahí dentro —dijo Ed. Tomó unos taburetes de bar que había cerca de la puerta y los acercó—. ¿Nos ponemos cómodos? Hola, Renata. Siento mucho que mi esposa pusiera ayer el pie en el acelerador.

Perry trajo más taburetes.

—Perry —dijo Renata. Madeline observó que no se mostraba tan efusiva con él ahora que sabía que su hijo había estado acosando a su hija. De hecho, le había cambiado la voz—. Me alegro de verte en el país.

—Gracias, Renata. Yo también me alegro de verte.

Nathan le tendió la mano.

—Perry, ¿no? Creo que no hemos coincidido. Soy Nathan. Creo que tenemos una gran deuda contigo.

—Ah, ¿sí? —dijo Perry—. ¿Cómo es eso?

«Oh, Dios, Nathan», pensó Madeline. «Cierra el pico. No lo sabe. Seguro que no lo sabe».

—Perry, esta es Bonnie —interrumpió Celeste—. Y esta, Jane. La madre de Ziggy.

Madeline y Celeste se miraron. Madeline sabía que ambas estaban pensando en el primo de Perry. El secreto flotaba entre ellas como una maligna nube amorfa en el aire.

—Encantado de conoceros. —Les estrechó la mano y ofreció asiento a las mujeres con gesto cortés.

—Al parecer tu mujer y tú habéis donado cien mil dólares a Amnistía Internacional para ayudar a salir del atolladero a nuestra hija —insistió Nathan. Jugueteaba con la peluca de Elvis en la mano y de pronto se le escurrió por el balcón y se perdió en las tinieblas—. ¡Oh, mierda! —Se asomó por el balcón—. Perderé la fianza de la tienda de disfraces.

Perry se quitó su peluca negra de Elvis.

—Al cabo de un rato pican un poco —dijo.

Se revolvió el pelo con las yemas de los dedos, dejándoselo juvenilmente alborotado, y se sentó en un taburete de espaldas al balcón. Parecía muy alto en el taburete, con la silueta recortándose contra el cielo y las nubes a contraluz de una luna llena que surgía como un mágico disco dorado. Curiosamente, habían formado un semicírculo alrededor de Perry, como si fuera su líder.

—¿Qué es eso de una donación de cien mil dólares? —dijo—. ¿Es este otro de los secretos de mi mujer? Es una persona sorprendentemente reservada, mi mujer. Muy reservada. Mirad su expresión de Mona Lisa.

Madeline miró a Celeste. Estaba sentada en un taburete, con sus largas piernas cruzadas y las manos en el regazo. Completamente inmóvil. Parecía que estuviera labrada en piedra; una escultura de una bella mujer. Se había girado un poco, apartando la mirada de Perry. ¿Respiraba? ¿Se encontraba bien? Madeline notó que se le desbocaba el corazón. Algo estaba encajando. Piezas de un puzle completando una figura. Respuestas a preguntas que ella no sabía que tuviera.

El matrimonio perfecto. La vida perfecta. Solo que Celeste siempre estaba nerviosa. Un poco inquieta. Un poco crispada.

—Además, parece creer que tenemos unos recursos financieros ilimitados —dijo Perry—. No gana ni un centavo, pero sabe cómo gastarlo, desde luego.

—Ya vale —dijo bruscamente Renata como si reprendiera a un niño.

—Creo que ya nos conocemos —Jane se dirigió a Perry.

Solo lo oyó Madeline. Jane había permanecido de pie mientras todo el mundo ocupaba los taburetes. Parecía muy pequeña en medio de ellos, como una niña dirigiéndose a Perry. Tenía que echar para atrás la cabeza. Tenía los ojos muy grandes.

Carraspeó y volvió a hablar:

—Creo que ya nos conocemos.

Perry la miró de reojo.

—¿Ah, sí? ¿Estás segura? —Inclinó encantadoramente la cabeza—. Lo siento. No lo recuerdo.

—Estoy segura —dijo Jane—. Solo que dijiste que te llamabas Saxon Banks.

CAPÍTULO 76

Al principio su rostro no se alteró: cordial, correcto a la manera de «me trae sin cuidado». No la reconocía. No la habría conocido ni por el forro. La desenfadada frase retumbó de mala manera en la cabeza de Jane. Así lo habría dicho su madre.

Pero cuando dijo «Saxon Banks» hubo un destello, no porque la reconociera, seguía sin tener ni idea, tampoco se iba a tomar la molestia de escarbar en sus recuerdos, sino porque se dio cuenta de quién debía de ser, qué representaba. Era una de muchas.

Había dado un nombre falso. A ella no se le había pasado por la cabeza que lo hubiera hecho. Como si no pudieras inventarte el nombre, igual que inventas la personalidad o el atractivo.

—Siempre pensé que acabaría encontrándome contigo —le dijo ella.

—¿Perry? —preguntó Celeste.

Perry se volvió hacia Celeste.

Tenía otra vez una expresión vacía, igual que en el coche, como si le hubieran arrancado algo. Celeste había sentido una comezón desde la primera vez que Madeline había sacado a relucir el nombre de Saxon Banks la noche del club de lectura, un recuerdo de antes de que nacieran los niños, antes de que Perry le pegara por primera vez.

Ese recuerdo tomó cuerpo ahora. Intacto. Como si hubiera estado esperando a que ella lo recuperara.

Fue en la boda del primo de Perry. La vez que Saxon y Perry habían vuelto en coche a la iglesia a recoger el móvil de Eleni. Estaban sentados a una mesa redonda. Mantel blanco almidonado. Sillas adornadas con lazos gigantescos. Destellos de luz en las copas de vino. Saxon y Perry contando anécdotas. Anécdotas de su infancia común en un barrio de la ciudad: carritos de fabricación casera, la vez que Saxon salvó a Perry de los acosadores en el colegio, y qué me dices de la vez que Perry robó descaradamente un polo de plátano del congelador del establecimiento de *fish and chips* y el grande y temible griego lo agarró por el cuello con una de sus manazas y dijo: «¿Cómo te llamas?», y Perry dijo: «Saxon Banks».

El dueño del establecimiento llamó a la madre de Saxon y dijo: «Su hijo me ha robado», y la madre de Saxon dijo: «Mi hijo está aquí conmigo» y colgó.

Qué gracioso. Qué cara más dura. Cómo se reían mientras bebían champán.

—No significó nada —dijo Perry a Celeste.

Ella notó una vaga sensación de rugido en los oídos, como si estuviera a mucha profundidad bajo el agua.

Jane observó cómo Perry dejaba de mirarla para volverse hacia su mujer, despreciándola a ella sin más, sin molestarse siquiera en recordarla o reconocerla. Para él nunca había existido. No había acarreado ninguna consecuencia en su vida. Estaba casado con una mujer guapa. Jane era pornografía. Jane era la película para adultos que no figuraba en la factura del hotel. Jane era porno de internet donde puede satisfacerse cualquier fetichismo. ¿Tienes el fetichismo de humillar chicas gordas? Teclea el número de tu tarjeta de crédito y haz clic aquí.

—Por eso me mudé a Pirriwee —dijo Jane—. Por si estabas aquí.

El ascensor de cristal. La habitación del hotel a media luz.

Recordó que había echado un vistazo a la habitación, como si nada, por gusto, para tener más pruebas de su dinero y estilo, más pruebas que indicaran que iba a ser un polvo de una noche deliciosamente suntuoso. No había mucho que ver. Un portátil cerrado. Una maleta vertical cuidadosamente colocada en un rincón. Junto al portátil, propaganda de una inmobiliaria. EN VENTA. Una foto de una vista del océano. CASA FAMILIAR DE LUJO SOBRE LA ESPLÉNDIDA PENÍNSULA DE PIRRIWEE.

«¿Vas a comprar esta casa?», había dicho.

«Probablemente», había respondido él sirviéndole champán.

«¿Tienes niños?», había preguntado ella imprudente, estúpidamente. «Parece una buena casa para niños». No preguntó si tenía esposa. No había anillo. No llevaba.

«No tengo niños», dijo. «Me gustaría tenerlos algún día».

Ella había visto algo en su cara, una tristeza, un anhelo desesperado, y había creído con toda su estúpida ingenuidad que sabía exactamente qué significaba aquella tristeza. ¡Había sufrido un desengaño! Claro que sí. Estaba igual que ella, con el corazón partido. Buscaba desesperadamente la mujer ideal para fundar una familia y, cuando él esbozó aquella sonrisa devastadora al alargarle la copa de champán, puede que Jane fuera lo bastante imbécil como para creer que ella podía ser esa mujer. ¡Cosas más raras habían ocurrido!

Acto seguido sí que ocurrieron cosas más raras.

En los años que siguieron reaccionaba visceralmente al oír o leer las palabras «Península de Pirriwee». Cambiaba de tema. Pasaba página.

Luego, sin previo aviso, un buen día hizo todo lo contrario. Le dijo a Ziggy que iban a ir a la playa y se encaminaron a la hermosa península de Pirriwee y ella fue todo el trayecto fingiendo no recordar siquiera la propaganda de la inmobiliaria, aunque no se le iba de la cabeza.

Jugaron en la playa y ella buscó por detrás de Ziggy a un hombre que volviera de hacer surf con una sonrisa de dientes blancos. Aguzó el oído por si alguna esposa pronunciaba el nombre de Saxon.

¿Qué era lo que quería?

¿Venganza? ¿Reconocimiento? ¿Hacerle ver que ahora estaba flaca? ¿Pegarle, hacerle daño, denunciarlo? ¿Decirle todo lo que debería haberle dicho en vez de aquel sumiso «¡Adiós!»? ¿Hacerle saber de alguna manera que no se había salido con la suya, aun cuando era evidente que sí?

Quería que viera a Ziggy.

Quería que se quedara maravillado con su guapo, serio e intenso niño.

Era una insensatez. Un deseo tan estúpido, extraño, raro y desatinado que se negaba a reconocerlo abiertamente e incluso a veces lisa y llanamente lo negaba.

Porque, a ver, ¿cómo iba a resultar ese momento de mágico asombro paternal? «¡Oh, hola! ¿Te acuerdas de mí? ¡Tuve un hijo! ¡Aquí está! No, no, claro que no quiero tener una relación contigo, lo que quiero es que te pares un momento a quedarte maravillado con tu hijo. Le encanta la calabaza. ¡Siempre le ha encantado la calabaza! ¿No es increíble? ¿A qué niño le gusta la calabaza? Es tímido y valiente y muy equilibrado. Conque ahí lo tienes. Tú eres un cabrón y un gilipollas y te odio, pero mira a tu hijo por un momento porque es algo extraordinario. Diez minutos de depravación crearon algo perfecto».

Trató de convencerse de que había llevado a Ziggy a Pirriwee a pasar el día y que, al ver un piso en alquiler, le había dado la ventolera de mudarse ahí. Puso tanto empeño en fingirlo que casi acabó creyéndoselo y, a medida que fueron transcurriendo los meses y existiendo cada vez menos probabilidades de que Saxon Banks viviera por ahí, se convirtió en verdad. Dejó de buscarlo.

Cuando contó a Madeline el relato de su noche de hotel con Saxon ni se le pasó por la cabeza decirle que, en parte, él era la razón de haberse mudado a Pirriwee. Hubiera sido ridículo y embarazoso. «¿Querías encontrártelo?», habría dicho Madeline en un esfuerzo por comprenderla. «¿Querías ver a ese hombre?». ¿Cómo iba a explicar Jane que quería y no quería verlo? Además, ya había olvidado por completo la propaganda de la inmobiliaria. Se había mudado a Pirriwee porque le había dado la ventolera.

Y evidentemente Saxon no estaba ahí.

Pero ahora resultaba que sí. El marido de Celeste. Debió de casarse con ella por la época en que conoció a Jane.

« Nos costó mucho quedarme embarazada de los chicos», le había dicho Celeste a Jane en cierta ocasión durante uno de sus paseos. Por eso la tristeza de él al hablar de niños.

Jane notó que se ponía colorada de humillación en el fresco aire de la noche.

—No significó nada —repitió Perry a Celeste.

—Para ella sí —dijo Celeste.

Todo fue porque él se encogió de hombros. De un modo casi imperceptible que decía: «¿A quién le importa?». Él se lo tomó como un problema de mera infidelidad. Que lo habían pillado en una variedad de sexo-ocasional-de-ejecutivo-de-viaje. No que tuviera que ver con Jane.

—Creía que eras... —No pudo seguir.

Creía que era bueno. Creía que era una buena persona con mal genio. Creía que su violencia era algo privado y personal entre ellos. Creía que era incapaz de ser cruel porque sí. Siempre hablaba muy amablemente con las camareras, por incompetentes que fueran algunas. Creía que lo conocía.

—Lo hablamos luego en casa —dijo Perry—. No vamos a dar el espectáculo.

—No la estás mirando —susurró Celeste—. Ni siquiera la estás mirando.

Le tiró a la cara la copa de cóctel de champán que tenía a medias.

El champán le roció la cara.

Perry levantó inmediata, instintiva y airosamente la mano derecha. Como si fuera un deportista para capturar una pelota, solo que no capturó nada.

Dio una bofetada a Celeste.

Su mano trazó un arco perfecto, entrenado y brutal que le hizo ladear la cabeza y caer sobre el balcón, dándose un fuerte golpe en el costado.

Madeline resopló.

Ed se puso en pie de un brinco tal que tiró el taburete.

—¡Eh! ¡Eh!

Madeline se arrodilló junto a Celeste.

—Dios mío, Dios mío, ¿estás...?

—Estoy bien —dijo Celeste. Se llevó la mano a la cara y se incorporó—. Estoy perfectamente.

Madeline miró al reducido círculo de personas del balcón. Ed tenía los brazos extendidos, uno hacia Perry como una señal de stop y otro delante de Celeste, para protegerla.

La copa de Jane se había deslizado de entre sus dedos y se había hecho añicos contra el suelo.

Renata hurgó en el bolso.

—Voy a llamar a la policía —dijo—. Voy a llamar a la policía ahora mismo. Esto es una agresión. Acabo de ver cómo agredías a tu mujer.

Nathan tenía a Bonnie agarrada por el codo. Ella se zafó cuando Madeline miró. Tenía el rostro rojo de ira, como encendido por un fuego interior.

—Tú has hecho esto antes —dijo a Perry.

Perry no le hizo caso. Miraba a Renata, que se había llevado el teléfono al oído.

—Oye, no nos precipitemos...

—Por eso tu hijo ha estado haciendo daño a las niñas —dijo Bonnie. Con la misma voz áspera que Madeline le había oído emplear antes, solo que ahora más intensa. Sonaba tan..., bueno, sonaba como si proviniera de la «parte mala de la ciudad», como diría la madre de Madeline.

Sonaba como una bebedora. Una fumadora. Una camorrista. Sonaba real. Era extrañamente gracioso oír salir aquella voz gutural de enfado de la boca de Bonnie.

—Porque él ha visto lo que haces. Tu hijo te ha visto hacerlo, ¿verdad?

Perry resopló.

—Mira. No sé qué estás insinuando. Mis hijos no han «visto» nada.

—¡Tus hijos lo ven! —gritó Bonnie, con la cara contraída por la ira—. ¡Nosotras lo vemos! ¡Lo vemos, joder!

Le puso ambas manos en el pecho y lo empujó.

Él cayó.

CAPÍTULO 77

Si Perry hubiera sido unos centímetros más bajo.

Si la baranda hubiera sido unos centímetros más alta.

Si el taburete hubiera estado en un ángulo ligeramente diferente.

Si no hubiera estado lloviendo.

Si él no hubiera estado bebiendo.

Después Madeline no podía dejar de pensar en todas las otras formas en que podía haber sucedido.

Pero sucedió como sucedió.

Celeste vio la expresión del rostro de Perry cuando Bonnie le gritó. La misma cara medio risueña que cuando Celeste perdía los nervios con él. A Perry le gustaba cuando las mujeres se enfadaban con él. Le gustaba provocar reacciones. Creía que era simpático.

Vio la mano de él agarrarse a la baranda y resbalar.

Lo vio caer de espaldas, con las piernas en alto, como cuando retozaba en la cama con los chicos.

Y luego desapareció sin hacer el menor ruido.

Donde había estado, un espacio vacío.

Sucedió todo demasiado rápido. Jane tenía la mente embotada por la impresión. Al tiempo que intentaba entender, era consciente de la conmoción reinante en el salón: gritos, golpes secos, ruidos sordos.

—¡Dios mío!

Ed se inclinó sobre la baranda del balcón, agarrándose con las dos manos, intentando ver, con la capa dorada de Elvis extendida detrás de él a modo de ridículas alas.

Bonnie se había puesto en cuclillas, con el cuerpo ovillado y las manos fuertemente entrelazadas a la nuca, como si estuviera esperando la explosión de una bomba.

—No, no, no, no.

Nathan daba pasos cortos, como un baile, alrededor de su mujer, agachándose para tocarle la espalda e incorporándose con las manos en las sienes.

Ed se giró.

—Voy a ver si él...

—¡Ed! —dijo Renata dejando caer la mano con el teléfono móvil. La luz del balcón se reflejó en sus gafas.

—¡Llama a una ambulancia! —gritó Ed.

—Sí —dijo Renata—. Estoy... Voy... Pero... No he visto lo que ha sucedido. No lo he visto caer.

—¿Qué? —dijo Ed.

Madeline seguía arrodillada junto a Celeste. Jane se fijó en que Madeline miraba a su exmarido por detrás de Ed. Nathan tenía el pelo pringoso y pegado a la frente por la peluca. Miraba a Madeline con ojos afligidos y suplicantes. Madeline se volvió hacia Celeste, que tenía la vista clavada catatónicamente en el lugar donde había estado sentado Perry.

—Creo que yo tampoco lo he visto.

—Madeline —dijo Ed. Tiraba enfadado de su disfraz, como si deseara arrancárselo. Las lentejuelas se le quedaban en las manos, dejando las palmas doradas—. No...

—Estaba mirando para otro lado —dijo Madeline. Su voz era más fuerte. Se puso en pie, agarrando su minúsculo bolso con ambas manos, con la espalda erguida y la barbilla levantada como si estuviera a punto de entrar en un salón de baile—. Estaba mirando para adentro. No lo he visto.

Jane carraspeó.

Pensó en cómo había dicho Saxon —Perry—: «No significó nada». Miró a Bonnie, encogida junto a un taburete volcado. Notó que su cólera ardiente y líquida de pronto se enfriaba y se solidificaba en algo potente e inamovible.

—Igual que yo. Tampoco he visto nada.

—Calla. —Ed la miró de reojo a ella y luego a Madeline—. Callaos todos.

Celeste se agarró de la mano de Madeline y se puso ágilmente en pie. Se alisó el vestido y se llevó una mano a la cara, donde Perry le había pegado. Miró por un momento la figura ovillada de Bonnie.

—No he visto nada —dijo con una voz que sonó casi desenfadada.

—Celeste —dijo Ed con el rostro contraído por el terror. Se echó las manos a la cabeza y luego las dejó caer. En la frente le quedaron brillos dorados.

Celeste se dirigió al borde del balcón y apoyó las manos en la baranda. Se volvió a Renata y dijo:

—Llama a la ambulancia ahora.

Acto seguido se puso a gritar.

Resultó fácil después de tantos años de disimulo. Celeste era una consumada actriz.

Pero luego pensó en sus hijos y ya no necesitó disimular más.

STU: En ese momento se habían desatado todas las furias. Dos tipos estaban pegándose por una chavala francesa y en esto que una sabandija enana se me echa encima porque yo había dicho que su mujer no sería capaz ni de organizar un polvo en un burdel y había ofendido su honor o algo así. Vamos, por Dios, Louise, es una forma de hablar.

THEA: Es cierto que la discusión sobre los test estandarizados fue un tanto acalorada. Como tengo cuatro hijos, me considero una experta en la materia.

HARPER: Thea gritaba como una descosida.

JONATHAN: Yo estaba con unos padres de cuarto y nos pusimos a discutir sobre la legalidad y moralidad de esa maldita petición. Hubo más que palabras. Puede que algún que otro empujón. Mira, no me siento orgulloso de nada de esto.

JACKIE: Dame una fusión brutal de empresas en cualquier momento.

GABRIELLE: En ese momento estaba pensando en el canibalismo. Carol tenía una pinta deliciosa.

CAROL: Estaba limpiando la cocina cuando oí un grito desgarrador que helaba la sangre.

SAMANTHA: Ed vino corriendo por las escaleras, gritando algo de que Perry White se había caído por el balcón. Me asomé y vi a dos padres de quinto chocar en la puerta abierta.

—Ha habido un accidente —estaba diciendo Renata por el móvil, tapándose el otro oído con un dedo para poder oír a quien tuviera al otro extremo de la línea por encima de los gritos de Celeste—. Se ha caído un hombre. De un balcón.

—¿Fue él? —Madeline tomó a Jane por el brazo y la atrajo hacia sí—. ¿Fue Perry quien...?

Jane contempló el perfecto arco de Cupido del lápiz de labios de Madeline. Dos picos perfectos.

—¿Crees que él...?

No llegó a terminar la frase porque en ese momento dos Elvis de satén blanco, luchando cuerpo a cuerpo con los brazos uno a la espalda del otro como en un apasionado abrazo, chocaron violentamente con Jane y Madeline, que salieron despedidas cada una por su lado.

Al caer, Jane extendió la mano para amortiguar el golpe y notó que algo crujía con una fuerza tremenda cerca del hombro al dar con el cuerpo en el suelo.

Los baldosines del balcón mojaron la cara de Jane. Los gritos de Celeste se mezclaban con los sonidos lejanos de las sirenas y los sollozos apagados de Bonnie. Jane notó sabor a sangre en la boca. Cerró los ojos.

Oh, desastre.

BONNIE: La pelea se extendió al balcón y fue entonces cuando las pobres Madeline y Jane salieron tan malparadas. No vi caer a Perry White. Yo..., ¿me disculpa un momento, Sara? Espere, es Sara, ¿verdad? No Susan. Me he quedado en blanco. Lo siento, Sara. Sara. Bonito nombre. Significa «princesa», creo. Escuche, Sara, ahora tengo que recoger a mi hija.

CAPÍTULO 78

SARGENTO DETECTIVE ADRIAN QUINLAN: Estamos mirando todas las imágenes que hay del circuito cerrado de televisión, las fotos sacadas esa noche y las imágenes de los teléfonos móviles. Por supuesto, estudiaremos las pruebas forenses cuando dispongamos de ellas. En la actualidad estamos interrogando a todos y cada uno de los ciento treinta y dos padres que participaron en el acto. Tenga la seguridad de que averiguaremos toda la verdad de lo sucedido anoche y que presentaré cargos contra todos ellos si tengo que hacerlo.

La mañana siguiente al concurso de preguntas

—No creo que pueda hacerlo —dijo Ed en voz baja.

Estaba sentado en una silla junto a la cama de Madeline en el hospital. Tenía habitación propia, pero Ed seguía mirando nervioso por encima del hombro. Parecía como si estuviera mareado.

—No te estoy pidiendo que hagas nada —dijo Madeline—. Si quieres contarlo, cuéntalo.

—Contarlo. Por el amor de Dios. —Ed puso los ojos en blanco—. ¡Esto no es como chivarse a la profesora! Esto es infringir la ley. Esto es mentir bajo... ¿Estás bien? ¿Te duele?

Madeline cerró los ojos e hizo una mueca. Se había roto el tobillo. Sucedió cuando los padres de quinto chocaron con Jane y con ella. Al principio creyó que no se caería, pero luego se le fue para atrás una pierna como si estuviera haciendo un delicado paso de baile sobre el balcón mojado. Además, era el tobillo bueno, no el que seguía renqueante.

La noche anterior había tenido que permanecer tirada en el balcón mojado un rato que se le hizo interminable por lo agudo del dolor, mientras Celeste no paraba de gritar, Bonnie sollozaba, Nathan soltaba maldiciones, Jane yacía de costado con sangre en la boca y Renata chillaba a los padres de quinto que peleaban: «¡Portaos como adultos, por amor de Dios!».

A Madeline iban a operarla esa tarde. Estaría escayolada entre cuatro y seis semanas y, después de eso, fisioterapia. Pasaría una buena temporada hasta que pudiera volver a ponerse tacones altos.

No era la única que había acabado en el hospital. Por lo que pudo enterarse, el parte definitivo de lesiones de la noche del concurso de preguntas incluía un tobillo roto (la aportación de Madeline), una clavícula rota (la pobre Jane), una nariz rota (el marido de Renata, Geoff; menos de lo que se merecía), tres costillas rotas (el marido de Harper, Graeme, que también se había acostado con la niñera francesa), tres ojos a la funerala, dos cortes malos que hubo que suturar y noventa y cuatro terribles dolores de cabeza.

Y una muerte.

Las imágenes de la noche pasada daban vueltas vertiginosamente por la cabeza de Madeline. Jane con los labios pintados de rojo plantada delante de Perry diciéndole: «Dijiste que te llamabas Saxon Banks». Al principio creyó que Jane los confundía, que Perry debía parecerse a su primo, hasta que Perry dijo: «No significó nada». La cara de Celeste tras la bofetada de Perry. Sin sorpresa. Solo vergüenza.

¿Qué clase de amiga obtusa y egocéntrica había sido Madeline para que le pasara desapercibido algo así? El hecho de que Celeste no presentara ojos a la funerala ni labios partidos no significaba que no hubiera habido pistas, si ella se hubiera tomado la molestia de prestar atención. ¿Había intentado alguna vez Celeste confiarse a ella? Probablemente Madeline habría estado parloteando sobre alguna crema de ojos o algo igualmente superficial y no le había dado oportunidad. ¡Probablemente la habría interrumpido! Ed siempre estaba llamándole la atención a ese respecto. «Déjame terminar», decía levantando la mano. Tres palabras nada más. Perry me pega. Y Madeline nunca había dado a su amiga los tres segundos que costaba decirlas. En cambio, Celeste había escuchado mientras Madeline hablaba de todo sin parar, desde cuánto odiaba al coordinador de fútbol siete a lo que sentía por la relación de Abigail con su padre.

—Hoy nos ha traído una lasaña vegetal —dijo Ed.

—¿Quién? —dijo Madeline. Los remordimientos le daban náuseas.

—¡Bonnie, por el amor de Dios! Bonnie. La mujer a la que al parecer estamos protegiendo. Estaba extrañamente normal, como si no hubiera ocurrido nada. Está completamente ida. Esta mañana ha estado hablando con una «periodista muy simpática que se llama Sara». Sabe Dios qué le habrá dicho.

—Fue un accidente —dijo Madeline.

Recordó la cara de Bonnie crispada por la ira cuando le gritó a Perry. Aquella extraña voz gutural. «Nosotras lo vemos. Lo vemos, joder».

—Ya sé que fue un accidente —replicó Ed—. Entonces, ¿por qué no decimos la verdad? ¿Y contamos a la policía exactamente lo que pasó? No lo entiendo. Si a ti ella no te gusta nada.

—Eso no importa —contestó Madeline.

—Fue Renata quien empezó —dijo Ed—. Y luego se sumó todo el mundo. No lo he visto. No lo he visto. ¡Ni siquiera sabíamos si estaba vivo o muerto y ya estábamos planeando encubrirlo! Porque, Dios, ¿acaso Renata conoce a Bonnie?

Madeline creía entender por qué Renata había dicho lo que dijo. Porque Perry había engañado a Celeste, igual que Geoff a Renata. Madeline había visto la expresión de Renata cuando oyó a Perry decir: «No significó nada». En ese momento Renata hubiera querido tirar a Perry por el balcón. Se le adelantó Bonnie.

Si Renata no hubiera dicho: «No lo he visto caer», entonces quizá la mente de Madeline no habría reaccionado tan rápido como para pensar en las consecuencias para Bonnie, pero en cuanto Renata dijo lo que dijo, Madeline pensó en la hija de Bonnie. En la forma de pestañear y esconderse siempre Skye detrás de la falda de su madre. Si había una niña que necesitaba a su madre era Skye.

—Bonnie tiene una niña pequeña —dijo Madeline.

—Perry tenía dos chicos pequeños. ¿Y qué? —replicó Ed. Miró a algún punto por encima de la cama de Madeline. Tenía el rostro demacrado bajo aquella cruda luz. Ella adivinó al anciano en que un día se convertiría—. No sé si puedo vivir con esto, Madeline.

Ed fue el primero en llegar donde Perry. El que vio el cuerpo roto y retorcido del hombre con el que momentos antes había estado hablando de golpes de ventaja en golf. Era pedirle demasiado. Ella lo sabía.

—Perry no era buena persona —dijo Madeline—. Es el que hizo aquellas cosas a Jane. ¿Te enteras? Es el padre de Ziggy.

—Eso no importa —contestó Ed.

—Según tú —dijo Madeline. Ed tenía razón. Claro que sí, como siempre, pero a veces equivocarse también era acertar—. ¿Crees que se proponía matarlo?

—No —dijo Ed—. Pero ¿qué más da? No soy juez ni jurado. No es asunto mío...

—¿Crees que ella volverá a hacerlo? ¿Crees que es un peligro para la sociedad?

—No, pero te repito ¿qué más da? —Puso cara de auténtica angustia—. Creo que no voy a poder mentir a sabiendas en una investigación policial.

—¿No lo has hecho ya?

Sabía que él había hablado brevemente con la policía la noche anterior antes de ir al hospital, mientras a ella la sacaban en una de las tres ambulancias estacionadas en la zona de besos y recogidas delante del colegio.

—Oficialmente no —dijo Ed—. Algún agente hizo unas cuantas anotaciones y yo dije, Dios, la verdad es que no sé qué dije, estaba borracho. No mencioné a Bonnie, eso sí lo sé, pero he quedado en pasarme a la una de esta tarde por la comisaría de policía para hacer una declaración oficial como testigo. La van a grabar, Madeline. Habrá dos agentes sentados en una sala mirándome mientras miento a sabiendas. Tendré que firmar una declaración jurada. Eso me convierte en cómplice...

—Hola a todos.

Era Nathan, que irrumpió en la habitación con un gran ramo de flores y una gran sonrisa de famoso, como si fuera un orador motivacional entrando en el escenario.

Ed dio un respingo.

—Dios, Nathan, me has dado un susto de muerte.

—Lo siento, tío —dijo Nathan—. ¿Cómo estás, Maddie?

—Estoy bien —respondió Madeline.

Resultaba algo incómodo tener a tu marido y tu exmarido juntos mirándote mientras estabas en la cama. Era extraño. Habría preferido que se marcharan los dos.

—¡Mírala! ¡Pobrecita! —Nathan dejó las flores a su lado—. He oído que vas a tener que usar muletas una buena temporada.

—Sí, bueno...

—Abigail ya ha dicho que volverá a casa para ayudarte.

—Oh —dijo Madeline—. Oh. —Tocó los pétalos rosas de las flores—. Bueno, hablaré de eso con ella. Me arreglaré perfectamente. No es necesario que me cuide.

—No, pero creo que quiere volver a casa —replicó Nathan—. Está buscando una excusa.

Madeline y Ed se miraron. Ed se encogió de hombros.

—Siempre pensé que la novedad se pasaría —añadió Nathan—. Echaba de menos a su madre. Nosotros no somos su auténtica vida.

—Claro.

—En fin. Debo irme —dijo Ed.

—¿Puedes quedarte un momento, tío? —preguntó Nathan. Había desaparecido su sonrisa amplia de pensamiento positivo y ahora parecía el causante de un accidente de tráfico—. No me importaría hablar un poco con vosotros dos... de, esto, de lo que sucedió anoche. —Ed hizo una mueca, pero tomó una silla, la colocó junto a la suya e hizo a Nathan un gesto para que se sentara.

—Oh, gracias, gracias, tío. —Nathan tenía un aspecto patéticamente agradecido al sentarse.

Siguió una larga pausa.

Ed carraspeó.

—El padre de Bonnie era violento —dijo Nathan sin más preámbulos—. Muy violento. Creo que no sé ni la mitad de lo que hizo. No a Bonnie. A su madre. Pero Bonnie y su hermana pequeña lo veían todo. Tuvieron una infancia difícil.

—No sé si debo... —empezó a decir Ed.

—No conocí a su padre —continuó Nathan—. Murió de un ataque al corazón antes de que yo conociera a Bonnie. El caso es que Bonnie es..., bueno, un psiquiatra le diagnosticó estrés postraumático. Normalmente está bien, pero sufre unas pesadillas horribles y a veces..., esto, tiene ciertas dificultades.

Miró sin ver a la pared detrás de ella, mientras pensaba en todos los secretos de lo que Madeline comprendía ahora que era un matrimonio complicado.

—No tienes por qué contarnos nada de esto —señaló ella.

—Es buena persona, Maddie —dijo con desesperación. No estaba mirando a Ed. Tenía la mirada puesta en Madeline. Estaba invocando su historia. Estaba invocando recuerdos del pasado y el amor pasado. Por más que la hubiera abandonado, estaba pidiéndole que lo olvidara todo y se acordara de los tiempos en que habían estado obsesionados el uno con el otro, cuando despertaban sonriéndose embobados. Era una locura, pero ella se dio cuenta de que era eso lo que le estaba pidiendo. Estaba pidiendo un favor a la Madeline veinteañera.

—Es una madre maravillosa —aseguró Nathan—. La mejor. Y puedo prometerte que nunca tuvo la intención de que Perry cayera, creo que cuando lo vio pegar a Celeste de aquella manera...

—Algo saltó —dijo Madeline.

Volvió a ver el airoso y entrenado arco de la mano de Perry en movimiento. La voz gutural de Bonnie. Se le vino a la cabeza que ya había muchos niveles de maldad en el mundo. Maldades menores como sus palabras maliciosas. Como no invitar a un niño a una fiesta. Maldades mayores como abandonar a tu esposa con un bebé recién nacido y acostarte con la niñera de tu hija. Y luego estaba la clase de mal con el que Madeline no tenía experiencia: la crueldad en las habitaciones de hotel y la violencia en las casas de clase media y la venta de niñas como mercancía, destrozando corazones inocentes.

—Sé que no me debes nada —dijo Nathan— porque es evidente que lo que te hice cuando Abigail era bebé fue completamente imperdonable y...

—Nathan —interrumpió Madeline.

Era una locura y una insensatez porque ella no lo había perdonado y había decidido no perdonarlo nunca y se la tendría guardada el resto de su vida y algún día sería el padrino de boda de Abigail y a ella le rechinarían los dientes durante la ceremonia, pero seguía siendo familia, seguía estando en su recuadro del árbol genealógico.

Cómo iba a explicar a Ed que no le gustaba particularmente Bonnie ni la comprendía, pero que estaba preparada para mentir por ella del mismo modo que lo haría por Ed, sus hijos o su madre. Que, por extraño e improbable que pareciera, la tal Bonnie también era familia.

—No vamos a decir nada a la policía —dijo Madeline—. No vimos qué sucedió. No vimos nada.

Ed echó de pronto la silla para atrás al levantarse y salió de la habitación sin mirar atrás.

SARGENTO DETECTIVE ADRIAN QUINLAN: Alguien no está diciendo la verdad de lo sucedido en ese balcón.

CAPÍTULO 79

El policía parecía el simpático padre de un joven futbolista, aunque había algo sereno y sabio en sus cansados ojos verdes. Estaba sentado al lado de la cama de Jane en el hospital con un bolígrafo sobre su cuaderno de notas amarillo.

—Quiero aclarar esto. Usted estaba en el balcón, pero mirando hacia dentro.

—Sí —dijo Jane—. Por todo el ruido. La gente estaba tirando cosas.

—¿Y entonces oyó gritar a Celeste White?

—Creo que sí —contestó Jane—. Es todo tan confuso. Todo está revuelto. Aquellos cócteles de champán.

—Sí —suspiró el policía—. Aquellos cócteles de champán. He oído hablar mucho de ellos.

—Todo el mundo estaba borracho —dijo Jane.

—¿Dónde se encontraba usted en relación con Perry White?

—Mmm, creo que un poco a un lado.

La última enfermera había dicho que pronto vendría alguien para llevarla a rayos X. Sus padres estaban de camino con

Ziggy. Miró la puerta de la habitación con el ferviente deseo de que alguien, cualquiera, viniera a salvarla de esa conversación.

—¿Y cuál era su relación con Perry? ¿Eran amigos?

Jane pensó en el momento en que se quitó la peluca y se convirtió en Saxon Banks. Nunca llegó a decirle que tenía un hijo llamado Ziggy a quien le gustaba la calabaza. Nunca recibió una disculpa. ¿Por eso era por lo que había venido a Pirriwee? ¿Porque quería su arrepentimiento? ¿Había pensado en serio que obtendría su arrepentimiento?

Cerró los ojos.

—Anoche fue la primera vez que nos vimos. Acababan de presentármelo.

—Creo que está usted mintiendo —dijo el policía. Bajó el cuaderno de notas. Jane se estremeció por su brusco cambio de tono. Su voz tenía la implacabilidad, el peso y la violencia de un mazo—. ¿Está usted mintiendo?

CAPÍTULO 80

Aquí hay alguien que quiere verte —dijo la madre de Celeste.

Celeste levantó la vista del sofá donde estaba sentada y flanqueada por los chicos viendo dibujos animados. No quiso moverse de su postura. Los chicos proporcionaban un peso reconfortante y cálido contra su cuerpo.

No sabía qué pensaban ellos. Lloraron cuando les contó lo de su padre, pero no sabía si era porque Perry les había prometido ir a pescar a las pozas de las rocas esa mañana y no iba a poder ser.

—¿Por qué no voló papá? —había susurrado Josh—. ¿Cuando se cayó por el balcón? ¿Por qué no voló?

—Ya sabía yo que no podía volar —dijo Max con amargura—. Sabía que se lo estaba inventando.

Sospechaba que ahora mismo sus cabecitas estaban tan perplejas y atónitas como la suya y que los cambiantes colores chillones de los personajes de los dibujos eran lo único real.

—No será otro periodista, ¿verdad? —dijo.

—Se llama Bonnie —contestó su madre—. Dice que es una de las madres del colegio y que solo quería hablar contigo unos minutos. Dice que es importante. Ha traído esto. —Su madre le mostró una cazuela—. Dice que es lasaña vegetariana. —Su madre enarcó una ceja para manifestar su opinión sobre lo de vegetariana.

Celeste se puso en pie, levantando con suavidad a los niños y dejándolos caer de costado en el sofá. Hubo leves murmullos de protesta, pero sin apartar los ojos de la televisión. Bonnie estaba esperándola en el cuarto de estar, mirando inmóvil el océano con su larga trenza rubia cayendo por medio de la espalda erguida por el yoga. Celeste se detuvo en la puerta y la miró un momento. Esta era la mujer responsable de la muerte de su marido.

Bonnie se volvió lentamente y sonrió con tristeza.

—Celeste.

Imposible imaginar a esta plácida mujer de piel luminosa gritando «Nosotras lo vemos. Lo vemos, joder». Imposible imaginarla diciendo palabras fuertes.

—Gracias por la lasaña —dijo sinceramente Celeste. Sabía que su casa no tardaría en llenarse de miembros de duelo de la familia de Perry.

—Bueno, es lo mínimo. —Una expresión de pura angustia cruzó por un momento su rostro tranquilo—. Decir «lo siento» es muy inadecuado para mis actos, pero necesitaba venir aquí a decírtelo.

—Fue un accidente —dijo Celeste en voz baja—. No tenías intención de que cayera.

—Tus chicos —preguntó Bonnie—. ¿Cómo han...?

—Creo que todavía no entienden nada —contestó Celeste.

—No —dijo Bonnie—. No deberían.

Expulsó el aire deliberadamente despacio por la boca, como si estuviera haciendo una demostración de respiración en yoga.

—Voy a ir ahora a la policía —dijo Bonnie—. Voy a hacer una declaración y contarles qué sucedió exactamente. No tenéis por qué mentir por mí.

—Ya les dije anoche que yo no vi...

Bonnie levantó la mano.

—Volverán a pedir una declaración en condiciones. Esta vez cuéntales la verdad. —Volvió a expulsar el aire despacio—. Iba a mentir. Ya ves que he tenido mucha práctica. Soy una buena mentirosa. De pequeña mentía a todas horas. A la policía. A las trabajadoras sociales. Tenía que guardar grandes secretos. Incluso he dejado que me entrevistara una periodista esta mañana y estaba bien, pero luego, no sé, fui a recoger a mi hija a casa de mi madre y al entrar por la puerta me acordé de la última vez que vi a mi padre pegar a mi madre. Yo tenía veinte años. Era una adulta. Había ido a casa de visita y se organizó. Mi madre hizo algo. No recuerdo qué. No le echó suficiente salsa de tomate en el plato. Se rio de algo. —Bonnie miró directamente a Celeste—. Ya sabes.

—Ya sé —dijo Celeste con voz ronca. Puso la mano en el sofá donde Perry le había apretado la cabeza en cierta ocasión.

—¿Sabes lo que hice? Corrí a mi antigua habitación y me escondí debajo de la cama —dijo con una breve y amarga carcajada de incredulidad—. Porque era lo que hacíamos siempre mi hermana y yo. Sin pensarlo. Eché a correr. Y estuve allí tumbada boca abajo, con el corazón desbocado, mirando la vieja y raída alfombra verde, esperando a que terminara, y entonces de pronto pensé: «Dios mío, ¿qué estoy haciendo? Soy una mujer adulta escondida debajo de la cama». Conque salí y llamé a la policía. —Bonnie se pasó la trenza sobre el hombro y ajustó la goma del final—. Ya no me escondo debajo de la cama. No guardo secretos y no quiero que nadie los guarde por mí. —Echó la trenza hacia atrás—. Además, la verdad acabará saliendo. Madeline y Renata podrán mentir a la policía. Pero Ed de ninguna manera. Ni Jane. Y probablemente ni siquiera mi pobre y desesperado marido. Nathan será probablemente el peor de todos.

—Hubiera mentido por ti —dijo Celeste—. Sé mentir.

—Ya lo sé. —Bonnie tenía los ojos brillantes—. Creo que probablemente se te da muy bien. —Avanzó y puso la mano en el brazo de Celeste—. Pero ya puedes dejarlo.

CAPÍTULO 81

«Bonnie va a decir la verdad».
Era un mensaje de texto de Celeste.

Madeline apenas atinó a marcar el número de Ed. Era como si de repente el futuro de su matrimonio dependiera de que lo localizara antes de prestar declaración.

El teléfono sonó y sonó. Demasiado tarde.

—¿Qué pasa? —Su voz era cortante.

El alivio la invadió.

—¿Dónde estás?

—Acabo de estacionar el coche. Estoy a punto de entrar en la comisaría de policía.

—Bonnie va a confesar —dijo Madeline—. No tienes que mentir por ella.

Hubo silencio.

—¿Ed? ¿Me has oído? Puedes decirles exactamente lo que viste. Puedes decirles la verdad.

Sonó como un llanto. Ed nunca lloraba.

—No deberías habérmelo pedido —dijo secamente—. Era demasiado pedir. Era por él. Me pediste que lo hiciera por tu puñetero exmarido.

—Lo sé —dijo Madeline. Ella también estaba llorando—. Lo siento. Lo siento mucho.

—Iba a hacerlo.

«No, no ibas a hacerlo, querido», pensó mientras se secaba las lágrimas con el dorso de la mano. «No, no ibas a hacerlo».

Querido Ziggy:

No sé si te acuerdas de esto, pero el año pasado en el día de la presentación de preescolar no fui muy simpática contigo. Creía que habías hecho daño a mi hija y ahora sé que no era verdad. Espero que me perdones y espero que tu madre también me perdone. Me porté muy mal con vosotros dos y lo siento.

Amabella va a hacer una fiesta de despedida antes de mudarnos a Londres y nos honraría que asistieras como invitado especial. El tema es *La guerra de las galaxias.* Amabella dice que traigas tu espada láser.

Sinceramente tuya,
Renata Klein
(mamá de Amabella)

CAPÍTULO 82

Cuatro semanas después de la noche del concurso de preguntas

—¿Ha intentado hablar contigo? —dijo Jane a Tom—. ¿La periodista que está entrevistando a todo el mundo?

Era media mañana de un bonito día de invierno despejado y fresco. Estaban juntos en el paseo frente al Blue Blues. Había una mujer sentada en una mesa junto a la ventana, mientras transcribía con el ceño fruncido apuntes a su portátil de un dictáfono ajustado a un solo oído.

—¿Sara? —contestó Tom—. Sí. Le he dado tres magdalenas y le he dicho que no tengo nada que decir. Espero que hable de las magdalenas en el reportaje.

—Lleva entrevistando gente desde la mañana siguiente al concurso de preguntas —dijo Jane—. Ed cree que está intentando escribir un libro. Por lo visto, la propia Bonnie habló con ella antes de ser acusada. Debe de tener mucho material.

Tom saludó con la mano a la periodista y ella le devolvió el saludo levantando el café.

—Vámonos —dijo Tom.

Iban a almorzar unos sándwiches en el promontorio. A Jane le habían quitado el día anterior el cabestrillo de la clavícula rota. El médico le había dicho que podía empezar a hacer ejercicio suave.

—¿Estás seguro de que Maggie sabe llevar el café? —preguntó Jane refiriéndose a la única empleada a tiempo parcial de Tom.

—Claro. Su café es mejor que el mío —respondió Tom.

—No, de eso nada —dijo Jane con lealtad.

Luego subieron por las escaleras donde Jane solía quedar con Celeste para sus paseos después de dejar a los chicos en el colegio. Pensó en Celeste presurosa por reunirse con ella, ruborizada y preocupada por llegar tarde otra vez, ajena al corredor de mediana edad que había estado a punto de estamparse contra un árbol por volverse a mirarla.

Apenas había visto a Celeste desde el funeral.

Lo peor del funeral habían sido los chicos, con el pelo rubio peinado con la raya a un lado, camisa blanca y pantalón negro y el rostro serio. La carta de Max a su padre encima del ataúd. «Papá» en garabatos desiguales con un dibujo de dos figuras de palotes.

El colegio había tratado de ayudar a los padres de preescolar a tomar la decisión de llevar o no a sus hijos al funeral. Había enviado un correo electrónico con enlaces útiles a artículos escritos por psicólogos: «¿Debo dejar que mi hijo asista a un funeral?».

Los padres que no dejaron asistir a sus hijos confiaban en que los que sí habían asistido tuvieran pesadillas y se llevaran un susto tremendo, al menos lo suficiente como para afectar a sus resultados en el examen de Secundaria. Los padres que sí dejaron asistir a sus hijos confiaban en que hubieran aprendido valiosas lecciones sobre el ciclo de la vida, apoyando a sus amigos en los momentos de necesidad, y en que probablemente se hubieran hecho más «resistentes», lo cual les vendría muy bien en la adolescencia, haciéndolos menos propensos a suicidarse o hacerse drogadictos.

Jane había dejado ir a Ziggy porque él había querido ir y, además, porque era el funeral de su padre, aun cuando él no lo supiera, al que no tendría más oportunidades de asistir.

¿Se lo contaría algún día? «¿Te acuerdas de cuando fuiste de pequeño a tu primer funeral?». Pero él intentaría atribuirle algún tipo de significado. Buscaría algo que Jane finalmente comprendió que no había. Durante los últimos cinco años ella había estado buscando en vano algún significado a un asquerosamente borracho acto de infidelidad y no lo había.

La iglesia estaba a rebosar de afligidos familiares de Perry. Su hermana (la tía de Ziggy, había dicho Jane para sus adentros, sentada al fondo de la iglesia con otros padres que no conocían a Perry) había montado una pequeña película conmemorativa de la vida de él.

Estaba hecha tan profesionalmente que parecía una película de verdad y producía el efecto de hacer la vida de Perry más vibrante, rica y plena que las vidas de los asistentes al funeral. Había fotos muy animadas de él como un bebé rubio y mofletudo, un chico regordete, un adolescente repentinamente guapo, un novio guapísimo besando a su guapísima mujer y un orgulloso padre primerizo de dos gemelos con uno en cada brazo. Había fragmentos de vídeos de él rapeando con los gemelos, soplando las velas, esquiando con los chicos entre las piernas.

La banda sonora era preciosa y estaba perfectamente sincronizada para provocar el máximo impacto emocional de manera que al final incluso los padres del colegio que no conocían a Perry estaban llorando a mares y un hombre aplaudió sin querer.

Desde el funeral, Jane no dejó de recordar la película. Parecía una prueba irrefutable de que Perry era un buen hombre. Un buen marido y padre. Sus recuerdos de él en la habitación del hotel y el balcón —la violencia con que había tratado a Celeste en esa ocasión— le parecían inconsistentes e improbables. Era imposible que el hombre con dos niños en las rodillas hubiera hecho aquellas cosas.

Obligarse a recordar la verdad que ella conocía de Perry le parecía insensato y pedante, incluso malévolo. Era más adecuado recordar aquella bonita película.

Jane no había visto llorar a Celeste en el funeral. Tenía los ojos hinchados y enrojecidos, pero no la había visto llorar. Parecía como si estuviera apretando los dientes, como si estuviera a la expectativa, esperando a que sucediera algo espantoso. La única vez que pareció que iba a echarse a llorar fue cuando Jane la vio fuera de la iglesia consolando a un hombre alto y guapo que apenas podía caminar bajo la pesadumbre del dolor.

Jane creyó oír a Celeste decir «Oh, Saxon» al tomarlo del brazo, pero quizá fueran figuraciones suyas.

—¿Vas a hablar con ella? —preguntó Tom al llegar a lo alto de las escaleras.

—¿Con Celeste? —dijo Jane.

No habían hablado, al menos no en sentido estricto. La madre de Celeste estaba en casa para ayudarla con los niños y Jane sabía que la familia de Perry iba a quitarle mucho tiempo. Tuvo la sensación de que Celeste y ella nunca hablarían de Perry. Por un lado, había mucho que decir, pero por otro, nada. Madeline dijo que Celeste se iba a mudar a un piso en McMahons Point. La gran casa bonita iba a ponerse a la venta.

—Con Celeste no. —Tom la miró de reojo—. Con esa periodista.

—Oh —dijo Jane—. Dios, no. No, ni he hablado ni voy a hablar. Ed dijo que cuando llame le diga un «No, gracias» firme y cortés y acto seguido cuelgue, como cuando te llama una televendedora. Según él, la gente tiene la extraña idea de que están obligados a hablar con los periodistas y, evidentemente, no es así. No son como la policía.

No tenía ningunas ganas de hablar con la periodista. Demasiados secretos. Solo de pensar en el policía que la interrogó en el hospital se quedaba sin aliento. Gracias a Dios que Bonnie había decidido confesar.

—¿Te encuentras bien? —Tom se detuvo y puso la mano en el brazo de ella—. ¿Voy demasiado rápido?

—Estoy bien. Solo baja de forma.

—Te devolveremos a tu antiguo ser atlético.

Ella le dio golpecitos con el dedo en el pecho:

—Cierra el pico.

Él sonrió. Jane no pudo verle los ojos porque llevaba gafas de sol.

¿Qué eran ahora? ¿Amigos muy queridos que eran más como hermanos? ¿Amigos sabedores de que nunca irían más allá del coqueteo? Sinceramente, ella no habría sabido decirlo. Su atracción en la noche del concurso de preguntas había sido como un diminuto capullo perfecto necesitado de tiernos cuidados o, al menos, de un primer beso ebrio contra un muro del aparcamiento del colegio. Pero entonces sucedió todo aquello y se acabó. Su pequeño brote fue aplastado por una botaza negra: muerte, sangre, huesos rotos, policía y no haberle contado todavía la historia del padre de Ziggy. No parecían poder retomarlo. Habían perdido el compás.

La semana pasada habían tenido una especie de cita para ir al cine y a cenar. Había sido muy simpático y agradable. Ya eran muy buenos amigos por todas las horas de charla de cuando ella trabajaba en el Blue Blues. Pero no había sucedido nada. Ni siquiera se habían rozado.

Parecía que Tom y Jane estaban destinados a ser amigos. Suponía cierta decepción, aunque no era el fin del mundo. Los amigos pueden durar toda la vida. Según las estadísticas, eran mejores que las relaciones.

Esa mañana había vuelto a recibir un mensaje del primo de su amiga, preguntándole si por fin quería que salieran a toma una copa. Respondió: «Sí, por favor».

Se dirigieron al banco del parque con la placa en homenaje a «Victor Berg, que amaba pasear por este promontorio. Los que amamos no se van, se sientan a diario a nuestro lado». A Jane siempre le hacía pensar en Poppy, nacido el mismo año que Victor.

—¿Cómo está Ziggy? —preguntó Tom mientras se sentaban y desenvolvían los sándwiches.

—Está bien —dijo Jane contemplando el mar azul—. Magnífico.

Ziggy se había hecho amigo de un niño nuevo del colegio que acababa de mudarse a Australia después de haber vivido dos años en Singapur. Ziggy y Lucas se habían hecho inseparables al momento. Los padres de Lucas, una pareja de cuarentones, habían invitado a Jane y Ziggy a cenar a su casa. Había planes para ennoviar a Jane con el tío de Lucas.

Tom puso de pronto la mano en el brazo de Jane.

—Oh, Dios mío.

—¿Qué? —dijo Jane.

Él miraba al mar como si hubiera visto algo.

—Creo que estoy recibiendo un mensaje. —Se llevó un dedo a la sien—. ¡Sí! Sí, soy yo. ¡Es de Victor!

—¿Victor?

—¡Victor Berg, que amaba pasear por este promontorio! —dijo Tom impaciente. Puso un dedo en la placa—. Vic, tío, ¿qué pasa?

—Dios, eres un zumbado —dijo Jane cariñosamente.

Tom miró a Jane.

—Dice Vic que si no me doy prisa y beso a esta chica soy un puñetero idiota.

—¡Oh! —dijo Jane. Sintió un nudo en el estómago como si hubiera ganado un premio. Se le puso la carne de gallina. Había estado tratando de consolarse con pequeñas mentiras. Dios mío, claro que le había decepcionado que no sucediera nada. Le había decepcionado y mucho—. ¿De verdad? ¿Es eso lo que está...?

Pero Tom ya la estaba besando, con una mano en su mejilla y la otra quitándole el sándwich del regazo y poniéndolo a su lado en el asiento y resultó que la pequeña semilla no se había malogrado y que los primeros besos no exigían necesariamente oscuridad y alcohol, podían darse abiertamente, con el frescor del aire y el calor del sol en la cara y todo alrededor sincero, real y auténtico y gracias a Dios que no había estado mascando chicle porque tendría que habérselo tragado a todo correr y podría haberse perdido comprobar que Tom sabía tal y como ella sospechaba: a canela, a café y a mar.

—Ya creía que estábamos destinados a la amistad —dijo en una pausa para respirar.

Tom le apartó un mechón de la frente y se lo puso por detrás de la oreja.

—Ya tengo bastantes amigos —dijo.

CAPÍTULO 83

Samantha: Entonces, ¿ya hemos terminado? ¿Tiene todo lo que necesita? Menuda historia, ¿eh? Ahora volvemos todos a la normalidad, solo que todos los padres estamos siendo extraordinariamente simpáticos unos con otros. Tiene su gracia.

Gabrielle: Han cancelado el Baile de Primavera. Ahora nos pasamos a los puestos de pasteles. Justo lo que me hace falta. He engordado cinco kilos con todo este estrés.

Thea: Renata se muda a Londres. Su matrimonio está acabado. Yo habría peleado más, pero hablo por mí. No puedo evitarlo, tengo que poner a mis hijos primero.

Harper: ¡Por supuesto que visitaremos a Renata el año que viene! Una vez que se haya instalado, por supuesto. Dice que podría costarle algún tiempo. Sí, voy a dar una segunda oportunidad a Graeme. Una niñera de tres al cuarto no va a destruir mi matrimonio. No se preocupe. Lo está pagando. No solo con las costillas rotas. Esta noche vamos todos a ver *El rey León.*

Stu: Este es el mayor misterio: ¿por qué no se me insinuó nunca la chiquita francesa?

Jonathan: A mí sí se me insinuó, pero eso es privado.

Señorita Barnes: No tengo ni idea de qué pasó con la petición. Nadie volvió a hablar de ella después de la noche del concurso de preguntas. Estamos todos deseando un nuevo curso para empezar de cero. Creo que podríamos hacer una unidad especial de resolución de conflictos. Me parece apropiado.

Jackie: Menos mal que ahora se va a poder dejar a los chicos que aprendan a leer y escribir solos.

Señora Lipmann: Creo que quizá hayamos aprendido todos a ser un poco más amables los unos con los otros. Y a documentarlo todo. Todo.

Carol: ¡O sea, que en realidad el club de lectura de Madeline no tiene nada que ver con la novela erótica! ¡Todo era una broma! ¡Qué mojigatas han salido! Lo curioso es que ayer una amiga de la iglesia comentó que pertenecía a un club de novela erótica de la iglesia. Ya llevo tres capítulos del primer libro y no le voy a mentir, es muy entretenido y en realidad bastante, bueno, ¿cómo se dice? ¡Verde!

Sargento detective Adrian Quinlan: A decir verdad, creía que había sido su mujer. Mi instinto me decía que era ella. Hubiera apostado dinero. Eso demuestra que no siempre se puede confiar en el instinto. En fin. Así es. ¿Debe tener ya todo lo que necesita, ¿no? ¿Va a apagar eso? Porque me estaba preguntando, no sé si esto es apropiado, pero me preguntaba si le apetece tomar al..

CAPÍTULO 84

Un año después del concurso de preguntas

Celeste estaba sentada a una larga mesa con mantel blanco, esperando a que la llamaran. Tenía el corazón desbocado. La boca seca. Observó que le temblaba la mano al tomar el vaso de agua que tenía delante. Lo dejó al momento sobre la mesa. No estaba segura de poder llevárselo a la boca sin verterlo.

Últimamente había hablado varias veces ante el tribunal, pero esto era diferente. No quería llorar, aunque Susi le había dicho que estaba bien y era comprensible, incluso probable.

—Vas a hablar de algo muy personal, de experiencias muy dolorosas —dijo Susi—. Te estoy pidiendo algo grande.

Celeste contempló el reducido público de hombres y mujeres trajeados y encorbatados. Rostros inexpresivos, profesionales, algunos de ellos un tanto aburridos.

—Siempre elijo a alguien del público —le había dicho Perry una vez que charlaban sobre hablar en público—. Un rostro de aspecto cordial entre el público y, cuando me levanto, me dirijo a él como si estuviéramos solos.

Recordó que se había llevado una sorpresa al enterarse de que Perry necesitaba recurrir a ciertas técnicas. Daba siempre la impresión de estar muy seguro de sí mismo y relajado cuando hablaba en público. Como una carismática estrella de Hollywood en un programa de televisión. Viéndolo retrospectivamente parecía como si hubiera pasado toda su vida en un perpetuo estado de temor latente: temor a la humillación, temor a perderla a ella, temor a no ser amado.

Por un momento echó en falta que él estuviera aquí para oírla. No podía evitar pensar que se hubiera sentido orgulloso de ella, a pesar del tema en cuestión. El Perry auténtico estaría orgulloso de ella.

¿Era delirante? Probablemente sí. Últimamente su especialidad era el pensamiento delirante o quizá lo había sido siempre.

Lo más difícil del año pasado habían sido las conjeturas y recelos sobre sus pensamientos y emociones. Cada vez que lamentaba la muerte de Perry era una traición a Jane. Era una estupidez, un desatino y un error llorar a un hombre que había hecho lo que había hecho. Era un error lamentar las lágrimas de sus hijos habiendo otro chico que ni siquiera sabía que Perry era su padre. Debía sentir odio, furia y remordimiento. Eso era lo que debía sentir y se alegraba cuando así era, como sucedía a menudo, porque eran sentimientos adecuados y racionales, aunque acto seguido lo echara de menos y añorara los momentos en que regresaba de sus viajes, y entonces volvía a sentirse una idiota y se acordaba de que Perry la había engañado, probablemente en múltiples ocasiones.

Lo increpaba en sueños: «¡Cómo te atreves, cómo te atreves!». Y le pegaba una y otra vez. Se despertaba con lágrimas aún en la cara.

—Lo sigo queriendo —dijo a Susi, como si estuviera confesando algo repulsivo.

—Puedes seguir queriéndolo.

—Voy a volverme loca —aseguró ella.

—Estás trabajando el problema —dijo Susi y escuchó pacientemente mientras Celeste le contaba con todo lujo de detalles todas las menudencias por las que Perry le había castigado: «Ya sé que ese día debería haber hecho recoger el Lego a los chicos, pero estaba cansada, no debería haber dicho lo que dije, no debería haber hecho lo que hice». Curiosamente, necesitaba sacar a relucir una y otra vez los acontecimientos más insignificantes de los últimos cinco años para tratar de ordenarlos mentalmente.

—Eso no fue justo, ¿verdad? —decía a menudo a Susi, como si ella fuera el árbitro y Perry estuviera allí escuchando a este árbitro imparcial.

—¿Crees que fue justo? —decía Susi, como debe hacer una buena terapeuta—. ¿Crees que te lo merecías?

Celeste vio tomar el vaso de agua al hombre sentado a su derecha. La mano le temblaba más que a ella, si cabe, pero insistió en llevárselo a los labios por más que los cubitos de hielo tintinearan y el agua le salpicara la mano.

Era un hombre de treinta y tantos años, alto, de aspecto agradable, rostro afilado y con corbata bajo un jersey rojo que no le pegaba nada. Debía de ser psicólogo, igual que Susi, aunque sufría un temor patológico a hablar en público. Celeste quiso ponerle la mano en el brazo para tranquilizarlo, pero no deseaba avergonzarlo, pues, al fin y al cabo, el profesional aquí era él.

Bajó la vista y vio que se le habían subido los pantalones negros. Llevaba calcetines marrón claro y unos zapatos negros de vestir muy limpios. El típico desbarajuste de vestuario que sacaría de quicio a Madeline. Celeste había dejado que ella le eligiera para hoy una blusa nueva de seda blanca, junto con una falda lápiz y unos zapatos negros cerrados de tacón. «Nada de dedos al aire», había dicho cuando Celeste había elegido unas sandalias para su atuendo. «Los dedos al aire no pegan en ese tipo de actos».

Celeste le había dejado hacer. En el último año le había dejado hacer muchas cosas por ella. «Debería haberlo sabido», repetía Madeline. «Debería haber sabido por lo que estabas pasando». Con verdadero sentimiento de culpa, por más que Celeste le decía que hubiera sido imposible, que nunca hubiera dejado que lo supiera. Lo único que Celeste podía hacer era dejarla estar a su lado ahora.

Celeste buscó un rostro amable entre el público y se fijó en una mujer de unos cincuenta años, con una cara como de pájaro que daba cabezazos de asentimiento mientras Susi presentaba el acto. A Celeste le recordó un poco a la profesora de primero del nuevo colegio a la vuelta de la esquina de su piso. Celeste había quedado con ella antes del comienzo de las clases. En la primera reunión le dijo:

—Idolatraban a su padre y tienen algunos problemas de comportamiento a raíz de su muerte.

—Por supuesto —había dicho la señora Hooper sin manifestar sorpresa alguna—. Vamos a mantener una reunión semanal para poder hacer un seguimiento de esto.

Celeste había logrado contener el impulso de echarle los brazos al cuello y llorar encima de su blusa estampada.

Los gemelos no lo habían llevado bien el año pasado. Tan acostumbrados estaban a que su padre pasara mucho tiempo fuera de casa que les costó mucho entender que ya no volvería. Reaccionaron igual que su padre cuando las cosas le salían mal: coléricos, violentos. Se pasaban el día peleándose y por la noche acababan en la misma cama, con las cabezas en la misma almohada.

Contemplar su dolor era como un castigo para Celeste, pero ¿un castigo por qué? ¿Por haber seguido con su padre? ¿Por haber deseado su muerte?

A Bonnie no le impusieron pena de prisión. Fue declarada culpable de homicidio involuntario por un acto ilegal y temerario y sentenciada a doscientas horas de servicio comunitario. Al dictar sentencia, el juez hizo constar que la culpabilidad moral de la acusada estaba en el punto más bajo de la escala de este tipo de delitos. Tuvo en cuenta que Bonnie carecía de antecedentes penales, había mostrado arrepentimiento y que, por previsible que fuera que la víctima pudiera caerse, no había sido esa su intención.

Además, tomó en cuenta el testimonio de testigos expertos que demostraron que la baranda del balcón no llegaba a la altura mínima obligatoria según el código de construcción vigente, que estaba contraindicado el uso de taburetes de bar en el balcón y que influyeron otros factores como el mal tiempo y el hecho de que la baranda estuviera resbaladiza, aparte de la intoxicación etílica de la víctima y la acusada.

Según Madeline, Bonnie había efectuado con gran placer el servicio comunitario, con Abigail todo el tiempo a su lado.

Se cruzaron cartas entre aseguradoras y abogados, como si fuera algo entre ellos. Celeste había dejado claro que no quería dinero del colegio y que donaría cualquier cantidad que recibiera en concepto de prima del seguro como resultado de un accidente.

Vendió la casa y demás propiedades y Celeste se mudó con los chicos al pequeño piso de McMahons Point. Volvió a trabajar en un bufete de abogados de familia tres días a la semana. Estaba encantada de no pensar en nada más durante cuatro horas seguidas. Sus hijos recibieron sendos fideicomisos testamentarios, pero eso no iba a marcarles, estaba decidida a que Max y Josh le preguntaran algún día: «¿Quieres patatas fritas con eso?».

Además creó otro fideicomiso de igual valor para Ziggy.

—No tienes por qué hacerlo —había dicho Jane cuando se lo contó durante el almuerzo en un café próximo al piso de

Celeste. Se quedó atónita, casi le dieron náuseas—. No queremos su dinero. Tu dinero, quiero decir.

—El dinero es de Ziggy. Si Perry hubiera sabido que era hijo suyo lo hubiera tratado exactamente igual que a Max y Josh —le había dicho Celeste—. Perry era...

Y no pudo seguir hablando, porque cómo iba a decir precisamente a Jane que Perry era generoso hasta el extremo y escrupulosamente justo. Su marido siempre había sido muy justo, salvo en las ocasiones en que había sido monstruosamente injusto.

Pero Jane alargó la mano por encima de la mesa del café, le cogió la suya y dijo:

—Ya sé que lo era —como si comprendiera efectivamente todo lo que Perry había sido y dejado de ser.

Susi se dirigió al atril. Hoy estaba guapa. Se había puesto menos maquillaje en los ojos, gracias a Dios.

—A menudo las víctimas de violencia doméstica no presentan en absoluto el aspecto que cabría esperar que tuvieran —dijo Susi—. Y sus relatos no siempre suenan tan en blanco y negro como cabría esperar que sonaran.

Celeste buscó un rostro amable entre el público de médicos de urgencias, enfermeras de triaje, médicos de cabecera y psicólogos.

—Por eso he invitado aquí hoy a estas dos encantadoras personas. Han dado generosamente su tiempo para compartir sus experiencias con ustedes.

Susi levantó la mano señalando a Celeste y el hombre que estaba a su lado, que se había puesto la mano en el muslo para conseguir que dejara de moverse por los nervios.

«Dios mío», pensó Celeste. Parpadeó por unas lágrimas repentinas. No es psicólogo. Es alguien como yo. A él también le ha pasado.

Se volvió a mirarlo y él le devolvió una sonrisa, con los ojos brillantes como diminutos pececillos.

—¿Celeste? —dijo Susi.

Celeste se levantó. Volvió a mirar al hombre del jersey, luego otra vez a Susi, que le hacía gestos de ánimo con la cabeza, y recorrió los pocos pasos que la separaban del atril de madera. Buscó entre el público a aquella mujer de aspecto simpático. Sí, allí estaba, sonriente, asintiendo levemente con la cabeza.

Celeste tomó aliento.

Había aceptado acudir ese día allí como un favor a Susi y porque, además, quería aportar su granito de arena para que los profesionales de la salud supieran cuándo tenían que hacer más preguntas, cuándo no tenían que dejar pasar las cosas. Había previsto ceñirse a los hechos, sin desnudar su alma. Mantendría su dignidad. Mantendría a salvo un poco de sí misma.

Pero ahora le invadió súbitamente un apasionado deseo de contarlo todo y decir la pura verdad sin guardarse nada. Que le jodan a la dignidad.

Quiso dar a ese hombre aterrado con un jersey que no le pegaba nada la confianza en sí mismo para contar su propia verdad. Quiso hacerle saber que al menos una persona allí ese día entendía todos los errores que hubiera podido cometer: las veces que devolvió los golpes, las veces que se quedó en vez de haberse marchado, las veces que dio otra oportunidad a su pareja, las veces que la provocó deliberadamente, las veces que dejó que sus hijos vieran cosas que no deberían haber visto. Quiso contarle que conocía a la perfección todas las pequeñas mentiras que se había estado contando durante años, porque ella había hecho lo mismo. Quiso entrelazar sus manos temblorosas con las suyas y decirle: «Lo comprendo».

Asió el atril por ambos lados y se inclinó hacia el micrófono. Había una cosa tan sencilla como a la vez complicada que necesitaba que el público entendiera.

—Esto puede pasarle...

Se interrumpió, se apartó un poco del micrófono y carraspeó. Vio a Susi a un lado con la expresión contenida de una madre cuando ve a su hija actuar en público por primera vez, con las manos ligeramente en alto como si estuviera dispuesta a salir corriendo a la tribuna a recoger a Celeste.

Celeste acercó la boca al micrófono y ahora su voz sonó alta y clara:

—Esto puede pasarle a cualquiera...

AGRADECIMIENTOS

Como siempre, estoy muy agradecida a todas las maravillosas y talentosas personas de Pan Macmillan, en particular a Cate Paterson, Samantha Sainsbury y Charlotte Ree.

Gracias a mi agente, Fiona Inglis, y mis editores de todo el mundo, en particular a Amy Einhorn, Celine Kelly y Maxine Hitchcock.

Muchas gracias a Cherie Penney, Marisa Vella, Maree Atkins, Ingrid Bown y Mark Davidson por dedicar generosamente vuestro tiempo con el fin de que pudiera aprovechar vuestros diversos campos de experiencia profesional. Tengo la terrible costumbre de hurgar en las conversaciones en busca de material. Gracias, Mary Hassall, Emily Crocker y Liz Frizell por permitirme tomar prestados pequeños fragmentos de vuestra vida con finalidades literarias. Ahora parece un buen momento para dejar claro que los padres del bonito colegio al que acuden mis hijos en la actualidad no son en absoluto como los del colegio de Pirriwee y que, lamentablemente, observan un comportamiento impecable en los actos del colegio.

Gracias a mi madre, mi padre, Jaci, Kati, Fiona, Sean y Nicola y, en particular, a mi hermana, la brillante Jaclyn Moriarty, que siempre ha sido y será mi primera lectora. Gracias a mi cuñado Steve Menasse, por su ayuda en todos los aspectos tecnológicos.

Gracias a Anna Kuper por facilitarme la vida en muchos sentidos.

Gracias a mis colegas autoras y amigas Ber Carroll y Diane Blacklock por convertir las giras de presentación en fines de semana de chicas. (Ber consigue que incluso ir de compras sea divertido). Sacamos un boletín titulado «Book Chat». Para suscribirse visitad mi página web www.lianemoriarty.com.

Gracias a Adam, George y Anna por hacer completo mi mundo. Y un tanto bullicioso y loco.

Por último, esta novela resultó ser una historia de amistad, por lo que se la dedico a mi amiga Margaret Palisi, con quien comparto treinta y cinco años de recuerdos.

REFERENCIAS

Al escribir esta novela me han resultado útiles los siguientes libros: *Not to People Like Us: Hidden Abuse in Upscale Marriages* (2000), de Susan Weitzman, y *Surviving Domestic Violence* (2004), de Elaine Weiss.

El papel utilizado para la impresión de este libro
ha sido fabricado a partir de madera
procedente de bosques y plantaciones
gestionados con los más altos estándares ambientales,
garantizando una explotación de los recursos
sostenible con el medio ambiente
y beneficiosa para las personas.
Por este motivo, Greenpeace acredita que
este libro cumple los requisitos ambientales y sociales
necesarios para ser considerado
un libro «amigo de los bosques».
El proyecto «Libros amigos de los bosques» promueve
la conservación y el uso sostenible de los bosques,
en especial de los Bosques Primarios,
los últimos bosques vírgenes del planeta.

Papel certificado por el Forest Stewardship Council®